Adolf

MW01674492

Altfranzösische Gedichte

SALZWASSER VERLAG

Adolf Mussafia

Altfranzösische Gedichte

Unveränderter Nachdruck der Originalausgabe von 1864.

1. Auflage 2022 | ISBN: 978-3-75259-574-1

Verlag: Salzwasser Verlag GmbH, Zeilweg 44, 60439 Frankfurt, Deutschland
Vertretungsberechtigt: E. Roepke, Zeilweg 44, 60439 Frankfurt, Deutschland
Druck: Books on Demand GmbH, In de Tarpen 42, 22848 Norderstedt, Deutschland

LA

PRISE DE PAMPELUNE

ALTFRANZÖSISCHE GEDICHTE

AUS

VENEZIANISCHEN HANDSCHRIFTEN

HERAUSGEGEBEN

VON

ADOLF MUSSAFIA

A. Ö. PROFESSOR DER ROMANISCHEN PHILOLOGIE AN DER WIENER UNIVERSITÄT UND

AMANUENSIS DER K. K. HOF-BIBLIOTHEK

I

LA PRISE DE PAMPELUNE

WIEN

1864

LA PRISE DE PAMPELUNE

EIN

ALTFRANZÖSISCHES GEDICHT

HERAUSGEGEBEN

VON

ADOLF MUSSAFIA

WIEN

1864

EINLEITUNG.

Das altfranzösische Gedicht, welches ich hier zum Abdrucke bringe, ist in einer Handschrift der Marcusbibliothek zu Venedig enthalten. Dieselbe trägt die Bezeichnung 'Gall. V', ist auf Pergament im XIV. Jahrhunderte geschrieben und besteht aus 101 Blättern. Wiewol der erste Buchstabe gross und verziert ist und sich am Schlusse die Worte 'deo gratias amen' finden, so fehlen dennoch Anfang und Ende. Was vorhanden ist bietet dem ungeachtet Interesse genug, um vollständige Veröffentlichung zu verdienen. Das Gedicht schildert den glücklichen Zug Karl's des Grossen nach Spanien; eine Stadt nach der anderen wird bald durch Waffengewalt, bald durch Kriegslist erobert und die besiegten Einwohner zum Christenthume bekehrt. Der Inhalt ist im Kurzen folgender.

Pamplona ist eingenommen worden. Ein Streit, der im christlichen Lager zwischen den Lombarden und den Deutschen entbrannte, hat schon vielen derselben das Leben gekostet, als sich Roland in's Mittel legt und die Eintracht wiederherstellt (V. 1-435). Unter den Gefangenen aus Pamplona befanden sich auch Mauzeris, der Gebieter der Stadt, und dessen Sohn Isoriés. Beide hatten versprochen sich taufen zu lassen; Mauzeris will aber sein Wort nur dann halten, wenn er unter die zwölf Pairs aufgenommen wird. Da nun keiner von diesen ihm seine Stelle abtreten will, so ergrimmt darüber der Heide und entflieht während der Nacht aus dem christlichen Lager (436-762). Früh Morgens wird der Abgang Mauzeris' entdeckt; zwei Krieger setzen ihm nach und unterliegen; darauf kommt der indess Christ gewordene

Isoriés und kämpft mit seinem eigenen Vater. Der Erfolg ist noch unentschieden, als Mauzeris von der Ferne Roland und die Pairs erblickt und die Flucht ergreift (763-1199). Roland zieht mit einem Theile des Heeres gegen Estella; dort angekommen, findet er die Umgegend ganz verödet und die Stadt selbst verschlossen; denn der Gebieter derselben, Altumajor, hatte sie verlassen um Mauzeris beizustehen, welcher von Marsilie den Befehl über eine grosse Streitmacht erlangt hatte und nun zur Wiedereroberung Pamplona's ausgezogen war. In der That als eben Karl auf dem Wege ist, um mit dem übrigen Theile des Heeres Roland vor Estella einzuholen, stösst er bei Mont Garzim auf Mauzeris. Ein heisser Kampf entspinnt sich; der Kaiser schwebt in grosser Gefahr und wird nur durch die Tapferkeit des herbeigeeilten Desirier gerettet. Altumajor, in die Flucht geschlagen, eilt seiner Stadt zu; vor den Mauern derselben trifft er aber Roland, wird besiegt, bekehrt sich und gibt sowol Estella als Logroño in die Hände der Franzosen (1200-2457). Bevor zum Angriffe gegen Cordova geschritten werde, schlägt Guenes vor, eine Botschaft an Marsilie zu senden, um ihn auf gütlichem Wege aufzufordern, die Herrschaft Karl's anzuerkennen. Der Heidenkönig lässt die Boten Basin und Basilie aufhängen (2458-2704). Auf Gueine's Antrag wird beschlossen noch einen Boten abzusenden. Dieses Mal wird Guron, der Neffe Salomon's von Brittanien, gewählt und ihm ein Brief mitgegeben. Marsilie befiehlt zwar auch diesen zu tödten, jedoch gelingt es den Bemühungen Balugant's ihn milder zu stimmen. Guron erklärt sich bereit, allein gegen zwei Saracenen zu kämpfen: unterliegt er, so wird Karl Spanien verlassen; gewinnt er, so begnügt er sich damit, unversehrt fortziehen und die Krone Marsilie's als Siegeszeichen mitnehmen zu dürfen. Der Kampf findet statt; Guron siegt, wird aber bei seiner Rückkehr von Mauzeris verrätherisch überfallen. Dem tödtlich Verwundeten gelingt es zu entkommen; er erreicht das christliche Lager und stirbt dort umringt von den Seinen (2705-3850). Jetzt zieht Karl gegen Cordova. Diese Stadt war im Besitze des alten Königs Jonas, welcher den seiner Obhut anvertrauten rechtmässigen

Herrscher Altumajor schon vor vielen Jahren vertrieben hatte. Er schickt sich an, Widerstand zu leisten und entbietet Carpent an Marsilie um Hilfe zu erhalten. Als sich indessen bei den Christen grosser Mangel an Lebensmitteln fühlbar macht, unternimmt Roland einen Streifzug gegen die nahe Burg Toletele, wo Vorräthe aller Art aufgestapelt waren. Er kehrt eben mit reicher Beute in's Lager zurück, als er auf Mauzeris stösst, welcher an der Spitze von 50.000 Kriegern Cordova zueilt. Die Franzosen vermögen nicht den ungleichen Kampf zu bestehen; die Meisten sind todt, die Anderen in die Flucht geschlagen; nur die zwölf Pairs halten sich tapfer. Da erscheint Karl, welcher durch Isoriés von dem Unglücksfalle Kunde erhalten, mit frischen Kräften und die Heiden werden besiegt. Auch war es während des Kampfes Hestous gelungen, sich in Toletele Eingang zu verschaffen, und zwar dadurch dass er das Banner des erschlagenen Burabel aufrichtete und sich mit dessen Schilde bedeckte. Durch eine ähnliche List geräth Cordova in die Hände Karl's. Der neubekehrte Carpent meldet nämlich Jonas die Ankunft der Hilfstruppen und räth dieselben aus Vorsicht nur während der Nacht einzulassen: er führt dann natürlich die Christen ein. Die Einwohner der Stadt nehmen die Taufe an (3851-5703). Vier andere Städte werden ohne Schwertstreich unterworfen und nun lagert Karl vor Astorga. Ein Versuch, die Einwohner dieser Stadt ebenfalls in Frieden zur Uebergabe zu bewegen, scheitert; wesshalb Anstalten zum Angriffe getroffen werden. Den guten Erfolg des letzteren entnimmt man aus einer künftigen Ereignissen vorgreifenden Andeutung; der Begebenheit selbst wohnen wir nicht bei, denn hier bricht die Handschrift ab (5704-6113).

Das Gedicht beruft sich häufig auf seine Quelle; ein zu beliebter Brauch, als dass man desshalb wirklich an eine Vorlage glauben, und nach derselben forschen sollte: *si com dit le latin 456; com l'istoire devise 1413; selong che dit l'autour 1535; se l'autour ne menti 3747; com je en cronice voi 5258; se le livre ne mant 5423;* selbst *se Trepin ne nous ment 5651.* Vergleicht man indessen den Inhalt dieser Dichtung mit den anderweitigen Berichten über Karl's Thaten in Spanien, so ergeben sich manche Berührungspunkte. Der Einnahme Pamplona's wird überall gedacht([1]), und zwar soll nach Turpin diese Stadt zweimal erobert worden sein; zuerst wie Jericho durch eine Wunderthat, dann durch Waffengewalt. Vorliegendes Gedicht enthält eine Anspielung auf die lange, fünfjährige (v. 2495), Dauer der Belagerung und erinnert an die glänzenden Verdienste, welche sich die Lombarden bei der Einnahme der Stadt erworben hatten. Vom Treffen von Mont Garzim (Mont Jardin bei Phil. Mouskes v. 5694 und einer Hds. der Chroniques de S. Denis) ist auch bei Turpin (Cap. 16 oder 17) die Rede; mit demselben bringt unser Gedicht den Gebrauch der Larven in Verbindung, welchen Turpin (18 oder 19) erst einer späteren Schlacht zuweist. Auf den tragischen Ausgang der Botschaft von Basin und Basilie spielt schon die alte Redaction des Rolandsliedes an. Einige bedeutungsvolle Anklänge an unser Lied enthält das italienische Gedicht 'la Spagna' vom 24. bis zum 26. Gesange. Zuerst kommt der Streit zwischen Desirier und den Deutschen; dann mit wenig Worten die Flucht von Mauzeris, worauf die Absendung eines Boten an Marsilie beschlossen wird. Die Wahl trifft sogleich Gione, den *Sohn* Salomon's. Der oben erwähnte Kampf findet hier nicht statt; vielmehr zieht Gione nach Vollführung seines Auftrages gleich ab und geräth in die ihm gelegte Falle. Nach der Einnahme von Lucerna und La Stella folgt schon im 27. Gesange der Rathschlag Blancandrin's an Marsilie, mit welchem das Lied von Roncevaux anhebt. In den hier besprochenen Partien scheint la Spagna mit seiner Quelle, dem italienischen Prosaromane gleichen Namens, welcher das achte noch unedirte Buch der Reali di Francia ausmacht, ziemlich genau übereinzustimmen([2]); nur vermisst man, wenigstens in Ranke's Anführungen, die Botschaft von Gione.

([1]) Vgl. Pertz, Monumenta German. I, 16, 31, 118, 158, 159, 234, 296, 349.

([2]) 'Durch seine Tapferkeit und die Geschicklichkeit der Lombarden, die König Desiderius von Pavia herbeigeführt hat, wird es erobert. Iseres lässt sich taufen, ganz Pampelona wird getauft; nachdem Stella erobert

Unser Gedicht wurzelt also tief in der Karlssage, von der es einige bekannte Züge wieder vorführt, in der es aber auch eine bisher vorhandene Lücke ausfüllt. Die Behandlung des Stoffes ist eine recht ansprechende. Die Begebenheiten sind mit einander sehr geschickt verkettet und alle Einzelheiten entsprechen sich mit einer Genauigkeit, welche einen woldurchdachten Plan nicht verkennen lässt. Besonders gelungen ist die Zeichnung der Charactere. Karl erscheint noch als das würdige Haupt der Christenheit, tapfer im Kriege, im Rathe besonnen; Roland ist immer der erste, wenn es gilt der Gefahr zu trotzen, der letzte wenn es auf die Theilung der errungenen Beute ankommt. An Guron lernen wir eine anziehende Gestalt kennen. Mit sichtlicher Vorliebe schildert der Dichter Desirier und gefällt sich, ihn als Retter in der Noth darzustellen; ein Zug, welcher bekanntlich auch in der Spagna vorkommt und nach Ranke (a. a. O. S. 416) 'wol nur italienischer Erfindung beigemessen werden' kann. Bei Isoriés fesselt uns seine unerschütterliche Treue an den neu beschworenen Glauben, und selbst mit dem unbeständigen und tückischen Mauzeris versöhnt uns zum Theile seine Unerschrockenheit und die innige Liebe, welche er für seinen Sohn hegt. Man kann nicht ohne Rührung die Scene lesen, in welcher er den schlafenden Isoriés zu tödten sich anschickt und es doch nicht über sich bringen kann: dreimal erhebt er das Schwert und dreimal sinkt die väterliche Hand nieder. Hestous zeigt sich spöttisch, mit einem Anfluge köstlichen Humors; er ist misstrauisch, wenn auch nicht aus Furcht; eine glänzende That, die er vollführt, verdankt er indessen mehr seinem erfinderischen Geiste als seiner Tapferkeit. Man glaubt hier schon die Keime zu entdecken, aus denen sich später der Astolfo der italienischen Romane entwickelte.

---

ist, ziehen diejenigen ab, welche nicht Christen werden wollen; aber die meisten werden es; Marsilio weiss keinen Rath mehr als sich zu beugen: sein Botschafter bittet Carln um Frieden und um Verzeihung.' Ranke, zur Geschichte der italienischen Poesie in den hist.-philos. Abhandl. der K. Ac. der Wiss. zu Berlin aus dem Jahre 1835. Berlin, 1837. 4° S. 412.

Nicht ohne Interesse sind die zahlreichen Anspielungen auf antike Stoffe. Die Malereien an den Zimmerwänden stellen die Hochzeit Constantins (v. 442) und den Sieg des Camillus über die Gallier (468) vor. Mauzeris verlässt das Schlachtfeld eben so ungerne als Tarquinius, den Porsenna im Stiche liess (1190); Karl soll besiegt werden wie *Amilius pour le primier Roman* (1407). Vgl. v. 1676-77 Cæsar und Pompejus bei Dyrrhachium, 2774 Jason, 3022-24 Mithridates und Pompejus, 3037 noch einmal Camillus. V. 4201 steht *com devale Titus* 'bei Sonnenuntergang', und 5581-82 wird die Sonne ebenfalls durch *Titus* und *Febus* bezeichnet. So viel Gelehrsamkeit ist ein deutliches Zeugniss späteren Alters; auch denkt man dabei unwillkührlich an Italien, das Land der classischen Erinnerungen.

In metrischer Beziehung bietet unser Text einige Eigenthümlichkeiten. Zuerst nimmt man die grosse Freiheit in der Behandlung an einander stossender Vocale wahr. Neigung zur Elision ist vorwiegend; überall, wo zwei Vocale zusammentreffen, können sie sich zu einer Sylbe vereinigen. Hier einige Beispiele: *lour escri**a** **à** siens homes* 46, *il n'alera j**a** **e**nsi* 166, ***a** **i**l de vous noir ne blont* 546, *e tuelt le cief **à** **u**n autre* 9, *l**à** **o**ù Dieu nos condura* 4213; *as dars **e** **a**s splis agus* 112; *mout pleis**i** **à** Zarllemagne* 597, *de c**i** **a**o port de Chaifais* 377, *e s**i** **e**n soient tesmognes* 355, *il bond**i** **u**n olifant* 1731, *car por l**u** **a**ceverons* 528, *l'esc**u** **e** l'aubers li fause* 6, *quand f**u** **i**su de la ville* 758, *adonc por l**u** **o**beïr* 208, *quand il m'a quer**u** **u**n don* 369; selbst *ch'il ne me lair**ai** **a**ler* 700, *ains le dir**ai** **à** Carllon* ibid.; *seront par m**oy** **ou**trajé* 3210, *ond je s**ui** **e**sté servi* 2286. Dass auch Hiatus gestattet ist versteht sich von selbst; so neben *ond mout en f**u** **i**rascus* 124, *ond bien fu entendus* 129, neben *tout doné le l**i** **au**roie* 371, *tu li ais plus doné* 379; neben ***à** **u**ne part l'emperier* 265, *à une part le frais[t]* 366. Ja es kommt nicht selten dort Hiatus vor, wo nach der Regel Elision eintreten sollte. So z. B. nach *je: si saurés se je ai* 76, *je entrai en la ville* 211, *je ai pris le batisme* 1101; nach der Conjunction *che: che ao (=al) desevremant* 89;

nach der einfachen Negationspartikel *ne: que je ne ai noris* 234; nach *ce: ce est zouse ligiere* 595; nach *de: ne son de estrumant* 1637.

Eine weitere Folge der eben erwähnten Neigung zur Hiatustilgung ist es, dass stummes *e* nach einem Vocale für keine Sylbe zählt, z. B. *çainte la spee forbie* 349, *e la meslee fenie* 364, *des Franzois ireemant* 1657; selbst *ne furent mie esperdus* 110. Vgl. dagegen *mie ne se gardoit* 600, *la spee Zarllemagne* 1787, *la venue savoit* 3913. Endlich gibt sich auch im Inlaute dasselbe Bestreben kund, worüber die Anmerkungen zu den Versen 73, 144, 824, 3868, 6105 nachzusehen sind.

Auffallend ist es ferner dass der Ausgang *—ent* bei der 3. Pluralis selbst am Schlusse der einzelnen Hemistiche für eine Sylbe gilt: *la nuit sejournerent* 3185, *contre lu tournerent* 3374, *alour comencerent* 3444, *lour escus trençerent* 3447. Am Schlusse des Verses reimen sogar solche Verbalformen mit anderen Worten auf *—ent:* so 2651 ff. *remistrent, furent, trembloient* reimend auf *gient* und *vent;* 4006 ff. *alerent, desarmerent, auroient* reimend auf *cent* und *sanglent.* Diess kommt nun auch in weit älteren Denkmälern vor. So in der Passion Christi *tradissant =traïssent: demandan* 20; *querent: Judeus* 34; *fesánt* (oder nach Hofmann's Vermuthung *occisesánt): forsfait* 44. Diez (S. 6), sieht darin weniger eine volksmässige Aussprache als die Gewohnheit, die tonlose Endsylbe lateinischer Wörter zu betonen. Dasselbe findet sich dann in der wol für den mündlichen Vortrag berechneten *Epître farcie de S. Etienne* (ed. G. Paris in Ebert's Jahrbuche 4,314), wo der Herausgeber sich geneigt zeigt, die Gepflogenheit eines Volksidioms zu erblicken. [1] Diess kann nun auch für unseren Text geltend gemacht werden, und wir werden unten bei der Erörterung der Verbalflexion Formen begegnen, die eine solche oxytone Aussprache zu bestätigen scheinen: indessen ist es auch andererseits nicht ausser Acht zu lassen, dass wir es hier mit

(1) Vgl. auch *preissant - preissent: argent, grant* in Jourd. de Blaiv. 1241 und Hofmann's Anmerkung zu diesem Verse; endlich auch Burguy 1,266.

einem Denkmale zu thun haben, welches aller Wahrscheinlichkeit nach von einem Nichtfranzosen herrührt. Möge nun dieser das *—ent* der 3. Pluralis als hörbar betrachtet haben, oder sich um die Aussprache nicht gekümmert und sich bloss mit Gleichheit der Versausgänge für das Auge begnügt haben, in beiden Fällen ist es kaum gerathen, daraus irgend einen Schluss für die Geschichte des Französischen zu ziehen. Sehr zu betonen ist, dass die hier besprochene Eigenthümlichkeit auch in anderen ausserhalb Frankreich entstandenen Texten entgegentritt, so z. B. in dem mit italienischen Elementen stark versetzten Denkmale, welches die zweite Abtheilung vorliegenden Bandes ausmacht.

Um der eben angedeuteten Sucht nach vollständiger Gleichheit der Versausgänge zu genügen, wird überall der Grammatik und dem Lexicon Gewalt angethan; Formen wie *avoer* (= avoué) 310, *trais* (traxit) 366, *fais* (facit) 367, *terin* (terrenus) 449, *palatinois* (paladins) 480, *auront* (aurons) 557, *batist* (baptisma) 1305, *Ysoran* (Ysoriés) 1398, *vous* (voix) 1841, *soraze* (soeur) 2768, *avoaze* (avoué) 2769, *su* (je suis) 3121, *is* (tu es) 4991, *retournee* im Masculinum 5857 und zahlreiche andere verdanken ihr Dasein nur der Nothwendigkeit des Reimes. Daher muss auch bei der Darstellung der Laut- und Flexionsverhältnisse ähnlicher Texte von den Reimwörtern gänzlich abgesehen werden.

Die Gepflogenheit der alten epischen Dichtung, dass die logische Pause mit der rythmischen zusammenfalle, wird in unserem Texte nicht bewahrt; das Hinüberleiten des Sinnes aus einem Verse in den anderen (*enjambement*), das sonst zu den Seltenheiten gehört, ist hier ungemein häufig. Beispiele finden sich fast auf jeder Seite. Das Gedicht verliert dadurch viel an epischer Wirksamkeit, wie denn auch die hie und da angebrachten Reflexionen und Begründungen einzelner Thatsachen nicht wenig beitragen, der Erzählung eine chronikartige Form zu geben.

Die Sprache weist manches Bemerkenswerthe auf; Laute und Formen erscheinen nicht in jener wunderlichen Buntheit, welche bei anderen im Süden geschriebenen Texten begegnet, vielmehr lässt sich überall eine ziemlich grosse Consequenz wahrnehmen. Ich stelle hier im Kurzen das zusammen, was mir in dieser Richtung wichtig und für das Verständniss des Textes nützlich scheint, wobei ich zugleich auch einiges über mein Verfahren beim Abdrucke bemerke.

VOCALE. Statt *a* erscheint häufig *ai*: *cairs* (char), *drais* (drap), *pais* (pas), *ais* (habes), *metrais* (metras), *lairai* (laissera), *lairon* (larron). *Ai* wird hingegen durch *ei* ersetzt: *germein, feit, treit*, *meis*, *peis*, *paleis*, oder durch blosses *e* dargestellt: *mes* (magis), *mesfet*, *metre* (maître), *palés*, *vet* (vadit).

E bleibt vor *l* (*u*), wo sonst *a* einzutreten pflegt; also wie *hostieus* (hôtel) auch *bieus*, *castieus, cotieus* (couteau), *oisieus*.

I schiebt sich häufig vor *e* und zwar nach allen Consonanten ein: *alié*, *escoutié*, *etié*, *irié*, *navrié*; *trier* (traire), *fier* (faire); *emperier*, *glief* (glaive), *piere* (père, pair); *tiel; vieul* (volo). Eben so in *gient*, das noch häufiger *giant* geschrieben ist. Auch sonst kommt *an* statt *en* vor: *ofandre*, *reprandre*.

Ou statt *o* (*eu*): *dous* (dorsum), *lour*, *lous* (laus), *mout* (mot), *our* (aurum, hora), *ourdre*, *paroule*, *trou* (trop), *-ous* in *merveilous*, *-our* in *seignour*, *jugleour*. Seltener in unbetonter Sylbe: *ourguel*, *oucist*, *ouserai*, *Oulivier*, *pourtier*. Dagegen enthält sich *o* der Trübung zu *ou* in *doze*; häufiger in unbetonter Sylbe: *rogi* (rougi), *boton*.

U für *o* ist selten: *cum* (quomodo) neben *com*, *Lumbars* neben *Lombars*.

Eu erscheint bald in dieser Form, bald als *ue*, (nur selten *oe*): *iluec*, *pue*, *buen* (bonus), *suen* (suum), hie und da zu *e* vereinfacht: *lié* (lieu), *diés* (dieux).

Aphäresis begegnet bei einigen durch das Metrum bestätigten Formen: *de recobrir sa glise* 1433, *atant riva* (=arriva) *Rollant* 1522, *ond Ayquin reprist laine* (=haleine, it. lona) 3462.

Vereinzelte Wörter, wo an der Stelle des *e* das lateinische und südromanische *a* erscheint, glaubte ich emendiren zu dürfen: *motra* (montre) 1109, *entrara* (entrera) 2386, *jura* (juré) 2613 (¹). V. 5700 kommt selbst *siru* statt *sire* vor.

(¹) Um consequent zu sein, hätte ich auch *abasaray* 3697 zu *abaseray* verändern müssen.

Consonanten. *Liquiden.* Sylbeschliessendes *l* wird, wie im Neuprovenzalischen und in italienischen Mundarten, statt zu *u*, zu *o* oder *ou*: *aoberzier*, *aotre*, *heome*, *maovés*, *paomoiant*; *aouberzier*, *aouture*. Der Gebieter Pamplona's heisst *Maozeris*, *Maouzeris*; vgl. im Ital. *Malzarise* (Bojardo ed. Panizzi II, 23, 71), gewöhnlich *Mazerigi*. Eben so *aobre* (aubre, arbor), *aobrisiaus*, *maobre* (maubre, marmor). Sieh auch unter Artikel und Pronomen. — Nach den Mutis schiebt sich bei einigen Wörtern *l* ein: eine Erscheinung, die in älteren italienischen Mundarten häufig begegnet: *espli*, *spli* (épieu); *resploit* (respit) 'Aufschub' 624, 1277; *mesclin* 1012; *cirgles* (cierges) 5458.

Das *n*-Zeichen findet sich häufig vor Labialen; ich setzte in diesen Fällen *m* an; nur wo *nb*, *np* ausgeschrieben stand, erlaubte ich mir keine Veränderung. Auch fehlt das Zeichen häufig; ich deutete diess durch Einklammern des *n* oder *m* an. *Motrer* (monstrare), das beständig in dieser Form erscheint, (manchmal *moutrer*), tastete ich nicht an; *n* vor *s* pflegt abzufallen; vgl. it. *mostrare*. Auch *dojon* liess ich unverändert.

Gutturale. Dem *q* folgt sehr selten das *u*; ich fügte dasselbe ohne Weiteres hinzu. Eben so bei *g* vor *e*, *i*: *guerre*, *guerpir* statt des beständigen *gerre*, *gerpir*. Die Tenuis gutturalis wird auch durch *ch* dargestellt, welches Zeichen in dieser Handschrift nur in italienischer Geltung gebraucht wird.

Spirante und *Sibilante.* Statt *v* findet sich *b* in *recoubrier* und *pobre*. *V* habe ich von *u*, *i* von *j* unterschieden. In Bezug auf letzteres schwankte ich bei ein Paar Fällen: ich entschloss mich dann für *saiel*, *saielee* trotz *sagelier* 2910, für *delaiemant* trotz *delagiemant* 5787. *I* wechselt im Anlaute mit *y* ab: *Yenoois* neben *Jenoois*, *Yesu* neben *Jesus*, *yeu* (jocus), *yeü* (Partc. von *gesir*).

S ist nicht selten geminiert: *prisse*, *dissoient*; statt *s* kommt *sc* vor: *scemble*; oder umgekehrt: *siance*. Statt *s*, *sc* findet sich oft *x*: *achaxonier*, *baxalis* (basilisque), *Dexirier*, *garnixon*, *prexant*, *raixon*; *dexendre*. Ein ungemein häufig vorkommendes Zeichen ist *ç*, dem in jeder Geltung *z* zur Seite steht. Sie vertreten zuerst franz. sibilantes *c*, vor *e*, *i* neben *c*; also *France Françe Franze; comença comenza*; *cuisanzon;* statt *ss* im Suffixe *-esse: larçeçe*, *saçeze*. Franz. *ch* (š) kennt unser Text nicht; hie und da bleibt er bei der Gutturalis; weit häufiger setzt er *ç*, *z*; vor *e*, *i* auch blosses *c: Carlon Çarlon Zarlon; couse çouse zouse* (chose); *çampion zampion; zantel*, *zaere* (chaire), *zaza* (chassa); *cemin, civaler*, *cescun*, *ciens*. Endlich vertritt *ç (z)* auch *g*, *j : venzier*, *daomaçe*, *zanze* (change), *Uçier; za, çoiant, Monçoie Monzoie;* selbst bei *lonçes* 16, *lonzes* 1873, obwol das Französische bei der Gutturalis haftet. *S* vor *t* verschwindet überall: *detrier, etre*, *metre*, *senetre*, *vetre*; während andrerseits *s impurum* im Anlaute nicht nur überall geduldet wird, sondern sich als die vorherrschende Form erweist. Wörter wie *sbare*, *spli, spoentir, stuet, stovroit*, *Spagne*, *Stelle* sind durch das Metrum beglaubigt.

Die Declinationsregel wird nicht beachtet. Vgl. *pues amena* ***Çarllon*** *sens autre demorance suen* ***niés*** *à une part* 517 18, *qu'il te dona sa* ***suer*** 642, *je vous faiz* ***cuens*** *de Flandre* 1333, *car je sai qu'il nous suit* ***l'empereour Çarllon*** 2060, *de mien* ***niés*** *ch'il fist pendre* 2860, *beisier e regretier suen* ***niés*** *de cuer parfon* 3815; lauter Stellen, in welchen die regelmässigen Formen durch das Metrum ausgeschlossen sind, und nur durch mehr oder weniger bedeutende Aenderungen angesetzt werden könnten. Daher glaubte ich auch an jenen Stellen, wo es weit leichter anging, von der Handschrift nicht abweichen zu dürfen, denn ich lief sonst Gefahr, dem Texte eine grammatische Reinheit aufzudringen, die ihm aller Wahrscheinlichkeit nach nie eigen war. Dem gemäss erscheint auch der Artikel im Singular für alle Casus in der Form *le;* im Plural findet sich bald *les*, bald *li*; letzteres ebenfalls auch als Casus obliquus, z. B. *desconfist li Gallois* 468. Der Artikel im Masc. Sing. wird auch als Encliticon gebraucht, wo dann das *l*, welches sich an den vorangehenden Vocal lehnt, zu *o* oder *ou* wird. So an die Conjunction *e: eo grand estour* 153, *eo pris* 332, *eou cuer* 6, *eou grand palés* 228; an *que* (als Relativum oder Conjunction): *queo duc* 406, *cheou con* *vers* 1145; selbst an ein vorangehendes Substantiv: *car Zarlle-ou fil Pepin* 1009, oder an ein Verb: *fu-ou principal* 2824; *il a-ou meilor païs* 376; *bien coneï-ou mesclin* 1012. In letzteren Fällen wandte ich der Deutlichkeit zu liebe ein trait-d'union an; dass jedoch *ou* keine Sylbe für sich bilden darf, braucht kaum gesagt zu werden: *a-ou* = *al.* Die Verbindungen des Artikels mit den Präpositionen lauten: *dou des*, *ao as;* und mit *da*, welches hier oft vorkommt: *dau* 3719, *dao* 721, *daou* 4103, *das* 662.

Im Betreff des Genus ist zu bemerken: *la soir* 1470 u. 2796, auch in der Form *soire* (sera): *une soire daou port* 4103; dann *la mure* 2008 (it. *le mura*, mundartlich auch *la mura)*; *la sieze* (le siége) 2951.

Pronomina. Es finden sich Formen auf *u* = *ui*: *lu*, *cellu*; *i* als Nom. Plur. Masc. *i fusent* 434, und als Dat. Sing.: *ne i auroit valu* 2236; *li* als Acc. Plur.: *quand il li requeri; lour* mit Präpositionen neben *eus*, z. B. *de lour* 22 neben *entr'eus* 103. *Le* Acc. Sing. lehnt sich an das vorangehende Wort in der Form *o ou* an: *neo sofri* 359, *neo refusiés* 399, *neou croiroit* 1155. Eigenthümlich ist *ve* statt *vous* als Object; *vous ve doiés batiçier* 485, *vous ve gabiés* 509, eben so 920, 1909; eine Form, die ebenfalls in norditalienischen Mundarten begegnet. *Ne* statt *en* nur einmal, v. 1760. Als Relativum fast immer *que (che)*, sehr selten als Subject *qui (chi)*.

Bei der Verbalflexion ist vor Allem die 3. Pluralis mancher Perfecte hervorzuheben: *respondrent* 137, *entendrent* 171, *pendrent* 2644. Man wäre versucht darin starke (stammbetonte) Formen zu erblicken, die mit ital. *intesero*, *risposero*, *ap-pesero* zu vergleichen wären. Dazu würde auch *vendrent* gehören — *cier se vendrent François* 4561 —, welches im Italienischen schwach flectiert. Wie verhält es sich aber mit *donrent* (donârunt) statt *donnèrent* 98? Das *e* kann nur dann abfallen, wenn es tonlos wird; dass sich der Accent auf den Stamm zurückgezogen habe — *dónrent* — ist bei einem Verbum der 1. Conjugation nicht anzunehmen; er muss also auf der Endung ruhen — *donrént*, — wodurch die oben angedeutete Aussprache der 3. Pluralis bestätigt werden würde. Um dann nicht gleiche Erscheinungen verschiedenen Ursachen zuzuschreiben, müsste man auch bei *entendrént*, *respondrént* nichts weiter als Abfall des tonlos gewordenen *i* erblicken. Mit beiden Deutungen dieser Formen verträgt sich *abattrent*, das ich desshalb nicht anstand als Emendation in den Text (3619) aufzunehmen. Eine entschieden starke Perfectform ist *desist* (descendit, it. discese), nebst dem dazu gehörigen Participe *desis*. Perfecte auf *uit=ut* sind auch sonst bekannt; *rezuit, conuit, conut*; eben so *fuirent* für *furent* 3401. Die 2. Sing. Præs. Ind. von *esse* lautet beständig *eis*; in ein Paar Formen der 2. Sing. findet sich vor der Endung *—es* ein eingeschobenes *i* : *vençies* 161, *vosísies* 785. Das seltsame Imperfect *avevomes* 2000 steht vereinzelt da. *Alerai* für *irai* ist eine Form, die ich in guten französischen Denkmälern nicht zu finden vermag, die aber um so häufiger in Handschriften fremden Ursprunges begegnet. Durchaus fremdartig sind dann die Conditionalformen: *ferisiés* 891, *voudrisiés* 973, *porisiés* 5957 und *porisés* 2613, *serisiés* 5101, welche sich nur aus dem Infinitive mit suffigiertem Plusqpf. Conj. von *habere* erklären lassen. Die umschreibende Conjugation von *esse* findet durch dasselbe Verbum statt: *seroit esté* 5033. Zur Passivbildung dient endlich an ein Paar Stellen *venir : Toletele vient apelee* 4159, *ele vient asailie* 5913.

Praepositionen. Für lat. *cum* findet sich neben *avec, à, o, ou* auch *con*. *Da* ist häufig und wird ganz wie im Italienischen gebraucht: *da sa part* 14, *giant da pié* (vgl. G. Vill. 7,123) 35, *da Dieu l'oit beneis* 258. *Par* und *por pour* unterscheiden sich nicht im Gebrauche: *por le dit Dexirier e par le suen comant* 65, *envoia por l'amirant e par suen fil* 457-58, *par (=pour) un de lour nous somes plus de charante sis* 1738, also trotz der scheinbaren Doppelförmigkeit doch nur ein Ausdruck für lat. *per* und *pro*.

Conjunctionen. *Ond* dient sehr oft um Sätze mit einander zu verbinden; nicht selten auch *ond che* 1145, 1160, 3466. Nicht anders *ondo che* im Italienischen. *Que* in causaler Bedeutung ist eben so häufig. *Etsi* wird v. 2167 und 4674 durch *con tout que* =ital. *con tutto che* wiedergegeben. Für *tamen* hie und da *pur: s'il a pur manantie* 346, *je pur li aleray* 4234. Auch *pur che* (=pourvu que) kommt vor: *pur che vous me ostiés* 2320, *pur che preu e honour à suen sir examplist* 2763.

Adverbia. Die Negationspartikel erscheint selten in der Form *non* oder *nen* (2008, wenn nicht anders *n'en* zu lesen ist); am gewöhnlichsten ist *ne*, oft auch *ni*, und zwar auch an solchen Stellen, wo Trennung zu *n'i* nicht leicht anzunehmen ist, so 458, 498, 635 u. s. w. Auch kommt *ni i a* 551, *ni i fist* 1152 u. s. w. vor. Neben *y*, *i* (ibi) findet sich auch *li* 274, 3998, 4170.

Die Syntax hat manche Fügung und der Wortvorrath manchen Ausdruck aufzuweisen, die nicht ächt französisch genannt werden können. So *s'en avit* 'er bemerkte es' 2182,5387; *tenir à bay* 'aufhalten' 4692; *doblier* 'Fackel' 5367; *fors* 'vielleicht' 2721. Andere verzeichnet das Glossar.

Suchen wir nun das bisher Erörterte zusammenzufassen, so dürften wir zu folgendem Schlusse gelangen. Die sprachlichen Eigenthümlichkeiten, welche dieser Text darbietet, sind so consequent durchgeführt und stehen mit dem streng bewahrten Metrum so sehr im Einklange, dass sie nicht von einem Abschreiber oder Ueberarbeiter herrühren können; die Dichtung liegt uns vielmehr in ihrer ursprünglichen Fassung vor. Ihre Heimat ist im Süden, und zwar vorzugsweise in Italien zu suchen, wo sowol die provençalische als die nordfranzösische Poesie viele und eifrige Pfleger zählte.

Es bleibt mir nur noch übrig, über die Arbeiten meiner Vorgänger und meine eigene kurz zu berichten. Die Handschrift ist zuerst von Paul Lacroix (¹) näher beschrieben worden, der auch einige Verse des Anfanges und Endes mittheilte; I. Bekker (²)

(¹) Dissertations sur quelques points curieux de l'histoire de France et de l'histoire littéraire. Paris, 1838-1847, 7, 147 ff.

(²) Philologische und historische Abhandlungen der königl Academie der Wissenschaften in Berlin aus dem Jahre 1839. Berlin, 1847, S. 213—293.

druckte grössere Abschnitte aus derselben ab; in Keller's Romvart (S. 21 ff.) sind ebenfalls die ersten 57 und die vier letzten Verse zu lesen ([1]). Mein Streben ging dahin einen möglichst correcten Text und zugleich ein ganz treues Bild der Handschrift zu liefern. Einige Bemerkungen über die Weise, wie ich bei einzelnen Buchstaben verfuhr, habe ich schon oben mitgetheilt. Das Metrum machte einige Emendationen nöthig; jeder Zusatz, und beträfe er auch nur einen Buchstaben, wurde eingeklammert; bei Veränderungen anderer Art steht die Lesart der Handschrift unter dem Texte. Accente habe ich nur bei den Endungen *-e*, *-es* angewendet, wenn das *e* ausgesprochen werden soll; bei einsylbigen Wörtern natürlich nur dann, wenn sie einen Diphthong enthalten (*diés, lié*), oder wenn sie in der Cæsur zu stehen kommen (in letzterem Falle auch bei *je, ce*). Auch dient der Accent bei *à, où, là*, diese Wörter von ihren Homonymen zu unterscheiden. Das Trema deutet an, dass zwei Vocale, die sonst einen Diphthong bilden, zwei verschiedenen Sylben angehören: *aï, aü, eï, eü, oï, oü*. Also z. B. nicht *véu*, sondern *veü*. Letztere Art der Bezeichnung, die Michelant in seiner Ausgabe des *Renaus de Montauban* wählte, scheint mir richtiger; denn in den angeführten Wörtern kann das *e*, wenn es auch eine Sylbe für sich bildet, noch immer stumm sein, und selbst wenn es ausgesprochen werden sollte, so wäre der Accent nach dem einmal angenommenen Grundsatze, im Inneren des Wortes kein hörbares *e* zu bezeichnen, inconsequent.

Die wenigen Anmerkungen beschränken sich darauf, über die Veränderungen im Texte Rechenschaft zu geben und einige schwierigere Stellen zu erklären. Mehr wie ein mal musste ich mich mit Fragen begnügen, welche Geübtere beantworten mögen. Dem Glossare durfte ich sehr enge Gränzen stecken; nur jene selteneren Wortformen wurden aufgenommen, welche durch obige Darstellung der Lautverhältnisse ihre Erledigung nicht gefunden

---

([1]) Vgl. meine handschriftlichen Studien II, 16 ff. (Sitzungsberichte der philosophisch-historischen Classe der k. k. Akademie der Wissenschaften in Wien XLII, 291 ff.)

haben, dann Wörter, die entweder seltener vorkommen, oder deren Bedeutung bemerkenswerth schien. Die beigezogenen italienischen Belege wollen keineswegs immer das Wort oder die Redeweise als nicht französisch bezeichnen; sie sollen oft nur zum Vergleiche dienen.

Zum Schlusse sei es mir noch gestattet, meine Arbeit der freundlichen Nachsicht der Fachgenossen zu empfehlen, und eine angenehme Pflicht zu erfüllen, indem ich sowol dem hohen Staatsministerium, welches mir die Benützung der Handschriften auf längere Zeit hier in Wien gestattete, als der kaiserlichen Akademie der Wissenschaften, welche die Mittel zur Veröffentlichung vorliegenden Bandes gewährte, meinen innigst gefühlten Dank ausdrücke.

Cum fu la sbare overte, le vailant roi Lombart
S'en isi primerain sour un detrier liart,
La lance paomoiant con un vis de liopart
E consui duc Herbert que n'estoit mie coart;
Cuisin germein estoit de Naimes le veilart.
L'escu e l'aubers li fause eou cuer parmi li part:
Mort l'abat mantinant dou bay de Danesmart.
Pues a treite la spee com frans home e gailart,
E tuelt le cief à un autre, e pues dit ch' il se gart.
Bertram le Jenoois e Ranbert e Riçart
Rainer e Aimeri, Floran, Fouche e Guiçart
Bovon, Garnier e Gui e Baud e dan Aichart
Aoberis e Johans, ond nul ni estoit coart,
Cescun à suen pooir i fiert bien da sa part;
Ond maint Tiois fuient com pour ciens le renart.
Mes ceus as lonçes lances, che bien saivent lor art,
Des civaus des Tiois font merveilous desart:
Car en trou mains de terre che n'est le treit d'un dart
Bien plus de quatre mille en ont mort à desart.
Quand Tiois voient ceus ferrir pour tiel esgart,
Tretout le plus ardi se tient fol e musart:
Adonc cescun de lour mantinant se depart.
Ver l'ensagne Carllon, lour seignour estendart,
Se retornent tretuit; mes mout lour scemble tart.

Navriés e desmembrés, asés plus ch'ao troton,
Tornerent ceus Tiois ver l'ensagne Çarllon:
Mes ne furent aliés le mitreit d'un bouçon
Che veirent Çarllemagne o sa giant environ.
E quand l'encontrerent, si distrent à fier ton:
'Ay roi! pour Dieu merci, car prenés venjeson
Dou felon Dexirier, che a feit destrucion
De gran part de ta giant à tort e sens raixon.
Mort a le duc Herbert qu'estoit cuisin Naimon,
E plus de quatre mille des autres, ce savon.

Il a une giant da pié, che n'ont pas garnixon 1[b]
Autre che cescun porte un longisme baton,
E mout ont bien fermé un petit fer en son.
Celour font si grans cous, se voir dir vous devon,
Che escu ne aubers ne i vaut la moité d'un boton.
Homes e civaus ont mis à confusion.'
De ce suspire Naimes e dist: 'Pour saint Simon,
Je ai grand perte feite, cui ch'en soit mal ou bon,
Quand mien cuisin est mort par si feite ocheison.'
'Naimes' dist l'emperer 'selong ma entencion
Avant le desevrier nous bien le vengieron.'
Lour escria à siens homes: 'Or avant, mi baron.
Si abatrons l'ourguel dou Lombard roi felon:
Car je trou plus l'ahé cheou roi Marsilion.'
Lour fist enver la place drecier suen confenon.
Mes de ce ne savoit noiant le fil Milon,
Ains aloit pour la ville lu e siens compeignon,
Maoçeris e suen fil à suen detre galon
Pour aquoier la noise, le cris e la tençon;
E Çarlle ver la place se mist tot d'un randon,
La spee nue ao poing, iriés, rous com stiçon.
Siens homes avec lu se mistrent à bandon.
Quand Dexirier vit Çarlle, ne sembla mie bricon:
Car bien vit qu'il venoit pour lu metre en fricon.
Pour ce dist as siens homes: 'Seignour, tantost entron
Dedens la rice sbare: car ja pour rien dou mon
Je ne veul ver mien sire fer nulle mesprison;
E quand serons dedens, iluec nous defendron,
S'il nous vousist offandre, ond blasme ni en auron.'
E ceus distrent: 'Bieu sire, vetre voloir feron.'

Por le dit Dexirier e par le suen comant
Tournerent en la sbare li barons mantinant.
De defandre lour cors s'apresterent à tant,
E en la sbare furent enclus bien fermemant.
A tant ecvos Çarllon venir astivemant. 2[a]
Quand il fu pres la sbare, si dist enver sa giant:

48 ahet.

Seignour frans civalers, or prenons venjemant
De cist roi Dexirier, che par suen orguel grant
Il a tué nous homes, che vous veés ci gisant.'
Quand Dexirier l'oï, un pue se fist avant
E dist: 'Car escoutiés, frans emperer puisant:
Si saurés se je ai mesfeit ver vous noiant.'
Mes l'emperer neo veust entendre tant ne quant:
Ains semonoit siens homes de l'asaut fieremant.
Quand Dexirier ce vit, si dist: 'Par saint Clemant,
Ne vous en dirai plus: car bien sui pourçevant
Che à fin me volés trier; ond nul home vivant
Ne me puet ja reprandre, se je mien cors deffant.'
Lour escria as Lumbars: 'Ay frans pople e vailant!
Pour lous e pris conquere, non por autre prexant,
Nous somes ci venus: or sera aparisant
Com vous serés proudomes à vos cors defendant
Enver cist emperer faus e desconoisant,
Che ne nous prisse rien, ainçois se vet gabant
De nous; or feisons si che ao desevremant
Nul jugleour de nous male çançon ne cant.'
'Sire' dient Lumbars 'par Dieu l'onipotant
Miel volomes morir che l'emperer se vant
De nous; ains le ferons etre reconoisant
De la folle response e dou fol mandemant
Qu'il vous tramist ier soir par suen fol pe[n]semant;
Ond cescun de nous est ancor bien remembrant.'
A cist mot cescun d'eus reprist suen garnimant,
E François lour donrent l'asaut isnelemant
A la sbare as Lombars par tre mout mautalant.
Mes Lombars ne firent ne viste ne semblant
Che de lour dotousent le vailemant d'un gant:
Ains se defendoient par si fer ardimant
Che François disoient entr'eus comunelmant 2[b]
Che meis ne veirent gient fer tiel defensemant.

L'asaut fu merveilous, anc tiel ne fu veüs;
Car François jetoient lour esplis amolus

81 hond.

Outre tot la grand sbare, ond maint furent ferus.
Mes Tiois se hasterent de l'asailir trou plus
Pour venzier ceus d'avant, che estoient confondus.
Mes li Lo[m]bars por ce ne furent mie esperdus
Car covers estoient ens la sbare e reclus,
E se defendoient as dars e as splis agus;
E ceus as lonçes lançes, com homes proveüs,
Lour lances fiçoient deshors par maint pertus;
Ond deors oucistrent maint buens detriés crenus.
Bertram le Jenoois, che fu saçe e cremus,
Avoit o soi dis mille balistriers esleüs.
Là où il vit l'ensagne de Zarllon le barbus,
Fist bersier tot ensanble celour par tiel vertus
Che maint h[e]omes feirent fausier e mai[n]t escus,
E maint aubers ausi que estoient ciers vendus.
Quand François se furent de cist feit porceüs,
Arier se retreirent la plus part sus e jus
E guerpirent la sbare; ond mout en fu irascus
L'emperer quand ce vit, e dist: 'Por l'aut Yesus,
Onquemeis je ne fui si fortment irascus,
Quand je voi que mes homes se vont traiant en sus
Pour peor des Lombars, com homes recreüs.'
Lour escria 'Monzoie!' o[n]d bien fu entendus:
Donc se treirent à lu li grand e li menus.
'Seignor' dist l'emperer 'grand iror m'est creüs,
Quand par si feite giant nous somes deceüs
Or alons tuit sor eus, e ne feites re[f]us:
Car se vous serés ceus che ai ja coneüs
En stours e en batailes, tost verés abatus
L'ourgu[e]l de ces Lombars e lour valor perdus.'
E François respondrent: 'Sire, ce est devenus. 3a
Mes se Lombars ne sont par nous mors e vencus
Pues che en avés voloir par nous morir tretus,
Sempre nous volons etre coars e vil tenus.'
Lour broçerent ensenble con mout gra[n]d cris e us.
Vers la sbare as Lombars furent tuit revenus
E Lumbars se furent iluec si defendus
Che François ne i pooient gaagnier dous festus;

144 poroient.

Adonc fu bien l'estour d'andous pars mantenus.
Mout eusent grand daomaçe Crestie[n]s receüs,
Quand la novele ala à dan Rollant le dus.
E quand il la entendi, ou tout le buen brand nus
Ver la place s'en vint, dolant de tiel salus.

Dolant fu le fil Mile quand la novele oï.
Lour s'en vint ver la place ou tot le brand forbi
E tote sa compagne mantinant le segui.
Quand le duc oit l'asaut eo grand estor çausi,
Duremant li pesa, e suen vis paloï.
Où il vit l'enperer, en celle part guenci
E [li] dist autemant: 'Sire, por Dieu merci,
Che est ce que vous feites? Estes vous enrabi?
Ja ne combatiés vous vor Turc ne Arabi
Mes ver jant cretiaine, que vous a ja servi.'
'Bieus niés' dist l'emperer 'por Danideu te pri
Que de cestour me vençies e de lour roi faili:
Car je ne fu en ma vie si hontiés ne laidi
Comant m'a laide[n]çé roi Dexirier ici:
Car il m'a mort mes homes: tant est d'ourguel garni;
Ond je te pri qu'il soit cescun d'eus mort e honi.'
'Sire' ce dist Rolland 'il n'alera ja ensi,
Mes selong le mesfeit sera lour roi meri.'
Lour sperona le duc suen detrier bien nori
Où fu le grand asaut, escriant à aut cri:
'Arier arier, seignour, e laisés cist estri.'
E quand ceus l'entendrent, cescun alour guerpi 3b
L'asaut tout mantinant e arier reverti;
E Lombars se treirent tretuit arier ausi.
Lour apelle Rolland l'emperer segnori
E Ugier le Danois e Naimes le flori
E Gaines de Maiance, che pues Rolland traï,
E Gondelbuef de Frisse e Salemon le ardi
E Riçard e Ugon e le pere Teri.
Tuit ceus vindrent ao duc, quand il li requeri.
Pues demanda Rolland tot aut, non en secri,
Dexirier de Pavie; e quand cil l'entendi,

Tantost vint celle part; car bien le coneï
Ao cors e ao quartier d'açur e d'or brusti.
Dexirier à la sbare s'en vint, e descovri
Suen cief de suen verd heome; e cescun suen ami
Estoit environ lu; chi oit lance e chi espli.

A la sbare s'en vint, sens nul felon remir,
Dexirier de Pavie por dan Rolland oïr.
E quand Rolland le vit, si li comenza à dir:
'Sire roi Dexirier, qui vos a feit failir
Par si feite mainere ver l'emperer vous sir
Che mort avés siens homes que je voi ci geisir?'
'Sire' dist Dexirier 'un don vous veul cherir,
Che selong le mesfeit me doiés fer merir.
Je vin en cist païs seulemant por servir
L'empereour mien sire e por aidier conquir
Le cemin de l'apostre, por ma arme garir.
Quand je fu pres vos host, je fis tantost venir
Un mesaçe à mien sir, qu'il me deüst bailir
Un camp où je poüsse ou ma giant remanir;
Car sens le suen comand ne voloie tolir
Ne canp ne abitance por non lui despleixir.
E il prist mantinant à gaber e à screnir
Mien mesaçe, e li dist ce qu'il devoit teisir,
E pues par grand orguel m'envoia, sens mentir, 4ª
Che cist palés deüse por mien hostel seisir,
E si le moi dona, où ceus de suen enpir
Oïrent ceste çouse. Adonc por lu obeïr
Fis asalir la terre hui à l'aube esclarir
E la merci de Dieu, avant le departir
Je entrai en la ville, com lui vint à pleisir.
Tant fis che ci arivai par forçe e por aïr,
E si fis as Paiens ceste place garpir;
Voir che maint de mes homes vi versier e mourir.
Quand le palés fu pris, je n'alai ja à dormir;
Ains me fis sour la plaçe sbarier e enfortir,
Pour qu'il ne me poüst nul Païn sourvenir,

204 mesace. 212 hair.

E quand je me cuidoie auquant en peis tenir,
Bien dis mil Alemans me vindrent à asailir
Des monteniers de sour; e si vou[s] pois plevir
Que ja me soloient detrencier e croisir
Li aubres e portier por lour vie mantenir.
E cestour dissoient que je deüse isir
De cist leu mantinant e en autre part guencir,
Che à Carllon voloient cist mien paleis oufrir.
Se grand despit m'en vint, nul ne m'en doit laidir.

'Rolland' dist Dexirier 'par le cors saint Donis,
Je voloie l'ostel eou grand palés antis
Presentier moi mieme ao buen roi de Paris;
Car ci ne sui venu fors seul que à suen servis
E en servis saint Jaches à conquir cist païs.
E Tiois voloient avoir le lous eo pris
De ce que je avoie ou mes homes conquis:
Ond lour motrai je bien que je ne ai noris
Homes da spoentir; ond sour eus vint le pis
Avant le departir, selong que m'est avis.
Tantost com ceus Tiois furent de ci partis,
Vi venir Carllemagne iriés, mal talentis.
Quand je vi mien seignour venir tant d'ire espris, 4b
Je me enserai tantost ça dens ou miens amis;
Car contre mien seignour (de ce soiés vous fis)
Ne me voloie metre: ond ça dens je me mis
Pour deffandre mien cors que je ne fuse oucis.
E Çarlle me vint sour, escriant à aus cris
Che moi e tous mes homes fusent mors e honis.
E quand je l'entendi, mout bellemant li dis
Ch'il me deüst entendre ma raison e mes dis;
Mes il ne me veust ja oïr: ond je me pris
A defandre ça dens. Ond se je ai mespris
De rien ver mien seignour, je sui prest e garnis
De fer l'emendemant; e se je ai complis
Tous siens comandemans, ni en doi je etre meris.
Je ay prisse la tour eo palés segnoris,
Qu'il me dona, oiant li jounes e li gris,

Si com dist le mesaçe que [je] à lu tramis.
E se cist feit est voir, jentil prince e marchis,
Pensiés se je doi etre honoriés ou repris.'
Quand Rolland l'entendi, da Dieu l'oit beneïs
Coiemant entre soi, e pues dist: 'Roi jentis,
Atendiés un pue ci tant que serés requis.'
'Sire' dist Dexirier 'par Dieu de paradis,
L'atendre e le partir sera à vetre devis.'

Ensi com dist Rolland outroia Dexirier,
Ch'il atendi iluec sens cris e sens tençier.
E Rolland amena à une part l'emper[i]er
E tretuit siens barons, ond cescun tenoit cier,
E pues dist ver suen oncle: 'Avés oï parlier
Dexirier de Pavie e suen droit recontier?'
'Oïl' ce dist le roi 'mout bien se seit scusier.'
'Par ma foi' dist le duc 'je ne l'en sai blasmier.
Bien savés l'ambasée que li envoiastes ier,
Che vous si li donastes, oiant vetre bernier,
Le palés Maoçeris, la tour eo metre estier; 5ª
Car mout vous serviroit s'il li poüst entrier:
Or a il feit vous comand, ond l'en devés loer.
S'il sconfist ceus Tiois, il fist com prous e bier;
Car i le voloient de sa maison jetier
E avoir honour de ce che i n'avoient à fier,
E Dexirer voloit miesme presentier
Le grand palés à vous e da vous recoubrier
L'onour, le lous, le pris, com il doit, pour entier;
Car l'onour doit avoir qui le seit gaagnier.
Ensi m'aint Danideu com vous deusiés paier
Ceus que se venoient de ce à vous dementier,
Qu'il ne remist par lour, ne par lour mal ovrier,
Che tote Creste[n]tié ne fust misse ao frapier.
E quand vous devoiés roi Dexirier vengier,
Vous li venistes sour par fer lu detrençier.
E quand il vous voloit de sa raixon contier,
E vous ne le vousistes de noiant escoutier;

283 Früher *deues* und dann von derselben Hand *si* überschrieben.

Ains li feïstes vous l'asaut tot redoblier,
S'il defendi suen cors, nul nel doit reprocier;
Ains le devroit cescun servir e honorier,
Ch'il a feit en un jour plus bontié, sens gaber,
Che en cinc ans n'avons feit; ond je vous veul prier
Che pour ceste bontié qu'il a feite en primier,
E pour le grand outraçe que li est feit d'arier,
Que vous si li diés qu'il doie demandier
Un don quiel il voudra, qu'il l'aura sens tardier
S'il est de vetre honour, sens vous desaritier.'
'Emperer' dist Naimon 'pour tretout le engombrier
Che aie de mien cuisin, ne veul je mie leisier
Che je ne vous consil com je doi consilier.
Je di que vous doiés mantinant otroier
Ce qu'a dit vetre niés: si vous ferés prisier.'
'Voire' dist Salemon e le Danois Uçier.
'Seignour' ce dist le roi 'pour le cors saint Homier, 5[b]
Tant vous estes peniés pour mien honour montier
Che je veul fer tot ce que saviés devisier.'
'Grand merci, mien seignour' dist Rolland l'avoer.

Tout ce que dist Rolland l'emperer otroia,
E cescun des barons ceste çouse loa.
E Rolland mantinant à la sbare torna;
Où il vit Dexirier, bellemant l'apella
E li dist: 'Sire roi, ne vous esmaiés ja;
Car da Çarllon à vous ja plus guerre n'i aura.
Seürement venés à lu; car il voudra
Parlier ensenble ou vous, e veirés qu'il fera.'
Quand Dexirier l'oï, ja plus ne demora;
Ains fist ovrir la sbare e à Rolland alla
O maint de siens amis, où il mout se fia,
E Rolland bellemant à Carlon l'amena.
Quand Dexirier vit Çarlle, tantost s'enginoila
Davant lu mantinant, e cil le redreça.
Pues li dist l'emperer: 'Dexirier, oiés ça.
Se je mosfeit vous ai, mien cors l'amendera

2 deuoit. 312 çoule. 324 redreca.

Avant le departir, selong que vous pleira.
Or demandiés quiel don vous pleit; car il sera
Mantinant otroié, se Çarllemain porra,
S'il est de mien honour.' E cil l'en mercia;
Car bien vit voiremant que Çarlle ne gaba.
'Demandiés' dist Rolland 'car mien sir vous donra
Ce qu'il vous a promis, e de rien ne faudra.'
E cescun des barons de ce le conforta.
Adonc roi Dexirier en suen cuer se pensa
Ce qu'il voloit querir; e pues plus ne tarda
Ch'il comença à parlier, e cescun le escouta.
Or escoutés, seignour, quiel don il demanda.

'Sire' dist Dexirier 'quand vetre cors se plie
A fer moi tant d'onour, je ne le refu mie.
Le don que je vous quier, oiant la baronie, 6a
Est que frans soient sempre tous ceus de Lombardie:
Chi en comprast aucun, tantost perde la vie;
E che cescun Lombard, bien qu'il n'ait gentilie
Che remise li soit de sa ancesorie,
Puise etre civaler, s'il a pur manantie
Qu'il puise mantenir à honour civalerie;
E si veul che cescun Lombard sens vilenie
Puise sempre portier çainte la spee forbie
Davant l[es] empereres: qui veut en ait envie.
Autre don ne vous quier, ne autre segnorie.'
Quand l'emperer l'oï, si dist con ciere lie:
'Sire roi Dexirier, qui que s'en plaigne ou rie,
Tot cist don vos otroi, se Dieu me beneïe,
E si en soient tesmognes ceus de ma compegnie
E tuit li doçe pieres, où tant a vigorie.'
Quand Dexirier l'oï, sens pont d'afaiterie
Li veust basier li piés de buen cuer, sens folie.
Mes Çarle neo sofri, ains li fist tant d'aïe
Ch'il le tint contre mont, e fist grande courtoisie.
Iluec estoit Trepin, que à nom sainte Marie
De cist feit en fist carte; e quand fu saielie,

362 e quand *en* fu saielie.

Ao buen roi Dexirier fu donee en bailie.
Adonc fu la peis feite e la meslee fenie.

Quand Çarlle e Dexirier orent feite la pais,
Çarlles apela Naimes, à une part le trais;
Pues li dist en riant: ‘Que panses tu que fais
Cist Lombard Dexirier? ne semble saçeze pais,
Quand il m'a queru un don que ne monte dous ais,
Que s'il m'eüst queru plus que l'onour d'Arais,
Tout doné le li auroie, par le cors saint Tomais.’
‘Sire’ ce dist Naimon ‘n'en feites ris ne gais,
Car un plus noble don ne vi querir jamais,
Che autre ni i faloit fors cil que or li donais,
Car à lu n'a mestier ne terre ne palais, 6b
Qu'il a-ou meilor païs, le plus bieus e plus grais
Che se poüst trovier de ci ao port de Chaifais,
On[d] sempre il puet donier civaus, diners e drais.
Tu li ais plus doné, frans emperer verais,
Che se doné li euses da Paris jusque à Ais,
Qu'il ne l'auroit tenu plus qu'en sa vie un pais;
Mes mout grand honour fu cil que tu li otroiais,
Car Lombars auront sempre cist honour, bien le sais;
Mes par cil Sir que fu oucis en Golgatais,
Roi Dexirier est saçe, vailant, ardis e gais,
Qu'il a feit c'onquemais ni aura d'onour mesais.’
Quand l'emperer l'oï, si tint le cief en bais
E pues dist à Naimon: ‘La verité dit ais.’

Quand Carlle e le duc Naimes orent entr'eus loés
Dexirier pour cil don qu'il avoit demandiés,
As autres revindrent con vis çoiant e liés,
E Rolland mantinant oit Carllon apelés
E dist: ‘Sire emperer, estes vos porpensiés
Où doiés aoberçier? estes vos hosteliés?’
‘Nanil’ dist l'emperer, e quand l'oit escoutiés
Dexirier de Pavie que fu prous e enseniés,
Il vint à Carllemaigne e dist: ‘Sire, prenés
La maixon e l'ostel, que doné vos m'avés,

368 saceze. 394 *e qand loit escouties* estes uos p., die cursiv gedruckten Wörter unterpunctiert.

E si vos pri por Deu que vos neo refusiés;
Car vous serés iluec servis e [a]asiés
Plus que en un aotre hostel que soit en la citiés.'
'Dexirier' dist Hestous 'de ce ne dubités,
Qu'il le prendra tre bien, pues que ensi le priés;
Car de si feites graces vous feroit il asés.
Se je l'ostel eüse ensi com vous gaagnés,
Aotre queo duc Hestous [n'i seroit hosteliés].'
Quand l'emperer l'oï, si en rist à cief cliniés
E pues dist: 'Sire Hestous, por Dieu de maïstés,
Or prendrai je l'hostel pour fer vous plus iriés.' 7a
'Bien le croi' dist Hestous 'sire, nel moi juriés,
Car plaisant sempre fustes, courtois, bien costumés.'
De ce ristrent li autres qu'estoient à lour lés.
Lour fu la sbare overte, e le roi Dexiriés
Ameina dens Çarllon e suen rice berniés.
Trosquement sor la sale dou plus metre palés
Condust Dexirier Çarlle e mout l'oit honoriés;
Car il miesme l'asist, voiant buens e maovés,
Sour la sieçe que fu Maoçeris l'amirés;
Pues dist: 'Sire emperer, d'or en avant teniés
Cist palés que par vous me fu iersoir doniés:
Car je ne veul d'Espagne citiés ne fermitiés,
Mes bien vous veul aidier voluntier e de grés
Tant que Rolland en soit à honour coroniés.'
Quand l'emperer l'oï, mout l'en oit merciés,
Pues fist comandemant que tantost fust troviés
Un palés avec cil e là fust desmontiés
Le fort roi Dexirier; car il voloit uimés
Avoir le roi Lombard tutor à suen costiés:
E ceus le troverent, à cui fu comandiés.
Avant que Carllemagne fust en la cambre alés,
Fist crier que li mors fusent tuit enteriés
E que cescun Païn fust tantost desarmiés,
E demorasent tuit en lour hostieus serés,
Jusque tant que i fusent laviés e batiçiés;
E ceus l'otroierent, ond nul n'en fu blasmiés.

409 prenderai, das zweite *e* ist aber gestrichen. 414 dedens, das erste *de* gestrichen. 428 auoit.

Mout fu bien otroié mantinant sens termin
Tout le comandemant Carlle le fil Pepin;
Car sevelis fure[n]t li gisant mors sovin
E desarmiés ausi furent li Saracin
E dedans lour meisons remistrent sens hustin.
Ens une rice cambre, tote painte ad or fin
Ensi com en Besançe prist fame Costantin,
Se desarma Çarllon de suen brand açerin 7b
E d'eome e de clavein e d'aobers dopletin,
E pues se fist vestir d'un paile smeraudin.
Maoçeris e suen fil qu'avoit guerpi Apolin
Furent da part Çarllon servis à suen demin
Dedens un grand palés sens noise e sens traïn,
Car ne i fu feit[e] garde par nul home terin.
E li autres barons, che estoient de gra[n]d lin,
Alerent desmontier à nom le Roi divin
As maisons che estoient à Carlle plus voisin,
E grand part en remist dehors sens nul haïn,
Che dreçerent lour triés en cans ou en çardin,
Car dens ne porent tuit tenir par nul engin.
Cil jour avant super, si com dit le latin,
Çarllemagne envoia por l'amirant païn
E par suen fil ausi que ni avoit cuer fraïn
E par roi Dexirier e par l'Englois Basin,
Pour Naimes, pour Ugier, por Jofroi l'Ançoin
Pour Salemon le roi, pour Gaines, por Gaudin,
Pour Rolland que amenast li doces palatin
E pour tuit li barons qu'à lu furent aclin,
E tuit vindrent à Carlle sus le palés maobrin.

Sus le palés que fu Maoçeris l'Espanois
Vindrent tuit li barons ao roi des Romanois.
Desour la metre salle, qu'e[st] painte ad orfrois
Comant Camilius desconfist li Gallois,
Furent les tables misses e aprestiés li dois:
Car de tous ceus barons ne li avoient pas trois
Che eusent en cil jour mangié rien, ce saçois.
Ao cief de table fu le roi des mondeins rois,

Joste lu Maoçeris que ne fu mie borçois
E pues roi Dexirier e Isoriés le cortois;
Aprés fu asis Gaines e Naimes le Tiois
E le roi Salemon e le roi Gondelbois.
E le roi Guinimer e Uçier le Danois. 8a
Pues furent tuit asis, princes, dus e marchois,
A une autre riçe table pres le roi des François
S'asist le fil Milon ou siens palatinois.
Mout furent bien servis tretuit sens cris ne nois;
E quand orent supé, Carlle prist par dous dois
Le fort roi Maoçeris, e dist con honble vois:
'Maoceris, je vous pri que vous ci orendrois
Ve doiés batiçier, com promis nos avois.'
'Voluntier' dist cellu 'mes je si veul ançois
Che cil don que je doi querir, com vos savois,
Che vous le moi doniés, pues me batiçerois.'
'Ami' dist l'emperer 'por la veraie crois
Vous ne saurois querir ore ne autre fois
Si grand don ne servis, bien qu'il fust sour mien pois,
Che vous tout ne l'aiés avant conpli le mois.'
'Sire' dist Maoçeris 'je le veul demanois.'
'Or le queriés' dist Carlle 'que mantinant l'aurois,
Se je le porai fer, qu'il est raixon e drois
Che donier le vous doie, com je sai e conois.'
'Grand merci, jentil sire' dist le Pampelunois.
'Or saciés que jamés je ni amai grand repois
Ne trou desdut de dames, mes en stor e en tornois
Me sui je delitié de portier mes ernois:
Ond le don que je quier est que vous me feçois
Etre des doçes pieres e de lour droit corois;
Pues prendrai le batisme e servirai vous lois.'
Quand l'emperer l'oï, si en fist ris e gabois.

Mout s'en rist Carllemagne de cele demandançe
Che li fist Maoçeris, qu'il cuidoit por çertançe
Ch'il l'eüst dit por gab, por fer o lu amistançe.
Lour dist à Maoçeris con mout onble senbla[n]çe:

479 par le roi francois.

'Vous ve gabiés de nous selong ma consiançe.'
'Ne faiz mie' dist cellu 'car isu sui d'enfançe
Mes avant veul je etre mis en celle ascemblançe 8b
Che etre roi d'Espagne, de Frisse ne de Françe.'
'Sire' dist l'emperer 'à tote ma puisançe
Complirai vetre buen, pour l'autisme Sustançe.
Or atendiés moi ci en peis e en paciançe.'
Lour le baili pour main à Gueines de Maiançe;
Pues amena Çarllon sens autre demorance
Suen niés à une part, e pues sens cris ne tançe
Dist le roi: 'Jentil niés, plus ai en toi fiançe
Che en tuit li autres homes e plus gregnour sperançe;
Ond je te pri e requier, par celle penetançe
Che notre Sir soufri par notre delivrançe,
Che un des doçes peres, le quiel plus t'atalançe,
Doies hostier de l'ordne, car je sens arestançe
Li donerai bien plus que ne vaut la Proançe,
E en lié de cil metrais sens autre delaiançe
Roi Maoçeris, qu'est prous e plain de grand siançe;
Car por lu aceverons notre grand desirançe
A mout petit termin, selong qu'est ma creançe.'
Quand Rolland l'entendi, si dist ceste sentance:
'Ne conteroi je mie por tot l'or de Costançe
Entre mes compeignons; car male proveançe
Feroie enver celour, que por ma bienvoilançe
Ont guerpi lor païs e lor metre abitançe.
Mout par me scembleroit maovese costumançe
A guerpir suen ami por avoir la acontançe
D'un strançe que soit pris, où n'est pont d'afermançe:
Ond je ne veul, bieus sire, comencier tiel usançe.
As autres piers devés fer ceste predicançe
Che à moi vous avés feite, si saurés lor entance.
Se nul s'en veut isir par buene concordançe,
Je nel desdirai mie, de ce n'aiés doutançe.

Quand l'emperer entend ce que Rolland repont,
Da lu se part tantost, pues apelle e semont

534 ond. 544 se depart; vgl. 1216.

Li autres onçes pieres e en une cambre vont. 9a
'Seignour' ce dit le roi 'a il de vous noir ne blont
Che voile isir de l'ourdre, où li doçes piers sont?
Je li metrai tantost corone d'or en front,
Si li donerai terres plus que n'oit iustemont.'
Quand celour l'entendent, mout grand iror en ont;
Ni i a nul que ao voloir de l'emperer segont.
Primer parolle Hestous, que lieve contre mont
E dist: 'Sire emperer, par Dieu le roi dou mont,
Nous ne somes par toi en host ci à cist pont,
Mes pour amor de cil que de bien fer est pront,
Ce est Rolland tuen niés, à cui Danideu dont
Acomplir suen voloir, car maint preu en auront.
Il ne i a nul de nous si bais ne si aou font
Que ne soit duc ou prince ou grand marchis ou cont.
Mieus amons [nous] mourir ou le cuens de Clermont
Che tenir quant que vaut Paris jusque en Piemont.'
'Voire' dient li autres 'mal ait chi s'en escont.'
Quand Çarllemagne entend le parlier que ceus font,
Bien dit à soi miesme: 'N' i a mestier que je cont
A cestour plus paroules, car ja rien n'en feront.'
Donc s'en ist de la çanbre corouçouz e embront.

Quand Çarllemagne oy la voluntiés entiere
Des conpeignons Rolland e vit la lour mainere,
Bien dit à soi miesme: 'Ci n'a metier priere.'
Lour isi de la cambre con une embronçe ciere
E vint droit en la salle que fu de maobre piere
Où il vit Maoçeris, s'en vint à la primere
E dist: 'Maoçeris sire, foi que doi à la Deu mere,
Je ai tretuit ensemble priés li doçe piere
Che un d'eus ise de l'ordre, car tantost li veul fere
Pourtier coroune d'or; mes nul d'eus, por saint Pere,
Ne veut par nule rien isir de celle schiere:
Ond je vous pris, bieus sire, que vetre cors ne quiere
Cist don ne ceste çouse, qu'il est folie pleniere; 9b
Car un jour li veirés tretuit portier en biere,

547 pieres. 570 com. 573 don.

Par lour outrecuidançe ne s'en sauront retriere,
Mes il n'est nul riame de ci jusque en Baivere
Che se vous le querés que je m'en traie ariere;
Si serés condutor tout tens de ma baniere.'
Quand Maoçeris l'oï, si dist: 'Sire emperere,
Pues que je ne pois etre de la compagne ciere,
Avec vous remandrai, car mien cors bien s'espere
Che ancor vous me metrés en plus aute zaere.'
'Voire' dist Zarllemagne 'si vous tinrai com frere.'
'E je' dist Maoçeris 'vous veul tenir pour pere.
S'il ne fust esconduc dou solel la lumere,
Je me batizeroie tantost e voluntiere;
Mes huimés est trou tard, ond que à l'aobe clere
Je me batizerai moi e ma giant ascliere.'
'Bien me pleit' dist Zarllon 'ce est zouse ligiere.'
Mes il la trova pues ao matin stranze e fiere.

Mout pleisi à Zarllemagne, quand Maoçeris dit oit
Che l'endemain à l'aobe il se batizeroit.
Lour li dist belemant que tot ce li otroioit;
Car da sa felonie mie ne se gardoit.
Quand le jour s'en fu alé e l'ouscuror montoit,
Çarlle dona conjé as barons qu'il avoit.
Lour alerent couzier tretuit à grand esploit,
Chi dens e chi dehors, com cescun miel pooit.
Maoçeris e suen fil que fortment il amoit
Alerent à dexendre à cil hostel tot droit,
Che par lu fu aprestié, si que rien ne i faloit.
Là dens oit une zambre que dous grand lit tenoit,
Voir que entre l'un e l'autre si bien serés estoit
Che qui fust en l'un lit ja veoir ne poroit
Celu que fust en l'autre, mes mout bien parleroit
L'un l'autre par tiel guise que ja ne li oiroit
Auchun que fust dehors ne de riens li entendoit, 10a
E l'un pooit da l'autre alier quand li pleisoit.
La cambre fu mout cliere pour la ciere que ardoit.
De[dens] le greignour lit, que maint deniers valoit,
Entra roi Maoçeris, que maint suspir jetoit

Pour ce que à compeignon Rolland le refusoit:
Bien disoit entre soi que ancor se venjeroit.
Par dedans l'autre lit, que bien par pont seoit,
Se couza Ysoriés, que à nul mal ne pensoit.
Alour roi Maozeris si dist qu'il ne voloit
Aucun home là dens tenir par nul endroit.
Adonc se partirent tretuit [sens] plus resploit;
Si ala cescun de lour couzier où il devoit.
Mes le roi Maoçeris toute nuit travailoit
Za e là pour le lit, car ja mie ne dormoit.
Quand fu pres la mie nuit, fortment se dementoit,
Ne cuidant qu'aucun home oïst ce qu'il disoit:
'Ay las moi!' fesoit il 'ceitis e maleoit!
Quand guerpi ay me diés, l'en tuer me devroit.
Si ay guerpi mien sire, que tant pris me feixoit:
Ce est le roi Marsille, que sour tuit me honoroit,
Pour servir à un roi, que mes ne me feroit
Nul pris ne nul honour, por ce qu'il ni ouseroit,
Se Rolland ne vousist; or viegne ce que doit
Che je en açeverai mout bien, que puet si soit.

Ensi se dementoit Maozeris l'amirant
E disoit: 'Ay ceitis maleuré e dolant!
Quand guerpi ays Macon e tuen dieu Trivigant
E le buen roi Marsille, que toi paramoit tant,
Qu'il te dona sa suer, de quoy ais un enfant,
Ch'est si vailant e prous, loiaus e avenant
Che nul de suen aaze n'en fu meis autretant.
E or ays tu guerpi tuen seignour e ta giant
E eis mis à servir un roi que ni est puisant
De toi metre en un ordre: or panse bien comant 10[b]
Il te poroit servir d'un autre feit plus grant!
Mes foi que je doi Dieu, avant l'aube parant
De ci me partirai, par un tiel convenant
Che je ne serai mes de Zarlle bien voilant.
A mien seignour Marsille alerai droitemant,
Si li dirai qu'il face de moi à suen talant;

628 Das Wort *la* ist überschrieben 649 don.

Car avant veul je etre oucis da lu ao presant
Che je soie jameis à un ceitis roi servant.
Mes je sent bien mien sire si saçe e si vailant
Qu'il conoistra que jé ne ai feit nul traïmant.
Se je perdi ma ville, ce ne fu laidemant;
Car je la defendi ao brand d'acier trençant
A tretout mien pooir, tant que ao finemant
Je seroie tué, se je tout en avant
N'eüse dit de prendre das Frans batizemant.
Mes je ne l'ai mie pris ancour ne à mien vivant
Ne le prendrai jameïs; ains se gard bien Rollant
Da moi en cescun lieu; car je di apertemant
Che se je pois long vivre, qu'il sera malemant
Encoroné d' Espagne selong mien esciant;
Car il stuet à mes mains morir veraiemant.'
Ao pont que Ma[o]zeris comenza primemant
A dir tieles parolles Isoriés mantinant
Si se fu esv[e]ilié e oï quoiemant
Ce que disoit suen pere; lour li dist omblemant:
'Sire, leisiés estier cist vetre parlemant;
Car Zarlle vous fera plus rice e plus mainant
Che n'est le roi Marsille ne aucun suen parant.'
Quand Maozeris l'oï, mout en fu trapensant,
Ch'il ne cuidoit qu'aucun l'entendist tant ne quant.
Lour prist à sornoilier e dou dir fu taisant.
'Ay las!' dist Ysoriés 'que aloie diant!
Che ce ch'a dit mien pere il disoit en dormant;
Je ne respondrai plus, car il dort seuremant, 11a
E de dormir sui jé ausi mout dexirant.'
Lour se endormi Ysoriés sens nul faus pensemant.

Isoriés s'endormi sens male entencion,
Cuidant bien que suen pere parlast en vixion.
Isoriés sournoiloit seul por l'aflicion
Che il avoit tant soferte defèndant sa maison.
Quand l'amirant oï dou sornoiler le son,
Il dist mout quoiemant: 'Endormi est le gloton.'

681—2 Or ne ie responderai plus dorme seuremant Car de dormir.

E quand il oit ce dit, il leva contremon
E vesti suen jambaus e tous ses garnison;
Car de ciere i avoit grand lumere environ.
E quand il fu adobé, il dist tot à lairon:
'Se je me part de ci e lais mien enfançon
A servir Çarllemagne, à grand destrucion
Il metra tote Spagne, Galice e Aragon;
Car il n'est pont de pas en ceste region
Ch' il ne sace trou bien; e se je le araison
Ch'il viegne ensenble o moi, je sai sens doteison
Ch'il ne me lairai aler, ains le dirai à Çarllon
Ou voire à Rolland, que ne m'ame un boton.
Lour seroie tué sens nulle reançon;
Mes je oucirai cestu avant ma partison.'
Alour prist un coutel qu'il avoit ao galon
E vint ao lit o estoit couzee sa norison
E vit com il dormoit sens male pensexon.
Lour s'estrainst si en suen cuer qu'il ne i fist mesprixon,
Ains se retraist arier; pues pensa le felon
Che dou tot l'ouciroit, cui chi 'n pesast ou non.
Lour vint ancour sour lu, mes quand vit la façon
Dou fil, que a lu sembloit plus qu'autre rien dou mon,
Le cuer li entendri e retorna à cil pon
Jusque à l'uis de la zambre; pues oit repentison
Qu'il ne l'avoit oucis, lour dist: 'Bien sui bricon
Quand je neo met à mort, car s'il vit gueir de lon, 11b
Il destruira dou tout le roi Marsilion:
Mes foi que je doi Deu, il n'aura garison.'
Lour retorna sour lu iriés, morne e embron;
E cil dormoit plus fort que ne feit un tasson.
Maoçeris li leva tous li drais à bandon,
Si le descovri tot dao ventre à le menton;
Car cil ne se movoit plus com fust un peron.
Lour le esgarda le pere, plurant des yeus dou fron
E dist: 'Ay las pezable! ne Yesu ne Macon
Ne te fera jamés de cist pezié perdon.

701 noiremant 705 ao estoit 715 sil uif 717 don

Donc n'est cestu ta çar, tuen cuer e tuen poumon
Che sempre t'a servi sens nulc traïxon?
Aviegne ce que puet, que par nulle ocheison
Ne metrai main sour lu, car je n'ai cuisanzon
Ch'il me puise sourprendre en stor ne en tenzon,
Car je me sent ancour plus saçe e plus preudon
Ch'il n'est, ze conois jé, e de gregnour renon:
Mes bien sai qu'il metra maint Paiens en fricon.'
Lour prist l'escu e la lançe sens fer ne cris ne ton
Pues isi de la zambre larmoiant à foison
E se vint à [la] stable solet sens compeignon.

A la stable s'en vint Maozeris l'amiral,
L'escu portoit ao col e la lanze aotretal
Portoit en detre main, ja n'oit aotre vasal.
A l'entrier de [la] stable vit un gars jovenzal.
'Ami' dist l'amirant 'ensele mien çival.'
Quand cil vit Maozeris, en suen [cuer] pensa mal
E dist: 'Ay jentis roi, valorous e loial,
O voliés vous alier ensi avant le jornal?
Gardiés vous da pensier enver Zarlle aucun fal.'
Quand l'amirant l'oï, plus vint rous que coral
E feri le valet de la lanze un cous tal
Che mantinant le fist ceoir mort ao teral.
Pues mist ao buen detrier frain e sele à esmal 12ª
E saili ens l'arzons, e la lanze poignal
Seisi por grand irour e isci de l'ostal,
E vint tot quoiemant jusquement ao portal,
Che le niés Zarlle avoit aversié contreval.
Hors de la porte isci sens autre batistal,
Che nul mie ne desdit ao sedutour mortal;
Car ja ne pensa mie aucun home zarnal
Qu'il s'en deüst alier le faus roi desloial.
Quand fu isu de la ville, le Païn criminal
Autemant mercia tous siens diés por ingal
E dist: 'Se je eüse mien cier fil ao costal,
De toute l'autre perde je ne donroie un gal;
Car sour Frans cuit je ancour vengier mien duel coral.'

Maozeris s'en isci, com je vous ai conté,
Ors de la metre ville, qu'il n'en fu engombrié.
Tout droit vers Aragon oit suen cemin drecié;
Mes il ne fu ja mie demie lieue alé,
Che l'aube fu aparue e le jour fu esclarié.
Alour tout mantinant oit arier regardié
E zausi Pampelune e le paleis pavé,
Le mur e la maison, où il avoit leisié
Suen cier fil Ysoriés; lour oit mout sospiré
E dist: 'Ay Pampelune, amirable citié!
Ja fustes vous la flour de la Paienitié,
Jamés ne se tint tant castel ne fermitié
Comant vous ay tenue contre la Cristentié;
Mes en la fin vous ay leisee en lour poestié,
Non mie por coardie, mes bien m'ont enzignié
Li diés que je ai sempre servis e honorié.
Ay Maomet! par quoi m'ais tu ensi oblié?
Car je ne obliai toi en tretout mien aé;
Mes sempre t'ai servi voluntier e de gré.
Comant ais tu soufert que je deseritié
Soie ensi de ma ville e l'onour soit donié 12^b
A ceus que ne t'ament? ce est grand cruautié.
Mes se tu me vosisies fer or tant de bontié
Che mien fil m'envoiases, quand il sera esveillé,
Tretout mien mautalant te seroit perdonié,
Si te seroit le pris e l'onour redoblié;
Or atendrai je auquant souz cil aubre ramié
Pour veoir se par toi me sera envoié
Mien fil, que je tant ay queru e demandié.'
Lour ala souz un aubre qu'il vit lez un fosié
E esgardoit ver la ville par le camin feré,
Cuidant bien qu'il deüst venir sa heritié;
Mes tretout fu noiant quant qu'il avoit pe[n]sié,
Che le fil ne veust onque dapues sa amistié,
Sauf s'il n'eüst Macon guerpi e renoié
E maintes fois moutra qu'il ne fu sien privé.

Maozeris s'aresta de souz l'aubre ramu,
Esgardant qu'il deüst venir suen fil rier lu.

E Zarlle se leva merciant l'aut Yesu
Pour qu'il avoit l'orguel de la vile abatu.
A lu vindrent s[i]ens princes, si li ferent salu,
E celu noblemant oit cescun receü;
Pois apella à soi Salemon le membru
E Gondelbuef de Frise e Naimes le zanu
E Uzier le Danois, que onque coard ne fu.
'Seignor' ce dist le roi 'alés sens tardier plu
Ao fort roi Maozeris, que s'est à nos rendu,
E à suen fil ausi, que tant est coneü
Pour prous e por vailant, com nos avons veü.
Dites lour que je atend cescun d'eus com cier dru.'
'Voluntier' distrent ceus 'por l'autisme Vertu.'
Lour desendrent li quatre dou grand palés voutu,
Pues monta cescun d'eus à un palefroi crenu
E alerent ensanble tot le camin batu
Droitemant ao palés, où avoient yeü 13a
Maozeris e suen fil, com vous ai menteü.
E quand furent desis, contre lour fu venu
Le vailant Ysoriés, que estoit zaucié e vestu,
E atendoit qu'il levast le faus roi mescreü;
Car il ne pensoit mie ce qu'estoit devenu.
E quand li quatre orent Ysoriés coneü,
Mout bien le saluerent e cil ne fu mie mu,
Che à lour salu oit bien noblemant respondu
E mout bien li rezuit à zoie e à desdu.

Bien rezuit Isoriés à zoie e à baudour
Li quatre compeignons dou magne empereour.
E celour li distrent: 'Ami, où est l'aumensour?
Car Zarlle nous envoio à vous dous por amour
E dit qu'il vous atend sour le paleis gregnour.'
'Seignour' dist Isoriés 'je croi qu'il dort ancour
Maozeris por la paine qu'il soufri yer tout jour;
Mes je le esveilerai tantost sens nul demour:
Or atondiés un pue; ne vous en pois, segnour.'
Ceus distrent: 'Voluntier' e Ysoriés alour
Ala droit à la zambre, cuidant bien sens folour

Trovier en lit suen pere, mes nul grand ne menour
Il ne trova là dens; lour regarda d'entour
E ne vit mie les armes dou felon sedutour.
Lor isci de la zambre e s'en vint à celour
Ch'iluec l'atendoient e dist: 'Frans pugneour,
Trovier n[e] sai mien piere, par Dieu le roi de sour,
Ne ses armes ausi; ond mout sui en erour.'
Quand celour l'entendrent, si muerent la colour
E distrent: 'Où puet il etre alé desour?
Feites vous aprestier un civaus ambleour,
Si alerons à Zarlle à contier cist labour.'
E cil dist: 'Vòluntier'; adonc sens nul sejour
Il s'en ala à [la] stable pensis e plein d'irour
E vit ch'il li faloit des civaus le meilour; 13b
Pues zausi le valet, que le roi traïtour
Avoit oucis la nuit, quand prist le miseour.
Lour tourna Ysoriés as quatre ambasceour
E dist: 'Alé s'en est mien pier le liceour,
Si croi qu'il s'en partist anuit avant l'aobour,
Por quoy je ne sentise de lu aucun remour.
Il a oucis un valet que estolt buen serviour,
Si en ameine un cival, que court par tiel vigour
Ch'il n'est cers si corant che i feist desenour.
Or ne sa[i] je que fer, car mout sui plein d'ardour.'
E ceus distrent: 'Montiés, ao nom le Criatour,
E veniés ou tot nos e ni aiés mie peour.'
'Voluntier' dist l'enfant 'mes mout ay grand dolour.'
Alour li fu amené un cival coureour;
Lor monterent tuit cinc sens cris e sens furour,
E pues civaucerent sens autre guieour
Trosquement ao palés dou tens ancienour,
Où fu le buen roi Zarlle des autres condutour:
Là desendrent li cinc barons de grand valour.

Entre le duc Naimon e Salemon le roi
E Gondelbuef de Frixe [e] le prous fil Geofroi
E Isoriés qu'avoit guerpi la fause loi

872 fil galafroi.

Desendrent tuit ensemble belemant sens desroi
Ao paleis, où fu Zarlle, l'aut emperer françoi.
Le degré poierent main à main, doi à doi,
E vindrent en la sale que fu painte ad orfroi.
Quand Zarllemagne vit venir celour si quoi
Sens le roi Maozeris, si devint tout vermoi:
Lour li apella en primer e lour dist: 'Dites moi
Où est roi Maozeris, que je avec vous ne voi?'
'Sire' dist Isoriés 'por la foi que à Dieu doi,
Il se parti da nous anuit, si com je croi,
E a porté ses armes e suen rice conroi
E amené un detrier che vaut des autres troi. 14a
Je ne sai où il puise etre aliés si en requoi,
Mes bien l'oï anuit dementier entre soi,
Diant bien ch'il avoit grand ire e grand enoi.
Lour li repondi jé onblemant sens orgoi
E li dis doucemant qu'il ne fust en esfroi,
Che vous le ferisiés mout aut roi sens bufoi.
Alour ne parla il plus, qu'il pensa bien par quoi;
Ains prist à sournoilier, e je à buene foi
Pensai ch'il eüst dit en dormant tiel foloi.
Pour ce m'a[n]dormi jé, e il pues en secroi
Se parti, che nel vi, se je Dieu ne renoi.'
Quand l'emperer l'oï, si dist: 'Je nel mescroi,
Mes meis nel veirons plus fors ch'en mortiel tornoi:
Ond il daomazera notre giant autre foi.'

Mout [par] fu Zarllemagne dolant e pensero[u]s
Dou departir que fist Maozeris l'afarous;
Lor dist oiant tretuit: 'Bien doi etre angoisous,
Quand je ne sui dou tot tant fort ne poerous
Che je puise en un ordre metre un home tot sous,
Che nous pooit valoir plus que nul blans ne rous,
E or nous pora ofendre e fer sovant aïrous.'
'Sire' dist Isoriés 'je sui mout honteous
De mien pere, que s'est departu si en escous;
Car il a avilé soi, e moi feit vergoignous.

891 li ferisies.

Feites moi batizer à honour sainte crous,
Che pues voirai, sel pois fer retornier à vous.'
'Voluntier' dist le roi 'car loiaus eis e prous.
Mes avant que tu fuses batizé, ami dous,
Trou seroit eslonzié tuen pier, bien le conous;
Mes je li envoierai de mes civalers dous,
Tant que lavé serais en saint font gracious.'
Lour apela Gaudi[n] le fil à cuens de Fous,
E pues Baxin de Longres, que fu saze e enzignous.
'Vous dous' dist l'emperer 'sens prendre aucun repous 14b
V'adobiés e montiés, ne soiés perezous
E sivés Maozeris le fort roi valorous,
Tant che vous l'ataigniés e sens mot orgoilous
Priés lui da ma part ch'il s'en retourn[e] à nous,
Qu'il ne querira couse, par Dieu le glorious,
Ch'il ne l'ait mantinant, chi ch'en soit en[vi]ous.
Si le metrai en l'ordre, dond il est desirous.'
Lour respondi Gaudin: 'Ai Frans roi beneurous!
Bien le ferons tournier, n'en soiés desdegnous.'
'Voire' ce dist Baxin 'je n'en sui dubitous.'
Lour istrent de la salle sens fer autre respous
E s'alerent à armier de bien fer talentous
E monterent aprés à detriers ravinous.
Pues istrent de la ville li vasaus corajous
E tant civauçerent ch'il veirent li esclous
Dou cival Maozeris le fel roi maleurous.
L'u[n] le motroit à l'autre, si en furent mout zoious;
Adonc dou zivaucier furent plus astious.

Liés e zoians furent ceus dous vasaus de pris,
Quand veirent li esclois dou zival Maozeris.
Alour dou civauzier furent plus talentis
E tant çivauçerent le droit cemin antis,
Che l'amirant orent desouz l'aubre zausis.
Quand cil li vit venir, ja n'en fu mie esbaïs,
Car par dous tieus vasaus ne seroit spoentis;
Mes bien pensa che Zarlle si li avoit tramis

931 sen alerent

Pour fer lu retournier ou pour fer li despris.
Adonc tot mantinant sa lanze en poing repris
E se mist contre lour sens motrier gab ne ris.
E quand il li aproça, si lour dist à aut cris:
'Vasaus, où alés vous si armés e garnis?'
'Par vous' ce dist Baxin, 'car l'aut roi de Paris
Si vous mande priant, com loiaus e jentis,
Que vous tourniés à lu e ne soiés pensis, 15a
Car ne sauriés querir tiel don ne tiel servis
Che tantost ne l'aiés, de ce soiés vous fis,
E si vous metra en l'ordre che vous li avés requis.'
'Voir est' ce dist Gaudin 'par Dieu de paradis.'
'Par foi' dist l'amirant 'vous estes mal apris,
Quand de si feite çouse vous estes entremis.
Donc cuidiés vous che jé soie un enfes petis,
Che dites che je viegne ao vetre roi ceitis?
Car dou primeran don che il m'avoit promis
Me fali il mantinant, com poubre roi mendis;
Car je voi e conous qu'il n'est mie poestis
De fer rien, s'il ne pleit à Rolland le marchis,
E cil a tant ourguel qu'il ne prisse home vis.
Mes il convient ancour etre par moi maomis,
E jamés ni amerai aucun des siens amis,
E vous par suen amour serés ci endroit oucis.'
Quand celour l'entendrent, si en furent d'ire espris:
'Ey!' dist Gaudin 'faus roi, que est ce che tu dis?
Car se Rolland fust ci e vous fusiés tiel dis,
Vous ne i voudrisiés etre par li yeus de vous vis.
Com ousas tu maodir dou roi de Saint Donis,
Che te guenci da mort, quand tiens mortiaus nemis
Te voloient oucir? E tu alour li plevis
De venir Crestien; mes mout mal le feïs,
Car ta foi ais mentie e Crestiens traïs.
En toi ne se devroit fier joune ne gris,
Che tu ais renoié Macon e Yesu Chris:
Or te garde da nous, car tu eis mort ou pris.'
'Ne sui ancour' dist cil; 'mes vous serés meris
De ce che m'avés dit e mout tost repentis.'

Lour enfeutra sa lançe, ond le fer fu pontis,
E li dous d'autre part baserent lour esplis;
Pues se vindrent encontre sens nul autre devis.
Or porés tost oïr le quiel en oit le pis. 15b

Entre roi Maozeris e Gaudin e Baxin
S'encontrerent ensemble, plains d'irour e d'aïn.
Li dous peçoierent l'escu aou Saracin;
Mes sour l'aubers brixa cescun l'espli frasnin,
Che cil ne se crolla plus com un mur maobrin,
Ains feri de sa lançe si sour l'escu Gaudin
Che l'escu ne l'aubers ne viaut un drais de lin.
Aou cuer i mist sa lançe, mort l'abati sovin;
Pues treit le brand che avoit feit maint homes topin,
E feri si sour l'eome Baxin sens plus termin
Che l'eome ne la cufie ne li vaust un sterlin
Qu'il ne trençast dou cief; e se le brand païn
Ne fust guenci à senestre, mis l'auroit à sa fin.
Anpues fu tiel le coup que cil versa ao cemin
Ausi com s'il fust mort, ond le droit [h]oir Chaïn
Cuida ch'i[l] ne deüst gustier meis pein ne vin.
Pour ce le leisa estier e pues à cief enclin
Se mist à alier avant iriés plain de venin.
Quand Baxin fu yeü grand pieçe à tel destin,
Il se garda environ, mes ja par nul convin
Il ne vit Maozeris, mes à mout grand traïn
Vit venir Ysoriés, car Zarlle-ou fil Pepin
L'avoit feit batizier eremant à Trepin:
Mout estoit bien armié sour suen amoravin:
Quand Baxin l'oit veü, bien coneï-ou mesclin,
Mes il ne vit nul home pres lu ne de voisin;
Lour pensa ch'il se fust departu le matin
Da Zarlle e ch'il sivist suen per sens nul engin.
Lour isi de la voie e de joste un aut spin
Il se mist mantinant, priant le Roi divin
Che le deüst gardier da mortiel disciplin,
Cuidant bien che Isoriés fust tourniés à Apolin.

990 le lcu 1011 amorauit.

Quand Baxin vit venir Ysoriés, si cuidà
Qu'il fust tourné à sa loi, ond mout le redouta 16[a]
E pour peour de lu jouste un spin s'acousta.
Quand Isoriés le vit, mantinant si pensa
Ch'il estoit un des dous che Zarllon envoia
Par le roi Maozeris, mes mout se mervoila
Ch'il le vit abatu; alour ymagina
Che ce avoit feit suen pere, ond fortment li pesa.
Adonc tout mantinant cele part s'adreza.
E quand Basin le vit, [fortment] si se esmaia,
Si s'en voloit fuir, quand celui l'apella
E li dist: 'Bieus ami, ne vous esmaiés ja
Ains retourniés à moi, car mal n'en vous vindra.'
Quand Baxin l'entendi, ver lu s'en retourna,
E ao tournier qu'il fist Isoriés le esgarda,
Si le vit mout seignier; alour le demanda
Chi li avoit ce feit, e Baxin lour parla
E dist: 'Maozeris fu celu che me navra,
E si oucist Gaudin che vous veés mort là.'
'Ami' dist Ysoriés 'Jesu vous aidera.
Par Dieu, car dites moi dond Maozeris ala.'
E Baxin mantinant le cemin li motra
E Ysoriés adonc à Dieu le comanda.
Pues se mist ao cemin e tant esperona
Qu'il oit veü suen pere, che soef civauça,
Atendant ch'il venist celu ch' il enjendra.
Com Isoriés le vit, autemant li escria:
'Dam roi, dam roi' dist il 'autrement alera
Le feit che ne cuidiés.' Lour le roi remira
Arier soi mantinant e bien afigura
Suen fil. Quand l'oit veü, lour Macon morcia
Quand il le vit venir, car sour tuit mout l'ama.

Joiant fu Maozeris, quand vit suen fil venir,
Ch'il cuidoit bien ch'il fust departi sens falir
Da l'amour Çarllemagno; alour comenza à dir:
'Ay Macon! bien te doy honouri[e]r e servir, 16[b]

1022 spit

Car tu m'ais plus doné che je ne sai querir,
Quand tu ais feit mien fil da Zarlle departir.'
E pues dist à Ysoriés con un omble remir:
'Hay fil! bien viegnes tu, or ai quant je desir;
Se pur vengié me fuse dou crestien empir!'
Lour respondi Isoriés com home plain d'ardir:
'Hay maovés roi felon! l'en te devroit oucir;
Car tu ais honi toi, e moi ais feit laidir,
Che tu mie ne devoies à l'emperer plevir
De fer toi batizier stu voloies fuir;
Ond meis ne te ouserai par mien piere tenir.
Mes pour ma amour te veul bien prier e blandir
Che tu doies ou moi à Zarlle revertir,
Ch'il plus te servira ancour sens nul mentir
Che à tot le remanant qu'il a souz lu à bailir:
Si te fera avec lu sour li autres rois sir.
Tu ne li ais ancour feit si grand despleisir
Che tu ne poises bien davant lui revenir.
Se tu te departis da lu sens mot geïr,
Tu pois dir que ce fu por ta honte couvrir,
Pour ce que ta demande n'avoit volue complir;
E se tu ais ces dous vasaus feit repentir
Che venoient à toi, pour ce ne te esbaïr,
Car se tu en eüsses bien dis teus feit mourir,
Çarlle ne t'en feroit un maoves mot oïr.'
Alour prist Maozeris de duel à empaloïr,
Quand il vit che suen fil le voloit semonir
De retournier à Zarlle ch'il ahoit plus ch'aversir.

De duel a Maozeris sa face empaloïe,
Quand entend le sermon che suen fil li desplie.
Alour dit à suen fil: 'Par nule manantie
Ne revindroie à Zarlle; miel perdroie la vie:
Car l'en ne li puet croir aucune rien ch'il die,
Quand de la prime çouse che il m'avoit plevie 17ª
Me fali ma[n]tinant pour sa grand estoutie;

1058 remir ist in der Hs. wiederholt 1079 eustes
1083 chautir mit einem Abkürzungszeichen auf dem u.

Ond jamés n'amerai lu ne sa compegnie,
Ains irai je à Marsille ch'est pla[i]n de courtoisie
Car cil me metra ancour en mout grand segnorie,
E se tu viens ou moi, tu ne ferais folie;
Car quant che tu voudras aurais sens tricerie.
Laisse estier celle giant, che mais ne t'ama mie,
E tourne à ceus che sont sempre da ta partie.'
Lour respond Isoriés e dit: 'Tu l'ais failie;
Car avant voudroi jé morir sens gaberie
Che l'en me peüst meis retrier[e] de folie.
Je ai pris le batisme de Dieu le fil Marie,
Ond [meis] ne li faudrai, mien cors bien le t'afie;
E se tu ne retournes ao roi che France guie,
Si te garde da moi, car mien cors te desfie.'
Quand le roi Maozeris a tiel response oïe,
Il dit à Isoriés: 'Se Dieu me beneïe,
Bien voi che tu eis fous e plain de glotonie,
Quand peor me crois fer par celle afaiterie.
Or fa pis che tu pois, motre ta vigorie;
Car je n'ai men de toi forçe ne maestrie.'
Quand Isoriés l'entend, si a sa resne guencie
E se eslogne da lu e sa lance a brandie;
Pues broce ver suen pere sens autre blanderie,
E le fiert si en la tarçe che tote l'a croisie,
E da l'aubers li a la maile despartie;
Mes le coup li costoie, ond la car n'est ferie.
E se la lance fust plus grosse e mieus fornie,
Versiés fust l'amirant de la selle brunie;
Mes la lance se brise, ampues fortment se plie
L'amirant en l'arçon, ond n'a talent ch'il rie.
Lour treit tantost le roi sa buene spee forbie
E dit à Isoriés: 'Maomet te maodie
Quand tu à cist pont ais fet si tre grand envaïe 17ᵇ
Sour cil che t'a enjendrié e ta çar a norie.
Onque meis ne fist fil ao pier tiel vilenie;
Mes par cil Maomet ch'a le mond en bailie
Sour toi sera la çouse mout cieremant merie.'

1109 motra 1114 tarce 1119 le plie 1127 çoule

Mout par fu Maozeris de grand ire enflamés,
Quand si tre fieremant l'avoit feru Ysoriés,
Remembrant lu tutor ch'il l'avoit enjendriés
E si l'avoit nori e sour tretuit amés.
Lour entoisa la spee com home coroucićs
E broça ver suen fil le detrier esprov[i]és.
Quand Isoriés le vit venir ainsi aïriés,
Fortment le redouta, si trest le brand letriés
E mist l'escu davant, si se ferma ès estriés,
E le roi le feri si sour l'eome yemés
Che dous dois da senetre en oit jus detrenciés.
Le buen brand devala desour l'escu borcliés,
Ond de tot un zantel en oit aval jetiés
E de l'aubers ausi oit le brand desmailiés;
Mes en la zar ne l'oit ne feru ne bleciés,
Car le brand guenci hors dao senetre coustiés.
Le coup fu fier e fort e par ire doniés,
Ond ch' à pue cheou convers n'oit li arçons vuidiés,
Car tretot se enbro[n]ça, bien veul che le saziés,
De sour l'arçon davant, mes tost fu redreciés
E coruit sour le roi ou le brand entoisiés.
Par ce ch'il fust suen pere ne l'oit mie espargniés;
Ains le feri sur l'eome, ond mout l'oit meagniés,
Car un paome dou cercle on oit jus avaliés;
Mes autre mal ni i fist ne pont ne l'oit croliés,
Car le roi fu puisant e fort e redoutiés.
Lour fu entre lour dous tiel estour comenciés
Ch'il neou croiroit aucun, se iluec ne fust estiés.

L'estour fu fier e fort trou plus che je ne di,
Che fu daou fil aou piere, car com mortiel nemi 18ª
Feroit l'un de sour l'autre, ond cescun oit croisi
Suen escu e suen aubers e de suen heome ausi;
Ond che cescun de lour en la çar le senti,
Car dou sang d'ambesdous à terre s'espandi;
Mes nul n'avoit tiel plaie che tost ne fust gari
S'il fust etié en leu ou l'en l'eüst servi.
Mes en la fin fust bien estié mout mal baili
Isoriés, se ne fust che Maozeris çausi

Venir le duc Rolland pour le zemin anti
E Oliver aprés che tant fu fort e ardi
E tuit li autres pieres; ond mout se espoenti
Roi Maozeris cil pont: alour sa spee brandi
E motra de ferir desour l'eome bruni
A Ysoriés, ond il souz l'escu se couvri.
Mes le roi Maozeris sour suen fil ne feri;
Ains feri sour le coul le detrier arabi,
Si che le chief dao bust tantost li departi;
Ond le cival à terre mantinant mort ceï
E Isoriés tantost hors des arçons saili.
'Gloton' dist Maozeris 'je sui mout repenti
Che je ne te tuai ceste nuit en secri,
Car troi fois fui sour toi e si te descovri
Par oucir toi dou tot, mes quand ta zar je vi,
La grand pietié dou cuer ta mort ne consenti.
Or m'en alirai jé e tu remandr[a]is ci.'
Alour tot mantinant enver un bois guenci.
Quand Ysoriés ce vit, si li dist à aut cri:
'Car retourne ver moi, felon maoviés ceiti,
Che je ne sui ancour ne venchus ne honi.'
Le roi à ces paroles un mout ne respondi;
Ains se feri el bois che ja plus ne atendi:
Mes plus outre suen gre da host ne departi
Roi Tarquin quand Porsene pour peor le faili
Comant roi Maozeris Pampelune guerpi 18b
E suen fil ensemant ch'il avoit ja nori
Pres che .xxiiij. ans, or l'avoit perdu ensi.
Sovant fust retourné arier ao brand forbi
Pour ve[n]zier suen daomaçe, mes le cuer li afebli
Pour peour de Rolland che n'estoit suen ami,
Ch'il pensoit bien che cil l'auroit mort e laidi,
S'il l'eüst lour ataint; e pour ce s'en fui
Le roi parmi le bois, ond cescun le perdi.

Pour peour de Rolland, non pour autre ochaison,
Se mist roi Maozeris fuant par le boison

1182 mē nalirai.

E Isoriés remist à pié sens compeignon.
A tant ec-vous Rolland le [vailant] fil Milon
E Oulivier e Hestous e Zirard e Sanson
E tuit li autres pieres broçant à esperon.
Bien avoient veü Gaudin mort ao sablon
E parlé à Baxin, che lour dist pont à pon
Dou fort roi Maozeris l'estor e la tenzon.
Quand Isoriés zausi Rolland le çampion,
Il li dist autemant: 'Bien venés vous, baron.
Trou avés demoré, car le faus roi felon
S'en veit par ci fuant iriés plus che dragon.
Combatu avons ensemble e frait nous garnison
E enavrés auquant, mes à la fenison
Il tua desouz moi mien detrier d'Aragon;
Pues se parti da moi fuant à grand randon,
Ond je croi ch'il vous vit selong ma entencion.'
'Par quiel voie veit il?' ce dist le niés Çarllon.
'Sire' dist Ysoriés 'il ala lez cil mon,
Pues se feri en cil bois ch'est de lez cil valon.'
Quand Rolland l'entendi, si fist à un valeton
Mener à Ysoriés un buen cival guascon,
E Ysoriés tantost fu montiés en l'arçon.
E quand il fu montié, Rolland dist: 'Jentis hom,
Retourniés ver la ville, che plus engonbreson 1
Ne vous venist des plaies, car pour nule raixon
Ne vous voudroie perdre, se Yesu bien me don,
E nous pres Maozeris tantost civauceron.'
'De moi' dist Ysoriés 'n'aiés mie doteison;
Car je n'ai nulle plaie, che je pris un boton:
Ains vindrai ou tous vous pour fer ma venjeson.'
Quand Rolland l'entendi, mout li pleisi cil son.
Il dist à Isoriés: 'Loiaus eis e preudon:
Or civauçons adonc sens fer plus long sermon.'
A cist mout broçerent tuit ensanble à bandon
Pour ataindre cellu che pour grand traïson
S'estoit partu da Zarlle quoiement à lairon.

1229 naieies.

Tantost com Rolland oit oï e entendu
Che Ysoriés n'estoit trou bleciés ne feru,
Il broça le detrier e sa compagne ou lu
Pour ataindre le roi felon e mescreü;
E si virent li esclois de suen cival crenu
Tant ch'ao bois vindrent tuit; lour oit cescun perdu
La feree dou cival dou faus roi malestru.
'Seignour' dist le niés Carlle 'dont puet alier cestu?'
'Je ne sai' dist cescun 'pour l'autisme Yesu.'
'Seignour' dist Ysoriés 'pues ch'il s'est embatu
Par dedans le boscaze, il n'est home nascu
Che le seüst trovier, s'il fust da lu partu:
Car il n'est voie en Spagne ne poi ne bois foilu
Ch'il ne saze aüsi bien com home c'onqüe fu.'
'Ami' ce dist Rolland 'je en suí mout irascu.
Or retorniés arier, car je ne pois fer plu.'
Alour se tornerent tot le paset menü
E vindrent là o Gaudin gisoit mort estendu,
Lour fist Rolland montier Basin qu'estoit feru
Sour un cival, e pues si fist portier celu
Che gisoit mort à terre, com avés entendu,
Tout droit à Pampelune, e là fu il scondu 19b
Souz terre à grand honour. A tant Rolland le du
Ala droit à suen oncle de ses armes vestu;
Enscemble ou lu ceus autres che l'avoient seü.
Rolland tot primeran fist à Zarlle salu,
Pues li conta coment li estoit devenu.
E Ysoriés aprés, com home apourceü,
Conta com il avoit suen pere combatu
E ce che cil li avoit conté e respondu.
Quand l'emperer l'oï, grand duel en oit eü,
Car mout prisoit le fel de sen e de vertu.

Grand duel oit Zarllemagne de Maozeris ch'estoit
Departu en tiel mainere, car fortment le prisoit
De sen e de valour e grand lous li donoit.
Pues demanda Isoriés se trou mal se sentoit.
'Nanil' dist le convers 'je n'ai nul mal che soit,

Car se mestier m'eüst, mien cors se defendroit
Ausi bien com dava[n]t, se soie beneoit.'
'Bien me pleit' dist Zarllon. Alour sens plus resploit
En une rice çambre che à fin or flamboioit
Fist mener le convers e servir le fesoit
Entre lu e Baxin, che trou plus mal avoit.
E Rolland e li autres, che le jour à esploit
Avoient enzauzié Maozeris quand fuoit,
Se alerent desarmer as leur hostieus tot droit,
En celu jour miesme che Zarlle civauzoit
Ça e là pour la ville e avec soi menoit
Mout grand partie de ceus où il plus se fioit.
Une grand part dou pople autemant escrioit:
'Roi, fa nous batizier mantinant, sel te ploit,
Che pues aucun de nous jamés ne te faudroit,
Anzois te servira cescun si com il doit.'
E le roi respondi che tretuit li feroit
L'endemain batizier, car fortment li pleisoit
Ch'i fusent batiziés, car pues plus li ameroit. 20[a]

Mout [pleisi] à Çarllemagne, quand le pople requist
Le sant batisme avant che auchun li en requerist:
Ond le roi le batisme l'endemain lour promist.
Cil jour sejourna Zarlle e pues la nuit si gist
En suen lit trosque à l'aube. Quand le jour resclarist,
Lour se leva le roi e pues à Trepin fist
Sacrer le temple Venus à l'onour Yhesu Christ,
E pues s'apareila Trepin e mese dist.
Quand la mese fu dite, Çarllemagne tramist
Pour la giant de la ville; adonc nul ne remist
Che mantinant à Zarlle de buen cuer ne venist;
E le roi fist à tuit donier le saint batist,
Che ja ne i fu aucun que pont le desdiist.
Quand furent batiziés, cescun de lour se mist
En jenoilon davant Çarllon, pues li oufrist
Lu e tout suen avoir, ond le roi se esjoïst.

1308 En ienoilon se mist Çarllon.

Pue[s] apela Rolland e il terme ne quist;
Ains s'en vint à suen oncle liés e zoiant e vist.

L'enperer apela le fil Mile d'Anglant,
E cil vint à suen oncle liés e baud e zoiant.
'Bieus niés' dist l'emperer 'preniés par mien presant
L'onour de Pampelune e quant che li apant.'
Rolland en jenoilon le rezuit mantinant.
Pues dist: 'Frans emperer, grand merci vous en rant;
Mes de Isoriés vous veul prier mout douçemant,
Che par nous a guerpi Macon e Trevigant
E tretuit siens parans e suen pere ensemant,
Che vous feiciés qu'il soit dou notre amour contant.
'Bien me pleit' dist le roi; lour [le] dreza en estant
E pues fist Isoriés venir à lu davant;
Car il n'avoit ja plaie ch'il redoutast un gant.
'Isoriés' dist le roi 'quant à vetre scemblant
Che vous aves motrié, se je sui conoisant, 20[b]
Vous me scemblés loiaus, prous e plain d'ardimant:
On[d] de vetre bonté vous veul merir auquant,
Tant che mieus vous ferai, car je en ai voloir grant.
Ier nous fu mort Henris de Flandre le vailant
E ni a leisé nul hoir ne nul procein parant;
Ond je vous faiz suen hoir e, voiant ceste jant,
Je vous faiz cuens de Flandre; ond à vetre comant
Avés ci bien dis mille civalers e troi tant
De geldons e d'arziers, e se Dieu vous defant
Da mort e da engo[m]brier e da destorbemant
Tant che soiés en Flandre, je vous jur e creant
Che vous asenblerés quand vous vindra à talant
Trente mil civalers, e ancour voiremant
Aurés cent mil geldo[n]s armés mout fieremant.'
Quand Isoriés l'oï, sens nul delaiemant
Se enjenoila tantost davant lu noblemant,
Si li baisa li piés, doucemant merciant
Le roi de cil present qu'estoit tant avenant;
E Zarlle le dreza par le brais en estant.

1321 qll loit. 1323 dauauant. 1337 eie.

Quand l'emperer oit feit cue[n]s de Flandre Isorier,
A ceus Flamens de l'ost fist mantinant jurier
De tenir Isoriés por seignour droiturier
E à cil cuens de Flandre deüsent tuit gardier;
E ceus l'otroierent de gres e voluntier.
Donc avoit Isoriés en l'ost à justisier
Bien trente mil geldons e dis mil civalers.
E quand tot ce fu feit, li princes d'aut afer
Alerent tuit ensemble ou l'emperer mangier.
Mout furent bien servis tretuit à cil disner,
E quand orent mangié à grand desduit plenier,
Ceus menetriers pristrent mantinant à sonier
Tubes e caramaus e aprés à arpier;
Ceus jentis bazaliers pristrent à baordier
Ça e là pour la vile tretout cil jour entier. 21a
Le jour fist Zarllemagne maint rices drais donier
E maint buens palefrois, ond ne i fu menetrier
Ne jugleor ausi che n'eüst bon loer.
Chi che demenast zoie, roi Maozeris l'Esclier
Aloit demenant duel, car bien poés pensier
Qu'il n'avoit mie sogne de rir ne de gabier;
Ains s'aloit dementant solet sens escuer.
E tant ala ensi pour vaus e pour rocier
E por bois e por voie e ore por sentier
Ch'il vint à Saragoze sens nul autre engombrier.
Alour entra en la porte, car onque le portier
Ne li contredist rien, ançois l'ala anoncier
A Marsille, che ja par un espioner
Savoit de Maozeris tretot le destorbier.
Quand oï qu'il venoit siens diés prist mercier
E dist que de la perde ne donroit un dinier,
Pues qu'il venoit celu che sour tuit avoit cier,
E ce estoit Maozeris qu'il amoit plus che frer.

Grand zoie fist Marsille quand oï por certan
Che Maozeris venoit, ch'il mie n'amoit en van;
Car trou plus le prisoit che nul home mondan.
A tant roi Maozeris desist de suen bauzan,

Pues vint por le degré sus le palés autan.
Quand Marsille le vit, ver lu se fist proçan:
Lour se veust Maozeris jenoilier jus ao plan;
Mes Marsille ne veust, ains li jeta sa man
Ao col, si l'acolla; pues dist: 'Frans cevetan,
Com estes vous partu dao faus roi crestian?'
E celu li conta com entra primeran
Dexirier en la ville, e pues com Zarlleman
Li entra ou sa giant, e com fu grand l'afan
Ch'il soufri pour defendre sa cité e suen teran,
E com fu pris suen fil e lu à cil achan,
E com il fu la nuit leisé sens gardian 21b
Pour ch'il dist de guerpir Macon e Trivigan,
E com il se parti la nuit da Zarlleman,
E com il mist li dous à terre l'endeman,
E com il combati à suen fil Ysoran,
E com oucist sous lu le detrier aufrican,
Quand il vit sourvenir le senator roman,
E com entra en le bois plain de duel e d'aan,
E tot si com il vint ao roi saragozan.
'Maozeris' dist Marsille 'se Deu me saut tot san,
De quant avons perdu je n'en redout un pan,
Pues che je ou moi vous sent, car ao cief derean
Croi che nous metrons Zarlle ao sieze plus sotan
Che ne fu Amilius pour le primier Roman.'
'Sire' dist Maozeris 'je ai bien le cuer plan
De venzier mien daomaze sour l'emperer tiran.'
Or dirons de Zarllon ch'avoit mis cuer e san
A conquir le zamin dou saint Galician.

Quand Zarllemagne oit Pampelune souzmise
E la giant batizee, com l'istoire devise,
Il sejourna en la vile un mois sens gaberise,
Tant che cescun navré fu tornié à garentise.
Lour se pensa le roi ch'il feroit grand fantise
A fer plus demorance de tournier en franchise
Le zamin e la voie dou buen saint de Galise.

5 garentisse.

Un jour apella Naimes ch'avoit la tete grise
E Rolland e Ugier e Gondelbuef de Frise
E Salemon e Gueines e l'autre jentilise.
'Seignour' dist l'emperer 'par Dieu che tout justise,
Se en cescune citié che par nous sera prise
Devons tant sejournier e fer tiel druerise
Com nous avons feit ci, je vous di pour certise
Che jamés ne sera par nous Spagne conquise, 22a
Car je sai che Marsille e jour e nuit s'atise
De garnir suen païs pour sen e por maistrise;
Ond il se poroit bien esforzier por tiel guise
Qu'il ne perdroit por nous dou suen une cerise,
Che cier ne fust vendu plus ch'aotre merceandise;
E ensi seroit tard acevee la promise
Che avons feite à l'apostre de recobrier sa glise;
Ond se nous ne poons acevier ceste emprise,
Il nous sera atorniés à grand recreantise
E si en sera parlé trosque ao jour dou juise.
Mes tant com je porai endosier ma cemise
Meis ne serai retreit de nulle coardise;
Ond je veul ao matin sens fer autre requise
Civaucier ver la Stoille, tant ch'elle soit asise
E la giant confondue che notre loi desprise.'

'Seignour' dist Zarllemagne 'demain sens nul termi
Veul alier ver la Stoille ao nom le roi divin.
Mes je veul che à mie nuit Rolland le palatin
Se departe ou celour che à lu sont aclin
E aile ver la Stoille tot le plus droit cemin,
Avant che nul secors li mand le roi païn,
Ce est le roi Marsille che mout nous porte haïn;
Ne le roi Maozeris n'est mie nous buen voisin.
E je me despartrai de ci demain matin,
Si portera Ysoriés mien confenon pourprin;
Car cil veul je che uimés le port trosque la fin,
Pour ce qu'il est loiaus sens nul maovés engin.
E le roi Dexirier ou ceus de suen demin
Vindra pues à troi lieues pres moi sens nul traïn.'

1419 la crai grise.

'Sire' dist le duc Naimes 'se je aie buen destin,
Vous avés tant apris de guerre le convin
Ch'à vous ne s'en puet prendre ne veilard ne mesclin.'
'Ampues veul je' dist Zarlle 'oïr vetre latin,
Car le vetre consil jamés ne fu fraïn.' 22b
'Voire' ce dist Rolland 'por le cors saint Martin.'
Alour distrent entr'eus tuit ceus barons d'aut lin
Ch'il ne fesoit mestier d'aprandre ao fil Pepin.

Ao consi[l] Zarllemagne furent tuit acordiés
E mout le loerent de sen e de bontiés.
Quand dou consil furent partis e desevriés,
As lour hostieus tantost furent tretuit alés
E armes e civaus orent bien aprestiés
Pour pooir civaucier, quand seront demandiés.
Cil jour jusque la soir se furent tuit aastiés
D'aprestier lour hernois, com vos oï avés.
E quand vint à la nuit ceus civalers proisiés
Si se alerent couzier, mes bien veul che saciés
Che li plusor furent desour lour lit couziés
Tuit vestus de lour drais e non mie despoilés.
Avant la mie nuit fu Rolland esveiliés
E se fu de ses armes vestu e adobiés;
Pues sona l'olifant, ond tost furent montiés
Bien vint mil civalers garnis e coroés.
A l'ostel le niés Zarlle furent tuit asenbliés,
E le duc de l'ostel isci zoiant e liés;
Pues monta mantinant ao detrier sejorniés.
Le confenon Rolland che tant fu redoutiés
Fu davant tuit li autres ao vent desvolupiés.
A l'isir de la ville no i fu graille soniés
Ne tubo ne tambor, mes le nom fu doniés
Entre lour de saint Jaques, ond à tuit vint à gres.
E tant civauzerent tuit ensemble arotiés
Che l'endemain à l'aube quand le jour fu esclariés
De la Stoille veirent les metres fermitiés.
Lour parla un condutour de Pampolune nés
E dist: 'Sire Rolland, se vous bien esgardiés

Veoir poés la ville, où vous alier voliés.
Mout li somes proçeins, adonc vous porpensiés 23a
Con vous voliés ovrier vers ceus de la citiés,
Car Altumajor i est ch'est mout bien costumés
De encontrier siens nemis, ond mout est honoriés
Da cellour dou pais, par quoy l'ont esproviés.'
'Ami' ce dit Rollans 'par sainte Trenitiés,
Mout grand mestier li feit qu'il soit-prous e enseniés,
Car il veira tiel giant qu'il ne vit onque mes.'

Quand Rolland entendi parlier d'Altumajour,
Che de la Stoille estoit seignour e condutour,
Il apella Yvon e Yvoire ancour,
Dous des fils ao duc Naimes de Baiviere seignour,
Che quatre fils avoit des douçes pugneour.
'Seignour' ce dist Rolland 'sens fer autre demour
De tous nous civalers preniés mil des meilour.
Jusquement à la Stoille ne preniés nul sejour
E metiés tot le bors à feu e à calour,
Car à mein de mie lieue vindrai pres vos tutour.
Se Altumajor s'en ist, qu'est tant plain de vigour,
Onque ne s'aconta à plus felon retour.'
'Sire' ce dist Yvon 'par Dieu le creatour,
Se il ist de la ville, je ne ferai retour
A vous, se je ne proef auquant de suen valour.'
'Bieus frere' dist Yvoire 'chi est buen vanteour
Se doit bien esprovier par ne avoir desenour,
Che en la fin se loe l'ome selong le suen labour:
Or civauçons avant à nom le Roi de sour.'
'Voluntier' dist Yvon. Alor sens nul herour
A mil buens civalers de ceus dou senatour
Brocerent ver la Stoille e tant firent alour
Che à la ville vindrent, si bruslerent le bour 23b
E tuerent asés de la gient paienour.
Trosque à la metre porte brocerent à furour,
Mes celle estoit bien cluse, e le pont leveour
Estoit levés à mont, e desus l'aute tour
E sus le mur ausi dou tens ancienour

Estoient maint borzois armés de lor atour;
Mes ja dehors ne isi aucun grand ne menour.
Si vous dirai par quoy ne s'en istrent celour.
Oï avés comant Maozeris l'aomensour
S'en ala à Saragoze plain de duel e d'irour;
Il se pena pues tant, selong che dit l'autour,
Che Marsille le fist e cief e guieour
De cinquante mil homes, tant li portoit amour;
Si li dona Sibille, tant oit de lu tendrour.
E com Maozeris fu feit sire e baileour
De ceus .l. mille, che je vous ai dit our,
Il vint ver Pampelune sens noise ne criour,
E riva en Mont Garzin la nuit avant le jour
Che devoit çivauçier Çarlle e ses seguiour,
Pour veoir s'il pooit fer as Frans nul irour;
E si avoit envoié un Païn liceour
A Altumaior che fust à lu, car à l'aubour
Il voudroit envaïr la giant l'empereour,
Ond cil li estoit venu ou maint buens feriour
E Burabel da Gabie e Furon avec lour,
E por ce ne orent mie li mil Frans coreour
Trové dehors la Stoille aucun contreditour.
Atant riva Rolland iluec à grand baudour.

Par si feite ouchaison, e non por autre riens,
Ne orent li coreors contredit das Paiens;
Car ja dehors ne istrent ne jentis ne vilens.
Adonc atendrent tant cheou senator romens 24a
Li ariva ou sa giant, e cil tot primerens
Demanda as coreors com firent ceus dedens.
E celour repondrent: 'Par lo cors saint Laurens,
Pues che nous fumes ci, nos ne veïmos giens
Che meis iscisent hors de ces murs ancions;
Mes maint Paiens avons detrenciés à nos mens
Che ci dehors trovames fuant por ces terens,
Si avons tot le bors bruslé e mis aou mens.'
Quand Rolland oï cé, si dist: 'Or saziés biens

1530 maint maint 1555 estrent.

Che Altumajor n'est là dens si com je pens,
Car s'il est si vailant e si buens cevetens
Com me fu huy conté, si soiés bien certens
Que s'il fust en la ville, il ne seroit si lens
Ch'il ne fust hors isu, chi ch'en fusent dolens,
Pour calognier sa terre as nos frans Cretiens.
Mes il me dit le cuer ch'il est allé ou li siens
E[n] quielche part por fer daomaze as nos parens,
Car il ne pensoit mie che nos si de soutens
Deüsons ci venir; mes s'il n'est plain de sens
Il ne entrera en la ville, si en seront maint sanglens.
Or gardons ci dehors, tant cheo roi Çarllemens
Sera venu ou siens omes, car tost seront proçens.'

Es pres de souz la Stoille Rolland le noble dus
S'aresta ou .xx. mille sodoiers esleüs,
Gardant bien che par porte ne por autre pertus
N'i entrast ne isist nul che ne fust veüs,
Tant ch'il venist Çarllon e tous siens autres drus.
La nuit quand [fu] Rolland de Pampelune iscus
Pour venir à la Stoille, com avés entendus, 2-
Carlle ne s'en parti, tant cheou jor fu venus;
Mes quand il vit le jor, mantinant leva sus
E se vesti ses armes e pues sens tardier plus
Monta isnelement sour suen detrier crenus;
Pues bondi l'olifant, ond siens François tretus
Monterent à cival e furent departus
Mantinant de la ville sens fer ne cris ne hus.
E quand furent dehors, l'empereor cremus
Comanda che dous mille Franzois à fer vestus
Deüsent remanir por gardier sus e jus
La ville, quand fussent isus grand e menus
De la giant Dexirier, ch'estoient remanus
Darier pour le comand de l'emperer membrus:
E tot ce fu outroié che ja neo desdeist nus.
Pues civaza tant Zarlle quand il fu esmoüs
Ch'il fu souz Mont Garzin en un grand val erbus;
Mes ja ne cuidoit mie ch'aucun home nascus

Le deüst asalir, ond mout fu deçeüs;
Car Maozeris ch'estoit desour le pui foilus
Esgarda jus e oit nous François porzeüs.
Lour li motra à tuit siens Paiens mescreüs
E dist: 'Or de bien fer ne soiés esperdus,
Car hui veirés Zarllon e [li] siens confondus,
Che de Rolland ne i voi ensagnes ne escus,
Ond hui poroit bien etre nos daomazes vendus.'

'Seignor' dist Maozeris 'mout bien esploité avons
Car de tous nous daomazes prendrons hui venjesons
Sour [celle] giant de Franze che nous ici veons.
Pues che Rolland n'est ore en lour asenblexons,
Je ne redout la forçe des autres dous botons. 25a
Bien nous a Maomet servis des rices dons,
Quand en si feite guisse nous a tramis Zarllons.
Ci n'i a mestier fer renze, mes tuit ensanble allons
Sour l'emperer à force e à lui combatons,
Avant che Rolland viegne ne nul des compagnons.
Cinquante mille e plus somes, com nous savons,
E si ai dis mille homes de mout stranze façons,
Chi ont covert li ciés d'eus e des aragons
De larves e de tinbres par tiel devisions
Che maint autres civaus metroient en fricons.
Ceus broceront primier sour ceus Franzois felons,
E nous irons aprés tuit serés de randon
Darier le mont tous quois, e pues asailerons
Nous nemis tuit ensenble là jus en cil valons.
Avant qu'il s'en perçoive Zarlle ne ses barons,
Nous lor movrons tiel duel, tiel stor e tiel tenzons
Che à tout jor de lour vie n'en feront obliesons.'
'Voire' distrent li autres· 'or plus ne demorons.'
'Voluntier' dist le roi; lor sens noise ne tons
Mist avant li dis mille das stranzes garnisons
E vint ou tous li autres pres ceus sens cris ne sons.

[illegible] combantons. 1623 ciēs. 1626 brocerent.

Sens fer noise ne cris ne son de estrumant
Devalerent dou poy ceus Paiens coiemant,
Par tiel guise che Zarlle ne fu d'eus porçevant;
Ains venoit ou siens homes belement zivauzant
Ch'il ne cuidoit che au cun li venist au davant,
Pour ce che aliés estoit avant le duc Rollant,
Pensant che cil auroit trové premeremant
Cescune giant che fust sour le çamin tenant;
E pour ce civauçoit ensi seüremant. 25b
Ond à pue ch'il n'en fu deceü malemant:
Car à l'isir d'un val li sourvindrent corant
Li dis mil Saracins, armés si estranjemant
Che diables da infern sembloient voiremant,
Ê leverent un cri si orible e puant
Ch'il ne fu en l'ost Zarllon cival noir ne ferant
Que ne tornast en fue, ça e là guencisant.
E quand Maozeris vit si feit continemant,
Il escria à siens homes: 'France giant, or avant:
Car desconfist est Çarlle, e sa gient ensemant.'
Lor broça le detrier, sa lance paomoiant
E se fiert en la prese des Franzois ireemant
E feri por darier duc Naimes l'Alemant,
Che le cival aloit ariere traportant.
Joste le flans fausa le blans aobers luisant,
Mes en la car ne i fist aucun engombremant,
Car le fer trapassa lez le flans costoiant:
Mes le coup fu tant grief, tant fort e tant puisant
Che duc Naimes ceï outre suen maotalant;
E Altumajor mist à cil mieme samblant
Le duc Ugier à terre; e Riçard le Normant
Fu par Furon versié sor le pré verdoiant;
E de Salemon fist Burabé autretant.
Lor brocerent Paiens tretuit comunelmant,
Ond maint buens Crestiens mistrent en grief tormant.

Mout furent deceüs à cil point nos François
Quand asailis furent ensi das Espanois,
Che aucun de lour ne .oit leisir par nul endrois

1656 broca.

De ferir coup de lance ne de brand celle fois,
E Paiens li aloient abatant ao gravois. 26[a]
Onque meis Cesaron ne fu en tiel esfrois
Ao Duras, quand Pompiu li venqui siens belfrois
E ch'il se vit cazier dou camp à grand esplois,
Com fu Zarlle quand vit sa gient à tiel destrois;
Car mout pue i avoient detriers ne palefrois,
Che ne alasent fuant ou por vaus ou por bois,
Maogré de lour seignor, sens fer autre defois.
Quand Karlle oit retenu suen detrier orchanois,
Il mist la main ao brand; pues dist à aute vois:
'Torniés, frans civalers; ne fuiés par desrois.'
Lor feri desour l'eome Furon le Navarois
Che mout avoit oucis des Frans e des Tiois.
Dou cief jusque à l'arçon le porfendi le rois.
Pues escria: 'Monzoie!'; ond maint baron cortois
Retornerent ou lu sour ceus aragonois.
Tant arier retorna le roi des Romanois
Qu'il oit veü à terre le buen Pa[m]palunois,
Ce fu dan Ysoriés; car voiremant sazois
Che suen detrier li estoit oucis das dars turquois.
Mes à dous mains tenoit, com frans barons e drois,
Le confenon Zarllon, ond mout soufri grand pois.
E avec lu estoient reduit tot demanois
Naimes e Salemon, Rizard e le Danois
E autres que estoient à pié en mi l'erbois,
E Paiens fesoient sor eus mout grief tornois
De lances e d'espees e d'esplis paienois.
Quand l'emperer ce vit, si dist: 'Par sainte crois,
Loiaus est Ysoriés, prous e de droite fois.
Meilour convers de lu ne vint meis à nous lois,
E meis meilor barons sont ci, com je conois. 26[b]
Se je le perd, jameis n'aurai yeu ne repois.'

Dolant fu Zarllemagne quand vit à terre mis
Isoriés e siens princes en mi siens grans nemis.
Lour escria: 'Monzoie!' con semblant poostis.
En celle part se treist le fil roi Teoderis,

Gondelbuef e Riçard e le piere Teris,
Ugon e Guinimer e Gueines le marchis,
Sourbuens e le duc Bueves e maint barons de pris,
Che [à] lour sire estoient à l'estor revertis.
Çarllemain tient la spee que maint en a maomis.
A cui consuit un cous, à la mort est maomis.
Plus de dis en a iluec detrençiés e oucis.
Le viés roi Salemon aou brand d'acier forbis
Se feit mout bien conotre entre ceus maleïs;
Car il ne fiert nul home que meis estor devis.
Fortment le redotent ceus Paiens arabis;
Car à siens cous ne dure clavein ne aubers trelis.
Gueine e Gondelbuef e ceus barons jentis
Font si bien da lor part que nul joune ne gris
De lour ne puet meis etre de coardie repris.
Che vous do[i] je plus dir? ja fusent desconfis
Ceus Paiens que avoient nos barons asailis,
Ch'estoient abatus en mi ces pres floris,
Quand celle part sorvint le fort roi Maozeris.
Quand il vit l'emperer, ne l'oit pas mesconeis;
Il bondi un olifant, e joste un pleseïs
Il fist railier siens homes, e pues con un fier vis
Si dist à ceus Paiens: 'Or dou bien fer, amis,
Che à pue de giant est ci le fier roi de Paris.
Se nous poisons tant fer qu'il soit ou mort ou pris, 27'
De quant che avons perdu ne soing une brebis,
Che ancor en aurons nous par un diner bien dis.
Par un de lour nous somes plus de charante sis;
Ond che por vive force seront mout tost conquis.
Or tost broçons sour eus; si soient envaïs,
Avant che autre secors lour soit par nul tramis.'
Quand Paiens l'oïrent parlier par tiel devis,
A vois escrierent: 'Jentil roi segnoris,
Civauciés; car nous somes tretuit mout talentis
De confondre Franzois che tant nous ont mespris.'
Lor broçerent tretuit, de maotalant espris,
Celle part où voirent le roi de saint Donis;
E leverent tiel noise, tiel tambor e tiel cris

Qu'il tentisoit la val, le pui e le laris;
Ond Zarlle e siens barons ne orent jeu ne ris.

Quand Zarlle voit venir celle giant mescreüe
Sour lu por tiel mainere, tout le sang li remue;
Ond de ris ne de jeu ne cure une latue.
Lour escrie à siens homes: 'France giant porçeüe,
Retrés vous avec moi sor ceste erbe menue,
Che mout tost nos vindra secors e grand aiue;
Car le roi Dexirier, que de bien fer s'argue,
Doit venir aprés nous por la voie batue.'
Lour apelle le roi Guion de Roçe ague
E dit: 'Sour cil cival, que ancor le poil ne sue,
Torne ver Pampelune parmi la droite rue,
Tant que roi Dexirier troves; si le salue,
E di que trou poroie ataindre sa venue;
Car la giant Saracine, che Yesu Crist destrue,
Nous a tretuit sourpris en ceste val fondue, 27b
E conte lu comant la çouse est devenue;
Ond s'il demore gueires, notre giant est vencue;
Car la meilor part est ja à la terre abatue.'
Lour li repond Guion: 'Frans roi, or te esvertue;
Car ta giant sera tost, com je croi, secorue.'
Alor tot mantinant feit dao roi departue,
Broçant le buen detrier che l'alier ne refue.
A tant roi Maoçeris ou sa giant malestrue
Broçent contre Zarllon, sens fer plus atendue.
Cescun tient dard ou brand ou roide lance ague;
[E] cescun d'eus fortment sor Franzois breit e ue.
E Franzois se rail[i]ent tretuit sor l'erbe drue
Environ lor seignor; ja n'est nul d'eus que fue.
Quand vient à l'aproçier, unque ne fu veüe
Bataille tant oriblc ne si bien mantenue;
Car plus de vint mil homes de celle giant perdue
Fierent tous à un pont, sens nulle retenue,
Sour ceus Franzois que à Zarlle ont compegnie tenue,
Che ne sont pas troi mille: mes si grand defendue
Font contre ceus Paiens que persone nascue

Ne en croiroit la moitó: mes mie n'est escondue
La spee Zarllemagne, ains est bien coneüe
Entre les autres spees e duremant cremue;
Car Païn que l'atend onque meis ne manjue.
E Guron de Bretagne ou la spee molue
Feit jonchier des Paiens icelle lande erbue.
Gueines e Gondelbuef, Guinimer eou cuens Hue
Font mout bien da lor part; mes ne vaut une nue
A notre giant lour forze; car tant l'ont combatue
Paiens que grand partie en ont ja confondue. 28
Or li secore Dieu e la verzne asolue.

Merveilous est l'asaut que ceus Espanois font
Sour ceus barons que avec l'emperer remis sont;
Car grand part en ont ja maomis, com je vous cont.
Ay! quant reclame Zarlle le frans cuens de Cliermont,
Diant: 'Se vous fusiés, bieus niés, ci à cist pont,
Pour mal fusent Paiens devaliés hui dou mont.
Mes autre n'en puet etre: car Fortune m'a jont
Par si feite mainere que se le Sir du mont
Ni en panse, je seray dou tot hui mis ao font.'
Alour escrie: 'Monçoie!' ond mout bien li respont
Cescun des siens barons; car nul mie ne se escont,
Ains se defendent bien selong la forze ch'ont;
Ond cescun da sa part maint Saracins confont.
Quand Maoçeris ce voit, tote sa giant semont
De tuer as Franzois lour civaus à cil pont;
Ond Paiens par tiel guise sor nous Franzois s'en vont
Que souz Zarlle oucient le detrer de Piemont.
Quand cil est mis à terre, ne i remant roi ne cont
Che ne soit abatu: ond roi Maoçeris pont
Sour nos homes à force, si li trançe e deront;
Ond se tost n'ont secors, meis ne recobreront
Le camin de l'apostre; car tost à fin seront.

Onque meis ne fu Zarlle en lieu tant perilous
Pues qu'il fu roi de Franze (ce ne mescreés vous).
Com desouz Mont Garçin il se vit à cil cous

Que desouz lu fu oucis le detrier ravinous;
Car de toute sa giant ne i avoit blans ne rous
Che le peüst secourre; car tretout le plus prous
Avoit asés che fer à defandre soi sous: 28b
Ond il auroit perdu suen honor e suen lous,
Se secoru ne fust; ond mout fu angoisous.
Mes Daimedeu de glorie, le piere glorious,
Che secoru l'avoit en maint leus besognous,
Ne veust ancor soufrir qu'il fust mis à desous;
Car Maoçeris garda outre cil val erbous,
E oit zausie l'ensagne dou Lombard corajous;
E ce fu Dexirier, le frans roi valorous,
Che venoit ou sa giant à loi d'ome afarous
Pour secorre Zarllon l'emperer poerous;
Car l'asaut des Paiens e l'estor tenebrous
Li estoit ja contié; ond mout fu astious
De secorre suen sire; e li fuans tretous
Retornerent ou lu por vengier lor corous.
Quand Maoçeris li vit, mout en fu desdegnous.
Lor bondi un olifant e dist à aute vous:
'Retriés vous tuit à moi, frans Paiens, amis dous;
Car cestor n'ont pooir de fuir en escous.'
Lour se treirent Paiens ou lu mout penserous.
'Seignor' dist Maoçeris 'veés qu'il vint sor nous
Une giant ourgoilouse, che je mout bien conous:
Car je li voi l'ensagne de cil roi diablous
Che me toli primier ma ville e mien repous:
Mais je le ferai hui par cil feit coroçous.
Nous avous desconfis e Franzois e Herupous
E abatu Zarllon e siens meilour tretous;
Ond nous ferons mout tost ces autres vergoignous,
E pues reaurons la proie qu'ont nous tolue ces lous.'
'Ei!' dist Altumajor 'ne soiés perreçous: 29a
Mes alons contre lour con semblant vigorous;
Car nous ne somes mie par tiel giant dubitous.'
'Voire' dist Burabel 'bien somes beneurous,
Quand enbatu nous somes en ces Frans malourous.'
'Sire' distrent maint autres 'ne lour vaudra la crous

Che nous ne li faizons dolant e enoious;
Car dou ferir nous somes tretuit volonterous.'
De ces paroles fu Maozeris mout zoious.

Çoiant fu Maoçeris, quand oit sa giant oïe,
Che de combatre estoit si fort resvigorie.
Lour laisa dis mil homes, plains de grand felonie,
Pour fer as abatus asaut e envaie.
A charante mil autres parmi la praerie
Se dreza ver la giant dou frans roi de Pavie.
Mes quand Dexirier oit la lour oevre zausie,
Vint mil homes da pié e d'arbalistrerie
Envoia par secore Zarlle e sa compegnie;
E dis mille geldons, de mout grand vigorie,
De ceus as lanzes lonzes, laisa por grand maistrie
Sus la boze dou val, lez une roce antie,
Par ch'il ne s'en fuist d'iluec la giant [h]aïe.
Pues ou vint mil da pié de buene giant ardie
Ou tout vint mil vasaus d'aute civalerie
Se mist le petit pas ver ceus de Paienie.
Là poïsiés oïr une tiel estremie
De sonier olifans e cors à la bondie
E tubes e tambors, e cris sens melodie
Qu'il tentisoit la terre une lieue e dimie.
Mes davant tous siens homes le roi de Lombardie
Derenga primemant ver celle giant falie,
E feri sour l'escu un jendre à l'Augalie,
Ch'avoit nom Salemun e fu nez d'Aumerie.
Onque ne i fist l'escu ne l'aubers garentie
Cheou cuer ne li trençast la fort lançe brunie;
Mort l'abati à terre, sens autre blanderie.
De cil cous Maoçeris fist mout ciere smarie;
Car il amoit de cuer Salemun, sens bosdie.
Lour s'apresta dou tot, sens fer complainterie,
De vençier suen ami, e plus ne tarda mie.

Dolant fu Maoçeris, quand il vit mort ce
Salemun qu'il amoit de buen cuer, sens falir.

1891 il lamoit.

De lu venzier pensa, sens nul terme querir.
D'un espli cort e gros ala en l'escu à ferir
Lambert le Astenois, par si tre grand aïr
Che l'escu ne l'aubers ne le pot garentir
Che à cil cous ne i fist l'arme daou cors partir;
Pues broça Altumajor, sens autre mot geïr;
A Riçard de Maelant ala tiel cous oufrir
D'un espli qu'il tenoit, que tout li fist croisir
Suen escu e suen a[u]bers, e tost li fist sentir
Ao cuer suen roid espli, ond mort le fist geisir.
E Burabel en fist un autre à mort languir.
Quand ce vit Dexirier, dou sen cuida isir;
Pues escria à siens homes : 'Frans Lombars, plains d'ardir,
Comant ve laisiés vous à ces Paiens honir?
Car pour vetre proeçe je vous vi fer fuir
Paiens de Pampelune, ond le Romein empir 30a
Vous mist tous en franchisse. Or donc dou bien fenir
Ce che avons comencié, si che gabier ne rir
Ne se puisent de nous celour qu'en ont dexir.
Hui devons la franchisse à l'emperer merir.'
'Sire' distrent Lombars 'ci n'a mestier plus dir;
Car mieus amons tretuit ensanble ci morir
Che nous ne faiçons hui ces Paiens repentir.'
Lour ois[i]és lour ensagne nomier e resbaudir,
E veisiés en un tas tuit brocier e venir
Sour la giant Saracine par le comand lour sir.

Par le monestemant dou frans roi Dexirier
Broçerent ceus Lonbars sour la giant l'aversier,
Tuit ensanble en un tas, cescun ardi e fer.
Là peüsiés veoir tant esplis peçoier,
Tant lances, tant espees brixier e tronchonier,
Tant escus, tant aubers derompre e desmaier,
E fausier tant vers heomes e tant testes trençier
E vuidier tant arçons e tant homes versier,
E d'une part e d'autre tant ensagnes crier,
Ch'à poine le croiroit home nascu de mer;
Car le pui e le plain fesoient tintinier.

1929 heomes.

Mes chi eüst veü Dexirier zaploier
Sour la giant Saracine ou la spee d'acier
E cervelles espandre e homes trabucier
Bien diroit qu'il devoit corone d'or portier;
Car as cous qu'il donoit ne pooit nul durier.
Avec lu veïsiés duremant esprovier
Bertram le Jenoois, Aimeri e Rainier, 30b
Floran, Fouches, Guizard e Bueves e Guarnier,
Gui, Aichard e Johans, Baud e Auberis le bier
E tout le remanant par honour conquestier.
Aprés ce veïsiés Paiens mout maomener
A ceus Lombars da pié, à trere e à lancier;
Car maint de lor civaus fesoient devier;
E com aucun Païn ceoit de suen detrier,
Ceus da pié mantinant l'aloient à tuer.
Che vous do[i] je plus dir ne sermon prolonzier?
Tant ferent li Lonbars que Paien ne Ascler
Ne porent plus ver eus en l'estour contrestier,
Ains lour lairent par forze la voie e le sentier:
Ond Dexirier pasa à grand esfors plenier,
E vint iluec où vit à terre l'emperer
Ou maint autres barons que mout l'avoient cier.
Mes mout lour avoient valu li arbalistier;
Car iluec ne leirent Saracin aprocier,
Che ne fust enavré ou mort sens recobrier.
Quand Dexirier vit Zarlle, plus isnel che livrier
Se gieta de l'arçon, e par le frain d'or clier
Amena suen cival à Çarllon sens tardier;
Pues li dist doucemant: 'Mien seignor droiturier,
Pour mien amour vous pri que vous doiés montier
Sour cist cival: car jé ne croi en l'ost suen per.'
'Si ferai' dist Çarllon 'de gres e voluntier.'
Alour saili es arçons qu'il ne baili strivier.

Quand Çarllemagne fu remontiés à cival,
Mout mercia Dexirier com frans home e loial.
Sour un autre detrier, que li amena un vasal,
Monta roi Dexirier, sens prendre plus estal. 31a

Quand Zarlle fu montié, par grand ire mortal
Ala à ferir un Turch de la giant desloial.
Dao cief le pourfendi dejusque en le petral.
Mort l'abati à terre, e pour le frain à esmal
A Isoriés mena le noir de Portegal,
Que tenoit à dous meins l'ensagne principal:
Pour ce le fist montier avant d'ome zarnal.
Quand fu dreçee l'ensagne dou frans roi general,
Iluec se treist cescun François e Proenzal,
Che fuis estoient ao primier batistal.
E ceus Lonbars da pié se astoient por engal
De prendre ceus civaus que fuoient par cil val,
Par montier li barons qu'estoient ao teral,
Tant che bien fu montee la compagne real.
Quand Maoçeris ce vit, si rogi com coral;
Il sona un olifant, ond sa giant criminal
Se raile[re]nt ou lu par desour un costal.
Lour apella primier Burabel l'amiral
E pues Altumajor qu'estoit prous jovençal.
'Seignor' dist Maoçeris 'cist yeu n'est comunal,
Car trou giant avons contre par fer estour campal;
De quant que nous pensames getié avons en fal;
Mes s'il eüst pleü ao Roi celestial,
Bien seroit treit à fin la guerre en cist jornal;
Mes Dieu ne l'a soufert, ond je en ai duel coral,
Car de notre bien fer nous torne sempre mal.'

'Seignor' dist Maoceris 'ao mond n'est creature
Che imaginier seüst de guerre la venture, 31b
Quand cellu ch'a venchu tourne à desconfiture
En un pont seul[e]mant par sa grand mesventure.
Or avevomes Çarlle mis en si grand torture
Ch'il voudroit etre esté par suen gres e[n] Namure.
En un suel pont nous somes sconfis à grand laidure,
E ensi veit des çouses, pues che Dieu li met cure.
Nous ne poons plus Çarllo combatre en la valure;
Car plus a giant de nous e plus fort e plus dure

1988 iouencal. 1991 quand. 2001 enamure.

E d'autre part je ay ancour gregnor rancure,
Car s'il venist Rolland, que tant est plain d'ardure,
Jamés de Saragoçe nen veïrons la mure.
Or en allons tantost par celle lande ouscure,
Pues poierons dou mont en la gregnor aouture,
E quand nous serons tous là sus à la seüre,
Nous en porons alier le pas e l'ambleüre
Dejusqu' ao roi Marsille à la noble stature.'
'Roi' dist Altumajor 'parlé avés par mesure;
Mes je m'en alerai par ceste autre planure
Tout droit enver la Stoille, tant com la voie dure,
Avant qu'il li soit Çarlle à la fiere figure;
Car ja mie ne voudroie par aucune fature
Etre enclus dehors, ce est veritié pure.'
'Ami' dist Maoçeris 'jentil eis par nature,
Ond loiaus tu dois etre e prous à desmesure:
Or t'en va, car de cé ais raixon e droiture.'

Le consil Maoçeris à sa giant mout pleisi;
Car dou partir estoit çoiant le plus ardi.
Dement che Çarllemagne e Dexirier ausi 32a
Aloient remontant cescun lour buen ami,
Maoçeris ou sa jant d'iluec se departi;
Par une lande ouscure poia le pui anti.
Aprés ce Altumajor à huit mil Arabi
Tout droit enver la Stoille suen cemin acoili
Pour entrier en la ville; mes suen pensier fali,
Che ao devalier qu'il fist dedens un val flori
Il encontra Rolland à vint mil fervesti;
Car l'asaut des Paiens li estoit tout geï,
Ond il avoit l'asiçe de la Stoille guerpi
E retornoit ver Zarlle, selong que je vous di.
Quand il vit li huit mille Paiens venir ensi,
Bien li oit coneüs tantost com li zausi;
Lour dist as compeignons: 'Par Dieu que ne menti,
Paiens sont desconfis, car en voi venir ci
Une partie fuant, ond por amour vous pri
Che vous ni aiés do nul [ne] pietié ne merçi,

S'il ne guerpist Macon; autremant soit honi.'
'Sire' dist Oliver 'bien vous avons oï.'
'Voire' distrent li autres 'bien seres obeï.'
Lour crie[re]nt: 'Monçoie!' e leverent le cri
Sour ceus huit mil Paiens, ond mout s'espoenti
Altumajor, quand vit que ensi estoit asaili.
Ancour se tint il plus malemant escreni,
Quand il vit le quartier d'açur e d'or brusti,
Car maintes fois li estoit contiés e regeï
Con feite ensagne avoit Rolland le segnori.
Ond quand il l'oit veüe, du tout plus s'esfraï. 32b

Dollant fu Altumajor, quand vit le confenon
Dou niés ao roi de Françe e tiel giant environ.
Lour dist as siens Paiens: 'S'il ne panse Macon,
Nous serons hui dou tot mis à destrucion.
Veés ci davant nous la giant ao fil Millon,
De retournier arier n'estuet fer mencion;
Car je sai qu'il nous suit l'empereor Çarllon
Ou tout suen host ausi par prendre vengeson
De ce che hui li feimes; ond se nous l'atendon,
De nous ne scampera ne veilard ne garçon;
E par nulle autre voie trapasier ne poon
Fors que par ceste giant que davant nous veon.
Adonc allons vers eus e plus ne sermonon.'
'Sire' distrent Paien 'pues que ensi alier devon,
Civauçe contre lour, car bien te seviron.'
Dement que Altumajor fesoit ceste raixon,
Hors de sa giant isci un convers à lairon
E vint à le niés Çarlle pongant à esperon;
E quand Rolland le vit venir de tiel randon,
Il li dist mantinant: 'Où venés, jentis hon?
De quiel part estes vous?' E cil dist à aut ton:
'De Pampelune sui e ceus de ma maison,
E tuit batiçé somes de buene entencion.'
'Di moi' ce dist Rolland 'eis tu esté à la tençon,
Où Çarlle fu asailu dedens l'ouscur valon?'

2044 hoi. 2062 le feimes. 2066 Or adonc.

'Oïl' dist le convers 'e par celle ocheison
Vous sui venu à dir celle destineson.'
Lour li prist à contier le feit à pon à pon
Com Çarlle fu abatu e maint autres baron,
E com roi Dexirier fist la rescusion,
E com se departi Maoçeris le fellon,
E com Altumajor à huit mil Aragon
Venoit enver la Stoille civauçant à bandon.
Quand Rolland l'intendi, si dist: 'Pour saint Simon,
Pues que aou roi ni a mestier que secors li ma[n]don,
De ces huit mil Paiens auquant le vengieron.'

Tout fu liés le fil Mille, quand il oit entendu
Che l'emperer estoit aidés e secoru
E que roi Maoçeris estoit cacé e vencu;
Mes mieus auroit amé qu'il fust mort remanu.
Lour dist as compeignons: 'Pour l'autisme Yesu,
Pues que aou roi ne besogne secors, com dit cestu,
Plus ne alerons avant, si aurons confundu
Ces huit mil Saracins, che Altumajour a ou lu;
Mes sempre nous sera à desenour tenu,
Se nous che somes bien vint mil à fer vestu
Asailons ceus che sont huit mil, non mie plu:
Mes autrement ferai, chi ch'en soit irascu.'
Alour oit cinc mil homes de sa giant esleü
Ou tous siens compeignons, e pues comandé fu
A tout le remanant che sens fer cris ne hu
Deüsent si gardier l'alier dou val fondu,
Qu'il n'en poüst pasier Païn grand ne menu,
Che ne fust detrencié, s'il ne fust recreü
De la loi Macomet e à Yesu rendu.
E ceus distrent che cé seroit bien atendu.
Lour devala Rolland dou petit poi erbu,
Ou lu siens compeignons ou tout cinc mil escus.

Ou tous siens compeignons e ou cinc mil vasaus
Desist dou petit poi Rolland ao cuer loiaus:

2089 li uengieron.

Ver li huit mil Paiens se dreça par un vaus.
Quand Altumajor vit ceus Frans venir •sour aus,
Bien vit che sens meslee n'en iroit cil journa[u]s.
Lour jura Maomet e à tous siens diés faus
Che pues qu'il ne pooit sens cruel batistaus
Departir soi d'iluec, que maint Frans liés e baus
Feroit le jour pentir, s'il vivist sain e saus.
Lour broça le detrier isnieus plus che arondiaus
E enfeutra sa lançe, où fu un noir penonciaus
A un cenglier d'or batu sens nul autre segnaus,
Ver Rolland che venoit le çemin droituraus.
Devant tretous siens homes sperona sens estaus,
E Rolland contre lu mist suen detrier isnaus.
E quand s'aproçerent andous en comunaus,
Se ferirent par forçe sour li escus à esmaus,
Ond tous li estroerent; mes li aubers buens e biaus
Li defendrent da mort, ond li glief pour engaus
Se briserent par forçe; mes le duc naturaus
Ao trepasier urta le Saracin mortiaus
Par si tre grand vigour, che joste un aobrosiaus
Il le fist trabuçier ou tretout suen civaus;
Ond cil fu si estordi dou ceïr aou teraus
Ch'il remist come mort, ce ne tenés à gaus,
E par pue ne li istrent ses ieus hors dou frontaus. 34a
Rolland trepasa outre ch'il ni i fist autre maus,
Pues osta hors dou fuer le rice brand reaus.

Tantost com le niés Zarlle oit sa jotre fornie,
Sperona Oliver suen buen detrier d'Ongrie.
La lançe paomoiant con une cere ardie,
Se feri dens lo tas de celle giant falie.
Davant lu encontra un Païn d'Aumerie,
Ne l'escu ne l'aobers ne i forent tant d'aïe
Che le pis ni i trençast, ond la lançe brunie
Passa da l'autre part une paome e demie;
Mort l'abati à terre, pues treist la spee forbie.
Aprés lu sperona Sansonet de Persie

2129 Out.

Estous e dan Girard e la lour compegnie;
Cescun versa le suen en celle val antie.
Aprés speronerent par mout grand vigorie
Li cinc mil Frans eslis de l'autre souderie.
Là poïsés veoir une fere envaïe
De lançes e de brans da cescune partie;
Car la giant le niés Zarlle avoient grand envie
E ire e maotalant sor celle giant [h]aïe,
Che le jour avoient la giant Zarlle asailie;
E Paiens fesoient lour forçe e lour meistrie
Ver la giant le niés Zarlle par defandre lour vie:
Ond d'une part e d'autre i oit mout grant giant perie.
Mes Rolland e Oulivier, la loial druerie,
Estous e Sansonet e l'autre baronie
Fessoient tiel mervoiles sour la giant maleïe
Che tantost fust dou camp la puite giant fuie, 3
Se Altumajour fust demoriés gueres mie;
Mes con tout qu'il eüst la teste si estourdie,
Se redreça il mout tost e ne fist pas folie
E reprist suen cival e pour sa ligerie
Il saili sus la selle, pues oit sa spee seisie
A dous mains e dreça suen detrier d'Ourchenie
Ver notre giant, montrant sa forçe e sa bailie;
Ond la giant Saracine fu mout resvigorie.

Mout fu resvigorie celle giant desloial
Pour ce che Altumajour fu remontié à cival;
Car il tant se esprovoit sour notre giant real
Ch'il ne feroit aucun veilard ne jovençal,
Ch'il ne fust maomené; ond il mist cil jornal
Maint ardis civalers en duel e en grand traval.
Il abati Yvon e Yvoire aou teral,
Dous des fils ao duc Neimes le consilier loial.
Quand s'en avit le fil dou Persant amiral,
Mout en oit grand dolour; alour sens plus estal
Contre lu sperona le brun oriental
E feri le Païn de sour l'eome à esmal,
Ond le cercle trença; mes ni i fist aotre mal.

Quand Sansonet vit cé, si rogi com coral;
Le brais li gieta aou col e cil à lu autretal.
Andous se meinerent tant à cil batistal
Che par force ceirent à terre en comunal;
Pues sailerent en piés ambesdous pour engal
E as brans fesoient entr'eus l'estour coral;
Car lour escus trençoient com fusent de cendal 35[a]
E des aubers feirent fer maintes mailes fal;
Mes grand daomaçe avint ao Païn criminal,
Car Yvon e Yvoire che estoient mis à val
Vindrent sour le Païn pour grand iror mortal.

Là où Altumajour combat ao Persian
Vient Yvon e Yvoire, fils Naimes l'Aleman,
Sour le Païn che andous avoit versiés ao plan.
E quand cil s'en perçuit, bien conuit pour certan
Che d'iluec ne se puet partir sens grief afan;
Car suen cival estoit ja fui mout lontan,
E d'autre part il voit che le niés Çarlleman
Veit maomenant sa giant con tant cruel achan
Che tuit s'en vont fuiant e nul ne retient fran.
Voluntier se rendroit, mes à nul cors human
Ne se rendroit à fors che ao senatour roman,
Si che auchun neo repragne qu'il ait cuer de vilan,
E pour ce se defand com vailant cevetan.
E celour l'asailent che ne l'ament d'un pan;
Cescun le fiert dou brand pour ire e pour aan;
Mes nul ne set ferir sour lu con tant de san
Che celu ne li rende le zanze man à man.
Mout sovant il regrete suen buen detrier bauzan,
Car bien se cuideroit aler par cil teran,
S'il eüst suen cival desouz lu sauf e san:
Mes bien voit ch'il sera honi ao cief derean,
Car Rolland e li autres dou païs crestian
Avoient ja sconfite la masnee Trivigan,
E de tous ceus Paiens n'en scampa home mondan, 35[b]
Car chinze mil vasaus dou marchis Blavian
Gardoient li pasazes dejusque aou mont aotan,

Pour ce che auchun Paien ne pasast outre en van;
Ond ja ne li pasa joune ne ancian
Saracin, che ne fust bien ataint de proçan.

Desconfis furent tous ceus Paiens mescreüs,
Ond Altumajour fu plus dolant e irascus;
Car celour che avoient ceus Paiens confondus
Furent tout mantinant desour lu revenu,
Jetant li dars e lanҫes e maint esplis agus.
Mes cil se defendoit, che estoit bien pourçeüs,
Che mestier li feisoit, quand se veoit enclus
Das siens nemis mortieus, ond à suen brand molus
En fist maint à la terre geisir mors estendus;
Mes ne i auroit valu sa forçe dous festus
Ch'il ne fust maomené, car il ne pooit plus
Suen cors vers ceus defandre, tant estoit combatus.
Sovant se voloit randre, mes jounes ne çanus
Ne voloient qu'il fust sens mort à lour rendus,
Car tant il li avoit de lour homes tollus
Che merci ne pietié n'en voloit oïr nus;
Ond mort seroit dou tout quand Rolland notre dus
Sperona celle part suen buen detrier crenus
E dist: 'Tres vous arier'. E quand il fu entendus,
Arier se retreirent tretuit grans e menus.
Quand ceus Franzois furent de l'asaut remanus,
Rolland dist ao Païn: 'Par tous tiens diés perdus,
Di moi com tu ais nom e dont tu eis ixus.' 36
Quand cil oit remiré la sourveste e l'escus,
Où estoit le quartier d'açur e d'or batus,
E vit che par lu seul furent tous treit en sus,
Si pensa mantinant com home proveüs
Che cil estoit Rolland che l'avoit requerus,
E ancor l'avoit il en l'estour coneüs.
Lour mercia siens diés e pues ao canp erbus
Jeta suen brand d'acier e se enjenoila jus
Devant le nevu Çarle e dist oiant tretus:
'A vous me rend, frans duc, plain de toutes vertus.'

2226 procan.

‘A vous me rend, frans duc’ dist le Païn ardi
‘Si com cil che nul pleit ne vous quiert fors merci:
Or vous dirai mien etre e le lieu d’ond je ixi.
Altumajor ai à nom e si me enjenoï
Brunior le roi de Cordes, mes pues che je nasqui
Il vesqui mien d’uit ans, e quand sa fin senti,
Il me recomanda à Jonas le flori,
Che cil en lieu de moi fust retour e baili
De la terre de Cordes, tant che je bien garni
Fuse de portier armes, e celui li plevi
De fer tout suen comand, mes mout tost il menti:
Que quand mien pere fu de cist siegle parti,
Il s’en ala à Marsille e tant fist e basti
Ch’il me zaza dou regne e ma terre seisi,
E Marsille de Cordes l’onor li consenti,
E si l’encorona, e je seul m’en fui
Jusquement à la Stoile e lour me recoili
Roi Gondoer ch’estoit de mien [per] grand ami, 36b
Car il n’avoit nul hoir, e cil tant me nori
Che je fu grand e gros e d’armes semoni.
Mes quand l’esforz Marsille trapasa par de ci
Pour aler en secors dou fort roi Maoçeri,
Gondeor vint ou lour e tant fort m’a chieri
Ch’il me laisa en suen lieu en suen riame anti.
E quand roi Balugant à Carlle combati,
Gondoer li fu mort, e je pues remani
Seignour de tout suen regne, ond je sui esté servi
Dapues par tous siens homes e mout bien obeï;
Ne pour quant m’apellent ancour li Arabi
Altumajour de Cordes, cist nom ne m’a fali.
Mes iersoir Maoçeris, quand jour fu enbru[n]i,
A cinquante mil homes vint à moi en secri
A la Stoille où je estoie, e tant fist e geï
Ch’il me meina avec lu à huit mil fervesti,
Pour veoir s’il pooit fer pour aucun parti
A Carlle aucun daomaçe; car il avoit oï
Che l’ost de Pampelune se partoit, e ensi
Trovames hui Carllon, ond notre ost [l’] asailli

Par si feite mainere che à pue ch'il ne fu [h]oni;
Mes bien fu secorus, ond en la fin vous di
Che nous fumes venchus; alour le camp guerpi
Maoçeris e sa giant, mes grand part en perdi.
E je droit ver la Stoille mien cemin acoili
Ou ma giant, ne cuidant da nul etre envaï:
Or m'avés desconfit e je su[i] si aflebi
Che le defendre ai dou tout mis en obli;
Ond je me rand à vous che ne soie peri,
Car quant che me diriés sera mis en otri
Par moi à mien pooir.' Quand Rolland l'entendi,
A Jesu rendi grace e à seint Jaque ausi.

A Yesu e seint Jaques rendi grace Rollant,
Quand vit che Altumajour mout debuenairemant
Se voloit rendre à lu; lour li dist douçemant:
'Vasal, se tu vieus etre à l'emperer comant
E croir en Yesu Christ e guerpir Trivigant,
Ou l'aïe de Dieu e de Çarlle ensemant
Te ferai roi de Cordes, se je vif lonçemant!'
'Sire' dist le Païn 'je vous jur e creant
Com loiaus civaler che je à tot mien vivant
Ferai à mien pooir vetre comandemant,
Pur che vous me ostiés de ci à saovemant.'
E Rolland repondi: 'Vasal, je me fi tant
En l'amour mien segnour che je doi metre avant
Che je afier te pois; or ne alier dubitant,
Che je te praing sour moi, veant toute ma giant.'
'Grand merci' dist celu 'autre ne vous demant.'
Alour le fist le duc redrecier en estant
E remetre en le fuer le brand d'acier trençant,
Pues à cival le fist montier con honour grant.
Aprés lu fist montier Sansonet le Persant
E Ivoire e Ivon e l'autre remanant,
Che estoient mis à terre ver Paiens combatant;
Mes avant che à cival fusent comunelmant
Rolland esgarda e vit venir lez un pendant 3'

2309 erendi.

L'orieflambe Çarllon e sa grand giant sivant,
E davant tous vit Çarlle armés sour l'auferant,
Che sa giant condusoit à loi de co[m]batant.
Lour broça celle part le duc isnelemant,
Altumajour ou lu che ne fu mie lant.
Le duc vint à suen oncle tout primereinemant
E dist: 'Combien de vous?' E le roi en riant
Dist: 'Bien, la merci Dieu le piere onipotant
E dou roi Dexiriés le prous e le vailant;
Car pour lui sui tourniés da mort à saovemant.'
Lour li conta le feit tretout entierement;
Ond le duc dou daomaze fu duremant dolant
E dou bien mercia Dexirier noblemant.
Pues conta à l'emperer le suen retournemant
Comant as Saracins combati fieremant,
E com Altumajour sens pont d'afaitemant
Voloit croir en Yesu de buen cuer loiaumant,
E dou rendre de lu li dist le convenant,
E pues dou converti li fist iluec presant;
Ond l'emperer en fu à mervoille çoiant.

Çoiant fu Çarllemagne quand il vit che in tiel guise
Estoit Altumajour converti à sainte glise;
Car le Groing e la Stoille e autre gentilise
Par cil seront souz lu e à sa comandise.
Alour dist ao Païn: 'Par Dieu che tot justise,
Com nous aurons ta terre à la sainte loi mise,
Toute la primer ville che par nous sera prise
Sera Cordes pour metre tuen cors en ta franchise; 38ª
Ne ne m'en part[i]rai ne pour vent ne pour bise,
Si sera la citié par notre giant conquise
E complie ta venjançe sour le vieus barbe-grise:
Ce est Jonas che doit etre à tuen servise;
E il t'a esilié con fause maïstrise.'
Quand le convers l'oï, dou detrier de Galise
Se jeta sus la terre e baisa sens fantise
La destre jambe à Çarlle; pues dist sens gaberise:
'Grand merci, mien seignour, de tant noble promise

Che m'avés feite avant che je l'aie requise.
Feites moi batiçier; car huimés pour certise
Veul je avoir de vous homes amour e druerise.'
'Si ferai' dist Çarllon 'avant che je en lit gise.
Or alons ver la Stoille, ch'en la salle trelise
Vous ferai batizier tot nus e sens cemise.'
'Voluntier' dist celu. Lour oit sa beste prise
E monta sour la sele d'or e de colour bise;
Pues s'en vint à Rolland, si li oufri suen servise.

Suen servis à Rolland oufri Altumajour
E Rolland li promist sa aïe e suen amour.
'Sire' dist le convers 'je croi ch'il soit meilour
Che nous alons avant à dis mil de cestour
Jusquement à la Stoille, avant che ambaseour
Li aile de cist feit, si ch'il ne i soit erour:
Ond che quand entrera dedens l'empereour,
Ch'il ne i soit contredit ne tenzon ne remour.'
'Bien ais dit' dist Rolland 'tu ais sen e valour.'
Alour s'acosta à Çarlle, si li dist cil labour,
E le roi le loa. Alour sens nul demour
Ferent drecier l'ensagne de sable aou cenglier d'our,
Ch'estoit versée ao camp, e pues sens plus sejour
Rolland e le convers à dis mille des lour
Alerent ver la Stoille e tant firent le jour
Che en la vile entrerent sens coup grand ne menour,
Car quand ceus de la ville veirent le lour seignour,
La porte li ovrerent sens autre plegeour;
Ond tuit entrerent dens sens noise e sens tambour.
Quand furent en la ville, Altumajour alour
Fist remanir mil homes de la geste Francour
A gardier celle porte, si comanda à celour
Che isir ne leisesent dehors grand ne menour,
A ce che la novele ne alast plus longour.
Pues entre lu e Rolland à nuef mil pugneour
Se mistrent ver la plaçe sens cris e sens furour,
E quand venus furent aou palés ancienour,
La porte lour fu overte sens nul contreditour.

2386 entrara.

Sens ferir coup de brand ne de dard ne de lançe
Fu le palés rendu e la metre abitançe
A nous Franzois; mes nul par nule convenançe
Ne se desarma mie ne ne fist desevrançe
D'iluec, tant ch'il li fu venu le roi de France.
Quand Çarlle de la vile oit prise la puisançe,
Rolland e Altumajour sens nule demourançe
A dis mil civalers de droite conoisançe
S'en istrent de la ville sens nule destourbançe
E tant esploiterent ou la Jesu sperançe 39ª
Che aou Groing furent venus, mes par mout grand sciançe
Se fist Altumajour venir en sa presançe
Li gregnour de la terre, e pues sens arestançe
Entrerent nous Franzois dedens en comunançe,
Che ja ne i fu meslee ne nule destorbançe,
Pour ce che le castel estoit à oubediance
De Altumajour, où tous avoient lour fiançe.
Quand Franzois furent dens, Rolland sens plus tardançe
Fist la ville garnir e la plus metre stançe
De sa giant, e pues fist en peis e en paciançe
Batizier ceus Paiens e prendre notre usançe;
Car contredit ne i fu ne maovese senblançe.

Quand ceus dou Groing orent tretuit batisme pris,
En l'onour Çarllemagne e dou Rolland marchis
Fu la ville garnie e tretout cil païs
Che ao castel partenoit, e pues con grand delis
Rolland e Altumajour feirent d'iluec devis,
E leirent cinc cent homes armés e bien garnis
A gardier celle terre contre li lour nemis.
De pein, de vin, de blee, de bucs e de berbis
Meinerent grand plantee sens contredit d'om vis,
E tant esploiterent demeinant yeu e ris
Che à la Stoille vindrent aou roi de seint Donis.
Li feit li conterent com avoient conquis
Le castel tout en peis e ceus d'ens convertis;
Ond le roi à mervoile en fu mout esjois.
Lour fu Altumajour sour le palés antis

Batiziés en l'onour dou verais Yesu Cris; 39b
Pues alerent ao temple de ceus diés maleïs,
Che tost fu à loy Dieu sacriés e beneïs.
Là feirent batizier tretous grans e petis
De la giant de la ville e croire en Yesu Cris;
Car ja ne i fu aucun que pont le desdeïs,
Ains distrent: 'Vive, vive le buen roi de Paris!
Mescreü soit Macon e Marsille maomis!'
Lour fu sour l'aute tour le confenon Dieu mis,
E cil aou grand Cesar e l'autre à flor de lis
E cil aou duc Rolland fu joste ceus asis.
La merci Damnideu, le roi de paradis,
Sens brand ne lançe fu la Stoille eou Groing conquis.

Quand Çarlle oit la Stoille e le Groing gaagniés
E celour dou païs batiziés e laviés,
Jesu Crist e seint Jaques de zoie oit merciés,
Lour fist comandemant che tous eusent dreciés
Lour paveilons e triés dehors la ville as prés;
Car la ville n'avoit tant de long ne de lés
Che si grand host poüst etre dens aoberzés,
Che li borzois fortment ne fusent daomaziés.
Ce que comanda Zarlle fu mout bien otroiés;
Car dehors furent tuit atreviés e logiés,
Fors ceus che devoient gardier dens la citiés.
L'empereour mieme dehors se fu atendiés,
A ce che siens barons fusent mieus contentiés.
Tretous furent mout bien servis e [a]aisiés
Pour celour de la ville; ond mout lour vint à griés,
E François lour feirent honour e pris asiés. 40

Quand Zarlle fu illuec quatre jors demorés,
Il apela Rolland e Naimes l'ensenés
E Dexirier e Gueines, Salemon e Isoriés,
Gondelbuef e Ugier e maint de[s] plus proisiés.
Dedens suen trief li fist seoir; pues oit parliés:
'Seignour' dist l'emperer 'se croire me voliés,
Plus ne sejournerons com avons sejorniés;

2458 eou Groing.

Ains alerons à Cordes, se vous le consentiés,
Si merirons Jonas de l'orible peciés
Ch'il fist d'Altumajour, s'il n'est tant amendiés
Qu'il nous rende la tere e soie batiziés.'
'Sire' dist Gainelon 'nous somes aprestiés
De fier vetre voloir; mes je sui porpensiés
Che trou li ostoierons, ains qu'il soit conquistiés
Roi Jonas ne sa terre; car sovant m'est contiés
Che la terre est fortisme de murs e de fosiés;
Si i a giant ne vitaille dedens à grand plantiés;
Ond mout hostoierons avant che vous l'aiés.
Se la Stoille e le Groing de legier pris avés,
Ce fu che Altumajour fu en droit lieu senés:
Fors ne seroit Jonas en tiel guise troviés.
Pampelune asiçames cinc ans, com vous savés,
Avant que Maoçeris en fust deseritiés;
Si ne vaut Pampelune de Cordes la moitiés:
Ond se à cescune ville devons fer host, saciés
Che avant che notre afer soit dou tout acevés,
Le plus joune de nous iert de ceve[u]s mesliés.
Mes s'à moi voudriés croir, mesaze envoieriés 40 b
A Marsille qu'il rende le treü trapasiés,
Ch'il nous doit rendre, e croie en sainte Trenitiés,
E da Rolland conoise toutes ses heritiés,
Che d'Espagne doit etre roi e sir coroniés.'
Quand Rolland l'entendi, si fu en estant leviés.

Rolland leva en estant quand entendi Gainelon
E dist: 'Seignour, cuens Gueines n'a parlé se bien non;
Che se à cescune ville hostoier nous devron
Tant com à Pampolune hostoié nous avon,
Aou plus joune de nous florira le menton;
Mes se il pleist à cil Dieu, que nous a feit le don
De la Stoille e dou Groing sens trou engombreson,
Puet fer queou remanant dou tout aceveron
Con plus paine ou con mein, car sens paine en cist mon
Ne se puet fer bontié che soit do grand renon;

2500 tenes? cenes? 2503 croire. 2510 pempelune.

E com plus l'ome porte par bien paine e fricon,
De tant atend il plus merit e guierdon.
Vous estes ci pour Dieu che soufri pasion
Par nous, e nous par lu auquant penier devon,
E pues pour Zarllemagne, qu'il est droit e raxon:
Ond je ne veul ja mie che en guerre ne en te[n]çon
Vous soiés ci par moi ne pour ma garison;
Car je veul voluntier e peis e acordeison,
S'il est con l'onour Çarlle e de cescun baron
Che honorier le voile à buene entencion.
E pour ostier cescun de tiel suspicion,
E pour contentier ceus de notre region,
Che voudroient tornier arier en lour meison,
Je di cheou consil Gueines est droituriel e bon:
Ond se mien sir m'en croit, tantost envoieron
Mesaziers pour savoir daou roi Marsilion
S'il veut croire en Yesu e etre home Zarllon.
E nous tout quitemant suen païs li leiron;
Che je n'en veul avoir seul[e]mant un boton;
Car tant sont des riames par le mond environ,
Ond les giens adorent Trevigant e Macon,
Che con l'aïe de Dieu e suen santisme non
E de Çarlle e de vous, tant de ceus conquiron
Che encoronier poriés moi e mes compeignon:
Je n'en vous veul plus dir; ci fenist mien sermon.'
'Par foi' dist l'emperer 'e nous ensi feron:
Mes pour ce ne oblions celle promesion
Che par nous vous fu feit[e]; ainçois la dobleron.'

Quand Çarllemagne vit che Rolland s'acorda'
Aou consil Gainelon, mantinant apella
Dous civalers de Langles, ond l'un d'eu[s] se noma
Basin, l'autre Basel; car fortment li prisa
De sen e de proeze e en lour se fia.
'Seignour' dist l'emperer 'or à cist pont par[r]a
Comant vous la feriés; car alier vous stovra
Tout droit à Saragoce, là où se trovera

2539 tait. 2547 semona. 2548 e lautre.

L'ourgoilous roi Marsille, che retenu nous ha
Long tens notre treü; or sauriés s'il voudra
Mantenir sa folie ou se il s'en recroira;
Car à la fin par forçe ver nous ne se tindra.
Mes s'il veut croire en Cil che sour la crois pena 41b
E conotre sa terre da nous, il ne perdra
De suen honour noiant, ançois le doblera.
Ce li diriés à boce, si oriés ch'il dira;
E je vous conous tieus, che cescun bien saura
Dir ce ch'aura mestier, e pour ce ne i sera
Envoié[e] autre letre par moi, car mestier n'a.'
E celour repondrent: 'Cescun de nous fera
Tout quant che sauriés dir, se fer il se pora.'
E Çarlle doucemant de ce li mercia;
Pues lour dona congié e cescun s'en ala
A suen trief e tantost cescun s'apareila
A loi de mesazier; mes nul d'eus ne porta
Arme, fors che la spee, quand da l'ost desevra.

Li mesaziers istrent de l'ost l'empereour:
Dous varlés seul[e]mant meinerent aprés lour.
Vers Aragon pristrent le droit cemin meilour
E tant esploiterent, parlant çoses pluxour,
Che i furent arivés sens nul contreditour
Droit à la tour dou pas; e ce estoit une tour
En une yeve fondée par mout sotil labour.
Iluec avoit un pont da dous ciés leveour
Par où stovoit pasier cescun grand e menour
Che alast à Saragoce e che en venist ancour.
Li mesaziers distrent à la garde de sour
Qu'il li laisast pasier, che ao païn aomensour
Aloient pour contier suen preu e suen honour,
E celu li leisa pasier sens nul demour.
Adonc li mesaziers ererent tant alour 42a
Che trosque à Saragoçe vindrent sens nul herour.
En la ville entrerent pour la porte gregnour.
Li borçois de la ville environ e en tour

5 quand. 2568 tant tost. 2579 Par hõ.

Pour savoir des noveles li sivoient tutour,
E celour desendrent ao palés ancienour,
E as varlés leirent lour civaus ambleour;
Pues aprés poierent li degrés sens sejour.
Là troverent Marsille, che avoit mout grand irour
A Carlle, e bien savoit la venue de cellour;
Ond asemblés avoit siens conseilers le jour
Pour oïr des mesaçes le feit e le tenour.

Ao palés poierent li mesaziers andous
E troverent Marsille iriés e coreçous
E maint [Paiens] ou lu, chi noir, chi blans, chi ro
Primer parla Baxin com home valorous:
'Cil Damnideu chi veust en crois morir par nous
Sauf l'emperer Zarllon e siens amis tretous.'
Lour repondi Marsille e dist: 'Che voliés vous?'
'Sire' ce dist Baxin 'pour acroistre vous lous
Nous a envoié ci Çarlle l'emperer poerous;
Car se vous voliés croir à Cil che mori en crous
E devenir suen home, il est tant gracious
Qu'il vous veut pardonier le treü grand e grous
Che retenu li aviés, e ancour voiant tous
Vous rendra mantinant le païs delitous,
Ch'il vous a tolu à droit; e pues aprés lu sous
Vous serés le greignour: or soiés saçe e prous,
Che à lu ne porisés durier ao dereain cous;
Car il a juré à Dieu le pere glorious
Che se vous ne li feites de cist feit buen respous
Ch'il ne i va[u]dra priere de saze ne de fous,
Che par forçe ne mete vetre orguel ao desous,
E pues n'aura merci de vous plus com d'un lous.'
Quand ce entendi Marsille, mout en fu desdegnous
E dist: 'De ce mentiés, faus glotons enoious,
E vetre sire ausi qu'est or tant orgoilous;
Car avant che ce aviegne, dond il est dexirous,
De lu e de siens homes le ferai dolorous,
E vous pour lu ferai dolans e angoisous.'

2599 E maintes ou lu. 2612 sace. 2614 a jura.

Quand oirent ceus mesaçes la menaçe dou roi,
Le plus ardi de lour ot grand peor de soi;
Lour distrent à Marsille: 'Jentil sire, par coi
Nous veus tu fer daomaçe, quand Çarlles nous a à toi
Envoiés pour acord e nous à buene foi
T'avons suen dit contié? e se tu l'ais à enoi,
Tu t'en dois prendre à lu, non à nous par desroi.'
'Je ne pois' dist Marsille 'car il puet plus de moi
A cist pont de present; mes à cort tens, ce croi,
Me vengierai de lu ou de ceus de sa loi,
Car à asailir me vint com felon en recoi
Sens desfier moi pont; mes pour la foi che doi
A Maomet mien sire, à cui ma arme otroi,
Mout cier acatiriés le tort che pour orgoi
M'a feit vetre seignour, ou soit sen ou foloi.'
Lour dist as siens Paiens: 'Ces mesaçes che voi
Preniés, si li pendés de[h]ors en mi l'erboi.' 43ª
Lour li courerent sour plus de cent e vint troi
Des Paiens e pristrent li dous à celle foi,
E pues li meinerent sens nul autre coroi
De[h]ors, si li pendrent; mes je ne me mervoi
Se lour varlés furent en duel e en esfroi,
Quand voirent lour seignour pendus sens fer bufoi:
Ne pour quant cescun d'eus tenoit suen palefroi.

Ensi furent pendus sens nul delaiemant
Li mesagiers Çarllon, ond furent en spoent
Lour varlés che à gardier lour civaus remistrent;
Car davant à Marsille tantost meniés furent
Andous plains de peor e fortment trembloient.
'Vallés' ce dist Marsille 'sont cestour d'aute gient
Che je ai feit apondre là de[h]ors contre-ou vent?'
'Oïl' distrent colour 'e de grand nasciment.
L'un fu Basin de Langles, l'autre avoit nom Basent.
'Par ma foi' dist Marsille 'je en sui donc plus content.
Mes à vous ne veul jé fer nul engonbrement;
Ains vous veul je laisier alier à saovemant

8 ataciriès.

Con tretous vous civaus e tous vous garniment.
Mes dites bien à Çarlle dou tout certeinement
Qu'il ne m'envoiera aucun home vivent,
Che da sa part me die aucun destorbement,
Che je neou façe apendre ou morir malement.
Or aliés en tantost sens plus arestement.'
E ceus tot mantinant dou palés descendent
E sens autre demour à cival monterent;
Li civaus des mesaçes en detre meinerent, 4
Cescun dolant e trist, e tant esploiterent
Che le pont de la tour daou pas trapaserent,
E pues de civaucier tant fort se penerent
Che sens autre engombrier à l'ost ariverent,
Où l'emperer estoit e ceus che atendoient
La respouse Marsille; à tant devalerent
Aou trief Çarlle celour que le feit savoient.

Ao trief l'empereour dolans e irascus
Desendrent li valés des mesaziers pendus
E troverent Çarllon ou maint barons cremus.
Alour le saluerent da part de l'aut Yesu,
Pues distrent: 'Ai frans sire! Marsille a confondus
E pendus vous mesaçes, ond nul n'en veirés plus.'
Lour repondi Zarllon, quand les oit entendus:
'Pour quiel raixon l'a il feit?' Ceus distrent: 'Home 1
Ne nous dist ja pour coi i fusent deceüs,
Ne nous ne en savons rien; car andous remanus
Estoions pour tenir lour palefrois cremus
Aval souz le palés, car ja ne fumes sus.
E quand pendus furent, ceus Paiens mescreüs
Nous meinrent à Marsille; ond trou plus esper lus
Fumes nous: mes quand il nous oit ensi veüs,
Il dist: "Sont d'aute giant ceus mesaçiers isus?"
"Oïl" diimes nous "e autemant nascus"
E lour nom li contames, e il sens autre escus
Dist: "Je en sui plus contant, mes vous tous asolus
Veul je laisier alier com vous estes venus,
Con vous civaus e ernois"; pues dist oiant tretus 4

2665 Che ie ne le façe. 2688 fumes nus. 2690 meinerent.

Che nous vouš deusson dir, e ce ne fust teüs,
Que vous ne envoieriés à lu· viel ne cenus,
Che destorbier li die tant que mont dous festus,
“Che je neou façe pendre ou morir sens refus.”
Lour nous dona congié, e nous con tiel salus
Somes astivemant jusque à vous revenus.'
Lour oit de ce grand ire Carlles e tous siens drus.

Grand ire oit Zarllemagne e siens barons ausi
Pour Marsille ch'avoit li mesaziers honi;
Lour parla l'emperer que pour iror rogi
E dist: 'Mout m'a Marsille desprisiés e laidi
Quand il a mes mesaçes pendus e mors ensi:
Mes par Cil che en la crois par nous paine soufri,
Se je vif lonçemant, il en sera meri.'
'Sire' dist Gainelon 'oiés que vous en pri.
Marsille a contre nous e contre lu fali;
Car aucun roi ne duc ne prince segnori
Ne doit onir mesaze par ch'il li eust geï
Nule çouse d'outraçe, mes com je ai oï
Dit li fu aucune çouse che mout li despleisi
Par nous dous· mesaziers, selong ch'il descovri
E dist as dous valés, che sont retourniés ci,
Quand il dist che jamés ne joune ne flori
Ne envoieriés à lu, che n'en soit repenti,
Se destourbier li dit; ond fors li respondi
Aucun d'eus tiel outraze che cescun d'eus mori.
Mes se vous li envoiés, jentil roi poesti, 44b
Un mesaçier che soit prous e saze e ardi,
Che die notre raxon e ne soit esfraï
A defandre nous droit, se le roi nous nomi
Le vousi[s]t metre en camp encontre un Arabi,
Je croi cheou roi Marsille soit tant de sen garni
Che le meilour conseil parmetra en otri
Ne ne fera folie, ains prendra tiel parti
Che fors nous plaira mout; mes une rien vous di
Che letre saielee de vous saiel anti

· mesazes.

Vous mandiés à Marsille, che tout sera compli
Par nous le pleit che aura le mesaçe basti.
Or li envoiés tiel home che ne soit esbaï
A fer ceste ambasée, si che vous avili
Ne soiés pour mesaçe.' Quand Çarlle l'entendi,
Sour cil consil pensa e grand piece teisi.

Grand pieçe pensa Çarlle avant qu'il respondist
Aou consil Gainelon, e pues aprés li dist:
'Dam cuens, chi sera cil che pour nous fera cist
Mesaze ao roi Marsille, pensant com il mesfist
As autre[s], quand par nous à la mort li tramist?'
'Sire' dist Gueinelon 'foy che doi Yesu Crist,
En Crestentié ne sai home chi mieus feisist
Cist feit com fera cil che mes ne vous desdist:
Ce est Guron le saçe, le prous, l'ardi e le vist,
Ch'il il ne vous fali onque, ne ne croi ch'il falist
A vetre honour xamplir, quand il à ce venist.'
'Bien le croi' dist le roi 'mes s'il li mesvenist
Par moi en cist voiaze, sempre en seroie trist.'
'Ne vous dotiés' dist Gueines 'car cil Dieu che le fist 45
Tant sen e tant valour e tant bien li aprist
Che, hostant [h]ors Rolland, en tout notre batist
Ne sai meilour de lu pour fer un grand conquist.'
'Or le ferai' dist Zarlle 'pues ch'il vous abelist.'
Lour envoia à Guron, e cil terme ne quist;
Ains vint à suen seignour e devant lu se mist
A genoilon, e Çarlle mantinant le requist
De fer cellę ambasee, e cellu li promist
Che à suen pooir voudroit fer quant che li pleïst,
Pur che preu e honour à suen sir examplist.

Guron promist à Zarlle de fornir cil mesaze;
Ond mout le mercia le roi con clier visaçe:
Mes mout en murmuroit environ le bernaçe,
Diant mout coiemant: 'Mout seroit grand daomaze
Se à Guron mesvenist, che tant a vasalaze;
Car tiel ami n'a Zarlle fors le fil suen soraze.'

Jouste Salemon fu Rolland notre avoaze:
'Salemon' dist Rolland 'pour Dieu e pour sa ymaze,
Gueines ne ama Guron ne nul de suen lignaze;
Car envoier le feit en plus cruel voiaze
Che Jason ne fu quand ala en l'isle saovaze
A tondre le mouton, mes Zarlle l'e[m]peraze
Ne devroit là envoier home de tiel paraze.'
'Sire' dist Salemon 'Zarlles a segnoraze
Sour nous; ond il puet fer de nous quant ch'il ymaze
E suen voloir feiro[n]s, ou soit sen ou folaze.'
'Guron' dist Çarllemagne 'se vous ferés com saçe,
Quart jour sejou[r]neriés e prendriés ci estaze, 45b
Avant che vous aliés à Marsille l'Aufaze;
Car je me dout che ancour ne soit trou plain de raze
E suspetous por ceus ch'il pendi sour l'erbaze;
Mes jusque à tant aura atempré suen coraze;
Car ja mie ne voudroie par tout l'or de Cartaze
Che pour moi vous feïst desenour ne outraze.'
'Sire' ce dist Guron 'je tieng mien heritaze
Da vous e de mien cors je vous veul fer homaze;
Ond au vetre consil ferai tout mien aaze;
Car je pour vous voudroie fer trou gregnour pasaze.'

A ce che [li] dit Zarlle Guron ao cuer loial
S'acorde mantinant, de prendre en l'ost estal
Quart jour avant ch'il aile ao païn amiral.
Lour fist partir Zarllon le consil general;
Cescun ala couzier la soir à suen hostal,
E quand furent couziés tretuit amont e aval,
Gueinelon apella en suen trief de çendal
Suen metre zamberlain, ch'avoit nom Guirdonal.
A une part le treit, où viel ne jovençal
Ne le pooit entandre ne veoir aotretal.
'Ami' dist Gueinelon 'vous etes mien vasal;
[L'alier savés d'Espagne] pour plains e pour costal;

0 haaze. 2792 A ce cha dit Z. 2796 Cescun se ala.
3 Despagne
Vous saues tout laller pour plains e pour costal.

Se me volés plevir com home droitural
Che d'un mien servis fer ne me vindriés à fal.
Tant fort je exauçerai vous e vetre casal
Ch'en vetre etre n'auriés envie da ome çarnal.'
E cil dist: 'Mien seignour, pour Dieu le spirital
Vetre comand feray, ou soit bien ou soit mal.'
'Grand merci' dist le cuens 'or montiés à cival
E chanziés vous de drais, che nul home mortal
Ne vous puise conotre cist pont par nul segnal,
E pues istrés de l'ost quand çantera le gal.
Dejusque à Saragoze la fort citié roial
Aliriés à Marsille, ne doutiés le traval.
Salués lu e dites che de ci à quart jornal
Li envoiera un mesaze le roi emperial,
Ch'est tant prous e vailant ch'en tot l'ost pour engal
N'est meilour brand dou suen, fors seulmant Durinda
Guron a nom; ond s'il veut fer dolour coral
A Çarlle, si l'ocie; ond Frans e Proençal
Seront plus esbaïs pour lu sens jeu ne bal
Che pour dis mil des autres de la giant comunal.
A Maoçeris diriés che cist fu-ou principal
Che sa ville li veust amblier com desloial:
Or s'en pora vençier, s'il a sen natural.
Ne feites long demor ou la giant creminal;
Mes de ci à tierçe nuit soiés ci en cist terral.'
'Sire' dist cil 's'il pleit aou Roi celestial,
Jel feray; car vous etes mien sir e governal.'

Aprés cist parlemant le Gueines camberlan
S'apresta pour alier aou roi Saragoçan.
Par n'i etre coneu da nul home mondan,
Siens drais çança e vesti robe de suen vilan.
E quand il fu monté sour un cival bauçan,
Hors de l'ost s'en isci tant quoiemant e plan
Ch'il ne s'en pourcevi borçois ne çastelan.
Ver Saragoçe prist le çemin plus proçan,
E Gainelon remist plein d'iror e d'ahan,
Com cil che de vençier avoit le cuer tot plan

Anseïs sour Guron le noble cevetan.
Mes sour cist traïmant ne pensoit Çarlleman;
Ains sejournoit tutour dedens suen trief aotan,
Sbanoiant ou ses homes la soir e l'endeman.
Quand vint la tierçe nuit, Gainelon l'Aleman
Tretoute nuit veila com home plain de engan
Ne ne se despoila la nuit pour nul afan.
Dedens suen trief ch'estoit de cier paile aoufrichan
Atendoit suen mesaze, pour oïr por certan
Com esploitié l'avoit con l'amirant tiran.
Quand vint aou pont che l'aube motre le jor seran,
Aou trief Gueines ch'estoit sour un puy ancian
Desendi le mesaçe dou cival surian.
Quand Gueines l'oit sentu, ver lu vint primeran.

Quand Gueinelon senti suen çamberlan desendre,
Primeran li vint contre e sens aucun contendre
A une part le treist dehors en l'erbe tendre,
Où oïr neou pooit aucun, ne grand ne mendre;
Pues dist: 'Com avés feit? ferons nous merit rendre
A Guron de Bertagne de mien niés ch'il fist pendre?'
'Oïl' ce dist celu 'ne s'en pora defendre,
Che s'il voit à Marsille, ja ne i vaudra complendre
Ch'il ne le faice tout e desmembrier e fendre.
Ancor fis je par pont à Maoçeris entendre 47a
Che cist est cil che vieust à engin sa ville prendre;
Ond or s'en poroit bien venzier e à lu offendre,
E il dist che cil feit li cuide bien cier vendre
Avant qu'il s'en retorn[e]; lour le vi d'ire esprendre
E maintes fois suen vis paloïr plus che cendre;
Ond Guron stuet morir, se il le puet sourpendre.'
'Bien avés feit' dist Gueines 'or vous donray da spendre
Selong che avés meri.' Alour l'ala ao col prendre,
E d'un cotieus trençant sens autre çouse atendre
Le feri si en le pis che mort le fist destendre;
E ensi le fist Gueines deou suen mestier aprendre,
Pour ce che [de] cil feit ne i peust oil mosprendre.

Ensi tua cuens Gueines suon loiaus mesaçier,
Pour ce ch'il ne peüst cil feit à nul contier:
Pues s'en tourna en son trief e prist à apelier
Des siens vasaus pluxour, chi sargiant chi escuer,
E dist: 'Aliés tantost en cil val enterier
Cil maovés sedutour ch'est mort lez cil roçier,
Il est bien terçe nuit ch'il n'a cessé d'alier
Parmi l'ost adobé a loy d'un paoutronier,
Seulmant par notre giant e notre etre spier;
Mes je l'ay bien, ce croi, meri de suen erier.
Portés le ailors.' Tantost ceus distrent: 'Voluntier.'
Alour le porterent aou val sens contrestier;
Iluec l'enfoierent par dejoste un vergier.
Quand le soleil leva, Guron le frans guerier
Se fist de buenes armes vestir e adober.
E quand il fu adobé, à lu alerent primer 47b
Taindres e Andriais che mout l'avoient cier,
E distrent à Guron: 'Nous te volons prier
Che notre compegnie ne doies metre arier;
Car ancour nul de nous ne te veust oblier
En stor ne en bataile ne en aucun tuen afer.
E se nous jusque ci t'avons volu amer,
Ancour te volons nous plus servir e honorier;
Ond ch'il ne te doit mie de noiant enoier
Se à cist pont nous volons tuen cors acompagnier;
Car nous bien te puisons par dous scuers scusier.'
'Mal ait' ce dist Guron 'chi vous veut refusier:
Our feites vous adonc de vous armes armer.'
'Voluntier' distrent ceus. Alour sens demorier
Se feirent de lour armes vestir e coroer;
Pues alerent la messe oïr e escoutier,
Che Çarllon se fesoit dedens suen trief zantier.
Quand la messe fu dite, Guron à engenoilier
Se ala davant Çarllon e prist à demandier
Le congié noblemant, e Çarlle l'emperer
Une letre tantost fist fer e sagelier
A Trepin che mout bien savoit scrir e ditier

2886 herier.

En romein e en latin, quand il fesoit mestier.
Pues le baili le roi, voiant tout suen bernier,
A Guron; si li dist: ‘A Marsille l’Asclier
Porteriés ceste letre, che mout devés prisier;
Car ci dedens scrit est che je vieul otrier
Toutes les convenances che voudriés afermier
Entre vous e Marsille de guerre ou d’acordier; 48a
Mes mien honour devés esauzier e gardier.’
‘Si ferai’ dist Guron ‘quoy che en doie encontrier.’
‘Bien le croi’ dist Zarllon ‘par Yesu notre pier.’
Lour li dona congié, si le prist à segnier
E Guron l’enclina; pues monta en suen destrier
E siens dous compeignons monterent sens tardier;
Pues istrent hors de l’ost sens terme perlo[n]gier
Armés de toutes armes, fors lançe e escu borclier.

Li trois istrent de l’ost armés mout riçemant,
Fors de lance e d’escu, e esploiterent avant
Tant che à la tour dao pas vindrent, e distrent tant
A la garde de sour, che sens engombremant
Li leisa pasier outre; car il avoit comant
De leisier trapasier ensenble jusque à tant
Civaliers cretiens, e non mie plus noiant.
Tant civauçe Guron ou li dous ensemant
Che droit à Saragoçe vindrent aou vespremant
E entrerent en la ville sens nul contredimant;
Mes avant ch’i fusent aou palés avenant,
Avoit seü Marsille le lour avenimánt;
Ond avec lui avoit li meilour de sa giant
Ascembliés, pour oïr le Carlle mandemant.
A tant furent dosis li trois comunelmant
Aou palés sour la plaçe e leirent à un serjant
Lour civaus à gardier; car Guron le vailant
Li fist pour cil servis donier d’or un besant.
Pues monterent tous trois aou palés vistemant
E Paiens li leirent alier à lour talant. 48b
Mes Guron davant tous ala primeremant
Cele part où il vit che seoit l’amirant;

Car bien l'oit coneü à la sieze plus grant
E à la corone ausi qu'estoit d'or fin luisant,
E pues vit che cescun em piés li estoit servant;
Lour dist: 'Cil Danideu che en crois soufri tormant
Pour aider e saover cescun en lu creant
Sauf l'emperer Carllon e suen nevu Rollant
E tretous siens amis, e don engombremant
A cescun suen nemi e joune e ferant.
Or prenés ceste letre e soiés proveant
A fer ce ch'ele dit pour vetre saovemant.'
Lour li baili la carte e le roi mantinant
La ovri e regarda dedens; pues suspirant
A Justin la baili, un roi prous e saçant,
E dist qu'il la deüst esponir aotemant.
Cil regarda dedens tot le continemant;
Pues la prist à esponir autemant en oiant,
E cescun pour entandre estoit quoy e taisant;
E ce disoit la letre e le comencemant:

'Nous Çarllemagne ao Dieu honour
De Rome droit empereour
E roi de Françe, e encour seignour
De Crestentié sens nul irour,

E de Baudard e de Nubie
E de Persse e de Surie
Jusque où fu mort le fil Marie 49
S'est la giant à nous convertie;

E con l'aïe aou Roi de sus
Cuidons mout tost abatre jus
L'ourguel des Paiens mescreüs
Che n'ont creance en l'aut Yesus.

Pour ce à vous, roi Marsilions,
Notre mesaze e brief mandons,
Sens nul salu; car nous i avons
Reison e droit; sil vous dirons.

2962 e pues. 2965 E cil. 2966 eñoiant.

Vous savés bien che retenu
Avés longtems notre treü:
Ond se sour vous avons coru,
Droit ocheison e reison fu.

E vous nous avés à grand tort
Dous mesaçiers conduit à mort;
Ond se vous n'estes bien açort,
Le meilour fruit perdriés de l'ort.

Car ja avons Nazare e Noble
E Pampelune, terre noble,
E souz notre puisance imoble
Avons la Stoille eou Groing en coble.

Le remanant veriés tost prendre;
Car vous n'aviés gient da defendre:
Mes ancour nous volons entendre
Se plus voliés ver nous contendre,

O se voliés ancour venir
A nous merci e perdon querir: 49b
Car autremant nous savons dir
Che non poriés la mort fuir.

E se vous dir ja volisiés
Che à tort vous fusiés daomaziés,
Nous somes dou tot aprestiés,
A provier le, com dir sauriés,

A giant à giant, a cors à cors;
E cil chi perdra cist esfors,
Tantost isce d'Espagne hors
E mantinant s'en aile ailors.

Or respondiés à cist mesaze
Co cho vous avés en corazo:

Car quant ch'il fera en cist voiaze,
Mantindrons tot sens pont d'outraze.

Mes se vous voliés or endreit
L'acord de nous sens plus mesfeit,
Tiel convenant vous sera or feit
Che n'en seroit à un autre pleit.

Pensiés com riva à buen destin
Mitridates le roi Ermin
Che se cuidoit defendre enfin
Contre Ponpieu le palatin.

Cil home est saze e prous sens fal
Che se çastie con l'autru mal:
Or respondiés, sire amiral,
A notre letre e à nous saial.

Quand Marsile entendi la letre aou roi Çarllon,
De maotalant ch'il oit rogi plus che stiçon
E dist: 'Bien me tient Çarlle à fol e à brichon,
Quand il me croit conquir pour vers ne pour sermon;
Autre i aura mestier avant la fenison,
Ancour n'a il d'Espagne feit sa desevreson;
Car avant ch'il s'en parte, foi che je doi Macon,
Des François me croi fer gregnour destrucion
Che ja autre foi ne fist le prous Chamilion.
Chi estes vous' dit il 'e de chiel nasion?'
E Guron repondi: 'Guron m'apelle l'on,
Fil Teoderis e niés aou fort roi Salemon:
L'un de cestour est fil Rizard, l'autre de Hugon.'
Lour Maozeris ch'estoit joste Marsilion
Dist aou roi en l'oreile: 'Celu fu cil gloton
Chi me veust Pampelune amblier en traïxon.'
'Par ma foy' dist Marsille 'nous bien le meriron.'
Lour escria à siens homes ch'il avoit environ:
'Preniés ces sedutors, che aient malecion;
Si li feites apendre là hors en cil valon.'

3017 uolisies.

Lour li cour[er]ent sour Saraçins à bandon.
Mes Guron trei[s]t tantost suen buen brand da galon;
Ensi fist Andriais e l'autre compagnon.
Guron feri primier un Païn esclavon;
Ond tot le pourfendi daou cief jusqu'aou poumon,
Car le cous ne trova arme ne garnison.
Andriais en feri un aotre à tiel randon
Che le brais le trenza ou tretout le breon.
Taindres en fendi un autre dejusqu'en le me[n]ton. 50b
Avant ch'eusent Paiens pris armes d'un boton,
En furent mort chatorçe sens nule garison.
Tot droit contre Marsille se mist l'ardi Berton,
Che bien cuidoit sour lu venzier sa mesprison.
Mes un Païn se mist davant aou zampion;
Ond le prous li dona iluec suen guierdon,
Che mort le jeta à terre sens nule defension.
Quand Marsille ce vit, tot droit ver le dojon
S'en fui mantinant, escriant à aut ton:
'As armes, civalers, sens pont d'aresteson.'
Alour coruit as armes cescun, vieus e garçon.

As arme corerent Paiens à grand furour,
E Marsille en sa çambre se fist sens nul demour
Armer lu e Maozeris et des autres pluxour;
Pues vindrent en la sale, où li trois pugneour
Defendoient lour cors à forçe e à vigour:
Mes mout pue eüsent mantenu cil estour,
Car la giant Saracine da toute part d'entour
Li donoient l'asaut armés de lour atour;
Mes Balugant sourvint che oÿ le remour.
Quand vit ensi envaïr li frans ambaseour
As Paiens escria: 'Tres vous arier, seignour,
Ce est grand vilenie, par Dieu lo roi de sour.'
A cist mot se treirent arier tretous celour;
Car mout le prisoient li grand e li menour.
Lour s'en vint à Marsille Balugant plein d'irour
E dist: 'Foy che doi Dieu, ci a cetis labour,
Quand pris e honour avés torné à desenour; 51a

4 sens defenison. 3084 dou.

Car l'en soloit ja dir che plus noble aomensour
N'estoit dou roi Marsille, or seront mentiour
Ceus che plus le diront; car perdu avés l'onour,
Quand à mesagiers feites onte par nul herour;
Que preu ne honour poés avoir d'ocir cestour?
Car pour ce ne feroit Çarlle en France retour,
Se vous li eusés bien mort dis mil des siens meilour.'
'N'avés oy' dist Marsille 'l'orguel eou grand furour
Che m'a mandé à dir Çarlle l'empereour,
Quand dit che con reixon me feit duel e langour?
Ce n'est reixon ne droit; mes pour ch'il puet desour
Trou plus che je ne puis, cum outrecuideour
Il se done reixon; mes le faus sedutour
Ne dit comant il vint à loy de traitour
A envaïr ma terre, montrant je à luy amour.'
Quand Guron l'entendi, sens aucune peour
Dist ver le roi Marsille: 'Dam roi, je vous di ancour
Che Zarlle ne fu onques felon ne liceour
Ne à tort ne vous feit daomaze d'un tambour,
E ce veul je provier sens prendre aotre sejour
Contre dous de vous homes de proeçe gregnour.'
Quand Marsille l'oÿ, si mua la colour,
Voiant che cil n'avoit doutançe ne peour.

Soen vis çança Marsille, quand il vit che celu
Pour doutanze d'aucun n'estoit pont esperdu.
Lour li dist fieremant: 'Civaler, che dis tu?
Che gaagneroie jé, se tu fuses vencu
Par dous des miens barons? non che vaile un festu:
Mes mout me peseroit se je euse perdu
Dous barons en tiel guise com tu m'ais menteü.
Mes pour morir à honour ais tu cist pleit moü;
Ond je ne veul par toy etre ensi deceü,
Car profit n'en auroie.' E Guron repondu
Oit à Marsille e dist: 'Vous avés bien veü
Le mandemant Çarllon e si avés entendu
Qu'il dist che chant che jé ferai ci où je su
Sera pour lu otroié e dou tot mantenu;

Ond je di che se jé sui [ci] en çamp vencu
Par dous de vous barons, che je sens tardier plu
Ferai tournier Çarllon en la terre ond il fu,
Ne ne demandera à vous fieu ne treü
A tot jour de sa vie: e se je aou desu
Puis venir de vous homes, je veul sens nul refu
Portier vetre corone à Zarllon le membru,
Pour motrier che j'aurai exaucié e creü
Suen honour à reixon e en çamp combatu.
E se je fuse mort das dous aou çamp erbu,
Ces dous frans civalers, ond cescun est mien dru,
Tesmogneront à Zarlle cist feit qu'il soit creü.'
'Da Dieu' ce dist Marsille 'soie mort e abatu,
Se cist feit ne vous est par moy bien atendu!'
Lour dist a[s] Saracins che avoient fer vestu:
'Tre[s] vous arier tretuit, che se joune ou zanu
Offend plus à ces trois, tantost sera apendu.'
Lour se retreist arier cescun grand e menu.

Arier se retreirent Paiens en comunançe,
Pues que de lour seignour oirent la comandançe;
E Marsille ch'avoit voluntié e desirançe
De delivrier sa terre des mains ao roi de Françe
Apela ceus où il avoit plus conoisançe 52a
E dist: 'Seignor, chi[e]l dous motreront lour puisançe
Contre cist civaler par notre delivrançe?'
Lour se mist tout avant con mout grand arogançe
Ayquin de Portegal, un roi de renomançe,
E dist: 'Je sui celu che or en ta presançe
Se vieut par toy combatre à brand d'acier e à lançe
Pour delivrier ta terre ch'est en fiere balançe.'
'Grand merci' dist Marsille 'e de tiel proveançe
Vous croy jo bien morir avant la desevrançe.'
Aprés se fist avant sens autre demorançe
Un roy de Barberie cun un aspre scemblançe.
Timidés fu nomé e avoit costumançe
De trier plus droit sajete hors d'un arc pour certanze
Che arbalistier quarel; tant l'avoit pour usanze.

3138 se uieul ne zanu.

Cil dist aou roy Marsille: 'Dam roi, n'avés doutanze,
Che je ne te faudray pour aucune pesançe;
Ains combatrai par toy, ou soit sen ou enfanze;
Se je de sa folie ne li don penetanze,
Jamés n'avoir en moy foy ne buene speranze.'
'Par ma foy' dist Marsille 'il est bien ma creançe
Che vous e Ayquin feriés de lu cruel vengianze;
Tant est [en] vous proeze, ardimant e sianze:
Ond meilour zanpion ne quier en tiel sentanze.
Demain serés à cé, or avés proveanze
A fer che je ne soie honi par neglianze.'
'Sire' distrent ceus dous 'aiés en nous fiançe,
Car bien vous hosterons de ceste destorbanze.'
'Bien le croy' dist Marsille 'de ce n'ay dubitanze.
Aliés vous repousier huimés en patiançe
Jusque demain matin quand vindra l'aube blançe.'
E celour repondrent: 'A vetre comandançe.'
Alour devalerent dou palés sens tardançe;
E le roi Balugant con mout grand reveranze
Meina li trois mesazes à sa metre abitanze.

A l'ostel Balugant en la metre citié
Furent li trois mesazes meiniés e houstalé.
E Marsille ne fu de l'afer oblié;
Aprés hors de la vile un arpant mesurié
Fist fer une fort sbare lez le çemin ferié.
La nuit sejournerent; e quand jour fu esclarié,
Marsille ou siens meilors isci dehors aou pré,
A Guron envoia pour trier à fin cil plé.
E celu vint à lu, quand il li fu envoié,
Ou siens dous compeignons, cescun mout bien armé
De clavein e d'aubers, de brand, d'eome yemé;
Mes nul de lour avoit lanze n'escu borclé.
Quand Marsille li vit, à soy oit apelé
Guron e si li dist: 'Je vuel che vous contié
Devant cestour le pleit che m'avés demandié.'
'Voluntier' dist Guron 'or adonc escoutié,

3162 combaterai.

Je di che se je suy armés e bien montié,
Che je me veul combatre en la sbare seré,
A dous des vous meilors e li plus esprové,
Par si feit convenant che se je suy tué
Par vous dous zampions ne veincu ne smatié,
Che ces dous che je ay enxamble ou moy mené
Retorneront à Zarlle, se seray devié,
Si le feiront en Franze tournier e suen berné.
E se je vif vencus, ausi le ferai jé 53a
Tournier; car il m'a bien promis e fiancié
Che ce che je feray sera pour lu outroié,
E il ne m'en faudroit; tant a en lui loiautié:
Car par toute la terre qu'il a en Crestentié
Il ne voudroit ja etre par mentior prové.
Mes se vous dous Paiens seront par moy outrajé
E vencus en bataille, je veul che me leisé
Pourtier vetre corone à Zarllon l'alousié,
E si veul ch'ele soit mise de vetre gré
Sus l'entree de la sbare, che quand sera finé
L'estour e che je l'aie à honour acevé,
Che je pourtier la puise ou moy à sauvetié.'
'Je l'otroi' dist Marsille 'or adonc me juré
Le convenant tenir che m'avés divisié,
E je autretiel feray à vous pour veritié,
Voiant tot cist bernaze, qu'est ci entour asenblé.'

'Dam roi' ce dist Guron 'pues che jurer le doi,
Tendiés ver moi la mein.' E cil dist: 'Je l'outroi.'
Lour tendi contre lu sa mein à celle foi,
E Guron sa mein mist sens peor ne esfroi
Sour la Marsille e dist: 'Jo vous jur pour ma foy
E sour l'amour che port à mien seignour le roy
E à Rolland e as autres, che je plus am e croi,
Che quant che je ai dit mantindrai sens bufoi.'
Aprés ce dist Marsille: 'E je jur sur ma loi
Che je dou convenant ne faudrai enver toi.'
Lour fist tantost portier sa corone ad orfroi
Sour l'entree de la sbare sus un paile arabloi.

'Amirant' dist Guron 'il feit mestier à moi
Escu e lançe ausi à fer si feit tornoi.'
'Bien l'auriés' dist Marsille 'ou soit sen ou foloi.'
Lour apela Aiquin e Timidés o soi
E dist: 'Aliés à prendre vous armes e conroi;
Car la bataille stuet etre entre vous troi,
Da vous dous à cil suel dou riaome franzoi:
Mes bien me dit le cuer à l'etre che vous voi
Che vous fra[n]chirés hui le riaome espanoi;
Ond Zarlle en perdra la zoie e le sbanoi.'
'Sire' dist Timidés 'se je ne faiz hui quoi
L'ourguel de cist François ch'est tant plein de desroi,
Jamés ne quier tenir de ma terre plain doi.'
'Pour ma foi' dist Marsille 'de ce rien ne mescroi.'
Alour fist aportier pour fornir cil caploi
Les armes des dous rois iluec en mi l'erboi.

Iluec en mi le çamp porterent sens termin
Les armes des dous rois Timidés e Aiquin:
Maozeris e Grandoine mistrent sen e engin
Aou roi de Portegal armer par buen convin.
Sour les çauces vermoiles de paile outremarin
Li çaucerent primier li esperons d'or fin,
E desour dous jambieres d'un cuer de serpentin.
Sour le jambaus che fu de velu alexandrin
Li vestirent l'aubers eou clevein acerin;
Une sourveste où fu Macon e Apolin
Vestirent sour les armes aou zampion païn;
Pues li çaindrent le brand, e l'eome saracin
Li lacerent aprés, e pues sour cil cemin
Li fu menés davant un buen amoravin
Covert mout ricemant d'un cier paile sanguin,
De frain, d'estrief, de selle n'estoit mie topin,
Tot ce fu brusti ad or e l'arçon ivorin:
Aiquin saili en la selle, quand il li fu voisin.
Maoçeris li dona un escu buvalin;
E cil le mist ao col, pues prist l'espli frasnin,
Che li dona Grandoine che mout estoit d'aut lin,

E cellu le seisi e pues plain de venin
Broça le buen detrier à travers un zardin:
Pues retorna sa reine e dist en suen latin:
'Hui compera Guron ma ire e mien [h]aïn.'
D'autre part Fausiron e l'amirant Justin
Se penoient d'armer l'amirant barbarin.

Fausiron e Justin à armier Timidés
Se penoient fortment, e quand li orent çauciés
Esperons e jambieres e l'aubers endosiés,
E le clavein ausi ch'estoit fort e serés,
Une rice sourveste d'un cier paille rosiés
Li mistrent sour les armes, e pues le brand letriés
Li çaindrent mantinant ao senetre costiés.
Aprés li lacerent un eome ad or cerclés,
A suen senetre flans li fu un arc ataciés
E de sajetes plain un carcois d'autre lés;
Car de jetier d'un arc n'estoit suen per trovés.
Un buen detrier corant li fu davant menés,
D'un drais vermoil covert à bandes d'or frixés;
La selle fu d'ivoire e li estrivers dorés,
Le frain e le loerain de fin or esmeriés.
Timidés saili sus, quand il fu aprestiés.
Fausiron li baili un fort escu borcliés
E Justin un espli trençant e aceriés,
E Timidés le prist e pues oit speronés 54b
Le buen detrier corant à travers pour ceus prés.
Quand oit feit un eslas il fu arier retourniés,
E dist aou roi Marsille: 'Sire, ne vous doutiés;
Car dous tiel zampions sont pour toi adobés
Che se contre nous fust Rolland en çamp entriés,
Jamés ne tourneroit ao roi de Crestentiés.'
'Ami' ce dist Marsille 'vous me ferés asés,
Se vous dous en cist jour da Guron defendriés
Mien honour e ma gloire, com vous estes vantiés.'
Alour li oit andous convoiés e guiés
Trosque dedens la sbare e de bien fer priés;
Pues vint iluec où fu Andriais e Taindrés,
Che servoient Guron de buen cuer, ce saçés.

Droit as trois Crestiens vint Marsille pongant;
Pues apella Guron, si li dist autemant:
'Vasal, che vous besogne à cist tornoiemant?'
Cil dist: 'Escu e lançe, autre ne vous demant.'
'Vous en aurés asés' repondi l'amirant.
Alour fist aportier iluec tot mantinant
Bien plus de dis escus e lances enscemant;
E pues dist à Guron ch'estoit iluec presant:
'Prenés escu e lance à tout vetre talant.'
'Grand merci' dist Guron. Alour se fist avant
E esli un escu fort e dur e pesant;
Alour dist à Andriais: 'Cist est escu avenant;
Bailés le moi, quand jé serai sus l'auferant.'
E pues esli un espli ch'estoit fer e trenzant;
A Taindres le baili, pues li dist belemant:
'Quand je sui à cival sens pont d'esmaiemant
Donés moi cist espli e si vous pri e comant 5
Che vous escu e lançe preniés isnelemant,
Quand je serai entré en la sbare tenant,
E montiés à cival sens pont d'arestemant;
A l'entree de la sbare garderés vistemant,
Si che dedens ne puisse entrier home vivant,
Che me vousist fer tort plus com est convenant.'
'Voluntier' distrent ceus 'ne doutier mie noiant;
Car [nous] ne te faudrons par mort ne par tormant.'
'Bien le croi' dist Guron. Alour acortemant
Se jeta sus la selle dou buen detrier corant.

Quand Guron fu à cival, sour l'estrier safiza,
E pues des esperons le detrier sperona,
E à le eslais ch'il fist le buen detrier sauta
Trente dous piés e plus, com l'en pues mesura.
Quand Marsille ce vit, tot la color mua;
Dolans estoit dou pleit ch'il davant conferma.
Desour le roi Grandoine tot pensis s'apoia
E dist: 'Vous che des autres armés veïstes ja,
Che vous scemble de cist?' E cil dist: 'Oiés ça;
Dapues che je nasqui mien cors ne afigura

Nul plus bieus civauçant, ne sai che en vindra.'
Quand Guron suen eslais oit feit, si retourna
As siens dous compeignons e l'escu demanda;
E Andriais tantost aou col le li gieta,
E Taindres mantinant l'espli li presenta,
E Guron le seisi e pues le paomoia
Par si tregrand aïr ch'à pue ne le. brixa;
E pues siens compeignons mantinant apela
E dist: 'Aprestí[é]s vous', e cescun s'apresta
De fort escu e de lançe e à cival monta. 55b
Or fu cescun armé de quant li besogna.
Alour convoierent Guron tant ch'il entra
Dedens la forte sbare e cescun le seigna
Da part de celu Dieu che sour la crois pena.
Pues fu sere[e] la sbare, mes d'iluec ne se hosta
Nul des dous compeignons, mes cescun d'eus garda
Ch'il ne li entrast aucun, com Guron comanda.
E la giant Saracine par dehors s'asenbla
Pour veoir la bataille, mes la giant dovina
Che le feit aleroit ensi com il ala.

Pour davant Saragoçe, dehors as pres herbus
Estoit la giant Païne asenblee sus e jus
Pour veoir la bataille daou Frans as mescreüs.
Marsille comanda à un hyraut barbus
Ch'il feïst aquoier li grans e li menus:
E cil fist sue[n] comand; lour ne i fu cris ne hus;
E quand Guron se veit en la sbare enclus
Il enfeutra l'espli e mist davant l'escus.
Qũand li dous Saracins se furent pourceüs,
Contre lu tournerent lour buens detriers crenus.
'Timidés' dist Ayquin 'or somes nous venus
A l'estour ver Guron, che ne semble esperdus:
Ond se meis fu en vous siançe ne vertus
A cist pont le m'otriés com home proveüs;
Car je dou primier coue li voul donier salus.'
'Ayquin' dist Timidés 'de ce ne parliés plus:

aie. 3363 la grand douina. 3370 ne i fu ne cris.

Car je ay ja des autres pluxors en çans venchus.'
Alour enfeutra Ayquin suen roid espli agus,
Droit ver Guron se mist à loy d'ome irascus;
E Guron che de lu ne doutoit dous festus 56[a]
Se mist ver lu broçant le detriés esleüs.
Quand vint à l'aprocier ne solais ne desdus
Ne i fu fors che ferir des esplis amolus.
Le roi de Portegal, ch'estoit fort e cremus,
Feri primeremant sour Guron le membrus;
Ond l'escu li trença, mes l'espli fu rompus
Desour l'aubers ch'avoit le prous Guron vestus;
Ond aoutre mal ne i fist, mes bien li fu rendus
Le çanze mantinant, avant qu'il fust moüs;
Car Guron che ja avoit maint des autre[s] ferus
Li parti tout l'escu, si li fist un pertus
Ens l'aubers da senestre, mes ne li fist mal nus
Ens l'arçon, car dao flans costoia fer e fus.
Le coup fu tant puisant che cil oit receüs
Ch'il vuida li arçons e fu à terre estendus
E Guron passe outre, ond jounes e çanus
De la giant Saracine fuirent taisans e mus.

Guron trapasse outre, quand a suen poindre feit.
Aprés ce avant ch'il ait le brand hors dou fuer treit,
Le fiert roi Timidés desour l'escu tout dreit;
Ond che tout le pertuse, mes de rien ne mesfeit
A l'aubers açerin, ançois l'espli se freit
En plus de trois troncons, mes pour ce mie ne ceit
Guron de suen cival, ains treit le brand e veit
Encontre Timidés, e cil ver lu à espleit:
L'un de lour fiert sour l'aotre aou miel ch'il onque seit.
Dement che celour dous mantinoient cil pleit
Ayquin se redreça, che n'estoit mie trou leit,
E seisi suen cival e pues sens plus respleit
Se jeta sus la selle sens fer ne cris ne breit 56[b]
E treist le brand dou fuer com hom d'aut lieu estreit.
Là où Guron tenoit Timidés cort e streit
Dreça le buen detrier, sour le quiel il seeit;

Car bien cuidoit avoir Guron iluec destreit:
Mes autremant ala aou partir dou forfeit.

Là où Guron tenoit Timidés com conquis
Dreça le roi Aiquin suen detrier arabis.
Quand Guron l'oit veü, ja mie ne fu esbaïs;
Ançois se remembra dou lignaçe jentis,
Dond il estoit estreit, e dou roi de Paris,
Par cui honour avoit cil fort estour enpris.
Lour vint sour Timidés ch'estoit mout afeblis,
Le brais li jeta aou col, e tant fu poestis
Ch'il le leva par forçe, hors des arçons brustis.
Bien plus loing d'une lançe, veant jounes e gris,
Le porte le vasal de grand valour espris;
Pues le leisa ceïr en mi le camp floris.
De ce furent Paiens enbronciés e pensis
E disoient entr'eus coiemant en secris:
'Se Dieu ne nous secort, sour nous vindra le pis.
Ay! com furent joians li compeignons ardis
De Guron le vailant, che estoient remis
A l'entree de la sbare, che nul ne sourvenis.
Mes Ayquin de mervoile en fu tot entrepris,
Dolant fu ch'il avoit premier l'estour requis;
Mes dapues ch'il s'estoit en si feit afer mis,
Desdir ne le pooit qu'il ne fust trou honis.
Par ce vint ver Guron fes e maotalentis,
E Guron contre lu tantost dreça suen vis.
Alour comencerent entr'eus un çapleis 57a
Fier e fort e orible, tiel che nul home vis
Gregnour ne l'avoit onque veü en cil païs.
Lour escus trençerent e lour eomes brunis
E en maintes pars ausi lour blans aubers trelis;
Ond da maintes parties lour fu le sang desis.
Ja fust le roy Ayquin dou tout mort e aquis,
Se Timidés ne fust, le felon Dieu nemis.
Celu leva en estant e oit suen arc seisis:
Damnideu le maodie, le roi de paradis!
Car il fist à Guron grand enui e despris.

3 liguace.

En estant se leva roi Timidés qu'estoit
Portié hors des arçons e l'arc en mein pris oit,
E encocha une sajete, e pues s'en vint tout droit
A pié là où Guron roi Ayquin maoumenoit,
E quand il li aproce, il feri sens resploit
En le pis le detrier, sus chiel Guron seoit.
Quand le detrier senti com cil feru l'avoit,
En autre part guenci plus tost che arç ne descloit;
Ond Ayquin reprist laine, car mestier li fesoit.
E Guron suen detrier retournier ne pooit;
Car Timidés tutoùr contre lu sajetoit:
Ond che le buen cival retournier ne voloit,
Mes costoiant la sbare suen seignour straportoit.
Quand Ayquin oit pris laine e vit comant aloit
Le detrier straportant Guron par tiel destroit,
Il broça celle part, car trou bien se cuidoit
Vaincre Guron cil pont por ce c[h]'il li senbloit
Che le cival l'eüst feit las; mes il faloit:
Car trou gregnour afan Guron sofert auroit.
E bien le demotra, quand vit che Ayquin venoit
Ou le brand contre lu, com oirés orendroit;
Car il brandi sa spee ch'il en sa mein tenoit;
E quand il vit che Ayquin davant lu se fessoit,
Tiel li dona sour l'eome dou brand che fla[m]booit
Che tout l'eoume trença aou Païn maleoit,
Ne cufie ne ventaile ne li vaust rien che soit,
Che jusqu'as dens desus ne li entrast l'acier froit.
Mort l'abati à terre, ond mout s'espoentoit
Timidés, quand ce vit; car trou bien conoisoit
Ch'en la fin ver Guron tenir ne se poroit.

Fortment s'espoenta Timidés sens mentir,
Quand vit le roy Ayquin mort à terre ceïr;
Bien pensa che en la fin ne se poroit tenir
A la forçe Guron, quand vit Ayquin oucir;
E Paiens entre lour començerent à dir:
'Guron est trou preudome, vailant e plain d'ardir;
Bien puet seüremant Zarlle le mond conquir,

Quand tiel zampions maine ou soy par lu servir.
Aou mond n'i a Saracin che à cist poüst soufrir,
Ancour n'est il des buens ch'a Zarlle en suen empir.
Pensons donc che feront quand fust aou convenir
Rolland e Oliver pour [guerre] sou stenir.'
De cil feit fu Marsille morne e plain de suspir,
Pensant che sa corone perdroit ao departir.
Dou pleit ch'il avoit feit se prist à repentir:
Voluntier auroit feit cil estour remanir
E feit tornier à Zarlle Guron sens despleisir;
Mes ce qu'il avoit feit ne pooit contredir,
S'il ne voloit sa foy e suen honour honir. 58a
Quand le roi Maoçeris vit roi Ayquin morir,
Bien pensa che l'estour ne poroit mantenir
Timidés ver Guron; alour sens retenir
Se [de]parti d'iluec tot quoy sens mot geïr.
Ou ducent civalers qu'il avoit feit eslir
S'embosca sus la voie, par ond devoit venir
Guron e li dous autres pour fer lour vie fenir;
Mes à ce ne pensoit Guron, mes à fornir
Ce qu'il avoit enpris par suen honour xamplir.
Quand il vit roi Ayquin mort à terre geisir,
Ver Timidés tourna suen detrier pour aïr;
Mes cil fist de suen arc une sajote iscir,
Che le detrier Guron ala en le col ferir:
Ond che le buen cival tantost prist à fuir
Davant celu da l'arc e en autre part guencir.
Quand Guron vit cil feit, tantost prist à sailir
Dou cival sus la terre pour sa oevre complir;
Pues vint ver Timidés e par suen cors covrir
Se mist davant l'escu, pues comença à brandir
Le brand, ond che par pue ne le fesoit croisir.
Or poriés vous dou tout la fin dou feit oïr.

Quand Guron fu desis de suen detrier tiois,
Ver Timidés se mist ou le brand vienois.
Quand le Païn ce vit, mout fu en grand esfrois,

pour fas soustenir.

Pensant bien che sour lu retourneroit le pois.
Lour prist à sajetier ver Guron mout espois
Ses sajetes agües guenciscant toute fois,
E Guron se covroit de l'escu aragonois
Chaçant lu pour le çamp com cien le lous aou bois.
En tiel guise dura grand pieçe cil tornois; 5[illegible]
Mes Guron qu'estoit fort e legier, ce saçois,
Quand il vit che cellu li fesoit tant sordois,
Duremant li pesa; alour sens plus repois
Davant aou Saracin se jeta demanois
E dist: 'Or estes mort, culvert de pute lois.'
Quand Timidés vit cé, il jeta l'arc turquois
A terre e mist la mein aou brand saracinois;
Mes Guron ne veust mie donier li tant repois
Qu'il peüst trier le brand, mes si le feri ançois
D'entre l'eome e l'escu, ond ne li vaust hernois
Che le cief e le brais, selong che je conois,
Ne li trençast daou bust, voiant noires e blois.
Mort l'abati tot quoy e le baron cortois
Escria autemant: 'Monçoie! aou roi François!'
Ond Taindres e Andriais armés de lour corois
Li ovrirent la sbare. Alour Guron tot drois
Ala e prist en ses meins la corone ad orfrois
E pues dist à Marsille: 'Dam roi, vous bien veois
Che je ay la corone gaagnee en cist zaplois.
Or la enporterai je, ne vous en coroçois;
Car je m'en veul alier e vous ci remandrois.'
Alour monta à cival sens fer plus cris ne nois
E seisi une lançe à un fer saragoçois;
Pues se dreça ver l'ost dou roi des Romanois
Ou siens dous compeignons, che Turc ne Arablois
Ne lour fist contredit; ains remistrent tous quois
E leiserent alier li compeignons tous trois.

Pues che le prous Guron sa bataille oit ve[n]cue,
Entre lu e Andriais e Taindres le fil Hue
Feirent daou roi Marsille mantinant departue 5[illegible]
Ou la corone ad or, de pieres revestue.

Ver l'ost l'empereor à la barbe canue
S'adrezerent tous trois par la plus droite rue;
Mes ne pensoient mie à la grand mesceüe,
Che à lour sourvint le jour par la giant mescreüe,
Che avant che la tour dou pas eusent veüe,
Aou trapasier d'un val, en une lande erbue,
S'en isi Maoçeris d'une selve foilue
A ducent civalers, cescun brogne vestue;
E sailerent tantost sour la voie batue.
Maouçeris fu davant, e con vois irascue
Escria ver Guron, diant: 'Or est venue
Vetre fin, dam gloton, e vetre vie perdue.
Cieremant vous sera la felonie vendue
Che vous ver moi pensastes, quand ma citié cremue
Me vousistes amblier: Maomet vous destrue!'
Quand Guron oit la vois Maoçeris entendue,
Sa persone oit tantost e sa gient coneüe,
Ver siens compagnons dist, sens fer cere esperdue:
'Frans barons, ceste giant, che nous est sorcorue,
Ne m'ament pour certein vailant une latue;
Car cist est Maoçeris, e pour sa proveüe
A cestour ci ameniés; mes s'il bien ne s'argüe
De defandre suen cors e bien ne s'esvertue,
Je croi qu'il ne voudroit avoir feit tiel moüe.
Se nous puisons brisier ceste giant mal nascue,
La renomee de nous sera sour tous creüe,
E se nous morons ci, ampues sera seüe
La proeçe de nous e bien rementeüe,
E nous armes seront en la gloire asolue. 59b
Ci n'a mestier che soit plus parole te[n]ue;
Mes broçons contre lour; che Yesu nous condue!
E je serai primier; car je n'ai ja ferue
Che m'ait forçe ne laine ne puisançe tolue.'
E celour repondrent: 'Mal ait chi ce refue.'

Aprés cist parlemant Guron sens demoree
Se fist fermer sus l'eome la corone yemee,
Pour ch'elle ne i poüst ceïr en la meslee.

Bien la pooit portier, qu'il la avoit gaagnee,
E fil de roi estoit, e de roial lignee.
Lour sperona Guron ver la giant desfaee,
Covert souz suen escu, e sa lançe enfieutree.
E Maoçeris ver lu se mist de randonee
La lance paomoiant, e la tarçe enbraçee.
E quand s'aproçerent, andous par grand airee
Se ferirent ensanble, voiant l'autre masnee.
Les tarçes brixerent, che ja ne orent duree;
Mes des aubers ne fu nule maile fausee.
La lançe Maoçeris fu cil pont peçoiee
E celle aou prous Guron ne fu de rien ploiee;
Ains enpeinst le Païn par tiel desmesuree
Ch'il vuida li arçons de la selle doree,
E Guron pase outre, quand oit feit sa broçee;
Pues escria: 'Monzoie!' e oit treite la spee.
E Andriais e Taindres à la prime encontree
Abatrent dous Paiens tous mors en mi la pree;
Pues treirent les espees com giant bien aprestee
E se mistrent dedens la pute giant malnee,
Trenzant à maint Paiens cief e pis e coree;
Mes la giant Saracine se fu toute ascemblee
Environ as trois Frans de la terre honouree.
Chi de brand, chi de lançe li donoit grand colee
Par cief, par brais, par pis, pour tiele destinee
Che cescun des trois oit la çarn forment navree.
Ampues eüsent ces trois cele giant trapasee,
Se Maoçeris n'eüst plus forçe recoubree;
Mes il leva en estant con la cere troblee,
E le detrier, dond il la selle avoit vuidee,
Li fu meniés; e cil, com persone membree,
Saili sus, e dou fuer oit sa spee sacee;
Pues broça ver l'estour ou la teste embronçee:
Ond sa venue fu cieremant acatee
Das trois Frans civalers avant la desevree.

3619 Abatirent.

Bien eusent trapasiés li trois Frans naturaus
Ceus ducent Saracins (ce ne tenés à gaus),
Se Maoçeris ne fust remontiés à civaus.
Mes pues qu'il remonta, il vint, tout d'ire caus,
Ver li trois civalers, e se feri entr'aus
Ou le brand che jà avoit partus maint fer asaus,
E feri pour darier Taindres le buen vasaus
Par si tregrand vertu che le fel desloiaus
Li detrenza la teste ou tout l'eome à esmaus:
Ond che mort l'abati dou detrier buen e biaus;
Pues escria as Paiens: 'Trençiés ces glotons faus,
Che ont hui avilé Marsille l'amiraus.'
Alour ferirent tous ceus Saracins cruaus
Sour li dous civalers dou regne emperiaus.
A lançes e à brans e as esplis pugnaus
Li brixerent li escus e li aubers autretiaus;
Ond da maintes parties aloit lour sang à vaus. 60b
E lour civaus ausi andous en comunaus
Estoient mout navriés pour flans e pour costaus;
Mes chi eüst veü Guron aou cuer loiaus
Ferir sour ceus Paiens entre lu e Andriaus
Bien diroit che cescun devoit tenir regnaus;
Car bien sexante e plus de ceus faus criminaus
Mistrent par vive force à le derein journaus.
Quand Maoçeris oit bien veü le valour d'aus,
Sour Andriais broça, sens prandre plus estaus.
Desour la droite spale il li dona un cous tiaus
Che garnimant ne i vaust plus com un vil cendaus,
Che le brais ne i partist daou bust e daou petraus;
Ond Andriais d'angoisse ceï mort ao teraus.
Quand Guron s'en avit, dolour en oit coraus;
Ver Maoçeris guenci com suen nemi mortiaus.

Pour venzier la mort Taindres e dou prous Andriais
Guenci ver Maoçeris Guron suen detrier grais
E dist: 'Or estes mort, maovés felon Judais;
Car Yesu e Maomet en un jour renoiais.

früher *uasaus*, das u ist aber gestrichen. 3660 aou derein.

La grand desloiautié che [ver] moi porpensais,
E la mort de mes dous compaignons que mors ais
Acaterais cierment, faus culvers Satanais.'
Lour le feri dou brand si sour l'eome à compais
Che un quartier lez l'oreille li en trenza sens nul gais.
Sus la senestre spalle desist le brand en bais;
Ond fortment le enavra d'entre le cief eou brais
Tant fu puisant le coup dou civaler verais
Che Maoçeris versa dou detrier de Daomais.
Lour sailerent à terre de ceus Paiens grand fais
Pour Maoçeris aider. Lour Guron à eslais 61ª
Trepasa celle giant; mes mout navré e mout lais
Estoit lu e le detrier; ond mie n'avoit solais.
Tant ala le baron, qu'il fu à la tour daou pais,
E vit le pont levé. Lour ne s'aresta pais,
Ains se fiça dens l'ieve e fist outre trapais,
Par tiel leu où nul home n'avoit pasé jamais.
Lour dist cil da la tour: 'Civaler, che ferais?
Tuen valour ay veü, e comant tu escampa[is]
Da ceus che contre toy ovrerent com maovais.
Francemant ais montré ce que pois e che sais.
Mes tant sembles navré che gueres ne vivrais.
Tiens compeignons sont mors: mes se tu me croirais,
Avec lour mantinant à morir tournerais,
E je te abasaray le pont, ond bien porais
Retournier droit aou çamp e à tuen pooir vendrais
La mort tie[n]s compeignons: e se tu iluec morrais,
Sempre sera parlé de ce que feit aurais.'
'Voire' ce dist Guron 'par le cors seint Tomais.
Or devale le pont: car tournier me voirais.'

Quand la garde entendi ce che Guron requist,
Le pont li davala, e pues aprés li dist:
'Tournier poés aou zamp, s'il vous pleit e abelist.'
'Voluntier' dist Guron. Alour tantost se mist
Sus le pont pour tournier, broçant com home vist.
Mes com plus sperona, le detrier plus se fist
Arier, e en autre part guenci com s'il fuist.

'Or voy je' dist Guron 'qu'il pleit à Yesu Crist
Che [je] torn à mien sire.' Alour tantost pourprist
Le cemin ver l'ost Zarlle, costoiant un rubist
E trapasa un tertre, pues [en] un val desist. 61b
Lour monta Maoçeris, ch'à pié trou ne remist;
Pues s'en vint mantinant ou la giant l'Antecrist
Droit à la tour dou pais, diant: 'Où ala cist
Che da nous s'est amblé e maint des nous oucist?'
'Seignour' ce dist la garde 'chi le voir dir deïst,
Il ne pasa dau pont, mes suen cemin il prist
Parmi l'ieve fondue; ne garda che avenist.
Quand il fu outre pasé, dou partir se reprist
E voloit retournier ver vous aou fer batist,
Broçant suen buen detrier; mes pour rien qu'il feïst,
Ne puet fer choou cival ver vous tournier vousist
Lour dreça suen cemin plus tost che s'il isist
Hors d'un arc, non montrant che nul mal se sentist.'
'Ami' dist Maoçeris 'crois tu qu'il se poïst
Ataindre cil voisin, chi auquant le sivist?'
'Nanil' ce dist la garde 'ch'à peine che arc treïst
Si tost com il s'en veit; e s'il ce ma[n]tenist,
A l'ost Zarlle seroit avant qu'il se enbrunist.'
Quand Maoçeris l'oÿ, de maotalant sorist;
Pues s'en retourna arier morne, dolant e trist.
E Guron s'en ala, che nul plus ne i mesfist.

Seignour, en tiel mainere Guron se departi
Che nul home vivant puls ne li oufendi;
Mes fortmant il estoit navriés e mal baili.
Tiel vint plaies avoit che un autre bien ardi
Seroit mort seul de l'une, ou fortmont spoonti.
Le sang che de lu isoit duremant l'afebli.
Grand pioçe seroit mort, pour voir je le vous di;
Mes le suen aut coraçe le mantenoit ensi.
E suen detrier estoit duremant aleni, 62a
Car da plus de dis pars estoit pasiés parmi.
Trencié avoit ses entrailes, e grand part en isoi
Dehors; ond le cemin de suen sang mout rogi.

Tout jour e toute nuit, se l'autour ne menti,
Civauça le baron che repois ne queri,
Pensant che seou cival souz lu fust refroidi,
Jamés à l'ost Zarllon ne seroit reverti.
Tant ala le baron e tant fort s'en aasti
Che l'autre jour tout droit à oure de midi
Il ariva en l'ost Zarlle, com à Yesu pleisi;
Mes à l'entrier dedens suen buen detrier ovri
Les cuisces mantinant, e souz lu mort ceï,
E Guron d'autre part versa en le pré flori
Si las che la luisour des siens yeus oscuri.
Alour grand part des Frans en celle part guenci,
Diant: 'Chi puet cist etre? Chi l'a ensi laidi?
Mal l'amoient celour che ensi l'ont envaï.
Roy scemble: car corone a sus l'eome bruni.'
Lour distrent li pluxour: 'Chi etes vous, ami?'
'Guron suy de Bretagne' le vasal respondi.
'Desfublés moi cist heome, e pour amour vous pri
Che vous diés à Zarlle qu'il doie venir ci
E Rolland ensemant, e Salemon ausi,
E tous mes compeignons, as quieus ay ja servi;
Car je suy de la mort entrepris e seisi.'
Quand celour l'entendrent, cescun avant saili;
E tantost li osterent l'eome e l'escu brusti.
Quand ceus le conuirent, cescun à mout aut cri
Se prist à dementier, ond tout l'ost se estourni.
Le roi saili à cival, quand cele couse oï,
Rolland e Salemon, Rizard, Hugon e Gui,
Ugier e le duc Naimes e le cuens de Ponti,
Desirier, Gondelbuef; aprés celour segui
Cescun autre baron, che nul plus ne atendi:
Ancour la giant menue celle part se estendi.

Là où Guron estoit en tiel aflicion
Desist l'empereour e sa giant environ.
Çarlle tout primerein prist en siens brais Guron
Larmoiant de siens yeus, diant: 'Frans zampion,

3749 cheou cival ne lu fust. 3772 Le prist. 3776 icelour. 3781 to[illegible]

Chi vous a ensi navrié? E chi en fu l'ocheison?
Par mien despit vous est feit ceste engonbreson.
Maovesemant vous ay rendu le guierdon
De la bontié che vous me feïstes cil pon,
Quand je recobray France che le maovés gloton
M'avoit par felonie amblee en traixon:
Vous fustes [ma] vitoire e enfin ma vengiexon.
Cuidés vous de cist mal venir à garison?'
'Nanil' dist le vasal 'plus n'en i est reançon;
Car trou je ay perdu dou sang à grand foison.
Mes je vous sai bien dir, frans emperer Zarllon,
Che vetre honour je ay defendu par raixon.'
Lour li conta coment le roy Marsillion
L'eüst feit detrencier en sa roial maixon,
E com pour Balugant fu leisee la tençon,
E com as dous Paiens il fist la capleixon
E conquist la corone e fist desevreison,
E coment l'asaili Maoçeris le felon
A ducent civalers de la gieste Macon,
E com il fu navré e mors siens compeignon,
E comant il revint ver l'ost plus che ao troton. 63a
Pues dist: 'Avant che jé faice ma fenison,
Mout voluntier voudroie parlier ao fil Milon;
Car je ne dexiroie autre rien à cist mon
Fors che etre en sa compagne e souz suen confenon.'
Lour l'embraça Rolland, plurant des yeus dou fron,
E dist: 'Frans civaler de jentil nasion,
Je ne demanderoie aou mon nul gregnour don
Com avoir la compagne de vous ou d'un tiel hon;
Ond je pri Damnideu pour sa redencion
Che de tous vous peciés vous faiçe huy pardon.'
Chi donc eüst veü le franc roy Salemon
Beisier e regretier suen niés de cuer parfon,
Bien diroit qu'il l'amoit sens pont d'afaitexon.
Lour Guron mantinant, sens plus demoreixon,
Fist demandier un abes e prist confesion.

Guron se confesa e prist le cors Yesu;
Pues prist congié da tou[s], e se[n]s demorier plu
Dist: 'A Dieu vous comand; car je cist mond refu.'
Alour bati sa coupe, e sens autre salu
En brais à l'emperer ceÿ mort estendu:
Lour leva par tout l'ost le dolour e le hu:
Pour amour de Guron cescun, joune e zanu,
Aloit batant ses paumes, clamant soy malestru.
Riçard de Normendie e Hugon le membru
Fesoient si grand duel qu'il ne seroit creü,
Pour ce che cescun d'eus avoit suen fil perdu
Là où Guron das ducent Paiens assaili fu.
Çarlle dedens siens brais, dolant e irascu,
Tenoit le cors Guron; e quand il l'oit tenu
Une grand pieçe, il dist: 'Gran duel nous est creü,
Quand un tiel civaler nous est ensi tolu.
Ancour se je poray, sera il mout cier vendu.'
Pues dist à Salemon qu'il vit de joste lu:
'Ay! Salemon, frans roy, com je fuy deceü,
Quand je onque envoiay à Marsille cestu;
Car d'un trou buen vasal a feit mien hostel nu:
Ne à vous est remis nul hoir grand ne me[nu],
Ond merveilous daomaçe avés huy receü.'
'Voire' dist Salemon 'mes de luy est avenu
A vous gregnour daomaçe che je n'en ai eü:
Car dapues che Guron fu hors d'enfance iscu,
Il se parti da moy e guerpi suen treü
E vint en vetre cort, e meis ne fu pentu
De vetre honour xamplir; ond il fu mal voilu
Da tiel che par venture li en a merit rendu;
Ond le daomaçe est vetre plus che d'ome nascu.'
'Voire' dist l'emperer 'bien en sui pourceü.'

Mout fu dolant Zarllon, quant il oit escoutié
Ce ch'avoit Salemon dou prous Guron contié;
Car il n'avoit di rien che ne fust veritié:
Ond Zarlle dist che ancour il seroit bien vengié,
S'il vesquist lonzemant. Alour fu despoilé

Le cors e fu boili e cuit, e desevré
Les osses da la car[n], com Zarlle oit comandié.
La zarn fu enteree au grand temple sacré,
E les osses furent par mout gran dignitié
Lavés e enbaumés, e en un paile rosé
Furent envolupiés; e sens fer autre plé
A tout mil civalers garnis e adobé 64a
Fu acompagnié le cors de Guron le alousé
En Bertagne, e là fu jouste suen per couzié,
E l'emperer par lu remist pensis e iré.
Mes il fu en cil jour un pue reconfortié;
Car ceus dao bors d'Espagne seul de lour voluntié
Rendrent ao roi Zarllon la ville e la poesté;
E quand tretous furent laviés e batizé,
Le roi garni les terres selong che li fu à gré;
Pues dist à Altumajour: 'Ami, or nous guié
Ver la terre de Cordes, che le viel renoié
Vous tient contre raison pour sa desloiautié.'
'Sire' dist le convers 'à vetre voluntié.'
Lour fu tantost armés e à cival montié
A huit mil convertis qu'estoient batizé;
Sour le cemin ver Cordes se fu tantost drecié.
E Zarlle à tout suen ost fu pres lu segondé
Belemant sens desroi, che ja ne fu eslonjé
L'un da l'autre un arpant, fors à cui fu ordené
De corre le païs; ceus ne furent tardé,
Ains correrent avant bruslant da cescun lé
Li castieus e le[s] viles, che trou grand fermitié
N'avoient par defandre; ancor furent tué
Maint felons Saracins che furent encontré:
Mes li paisans furent sour tretous maome[né].

Ensi furent destruit par l'ost l'emperoour
Plusour çastieus e viles e maint païs ancour,
E tant esploiterent avant de jour en jour
Che de Cordes veirent le palés e la tour.
Lour l'emperer do Rome apella Altumajour 64b

E dist: 'Or speroniés à nom le Criatour
A huit mil convertis, ond etes condutour,
Jusquement à la ville, che le faus liceour
Vous tient contre reixon, me[s] ja meixon ne bour
Ne brusliés; car s'il pleist aou magne Roi de sour,
Je vous feray mout tost de la terre seignour.'
'Grand merci' dist cellu. Alour sens nul demour
A huit mil civalers armés de lour atour
Ver Cordes civauza pour le cemin meilour.
Tant esploita qu'il vint à la porte gregnour;
Mes seree la trova e le pont leveour
Estoit levés amont; mes il ne trova alour
Creature dehors daou mur ancienour;
Car Jonas ja savoit le feit e le labour,
Com l'emperer venoit sour lui à grand vigour,
E com promis avoit Cordes e tout l'onour
A Altumajour, o[n]d il en fu en grand freour.
Pour ce avoit treit dens li grans e li menour
E la vitaille ausi, e pues pour la peour
Avoit garnis li murs de sa giant paienour,
Com cellu che atendoit d'avoir bataille e stour.

Pour ce cheou roy Jonas la venue savoit
De l'emperer de Rome, e comant il avoit
Promis à Altumajour tout l'onour qu'il tenoit,
Avoit il ens la ville reduit ce qu'il tenoit,
E siens murs bien garnis de la giant qu'il avoit.
Quand Altumajour vint à la porte à esploit
E qu'il la vit seree e nul dehors ne isoit,
Le confenon Cesar che à fin or flamboioit
Davant le cief dou pont fist fermier amont droit
E le qua[r]tier Rolland avec cil sens resploit,
E avec ceus ferma le cenglier qu'il portoit.
Grailes, tubes e nacres tutour tentir fesoit;
Mes grand part de la giant che sour le mur estoit,
Quand veoient le cenglier che cescun coneoit,
Mal voluntie[r] cescun contre lu trer voloit,
Pensant che de raixon Altumajour devoit

Etre roy de la ville, ond cescun se gardoit
De trier encontre lu; car cescun bien pensoit
Che s'il venquist la ville, de lour vengié seroit:
Ond à paine che aucun dard ne lançe lançoit,
S'il ne fu de celour che à Jonas partenoit.
Dement che Altumajour là dehors atendoit,
Ariva l'emperer che tout l'ost condusoit.
Dehors la rice porte tant cum un arc treiroit
Fist suen grand trief drecier e la giant qu'il jujoit
Se lozà environ lu, pourprendant cil destroit.

Es pres lontein da Cordes le treit d'un arc turquois
Se loza le grand ost dou roy des Romanois.
Avant che aucun se oustast de suen dos siens hernois,
Environ l'ost fist fer lices e maint belfrois;
Pues envoia dis mille des siens meilour Franzois
As portes de la ville broçant tous d'un galois,
Cinc mil arciers Flamens avec lour toute fois:
Davant tretous estoit Isoriés le cortois,
Avec lu Altumajour pour calo[n]gier siens drois.
A la porte donrent grand asaut, ce saçois,
De lances, de sajetes, e de dars espanois,
Ond le mur guerpirent grand part de ceus borçois.
Jonas oÿ la noisse; alour tout demanois 65b
Fist drecier sour la tour un confenon d'orfrois,
Où fu un lous tretout noir plus ch'agrimant ne pois.
Pues fist sonier un graile; alour à celle fois
S'armerent pour la ville noirs [e] blans, gris e blois
Pour la terre defendre das mains Çarlle le rois.
A dis mil civalers de la païne lois
Saili le viel Jonas à cival lour endrois;
Li borçois de la ville armés de lour corois
Envoia por defandre la porte eou pont turquois;
Pues as siens civalers il dist: 'Vous atendrois
Ici desour la place sens fer ne cris ne nois,
Tant che je revindrai à vous sens long repois;
Car je veul esmer ceus che nous font ci sourdois.'
Lour desist dou cival e monta en grand esplois

Sour la tour e esgarda sens gieu e sens gabois
Où fu le grand asaut; mes mout fu en esfrois,
Quand vit le cenglier d'or qu'il n'amoit d'un tournois.

Mout se esmaia Jonas, quand il vit le cenglier,
Che Altumajour portoit qu'il n'amoit d'un diner,
E ben savoit cheou pople avoit celu mout cier
Pour ce qu'il devoit etre lour seignour droiturier;
E pour ce che en le pople il ne se ousoit fier,
Ne veust [il] de la ville iscir pour tournoier.
Lour desist de la tour e monta en suen detrier,
E as siens civalers il comença à parlier
E dist: 'Seignors barons, ja ne vous stuet doutier;
Car la ville est fortisme de quant li a mestier:
Ond je ne veul ja mie hors iscir ne alier
Ne fer ma giant as Frans oucir ne desmembrier;
Mes la moitié de nous veul je bien envoier 6
As murs e à la porte par notre giant aider,
Che se combat as Frans par le lieu defensier.'
Lour esli cinc mil homes par la place gardier;
Pues en fist cinc mil autres ma[n]tinant civaucier
Ver la porte asail[i]e e iluec desmontier.
Sus la tour de la porte e as mur[s] sens tardier
Li fist le viel Jonas tout mantinant poier;
Là pooit l'en veoir lances e esplis lancier
E dars e grand perons e sajetes jetier
E maint esplis croisir e maint eomes d'acier,
E d'une part e d'autre maint homes trabuçier;
Mes ja ne i pooient n[o]us Frans rien avancier;
Car le mur ne doutoit home nascu de mer
E le fosé estoit ample e d'ieve mout plenier.
La nouvelle en ala à Zarllon l'emperer;
Ond il fist cil asaut remainir e laisier,
Car perdre li pooit e non pas gaagnier.
E li asailans ver l'ost retournerent arier;
Mes ferus estoient de lour plus d'un miler.

Pour le comand Zarllon nous assailans leirent
L'estour e droit à l'ost alour repairerent;
Maint estoient de lour chi enavré, chi sanglent.
E Paiens de la tour e dou mur desendrent
Mout lais, mout daomaziés, car bien plus de cinc cent
De lour furent navriés; adonc s'en alerent
Tout droit as lour ostieus e se desarmerent;
Mes la plus part de lour voluntier auroient
Voilu che Altumajour fust entrié ou sa gient
En la ville, pour ce che fortment l'amoient.
Le viel Jonas desist dou detrier d'Orient; 66b
Pues poia le degré dou metre paviment:
Les portes de la ville e li mur ensement
Garni de ceus, à quieus il donoit suen argent.
Lour monta sour la tour dou metre teniment
E vint à une fenestre; lour vit entierement
Le grand ost l'emperer, ond fortment fu dolent.
Lour apella un suen dru qu'estoit nomé Carpent,
Che prous e saçe estoit e plain d'entendiment:
'Bieus ami' dist Jonas 'vous m'avés dit sovent
Che plus amés mien cors che nul home vivent:
Or à cist pont parra se vous m'amés noiant.
Veés l'ost Zarllemagne e suen esforcement,
Che tout le mont eo plain environ nous pourprent.
Se nous n'avons secors, vencus serons briefment;
Che la giant de la ville ne m'ame fermement,
Car d'Altumajour sont amis veraiement:
Ond je vous pri che anuit sens nul demorement
Vous montiés à cival, avec vous un sargient;
Tout droit ver Saragoçe alés astivement
E dites à Marsillo cho so proceinement
Ne me done secors, mort suy certeinement;
Car je ne me porole defandre lonçement
Ver l'ost l'empereour, car il est trou puisent;
E se gueres nous feit asaut ne envaiement,
Le pople de la ville se fera recreent.
Se je onque li fis servis, or le ramont.'
'Sire' ce dist cellu 'jamés ne seray lent

3 E maint.

A fer vetre pleisir e vetre exaucement.
Anuit esploiterai sens pont d'arestement.'

'Sire' ce dist Carpent 'ensi com je vous di 67a
Anuit esploiterai.' E cil dist: 'Grand merci.'
Lour fist Jonas escrir un brief com li pleisi,
E quand nuit fu venue, à Carpent le baili,
E cil monta à cival e de la ville isci,
Avec lu un sargiant qu'estoit nomé Coursi,
E costoierent l'ost che nul ne lour nuisi,
E tant esploiterent ch'aou vespre un mercredi
Vindrent à Saragoçe sour le palés anti.
Là troverent Marsille e le roy Maoçeri,
L'Augalie e Balugant, Fausiron e Tourqui
E maint autres grand princes, che je ne vous nom ci.
Carpent ala à Marsille e suen cief descouvri
E dist: 'Cil Maomet qu'est seignour e baili
De tous nous saut Marsille e cescun suen ami,
E confonde Çarllon e siens amis ausi,
Che sont venus à Cordes e ont ja asaili
Jonas trousqu'à la porte, e bien par pue fali
Qu'il ne fust de la ville malemant escreni;
Car à paine cheou pople dou tout ne s'enfui;
E se gueres li vient doniés l'asaut ensi
Il sera de la ville orfenin e mendi,
Car le pople voudroit che Jonas fust honi,
Pour che Altumajour fust de la ville seisi.
Jonas vous prie che s'il onque meis vous servi,
Che de lu vous souvegne e de lu aiés merci:
Or prenés ceste letre, jentil roi segnori,
Car par moy vous envoie Jonas le roi flori.'
Lour li baili le brief e celu le ouvri,
Pues esgarda dedens e mout bien entendi
La besogne; alour à Carpent respondi: 67b
'Avant che vous à Cordes tourniés, je vous afi
Che cinquante mil homes, cescun montié e garni,
Condurés à Jonas che meis ne se penti
De mien honour xamplir, ond je mie ne l'obli.'
'Grand merci' dist celu 'mout avés bien geï.'

Carpent fu mout zoiant, quand cil li oit promis
De donier à Jonas secors vers siens nemis.
Lour envoia Marsille par tretout suen païs;
Ond avant che fusent seul chinze jour conplis,
Cinquante mil Paiens à cival bien garnis
Par desouz Saragoze asembla as pres floris.
De celour fist Marsille cief le roi Maozeris
Par secourre Jonas ver le roi de Paris;
E quand de l'esploiter orent le consil pris,
Par le conseil Marsille e de siens buens amis
Tous ceus cinquante mille ou lour civaus de pris
Ferent entrier en mer une nuit en secris
En nes e en galies e en dromons fournis,
A ce che celle alle[e] par joune ne par gris
Ne fust nuncie[e] à Zarlle alour par nul devis.
Mes avant che celour fussent tuit en mer mis,
Carpent, qu'estoit mout saze, fist par terre Coursis
Esploitier droit ver Cordes, par qu'il confort feïs
A Jonas dou secors, sens portier brief ne escris,
A ce que se il fust pris par nul home vis
Che cil feit à Zarllon ne fust par brié geïs.
Quand cil fu departu, Carpent con mout liés vis
Ou le secors entra en nief; lour l'oit seis[is]
Maoçeris pour la mein, aprés ce l'oit asis
Avec lu mantinant sour un rice tapis; 68a
Pues drecerent le[s] voiles e furent departis
Une soire daou port sens fer noise ne cris.
E Coursis oit par tere suen cemin acueilis,
E tant il esploita, com home bien apris,
Ch'il trapasa l'ost Zarlle sens mal e sens despris
Une nuit à lairon, e pues sens plus respis
A la porte de Cordes s'en vint, e lour requis
Le portier, e cellu quand entendi siens dis,
Le recoili en la ville par un pertus petis.
Quand cil se vit dedens, fortment en fu esjoïs.

) joune home. 4103 unu. 4110 recouli.

Coursis fu mout zoiant, quand fu en la ville entriés;
Ou le pourtier remist tant que jour fu esclariés,
Contant lu tiele çouse que mout li vint à griés;
Pues ao palés s'en vint e iluec oit trovés
Le veilard roi Jonas esbaïs e enbro[n]çiés
Pour l'ost aou roi de Franze, che mout l'avoit grevés.
Quand Coursis l'oit veü, devant lu fu aliés
E dist: 'Cil Maomet qu'est par nous aorés
Vous saut e doint vitoire ensi com vous volés.'
E Jonas des nouveles tantost l'oit demandiés.
'Sire' dist le sargiant 'ne vous desconfortiés
Ch'il vous ame Marsille plus que vous ne cuidés;
Car secors vous envoie grand e desmesurés
De cinquante mil homes à civaus bien armés.
Maoceris en est cief, le prous e l'ensenés,
E Carpent li conduit, vetre drus e privés.
Par mer vienent tretous en dromons e en nes,
A ce qu'i ne soient pour Zarllon espiés;
Ond pensiés vous comant dedens li recevrés;
Car je croy que demain à nuit vous li voirés.' 68b
'Ami' ce dist Jonas 'de ce ne vous dotiés;
Car de ça, où n'est ancour l'ost fermemant loçiés
Li recevray ça dens, mes de ce ne parliés
A nul home dou mond par qu'il ne fust nunciés
A Altumajour, qu'est ça dedens mout amés.'
'Voluntier' dist cellu 'ja plus mot n'en oirés.'
De ce ne savoit rien l'emperer coroniés;
Ains estoit en sa tende, mes un pue corociés,
Par qu'il n'avoit vitaille parmi suen ost asiés,
E le païs estoit gastiés e esiliés,
Où vitaille n'estoit fors que as grans fermités.
Rolland treit à une part le vailant Isoriés
E dist: 'Vous que les terres d'Espagne conoisiés
Savés où [ci] soit terre ne castieus ne cités,
Où se poüst vitaille prendre tant que aisiés
En fust l'ost quatre jors, tant que fusent rivés
Celour que de nous terres en mainent à plantiés?'

Quand Isoriés l'oÿ, un pue se fu pensiés;
Pues repondi à Rolland e dist: 'Or escoutiés;
Car je ay bien pensié où vous en troveriés.'

'Sire' dist Isoriés 'je me suy remembrant
Ch'à troi liues de ci est un zastel mout grant,
Che ne redoute asaut de nul home vivant,
E est jouste la mer desour un puy pendant,
Toletele l'apelle cescun joune e ferant;
Car la giant de Tolete exilee malemant
Fermerent cil zastel, selong que je entant:
Ond Toletele vient apelee pour la giant
De Tolete, que iluec le fist par lour garant.
Quand en cist païs est ne guerre ne spoant, 69a
Toute la bestiaille dou païs mantinant
A Toletelle vient menee pour saovemant;
Car iluec sont [li] bois e li pres verdoiant
E les fonteines cleres, le vin e le formant:
Là est tante vitaille, selong mien esiant,
Che fourniroit tout l'ost dous mois e plus avant;
Mes mout grand giant demore en cist abitemant;
Car bien mil civalers, com est contié sovant,
E cinc mille geldons li sont veraiemant.
Burabel roy d'Agabie le tient à suen comant
E plus che en autre lieu li feit demoremant,
Pour ce que le zastieus est fortisme e plaisant;
Mes con dis mil vasaus croiroie fermemant
Avoir la bestiaille avant dous jors pasant.'
'Pour ce ne remandra' ce repondi Rollant;
'Car à dis mil vassaus à rice garnimant
E ou miens compeignons, où fier me pois tant,
Sui prest de vous sivir, quand vous vient à talant.'

Aou consil Isoriés se tint Rolland le dus;
Pues s'en vint à Çarllon, qu'estoit pensis e mus,
E dist: 'Ne soiés, sire, de noiant irascus;
Car Isoriés m'a dit che con l'aïe Yessus

0 ropondi. 1172 le feit.

Il moi metra en tiel lieu ou dis mil fervestus,
Où nous prendrons vitaille bien par dous mois e plus,
E ni i a que troy lieues; ond quand sera escondus
Le jour, e je alour entre moy e mes drus
Ou dis mil civalers des autres esleüs
Me partiray de l'ost; mes ne dites à nus
De cist alier, se nous ne somes departus.'
'Ne vous dotiés' dist Zarlle 'car ja grand ne menus 69^b
Ne le sauront par moy, si serés revenus.
Aliés, qu'il vos condue l'autisme Roy de sus!
Se de ma giant voliés ne joune ne çenus
Preniés en quant vos pleit, que en vos est ma salus.'
'Grand merci' dist Rolland 'e Dieu par ses vertus
Vous doint çoie e pleisir sor tous homes nascus.'
Lour enclina le roy e fu dou trief isus
E s'en ala à sa tende, e iluec vindrent tretus
Siens loiaus compeignons qu'estoient tant cremus.
'Seignour' ce dist Rolland 'com devale Titus,
Soiés de vous hernois adobés e vestus;
Car pues que le soleil sera devalé jus,
De civaucier entand ou tot dis mil escus
En part où nous ferons dolans li mescreüs.'
'S'il vous pleit' dist Hestous 'feites nos aveüs
Dou lieu où nous devons trovier li malestrus;
Car pues serons nous mieus aou besoing proveüs

Dist Hestous: 'Jentil duc, nous somes tous à vous,
S'il vous pleit, car nous dites o vos condurés no[u]s;
Car pues saurons mieus cé que nous est besogno[u]s.'
'Hestous' ce dit Rolland 'nous alerons tretous
Là où Dieu nos condura e Isoriés le prous.'
'Garde com tu te fies en lu' ce dist Hestous;
'Car tu sais bien queou pere le culvert enoious
Ne nous ame noiant; eis tu tant sinple e dous
Che tu ne crois queou fil am le pere sor tous?
Vous savés bien com est Maoçeris ençignous
E culvert e felon; bien seroit plus que fous

4195 qand. 4204 mill.

Chi cuidast que un angnel peüst nestre d'un lous
Cist nous poroit condur en tiel part, prince dous, 70a
Ch'il n'en repaireroit jamés ariés un sous.'
'Par ma foy' dist Rolland 'je n'en suy dubitous;
Car Isoriés est tant loiaus e valourous
Qu'il ne poroit meis etre de mal fer convoitous;
Ond je le siviray pour la veraie crous
En cil lieu qu'il voudra, qui ch'en soit suspetous.
Se Maoceris est faus, culvert e maleurous,
Isoriés croy ch'en soit dolant e vergoignous;
Ond il ne doit portier par suen pere faus lous.
Je l'ay tant esprové, par Dieu le glorious,
Che je ne poroie etre de nul mal pensirous.
Chi veut venir viegne; chi non, si se repous;
Che je pur li aleray, com soleil est escous.'

Quand Hestous entendi le dit dou fil Milon
Il dist: 'Rolland, bien ay entendu tuen sermon
Plus ne teou desdiray par le cors seint Simon;
Ançois te siviray à buene entencion
Par tout où tu voudrais sens fer autre tençon.'
'Grand merci' dist Rolland 'or parlés com preudon.'
Quand li autres orent entendu le baron,
Tretuit l'otroierent sens motrier plus raixon;
As lour triés alerent e cescun pont à pon
S'apareila en la soir de tous ses garnison.
A dis mil civalers que esli le niés Zarllon
Se partirent de l'ost li doçes compeignon;
Sens sonier cors ne grailles ne aucun autreons.
Isoriés li conduit devant aou premier fron;
Costoiant un regord de lez un puy reon,
Se troverent ensenble dedens un grand valon.
As douçes piers de France sens nul[e] afaltexon 70b
Parla alour Isoriés, que n'estoit mie bricon:
'Seignour' dist le convers 'sens nulle suspicion
Venés tretous ou moy e ne avés dotelxon,
Che ou l'aïe de Cil que soufri passion

4220 Che cuidast. 4222 repiroit. 4236 Il dist a R.

Sour le laing de la crois par nous redencion
En tiel lieu je vous croy condur à saoveson,
Che sens trou grand bataille tante vitaille auron
Que l'ost plus de dous mois en aura à grand foison,
E n'est plus de dous lieues de ci où nos alon;
Ond se me voudriés croir nos ferons un tiel don
A Çarlle qu'il ne l'oit gregnour ja à grand saisson.'
Quand li barons l'oïrent, fortment lor fu de bon;
Lour ne i fu de l'alier nulle contredisson.

Quand li barons orent Isoriés entendu,
Dou civaucier avant nul contredit ne i fu:
Ains distrent à Isoriés: 'Civauce avant, cier dru;
Car bien te sevirons quiel part que aleras tu.'
Alour se mist avant Isoriés le membru;
E tant esploiterent ou l'aïe Yesu
Que Isoriés li conduist dedens un bois foilu,
Voisin de Toletele aou trier d'un arc tendu.
'Seignour' dist Isoriés 'cescun soit quoy e mu
Trousque demain à l'aube, quand jor sera aparu;
Car nous somes voisins aou trier d'un arc, non plus,
Aou lieu que je vous ay contié e menteü;
Mes nul ne soit de ci desevriés ne moü
Sens mien congié, car tost seroit le jeu perdu
Par nous, se nul Païn s'en fust aporçeü.'
Ceus distrent que tout cé seroit bien mantenu.
Lour tient cescun la rene de suen detrier crenu,
Pour qu'il ne feïst noisse ne qu'il ne fust sentu.
Ensi demorerent tant queou jour fu venu.
L'endemain, quand soleil fu esclari e veü,
Rolland esgarda avant de soz un poy agu
E zausi le zastel qu'estoit fermé desu;
Coiemant apella siens compaignons à lu,
Le castel lour moutra sour le grand puy erbu.
'Seignour' ce dist le duc 'mout fu bien aveü
Cil qui fist cil castel e mout bien proveü;
Car de tout cist païs est cil seul le salu,

4285 exgarda. 4290 fist le cil.

Ne ja ne poroit etre par forze onque vencu;
Che je ne voy ond il puisse etre conbatu.'
'Voire' distrent li autres 'por l'autisme Vertu.'
Dement qu'il parloient, dou fort castel cremu
Fu la grand porte overte e le pont abatu.

Dement que nous François parloient entre lour,
Dou castel i voirent la porte overte alour
E le pont abatu, e puis voirent tutour
Iscir plus de cinc mille geldons sens nul sejour.
Chi dard, qui lançe avoit, qui buen brand trenceour
E escus à lour guise pour mantenir estour;
E quand cellour furent jus aou plain en l'erbour,
Voirent la bestiaille iscir sens nul demour,
Tiele que jamés home n'en vit une gregnour
Tant com de bues e vaces e de berbis ancour.
Le lour mugir estoit si grand e le criour
Qu'il tentissoit la terre de mie lieue longour.
Rolland siens compeignons apella pour amour
E dist: 'Frans civalers, se Diés nous dont honour
Veistes vous jamés tiel bestiaille en un jour?' 71b
'Nenil' distrent tretous 'par Dieu le criatour.'
'Or l'alomes à prendre' dist Rolland le contour;
'Car se nous l'amenons aou magne empereour
L'ost en aura trois mois e plus joie e baudour.'
'Ne vous aestés ensi' dist Isoriés 'seignour,
Che ancour n'en est isue la moitié au verdour;
Mes quand il sera tens de envaïr cellour,
Je le vous diray bien, ne en soiés en erour.'
'Ami' ce dist Rolland 'par Dieu le roy de sour
Tout tuen comand forai, qui veut en ait dolour;
Ond de cist feit serais e cief e condutour.'
Dist Hestous: 'A Dieu pleisse qu'il soit par le meilour
E que à cuilir la proie ne soit contreditour;
Mes le cuer me endevine que bataille e remour
Aurons huy d'autre part, qui qu'en ait le pejour.'
'Hestous' ce dist Rolland 'se vous avés peour
De giant que vous sourveigne, feites à l'ost retour,

3 voierent. 4307 mugnir. 4315 coie.

Avant que vous aiés daoumaze ne freour.'
Quand Hestous l'entendi, mout en oit grand irour.

De ce que dist Rolland Hestous mout s'aïra;
Mes nul scemblant n'en fist ne rien ne en demotra;
Ains dist: 'Sire Rolland, Hestous plus ne dira
Çousse que vous enuit, se il le conoistra,
Ne de tant com il vive jamés ne vous faudra
A tretuit suen pooir, e vigne que pora.'
'Mal ait' ce dist Rolland 'qui s'en dubitera.'
Alour tout en riant brais aou col li geta
E dist: 'Sire cuisin, se Rolland meis aura
Honour en cestu mond, Hestous s'en pourcevra
Par si feite mainere que mout s'en loera.' 72r
'Bien le croi' dist Hestous 'cist dit mestier ne i a.'
Aprés ceste paroule Isoriés esgarda
Tout droit ver le castel e bien vit e esma
Iscir mil civalers; lour Rolland apella
E dist: 'Sire, veés li civalers de là
Que sont dehors iscus: or saciés qu'il ne istra
Dehors plus bestiaille; or à cist pont parra
Comant nous la prendrons.' Alour Rolland parla
E dist: 'Nous farons cé que nous comandera
Isoriés le vailant, que ci conduit nous ha.'
De cist dit Isoriés de buen cuer l'enclina
E pues d'[une] autre part esgarda e remira.
Quand la civalerie dou castel devala
Jus aou plain, Ysoriés le feit bien devisa;
Car Zirard e Trepin mantinant envoia
A dous mil civalers, que des autres sevra,
Tout droit enver la porte e si lour comanda
Che le pas gardassent; pues dist: 'Entendiés ça;
Gardiés que rien ne entrast dedens, quar tost sera
La proie recoill[i]e que nous confortera.'
E cescun de cellour suen comand otroia.

Çirard e l'arcivesche à dous mil soudoiers
Broçerent ver la porte da travers li sentiers;

Ja ne s'en pou[r]çeurent li paiens civalers,
Si furent trousqu'aou pont venu nos frans gueriers.
Quand ceus de Toletelle voire[nt] li escu borcliers
Des Frans e les enseignes e lour vers eomes cliers,
Le pont ferent levier pluxour de ceus bourçiers
E la porte seror à dous metres pourtiers;
Pues monterent tantost as crineus batailiers 72b
A lances e à dars e à esplis mout fiers.
Quand Burabel oÿ la noisse e li tenciers,
Dolant fu de la proie qu'estoit [h]ors as graviers,
Des siens civalers plus e des siens geldoniers.
Lour fist armer dedens serjans e escuers
Par defandre la tere contre siens aversiers,
La cloche fist sonier e maint cors estra[n]çiers.
Quand la noisse oïrent ceus Saracins asoliers,
Che estoient dou zastel isus [h]ors as verziers,
Tantost regarderent d'arier eus as costiers.
Quand s'apou[r]ceürent ceus culvers losengiers
Che nous [Frans] n'estoient pas plus de dous milers,
Vers eus retournerent isneus plus que livrers;
Car ne li prissoient valisant dous diners:
Mes avant l'ouscurour li acatirent mout ciers.

Ensi com je vous di, ceus Paiens espanois
Retournerent tantost vers li dous mil François.
Mil civaler furent e cinc mille bourçois;
Mes mal esploiterent, com vous oïr porois;
Car Rolland à huit mille soudoiers romanois
Isi tout mantinant de l'agait [h]ors dou bois.
Aou dous des Saracins vindrent tous d'un galois
Criant: 'Tous etes mors, por la veraie crois.'
Quand Paiens li voirent, mout furont en esfrois;
Car enclus se veoient e sourpris e destrois
E ne pooient alier sens stor e grand çaplois.
Pour ce s'en penserent de combatre ançois
Que morir en fuiant. Alour à une vois
Ver la giant le niés Zarlle cornerent sens resplois.

7 ses stor a egrad.

Lour sperona Rolland suen buen detrier morois 7
Ens li mil civalers da la païne lois.
Le premier qu'il feri, onque ne i vaust hernois
Che mort ne l'abatist dou detrier orchenois;
Pues retreist hors dou mort suen espli vienois.
Avant qu'il se brisast, en oucist plus de trois;
Pues mist la main aou brand sens prendre autre rep
Aprés broça Olivier, Sanson e Hestous l'Englois
E tous li autres pieres e le Pampelunois,
Che li avoit là conduit, com vous oÿ avois.
Ceus mistrent maint Paiens à la mort, ce saçois.
Li huit mil civalers brocerent demanois
Avec eus, ond asés en mistrent sour l'erbois;
Mes li geldons da pié feroient toute fois
Sour Frans de dars, de lançes e des esplis turquois;
Ond enuy e daomaçe le firent sens gabois:
Mes lour ferir ne vaust en la fin un tornois;
Car tous furent vencus ceus Paiens maleois.

Ensi com je vous di, fu oucisse e vencue
La giant qu'estoit dehors da Toletelle iscue;
E dedens n'en tourna creature nascue,
Car Çirard e Trepin e lour giant proveüe
Lour avoient l'entree de la pourte tenue.
Quand Rolland vit la giant dou zastel confondue,
Sa giant fist trer ensanble e pues pour l'erbe drue
Fist la grand bestiaille coillir e la menue;
Pues la mistrent vers l'ost pour la plus droite rue:
Mes fortune e mesceance lour fu tost sourcorue;
Car avant que d'iluec fust nostre giant moüe,
Rolland esgarde à destre parmi une val fondue
E oit la grand ensagne de Maoceris veüe 7
Venir de ver la mer pour la çanpagne erbue
A cinquante mil homes de la giant mescreüe,
Pour secoure Jonas ou la barbe çanue:
Mes pour ce ne fist mie le duc ciere esperdue;
Ains dist enver siens homes: 'Françe giant asolue,
Veés qu'il nous sourvient la fausc giant perdue;

Car je ay bien l'ensagne Maoçoris coneüe.
Sens bataille ne puet etre la departue,
Se nous ne volons perdre la proie que tolue
Nous avons huy par forçe à la giant deçeüe;
Mes par celle Çarn sainte que par nous fu pendue,
Avant sera ma çarn en trente pars ferue
Che je perde la proie que nous avons eüe.'
Lour quand Isorés oit celle giant pourçeüe,
De dolour qu'il en oit fist ciere irascue;
Pues enclina le cief e tint sa boçe mue.
'Rolland' ce dist Hestous 'la çouse est avenue
Que je vous ay huy tant noncee e menteüe.
La paroule de Hestous ne veut etre creüe;
Mes ce me reconforte e de parlier m'argüe,
Che la force aou lion est as las enbatue
E la pie est aou broy atainte e retenue.'
'Estous' ce dist Rolland 'ancour n'est mie rendue
La proie as Saracins, ains sera cier vendue
Avant que nous crions l'ensagne recreüe.'
'Voire' dist[rent] li autres 'e Damnidieu destrue
Cellu que pour peour se metra huy en fue
Jusque tant qu'il pora tenir sa spee nue.'
'Grand merci' dist Rolland 'or ay bien entendue
Parolle de proeçe qu'est par vous mantenue: 74a
Or sera bien la proie vers Paiens defendue.'

Quand oit ce dit Rolland, Olivier dist: 'Biau sir,
Pues que vous ne voliés la proie relinquir,
Envoiés à Çarllon que sens terme querir
Il vous viegne secorre ou part de suen enpir;
Car mestier nous aura avant le departir.'
'Volentier' dist Rolland 'quand vous est à plaisir,
Donc le veul envoier home par non mentir,
Che soit creü da Zarlle.' E pues comançe à dir:
'Le quiel de vous voudra cist mesaze fornir?'
Mal ait cil que à cil pont se vousist proferir
De fornir cil mesaçe, ains pristrent à teixir.
Quand Rolland s'en perçuit, n'en oit nul deploixir,

Pensant que cescun d'eus voloit avant morir
Avec lu que alier pour mesaçe e garir.
'Sire' dist Ysoriés 'mout devés cier tenir
Ceus barons, quand nul d'eus ne vous veut pont guerp
Pour doutance de mort ne pour soy garentir;
Ançois vous veut cescun aou brand d'acier servir.
Mes je qui ne suy mie de ceus de tant ardir
Vous feray cist mesaçe de buen cuer sens mentir.'
'Ne vous' ce dist Rolland 'ne feites à laidir
E de ce qu'avés dit vous doy buen gre sentir.
Or feites le mesaze à nom dou saint Espir;
Car ancour vous en croy mout ricemant merir.'
Lour sperona Ysoriés le buen detrier de Tir
Ver l'ost aou roy de Françe pour sa oevre complir.
'Rolland' ce dist Hestous 'je vous say bien gicïr
Che Ysoriés ne voirés à vous plus revertir,
S'il ne venist ver nous ou suen pere à ferir; 7
Bien nous a mis en lieu da mort ou da fuir.'
'Ce ne croy' dist Rolland 'que peüst devenir;
Car il redoute honte; mieus se leiroit oucir
Ch'il vousist fellonie en suen cors consentir:
Mes vous de maodir onque ne vous poustes soufri
Quand Hestons l'entendi, de honte prist à rougir.

Des paroulles Rolland Hestous se vergoigna;
Mes ne repondi rien, car mout le redouta.
E Rolland mantinant un fort espli enpoigna,
C'un François li baili que aou camp le trova;
Alour cescun des autres espli ou glief enpoigna.
Quand le roi Burabel l'ensaigne ravisa
Dou fort roi Maoçeris, mantinant asenbla
Tretous ceus dou castel, que mout pue li en leisa;
Ancour la giant venchue avec luy retourna.
Quand le roy Maoçeris à nous Frans s'aproça,
Mout orgoilousemant lour dit e escria:
'Par foi tous estes [morts], ja nul n'en estordra;
Or est ataint le lous que tard s'en alera.'
Quand Rolland l'ente[n]di, celle part s'adreça;

Aou bessier de l'espli Burabel encontra,
L'escu li trençe tout e l'aubers li fausa,
Le cuer e le poumon li parti e detrença,
Mort l'abati à terre que cil mot ne sona.
Pues escria: 'Monçoie!' e Durindard osta
Hors dou fuer, e en la presse des Paiens se fiça.
Quand Maocceris ce vit, duremant li pesa,
De Burabel venzier mantinant s'apresta,
Suen espli paomoiant ver François sperona;
E Sanson le Persant contre lu randona 75a
Sour un detrier d'Espagne, que Isoriés envoia
A Rolland, mes le duc à Sanson le dona
Quand il d'outre la mer à Zarlle repeira.
Maoçeris sour Sanson mout grand coup emploia,
E Sansonet sour lu que mie ne le espergna.
Li escus trapasserent que nul pont ne dura,
Mes sour l'aubers cescun suen espli pezoia;
Aou trapasier l'un l'autre si durement se [h]urta
Che par pue ceschun d'eus dou cival ne vola.
D'autre part Olivier suen buen detrier guia
Ver la giant Saracine e ens la presse entra.

Dedens la gregnor presse de celle giant Paiaine
Se fiça maintenant Olivier de Viaine,
E feri un Saracin con tant irouse vaine
Que l'escu ne l'aubers ne i vaust un poil de laine;
Ond que mort l'abati versiés enmi la plaine;
Sa lance en saça [h]ors qu'estoit entiere e saine;
Pues escria: 'Monzoie! Aou buen roi Zarllemaine!'
E treist le brand dou fuer, ond en duel e en paine
Mist le jor grand partie de cele giant estraine.
Tretous l[i] autres peres ou la giant Crestiaine
Brocerent en la presse de celle giant vilaine,
Che Jesu n'amoient ne sa vertu sovraine.
Là oïsiés crier: 'Monçoie!' à vois aotaine
E d'autre part Paiens: 'Marsille e Morligaine!'
L'une part contre l'autre fu fiorment d'ire plaine;

38 raça.

Ond bien le motrerent, ce fu çouse certaine:
Car tous i metoient force, valor e laine
Par metre lor nemis en maovese semaine;
Ond maint en remistrent le jor desour l'araine. 75b

Mout fu grand l'envaïe soz Toletele as pres,
Quant li .x. mil François se furent encontriés
As Paiens, qu'estoient .l. mil armés
D'aobers, d'escus e d'eomes e ricemant montiés,
Sens celor dou castel da cival e da piés.
Là oit tant roides lances e tant esplis [br]isiés,
E tant eomes maomis e tant escus borcliés,
E tant aobers rompus e tant homes versiés
Qu'il ne poroit ja etre creü par home niés.
Ciers se vendrent François à lour brans acerés,
Car maint Paiens furent par lour le jour tués;
Mes sour tous fu Rolland das Saracins doutiés,
Car il ne feroit home aou brand d'acier letriés
Che ne fust mantinant oucis e deviés:
Ond lu e le cival furent tous sanglentiés
Des homes qu'il avoit ferus e detrenciés.
E Ouliver ausi li oit mout maomeniés;
Car as siens cous n'estoit aobers, tant soit serés,
Qu'il ne fust à suen brand overt e desmailiés.
Sanson e l'arcivesque, Çirard e Estous suen niés
E tous li autres peres se furent si esprov[i]és
Que jamés ne furent un seul pié reüsiés.
Quand Maoçeris ce vit, tout fu d'ire embrasiés;
Il escria à siens homes e dist: 'Mout suy airiés,
Quand ceus François nos sont tant long en camp duriés;
Car par un d'eus nous somes bien sis, ce ay je esmés:
E ce est par ceus doçes que vous devant veés;
Car celour sont la flor de toute Crestentiés.
Se ceus doçes peusent etre descivauciés,
Tost seroient li autres vencus e maumeniés, 76a
Ne l'ost Çarllon n'auroit vers nous plus poestiés.
Bien nous [a] Maomet à cist pont visitiés,
Quand il a entre nous cestor ensi envoiés,

Car sour lor seront bien tous nos amis vençiés.
Or leisiés tous li autres e sour eus speroniés.'
'Sire' distrent Paiens 'maintinant li veiriés
Tretous mis à la terre, pues que vous le voiliés.'
A cist mot fu 'Marsille!' autemant escriés;
Pues ver li .xij. pieres furent tous adreciés,
Com ceus que d'eus ocir estoient enflamiés.

Por le dit Maoçeris ceus Paiens espanois
Leiserent tous li autres e vindrent demanois
Droit ver li .xij. pieres, ferant lor tote fois
De lances e de dars, d'esplis e d'ars turquois.
Quand li .xij. barons se veirent ensi enclois,
Ensemble se treirent e seriés d'un galois
Entrerent en la presse des Paiens maleois,
Ferant e decoupant li glos de pute lois;
Sovant escrierent l'ensagne aou roi François.
Qui donc eüst veü le niés Çarllon le rois
Trencier aubers e eomes e escus saracinois
E couper ciés, espales e brais e mains e dois
Bien diroit que un tiel home ne vesti mes corois
Pour ferir en bataille, en stor ne en çaplois.
Oliver de Viaine le preus e le cortois
Fesoit si grant mervoilles aou buen brand vienois
Que à lu ne duroit heome, aubers ne autre ernois;
As Paiens detrençoit e ners e cars e ois.
Ne nul des autres pieres ne sembloit mie borçois
A trencier et tuer ceus nemis sainte crois; 76b
Ond tout le plus ardi des Paiens fu en esfrois.
Quand Maoçeris çausi la force e la desfois
Des .xij. pieres de France, il dist à aute vois:
'Hey! vailans civalors Saracin, que ferois?
Se cestor nos escampent, jamés honor ne aurois.
Tués lor li civaus, pues li veirés tous quois.'
Quand Paiens l'entendrent, tretous sens nul repois
A lances e à splis e à dars arablois
As doçes tuerent li ditriés, ce saçois;
Ond à tere furent nous barons, chi qu'en pois.

4596 onclois. 4610 ne sēblāt mie. 4619 As lances.

Ensi com je vous di, furent à tere mis
Tretous li doçes pieres pour le dit Maoçeris;
Mes tantost furent tous sus en estant sailis.
Ou tout le buen brand nu sour suen detrier oucis
Joint à dous piés saili Rolland notre marchis;
Pues escria: 'Monçoie! ao roi de Saint Donis!'
Avec lu se treirent siens compeignons gientis
Ou lour escus davant e en puing lor brand forbis.
Paiens li lançoient de loing lances e esplis;
Mes tant com furent lons lor brand d'acier pontis
Ne lor aproçoient Paiens ne Arabis:
Car nul ne li aproçoit que arier retorne vis.
Quand Maoçeris, qu'estoit sour suen detrier asis,
Oit çausi le valor des barons segnoris,
Il escria as Paiens: 'Or à lor, sens respis:
Car mantinant seront cestour ou mors ou pris;
Pues ne redot Çarlon ne tretot siens amis.'
Lor se ferent avant ceus Paiens maleïs
Ferant d'espées, de lances, d'açes par tiel devis
Que à nous barons furent tous lour escus maomis
E plusour en furent navrés sens gab ne ris.
Mes por ce ne furent nous barons alentis;
Ains fesoient as brans un tiel marteleïs
Che lour cous seroient plus d'une lieue oïs.
Ver lour ne duroit eome ne escus ne aobers trelis;
Tant ocistrent le jor de ceus culvers cetis
Che sbares se ferent, tant n'avoient aquis;
Ne por quant mout furent de gran travail sorpris.
'Rolland' ce dist Hestous 'se Dieu de paradis
Ne nous secort tantost, tretous serons honis;
Car je voy que nous homes sont tretous desconfis
Ne ne somes que doçes ci ensamble remis,
E par un de nous sont Paiens .v. mil, m'est vis,
Mes se vous huy eussiés volu croire à mes dis,
Isoriés en cist jor ne nous auroit traïs.'
'Ancor ne croi je mie' dist Rolland ao fier vis
'Che Isoriés de nous feïst ce que tu dis.'

4626 marchois. 4647 des ceus. 4655 ses uous huy uousistes uolu.

Lour regarda Rolland e veit par un laris
Venir l'ensaigne Carle ovree à flor de lis
Ou plus de huitante mile civalers tous eslis:
Davant tretous li autres parmi ceus pres floris
Vit venir Isoriés de ferir talentis.
Lor dit encontre Estous: 'Se je bien me revis,
Isoriés ne nous ha par felonie mespris;
Conotre le poés ao sbarés baxelis;
Veés s'il nos amaine le buen roy de Paris.
Il ni afert à prodome, foy que doy Yesu Cris,
Achaxonier autru, s'il n'en est cert e fis.'
Quand Estous l'entendi, mout fu morn[e] e pensis;
Pues dist: 'Sire cuisin, mout m'avés bien apris; 77b
Plus ne vous desdirai, par le cors saint Moris;
Car je sui par complir vous buen e vous delis.'

Con tout que parlasent entr'eus Rolland e Estous,
Ne furent d'eus defandre ceitis ne perecous;
Car mout li asailoient ceus Paiens orgoilous.
A tant devale Çarlle anmi ceus pres e bous.
A huitante mil homes ardis e corajous,
Che de Paiens ataindre estoient covoitous.
Remis estoit à Cordes le Lombard valorous
Ou tout le remanant de l'ost, ce sacés vous.
Avec le roi de France retornerent tretous
Ceus primiers soudoiers, que par force des cous
Guerpi avoient Rolland en lieu tant perilous.
Quand Maoçeris li vit, mout en fu penserous;
Il apela Carpent qu'estoit saçe e ençeignous
E dist: 'Se il ne en panse Macon le vertuous,
Nous n'en partirons huy, si perdrons maint des nous.
Veés le roy de France, que à grand ost merveilous
Nous sorvient orendroit par fer nos angoisous.
Or preniés mil Paiens des plus civalerous
E tenés tant à bay ceus .xij. vasaus prous
Che i ne peusent montier en cival noir ne rous;
E je ou tous li autres sens prandre aucun repous

3 les poes. 4677 amil? anul? 4685 la uit. 4688 perdront.

Alerai ver Carlon que tant semble afarous;
Mes gardiés que ceus .xij. ne montent à mon dous;
Car se montiés ne sont, pont ne suis spatirous
Por la giant Çarllemagne, car je bien le conous.'
'Volentier' dist Carpent 'n'en soiés suspetous.'
Lour Maoceris qu'estoit [iriés] e coreçous
Bondi tantost suen graile, pues dist à aute vous:
'Frans civalers paiens, venés avec moy tous,
Ne pour la giant de France ne soiés dubitous;
Car toute avons la flour abatue entre nous:
Des autres ferons pis que de berbis le lous.'
Lour se treirent à lu ceus culvers enoious,
E Carpent ou tout mil Saracins diabolous
Ala envaïr li doçes dou regne glorious.

Carpent ou mil vasaus de celle giant [h]aïe
Ala à envaïr la douce compeignie,
E le roy Maoçeris tretous li autres guie
Contre la giant de France e pont ne tarde mie.
Davant [tre]tous li autres parmi la praerie
Dou baxalis sbarés a l'ensaigne çausie,
Che le prous Ysoriés avoit davant portie;
Bien voit che est suen fil che ver lu contrelie.
Alour tout mantinant a une lance seisie
E treit l'escu davant, e pues par grand aitie
Tout droit vers Ysoriés a sa voie acoilie,
E Ysoriés ver lu con une ciere ardie.
E quant s'entreproçent, sens point de blanderie
Se entrepiecent li escus par mout grant vigorie;
Mes des aobers n'ont maile desmailie ne croisie.
Les lances peçoient, che nul ne ceit ne plie;
Ao trepasier cescun a treit la spee forbie.
Isoriés crie: 'Monçoie!' autemant en oïe,
E Maoçeris l'ensagne dou roy Marsille escrie.
Tantost com ceus dous ont la lour jotre fornie,
Broce le roy de France suen buen detrier d'Ongrie,
Com cil que ne veut etre retreit de coardie.

4696 amidous. 4697 ne fu spaurous. 4721 sontreproçent, aus ein anderen Worte undeutlich corrigiert. 4722 Se entreprecent. 4727 sensag

Pres la jotre Ysoriés broce le roy de Françe, 78b
Covert lu e le detrier d'un paile de Costançe
Ovré à flor de lis d'or en celeste abitançe;
En suen escu un dragon de mout fiere semblançe:
Sus l'eome coroné porte par conoisançe
Un[e] agle coronee propie par demotrançe
C[h]'il est empereor de Rome par certançe.
La lance paomoiant, davant sa giant s'avançe;
Un prince de Sibile fiert par si grant puisançe
Che l'escu ne l'aubers ne li feit defendançe
Che l'arme ne li face fer dau cors desevrançe;
Tout estendu l'abat aval, sovine pançe,
E pues toute sanglente retreit à soi sa lançe,
E en fiert si un autre que tout le cuer li trançe;
Aprés escrie: 'Monçoio!' o sons pont de restançe
A treit dou fuer Çoiouse qu'il conquist en jovançe.

L'enpereor escrie: 'Monçoie!' e tint Zoiouse;
Sour Saracins sperone con une viste aïrouse,
Ou le brand jete mort Butor de Tortolouse,
Pues si fiert en la prese par force merveilouse,
Tuant e decoupant celle giant maleurouse;
Cui il consuit jameis n'aura çouse çoiouse.
Salamon e Duc Naimes e Gautier de Tolouse,
Ugier e Altumajor à la ciere afarouse,
Gaines e Gondelbuef e la giant valerouse
Brocent aprés Carlon sour le gieste onteouse,
Trençant e departant celle giant enoiouse;
Ond grant part en versent sus la campagne herbouse.
La spee aou buen Danois n'est mie le jour escouse;
Ains la feit as Paiens sentir tant dolorouse
C[h]'il ne fiert aucun home che meis gise avec spouse.
Sovant escrie: 'Monçoie!' à vois fiere e argoilouse; 79a
Ond la giant Saracine en est tant spaürouse
Che ja seroit fuie dou camp toute angoisouse,
Quand Maoceris escrie en langue aragonouse:

recreit.

'France giant Saraçine, ne soiés dubitouse.
Ferés ardiemant e soiés vigorouse
Sor ceste giant de France, che tant est outraçouse
Che à tort nos vont gastant la terre delitouse;
Ond à droit devons fer as brans aou tort respouse.'

Fuis fuisent Paiens dou camp por la peor
Des François, se ne fust Maoceris l'aomensour,
Che mout li confortoit con sen e con vigour;
Car mout prodome estoit e de mout grand valour,
E suen brand n'estoit mie des autres le pejour;
Car maint de nous François fist devier le jour.
Carpent ou tout mil [homes] de la giant Paienour
Donoit l'asaut as .xij. de la terre Francour,
Gietant lour dars e lances [e] esplis frasenour
E saj[e]tes agües [h]ors de ceus dars d'aubour;
Ond maint en estoient en duel et en langour.
Lors saili sus [Rolland], com home plain d'irour,
E feri un Saracin sus l'eome brusti ad our;
Ond tout le porfendi trousque li enteriour.
Mort l'abati à terre e plus isnel que estour
Saili desus la selle dou detrier misoudour,
E pues feri si un autre dou buen brand trenceour
Que mort l'abati [à terre], e sens autre sejour
A Olivier baili le cival coreour.
E Olivier monta, pues dist con grand douçour:
'Cent mil mercis en aies, Rolland mien cier seignour.
E Rolland l'enclina: pues fist tant le contour 7
Che à cival mist Estous e Sanson sens demour.
Che vous do[i] je plus dir? Le gentil senatour
Mist à cival tretuit li onçes pugneour,
Maogré des Saracins e de lour condutour.

Quand furent remontiés li doçes à cival,
'De France' escrierent 'Monçoie le roial!'
En ceus mil civalers de la giant criminal

4768 autraçouse. 4772 se ne ne fust. 4777 Carpent au tout mil.
4782 saili sus li mors. 4791 Cont mil. 4794 Che nous.

Ferirent tuit à force par grand ire mortal,
Trençant e decoupant e versant contreval
Celle giant Saracine pour vençier lour dou mal,
Che feit lour avoient ceus Paiens le journal.
Chi donc eüst veü Rolland ou Durindal
Trencier aobers [e] comes [e] escus autretal,
E homes e civaus trabucier aou teral
Bien diroit que jameis ne fu un tiel vasal.
En mein de mi arpant le baron natural
Aversa plus de trente de la giant desloial;
Ond meis nul ne revint arier à suen ostal.
Quand Carpent oit sa giant veüe à tiel traval,
Demoré ne i seroit plus par tout Portegal;
Ains guerpi cil estour e sens plus prendre estal
Ver la giant Maoceris se mist con duel mortal,
E sa giant avec lu sens charole ne bal.
E Rolland e Olivier e Estous le loial
E Trepin e le fil dou Persanc amiral
E tous li autres [piers] dou regne emperial
Li aloient coupant com maislier l'animal,
Tant que à l'estour furent dou frans roy general.

Tant çaçerent li doçes celle gieste Macon 80a
Che à l'estour riverent, où l'emperer Çarllon
Conbatoit ver la giant dou roy Marsillion.
Dedens la presse où fu Maoçeris le fellon
Se ficerent par forçe li doçes conpeignon,
Metant ceus Saracins à grand destrucion.
Tant allerent avant ou le brand da gallon
Che à l'emperer vindrent où fu gregnor tençon.
Quand l'emperer li vit, fortment li en fu de bon;
Il apella Rolland qu'estoit aou primer fron
E dist: 'Bienvegnant, niés, par le cors saint Simon.'
'E vous ausi, bieus sire' ce dist le fil Milon.
'Leisons cist à contier, si prenons vengieson
Dou domaçe que nous huy receüs avon.'
Lour ferirent ensamble en la presse à bandon
Par si tres vive forçe que le treit d'un bouçon

Se reuserent Paiens, ou vousissent ou non.
Hestous feri Chasel desour l'eome reon,
Che dou roy Burabel portoit le confenon;
Dejusqu'en la cervelle le fendi le baron,
Par desour Burabel le mist mort aou sablon.
Oiés che fist alour Hestous le fil Odon:
L'ensagne Burabel fist drecier contremon,
E à suen col fist metre suen fort escu reon,
E à cinc çant civalers Englois de sa maison
Se mist ver le castieus broçant à esperon.
E quand ceus qu'estoient as murs e aou dojon
Voirent de Burabel l'ensagne e le penon,
Bien cuiderent qu'il fust, sens nulle suspicion,
Burabel lour seignour, que pour sa garison
Retornast aou çastel broçant à tiel randon. 80b
Lour ovrirent la porte e baserent le pon,
E Hestous dens entra sens fer ne cris ne ton
Ou tous siens compeignons, ch'il ne i fu aotre sermon.

Quand Hestous e siens homes furent en le zastel,
Le pont firent levier e serier le portel;
Aprés pristrent les gardes, adonc sens nul revel
Fist Hestous bien garnir le mur e le torel
De cent buens civalers, cescun prous e isnel.
Pues comanda à cescun, s'il amoit pont sa pel,
Ch'il ne receüst dens veilard ne jovencel.
Pues broza duc Hestous, sens fer plus long apel,
A quatre cent vasaus seriés en un tropel
Tout droit enver la place jusqu' aou plus metre hostel,
Che ja ne lour fu treit de dard ne de quarel;
Car là dedens n'estoit remis joune ne viel
Che poüst portier armes, che le roi Burabel
[N]'eüst menié ou lu aou perilous zambel,
Fors ceus che gardoient la porte e le pustel.
A cent des siens Anglois Hestous baud e novel
Monta sour le palés che à mervoile fu bel.
Desour la metre tour sus le plus aut crinel

A l'ensagne d'Estous mistrent un penonçel;
Le confenon Marsille aou dorié dragoncel
Verserent aou despit Macon e Lucibel.
De ce ne savoit Zarlle ne Maozeris le fel;
Anzois combatoient feisant de giant masel.

Ensi com dit vous ay, Hestous aou cors vailant
De Toletele prist le metre firmemant,
Che ja ne li fu coup de lanze ne de brant.
De ce ne savoit Çarlle ne Maoçeris noiant, 81ª
Ains se combatoient feisant masel de giant;
Mes de l'estour aloit as Paiens malemant;
Car ja estoit dou çamp gitiés plus d'un arpant,
Che Rolland e Olivier e Sanson le Persant
E la leur compegnie li aloient frapant
Pour vengier le daoumaçe che feit lour fu davant.
Quand Maoçeris zausi la co[m]pagne Rollant
Ferir sour Saracins tant vigorousemant,
Bien vit che de l'estour il remandroit perdant.
Lour isci de la prexe, pues se treist coiemant
Desour une costiere e bondi un olifant;
Lour se treistrent à lu Paiens comunemant.
E Maozeris alour motra e fist scemblant
De venir à l'estour; mes il fist aoutremant,
Car par une aoutre voie il fist tout mantinant
Drecier ver Toletele suen confenon plus grant,
E Franzois aloient tutour aou dos çazant.
Davant la metre porte dou castel avenant
S'aresta Maouzeris e pues dist en oiant:
'Seignors, ovriés la porte sens nul arestemant
E rezoiviés là dens Maozeris l'amirant,
Se vous amés Marsile ne nul suen bien voilant;
Car l'emperer de Rome nous vient trou maomenant.'
Lour distrent ceus de dens: 'Faus culvert seduant,
Vous avés bien fali, car à notre vivant
Il ni entrera za dens nul Païn mescreant;
Car za dens ont François pris lour aoubierzemant.'
De tiel novele fu Maozeris mout dolant.

3 lĕlagne.

Dolant fu Maozeris, quand il oit entendu
Che Franzois avoient le fort zastel eü,
Car il avoit pensié che s'il fust avenu
Che Franzois l'eüsent desconfit ne vencu,
Che en le zastel seroit retreit par suen salu:
Pour ce avoit il grand pieze l'estour plus mantenu
Ch'il n'auroit, s'il eüst cil feit devant seü.
Mes pues che le zastel estoit ensint perdu,
Il vit bien ch'il estoit honi e deceü,
Che de ceus ch'il avoit le jour meniés ou lu
N'en ramenroit arier aoucun grand ne menu;
Car le navire estoit daou port tout departu:
Mes il jura Macon, Trevigant e Chaü
Ch'avant ch'il fust das Frans oucis ne retenu,
Se seroit sour Franzois mout cieremant vendu.
Lour guenci sour Franzois à loi d'ome irascu
E feri Gaidinel che [de] Bourgogne fu;
Le cief li desevra daou bust aou brand molu.
Carpent en gieta un autre mort à terre estendu.
A tant ec-vous iluec rivier Rolland le du,
Departant la grand prexe dou pople mescreü.
Chi l'atendoit un coup n'en demandoit ja plu;
Car mantinant estoit oucis e confondu.
Le duc entre li autres oit Carpent pourçeü,
Che tant l'avoit le jour travailé e asailu,
Quand il estoit à pié; lour fu sour lu coru:
Bien li cuida le cief avoir aou brand fendu;
Mes cil guenci arier, quand oit le coup veü,
Ond sour l'arçon davant fu le brand desendu
Par si tregrand furour, che le col lez le bu
Detrenza mantinant aou buen detrier crenu;
Ond cil ceï à terre dolant e esperdu.
Quand le roi Maoçeris oit cil coup coneü,
Pour tout l'avoir dou mond n'auroit plus atendu;
Ains isci de l'estour tout quoi, taisant e mu,
Ver le bois se dreza delez un pui agu,
Solet sens compeignon; mes bien s'en fu veü

4914 seroie. 4931 lantendoit.

Sanson, che ne l'amoit valisant un festu.
Lour isci de l'estour sens aoutre home nascu;
Aprés roi Maozeris che tant estoit cremu
Broza pour esprovier sa forze e sa vertu.

Quand Sanson oit veü Maoçeris departir
De l'estour tout solet par suen cors garentir,
Aprés lui esperona tout suel sens mot geïr.
L'amirant s'en aloit dolant plain de suspir,
Le brand sanglant en poing che maint en fist languir,
L'escu tout decoupé, ne l'aobers fu entir;
Car de suen cors pooit le sang veoir iscir:
Suen heome fu embaré des grans cous sostenir,
Bien sembloit civaler che fust esté aou ferir.
Tout droit ver le boscaze prist sa voie acoilir,
Quand Sanson li escrie, si li comançe à dir:
'Dan roi, ne vous vaudra cist pont vetre fuir
Che en fuant moririés, se ne volés guençir
Le cival contre moi: car ci vous stuet morir.'
Lour se regarda arier l'amirant par çausir
Celu che l'ençauzoit pour sa vie tolir.
Quand il vit le quartier d'azur e d'or luisir,
Si dist: 'Chi puet cist etre? car bien voi se[n]s falir
Che cist n'est mie Rolland, le niés aou Frans empir;
Mes pues che je ne voi aucun pres lu sivir
Ver lu retournerai par mien duel resclarir.' 82b
Pues dist à Sansonet qu'il vit pres lu venir:
'Vasal, di moi chi eis che me cuides oucir?'
'Sanson sui' dist Sanson 'je n'ai soing de mentir.'
Fil sui aou roi de Perse, cui Dieu puise xamplir!
Quand Maozeris l'oï, tretout prist à rogir;
Car fieremant le [h]aoit par le suen convertir.
Lour dist si aut que Sanses le pooit bien oïr:
'Sanson, ceste bataille ne vueil mie desdir;
Car sempre te devroit cescun frans home [h]aïr,
Quand ais guerpie ta loi sens forze de martir.'
Lour dreza contre lu suen buen detrier de Tir,
E Sanson ensemant ver lu par grand aïr

As lour brans azerins s'en vont entresailir
Par confondre l'un l'aotre, e ce estoit lour dexir.

Ou les espees trençans Sanson e Maoçeris
S'entrecor[e]rent sus de grand irour espris;
Bien fesoient semblant de mortieus enemis,
Detrenzant lour escus e lour aobers trelis.
'Par foi' dist l'amirant 'hui serais repentis
De ce que guerpi ais Macon pour Jesu Cris.
Or pleïst à Macon che seul e com tu is
Fust ci souz suen escu Rolland vetre marchis;
Car bien croiroie hui complir tous mes delis.'
'Amirand' dist Sanson 'tu dois fer ce che dis
E leisier les menaçes, se tu vieus d'onour pris.
Avant che tu te partes da moi, bien soies fis
Che d'atendre aucun autre serais maltalentis.'
Lour s'entreferoient andous par tiel avis
Che le sang de lour cors coloit ao pré floris.
Ja bien eüst eü un d'eus dou tout le pis, 83a
Quand Rolland là ariva ch'avoit tous desconfis
Ceus Paiens maleurous e mors e mal bailis;
Mes Maozeris le roi ne l'oit pas mescoisi;
A Sanson dist: 'Ci vient un de tiens buens amis;
Mes se cist ne venist, je vous jur e plevis
Che le Soudein de vous seroit sens fil remis.'
De ce respond Sanson: 'Ne soies esbaïs;
Car je le alerai ....' Adonc sens plus devis
S'en veit droit ver Rolland. Lour le roi Arabis
Ver le bois sperona. Quand Rolland ao fier vis
Le veit ensi alier, si li dist à aut cris:
'Atend moi un petit, faus culvert Antecris.'
Lour repondi le roi: 'Se je sui long tens vis,
En tiel lieu t'atendrai où tu serais mort mis;
Ancour te cro[i] je vendre cieremant cist païs.'
Lour se fiça ens le bois che plus terme ne quis,
E Rolland broza aprés e Sanson le Persis;
Mes ce ne valut riens, car jounes ne floris

4995 ce che tu dis.

Ne sevent ensi alier iluec où sont noris
Com cil savoit d'Espagne mons e bois e laris.
Quand Rolland vit qu'il fu da lu si esvanoïs,
Arier s'en retourna, da Dieu l'oit maleïs;
Pues furent lu e Sanson ver lour giant revertis;
Là furent ceus Paiens tretous ou mors ou pris.

Pues che Maozeris fu entre li aubres foilus,
Rolland e Sansonet che l'avoient perdus
Ver lour giant tournerent, où furent confondus
Ceus Paiens qu'estoient as Franzois sourvenus.
Le jour furent par forze tretous mors e vencus
E plus de zant ausi e pris e retenus, 83b
Che estoient jentis homes e d'aut lignaze iscus;
Mes nul seroit esté à merci reçeüs,
Se non che tous distrent de croir en l'aut Jesus.
Rolland li fist à Zarlle menier sens tardier plus,
E dist: 'Sire emperer, Paiens sont abatus
E detrenziés e mors, mes cestour sont rendus
A vous e à vetre grace, e ont promis tretus
De Jesu croire e fer de Maomet refus.
Che voliés vous ch'en soit? soiés en proveüs.'
'Bieus niés' dist l'emperier 'des grans e des menus
Feites vetre voloir, car viel sui e çenus,
E en vous est ma zoie, mien confort, mien salus.'
'Grand merci' dist le duc. Alour desendi jus
Dou cival mantinant e se fu estendus
Davant lu à genoilon; mes le roi pourçeüs
Le fist montier tantost sour suen cival crenus.
Iluec fu Altumajour le prous e le cremus,
Che entre ceus prisons oit Carpent reconeüs;
Alour dist à Rolland: 'Entendiés, sire dus,
Che dou roi Jonas est ci un suen privé drus,
Che Carpent est nomé; mes je n'en voi plus nus
Che de Cordes soit nés; com est il ci embatus?'
'Ami' ce dist Rolland 'avant le jour scondus
Saurons, s'il pleit à Dieu, com il est ci venus.'
Lour mist en buene garde ceus prisons recreüs,

E Çarlle fist sonier maint grailes d'or batus
Pour rascemblier siens homes ch'estoient espandus.
Çarlle esgarda e oit le confenon veüs
De Estous che sour la tour estoit amont tendus;
Lour dist aou duc Rolland: 'Celle ensagne là sus 84
N'est ele aou duc Hestous? Comant est devenus
Che là sus est dreçee?' Dist Rolland le membrus:
'Je mie nel sai pensier, par la sainte Vertus,
Car ci ne voi je schiele par entrier ne pertus.'

Mout se mervoila Zarlle, ausi le fil Milon,
Quand pourçeurent l'ensagne d'Estous e le penon,
Ch'estoit de sour la tour estendue contremon.
Lour s'en veit à la porte l'empereour Zarllon,
Che bien estoit seree e sus levé le pon.
Lour dist à ceus dedens: 'Cist çastel che veon
Par cui se tient il or?' Lour respondi à aut ton
Hestous, ch'estoit montié sour la porte aou dojon,
E dist: 'Cist zastieus tient Hestous le fil Hodon,
Che l'a tolu à la giant dou roi Marsilion;
Ond sejournier li vieut, non pas hors aou sablon.'
Lour oit bien coneü le roy le jentis hon
E dist: 'Bieus sire Hestous, pour amour vous prion
Che vous nous hostaliés dedens vetre maison.'
'Ne ferai' dist le duc 'parlé avés en perdon.
Alés vous aoberzier par delez cil boison,
Car ci dens ne entreriés, bien le vous afion.'
Iluec estoit Rolland che rioit à fuson
Des paroles Hestous; alour sens mot felon
Dist à Hestous: 'Je te pri, cuisin e compeignon,
Che pour l'amour che portes à moi, che or à cist pon
Rezoives l'emperer, e s'il te scemble bon,
Nous aoutres remaindrons, mes lu servir devon.'
Dist Hestous: 'Par la foi che doi seint Lazeron,
Je ne vi onque meis preste ne cleregon
Che mieus seüst de vous dir à point suen sermon; 84
Or vous ferai ovrir sens plus demoreison.'

5082 ci dedens.

Lour fist la porte eo pont ovrir sens plus tenzon.
Primier li entra le roi e Rolland e Naimon
E pues tous li barons dou roial confenon.
Quand Zarlle fu entré dens, Hestous mist à raison
E dist: 'Za dens sui jé, ou vous voliés ou non.'
Lour respondi Hestous, che fronci le grignon:
'N'en saziés grés à fors che à Rolland le baron,
E se vous eüsiés dehors dit tiel raison,
Vous ne i serisiés hui entré, par seint Simon!'
De ce rist mout le roi e tous ceus d'environ.

Des paroles Hestous rioit Zarlle e celour
Che avec lui estoient, e pues à grand baudour
Meinerent l'emperer trosqu'aou palés greignour,
E l'autre giant remist dehors à la verdour.
Mes ja estoit dou souleus escondue la luisour;
Par ce fu consilié Zarlle l'empereour
De sejournier iluec la nuit pour le meilour;
Car bien i avoit vitaile par plus giant che la lour.
Ne remist en la ville home, enfant ne uxour
Che ne criast à Zarlle: 'Merci, sire seignour:
Car tous volons batisme, li grand e li menour.'
Mout en fu liés le roi, mes pues sens nul demour
La porte de la ville e le mur e la tour
Fist bien garder, par cé ch'il n'en poüst alour
Iscir nul Saracin dehors par nul labour.
Quand furent desarmiés dedens ceus de valour,
Aou roi s'en alerent aou palés ancienour,
Iluec superent tous aou non le Criatour;
Mes de ce fist mout bien le vailant senatour 85ᵛ
Ch'il fist tous li prisons servir à grand honour.
Quand le super fu feit, Rolland le pugneour
Se fist mener Carpent che fu pris à l'estour;
Pues apella Zarllon, Naimes e Altumajour
Salemon e Ugier e Olivier ancour:
A une part li treist e pues sens nul sejour
Mist à reison Carpont sens cris e sens remour.

'Carpent' ce dist Rolland 'tu eis nous prisonier;
Si vois bien che da nous tu ne pues escampier,
Se la bontié Zarllon ne te vieut pardonier,
Che pardone à cescun che à lu se vieut tournier:
Ond se tu vieus Yesu e sa mere adorier
E l'onour Zarllemagne mantenir e gardier,
Tu pois garir tuen cors e ta arme saovier;
Si te ferons en pris e en honour montier,
E autremant tu pois ta mort tost pourcacier;
Car Macon ne Marsille ne te poroit aidier:
Ond panse bien comant tu ais en cuer de fer,
E si nous di tantost comant tu vieus ovrier.'
'Sire' dist le Païn 'avant vieul je leisier
Roy Jonas e Marsille e Macon renoier
Che je voile morir, anzois vieul je otroier
Tretout vetre voloir de buen cuer volontier.'
'Bien nous pleit' dist Rolland 'or te volons prier
Che tu nous dies comant roy Maouçeris le fier
Nous vint hui en cist jour ou tiel giant encontrier,
E comant il savoit ch'il me deüst trovier
A si petite giant.' Lour respondi l'Asclier
E dist: 'Je vous dirai tretout le feit entier.
Je fui dou roy Jonas cier drus e consilier. 8
Quand vous primier venistes à Cordes asiçier,
Le roy Jonas en fu en duel e en pensier,
Pensant ch'il n'avroit giant pour la vetre meslier;
E d'autre part il fu en gregnour destourbier
Pour Altumajour, ch'est ou vous en cist mestier;
Car mout est en la ville amés e tenu cier
Pour amour ch'il devroit etre sir droiturer
De tretout cil païs ensi com fu suen per,
E pour ceste ocheison Jonas me fist alier
A parlier à Marsille e secors demandier.
Quand Marsille entendi la besogne noncier,
Cinquante mil Paiens il fist apareilier
D'armes e de civaus, si li baili à guier
A Maoçeris, e pues li fist e[n] nef entrier,
A ce che vous de riens ne poüsiés espier

Le lour co[n]tinement ne lour giant daomazier,
E je avoie envoié davant un espionier
A Jonas ch'il deüst iceste nuit veilier
Pour reçoivre nous dens coiemant sens noisier,
E quand nous hui rivames ao pont sour le gravier,
Nous mie rien ne saviomes noiant de vetre erer;
Mes quand cescun de nous fu montiés à detrier
Si oïmes de vous la noise e le tençier,
E quand nous bien veïmes vous giant aou comenzier,
Non plus che dis mil homes la pooit l'en esmer;
Pour ce vous asailimes sens pont de delaier:
Or vous ai conté e dit tout le voir sens boiser.'
Quand Rolland l'entendi, si prist le roy gardier
E dist: 'Com volés vous de cist feit esploitier?'

'Mien seignour Zarlle' dist Rolland le palatin 86a
'Com volés esploitier dou dit dou Saracin?
Car je croi che s'il pleit aou sovrein Roi divin,
Che hui de notre guerre treirons grand part à fin.'
'Bien le croi' dist Zarllon 'mes ci vieut sen e engin;
Chi meilour consil seit le nous doint ę plus fin.'
'Sire' dist Salemon 'entendiés mien latin.
A ce che entendu ai, Carpent, ch'est ci voisin,
De la citié de Cordes nous puet metre en seisin;
Car il nous puet condur ceste nuit d'un traïn
A Cordes tous enscemble, e sens cris ne hustin
Il puet fer che l'entree aurons à nous demin,
Chomant il devoit fer à la gieste Chaïn
Che cuidoit mener dens Maouzeris le Païn,
Il nous poroit condur dedens ains le matin.
Ancour ferons drecier le confenon pourprin
Che de Maouzeris fu, che tant nous porto [h]aïn;
Car un des miens sergians le trova lez un spin.
Se Damnidieu vousist che par [un] tiel destin
Poüsions entrier dens, Jonas le fer mastin
Acateroit mout cier ou celour de suon lin
Le duel d'Altumajour, ch'il exila mesclin.
Or pensiés, s'il vous pleit ovrier par cist convin

Ou par autre mainere, car ci ne vieut termin.'
'Bien dites' respondi le niés aou fil Pepin
'Mes je ne lou che Zarlle se mete en cist cemin.'

'Salemon' dist Rolland 'buen est che nous feizon
Ensi com avés dit; mes l'emperer Zarllons
Ne lou che de nuit viegne par ces stranzes vallons;
Ains remaindra ci avec siens homes noirs e blons
Jusquement aou matin, e nous civauçerons
Entre moi e Olivier e tous miens compeignons
A vint mil civalers che pour la glise avons.
Altumajour vindra ou nous, ch'il i a reisons;
Carpent nous condura sens cris e sens tenzons
Trosquement à la ville, e à ceus des dojons
Nous fera ovrir la porte, diant che nous serons
Le secors roi Marsille, e ensi dens entrerons;
Voir che je envoierai avant che nous movons
A Dexirier mesaçe, en cui tant bien savons,
Ch'il faice à ceus de l'ost prendre lour garnisons
Sens fer noise ne cri, e s'il oïst dous sons
De mien olifant viegne brozant des esperons,
Se besogne nous fust; mes mestier n'en aurons.
Se Damnidieu ce done che nous dedens entrons,
Jesu Crist nous confonde se nous en retournons,
S'il n'est prise la ville e maomis ceus glotons,
Che desprisent cil Dieu che nous tous adorons.
E l'endemain à l'aoube Zarlle e tous siens barons
E la menue giant, li vieus e li garzons,
S'en vindront droit à Cordes e feront li prisons
Amenier avec eus, e nous li rezoivrons
En la ville à grand zoie, selong che nous cuidons;
Voir che mil civalers Franzois ou Bourgoignons
Leira ci dens le roy pour gardier ces meisons,
Tant che tout ces borzois auront batizesons.'
'Emperier' dist Naimon 'par Dieu e par siens nons
Aucun meilour consil de cist ne troverons.'
'Voire' dist l'emperier 'e ensi esploiterons.'
Lour feni cil consil sens fer autre sermons.

Quand le conseil feni, Rolland apela à soi 87ª
Un damisel de Blavie che fu només Jofroi
E dist: 'Ami, montiés sour le cival d'Anzoi,
Che l'autre jour me fu tramis e sens resploi
Civauciés droit à l'ost à Dexirier le roi.
Si li dites da part de Zarllon e de moi
Ch'il face armier tout l'ost plainemant en requoi;
Car à vint mil vasaus armés à buen coroi
Ceste nuit entrerai en Cordes, com je croi;
E se mien olifant oïst segonde foi,
Pres moi viegne brozant com hom de franze loi;
Mes bien faice gardier le cemin e l'erboi
Ch'en la ville ni entrast Païn, Turc ni Arabloi.'
'Mien seignour' dist celu 'vetre voloir otroi.'
Lour monta à un cival corant, non palefroi,
E isci dou zastel, e pues seulet e quoi
Se mist à suen cemin, che nul ne i fist enoi.
E quand cil fu partu, com je en cronice voi,
Rolland en une zanbre ch'estoit painte ad orfroi
Amena Altumajour e Carpent l'Espanoi
E tous siens compeignons, car mout lour portoit foi;
Pues comenza à parlier belemant sens desroi.

'Seignour' ce dist Rolland 'frans civalers vailans,
Che alés abatant l'ourguel e le bubans,
La vetre renomee feit etre redoutans
De ci jusque outremer tretous vous malvoilans;
Mes ancour tant ne fustes prisiés à vetre tans
Com vous serés anuit, de ce soiés certans,
Car en tel lieu vous croi menier, par seint Johans,
Che tretous nous nemis sempre en seront dolans.'
Lour respondi Hestous e dist: 'Sire Rollans, 87ᵇ
Nous te voulons prier par Dieu e par siens sans
Che tu nous dies chiel part nous serons civauçans.'
'Cuisin' ce dist Rolland 'se je fuse creans
Che vous tous de cist feit fusiés quois e taisans,
Je nel vous celeroie par un mui de besans.'
Dist Hestous: 'Par la foi che je doi Zarllemans

E à vous ch'estes mien sire e cuisin germans,
Par moi nel sauront onque ne jounes ne ferans,
Tant che tretous seront dou feit apourçevans.'
Ensi distrent li autres; lour sens plus seiremans
Dist Rolland: 'Je vous vieul descovrir mes talans:
En Cordes entrerons en despit l'amirans.
Veés ici Carpent che nous metra dedans
Ensi com il devoit metre li mescreans.'
'Sire' ce dist Carpent 'je n'en ferai noians,
Se batizié ne sui à la guise des Frans.'
'Voluntier' dist Rolland. Lour fist à dous paisans
Un tinel d'ieve emplir, e enmi ceus combatans
Batiza le Païn l'arcivesque da Rans.
Quand cil fu batizié, il dist tout en oians:
'Seignour, alés à prendre armes e garnimans;
Car anuit vous ferai tous rices e mainans.'
'Ne vous' ce dist Rolland 'ne seriés repentans.'
Quand li barons l'oirent, mout en furent çoians.
Hors de la çambre istrent e firent lour serjans
Aprestier lour hernois e lour civaus corans.

Li barons se feirent sens fer noise ne cri
Aprestier lour hernois e lour civaus ausi.
Quand Rolland fu adobié, il apiela Tieri
E dist: 'Fa armiés montier, ami, che je t'en pri, 88ª
Tretous nous soudoiers, mes ja ne i soit bondi
Tube ne olifant ne estrumant oï;
Car je vieul civaucier mantinant en secri
En lieu che abaisera cescun notre enemi.'
'Voluntier' dist Teris. Alour se departi
Daou duc e le comand de suen seignour forni.
Quand Rolland fu montié, hors dou zastel isci
Ou tous siens compeignons, ch'il n'amoit pont à envi;
Pues ascembla siens homes tretous en un lari.
Alour seisi Carpent l'ensagne Maouçeri,
Ch'estoit aou camp trovee delez un spin flori.
A vint mil civalers Rolland aou cors ardi
Se parti da suen oncle la nuit, com je vous di,

E Carpent li conduist montiés e bien garni
Ver la ville de Cordes, e tant ala ensi
Che par davant la porte che Brunor establi
Li conduist par tiel guise che ja ne li senti
La garde de la ville ne mie ne li çausi:
Car la nuit fu oscure, com [à] Yesu pleisi.
Carpent vint à la porte che ja plus n'atendi
Enscemble Altumajour, e l'entree requeri.
La garde de la tour mantinant l'entendi
E dist: 'Chi estes vous?' e Carpent respondi:
'Je sui Carpent che maine la giant Marsille ci.'
Quand l'entendi celu, fortment en fu esjoï.
E dist: 'Bien soiés vous, jentil sir, reverti.'

La garde de la tour fu fortment esjoïe
Quand de Carpent oit bien la parole oïe;
Lour dist: 'Bien veniés vous, sir de grand jentilie,
Donc est ci le secors dou roi che Spagne guie?' 88b
'Oïl' ce dist Carpent 'nel mescreés vos mie.
Veés ci Maoçeris ch'a cestour en bailie;
Feites ovrir la porte ch'il ne nous croisist brie.'
'Atendiés' dist celui 'jusque tant che je die
Cist feit aou roi Jonas à la barbe florie.'
'Aste toi' dist Carpent 'se Dieu te beneïe:
Car s'il nous sentist Zarlle ne le roi de Pavie,
Sour nous tourneroit tost la paine e la folie.'
'Volontier' dist celu. Lour de la tour antie
Desist, e pues tantost oit sa voie acoilie
Ver le palés Jonas, non de sa ancesorie.
Pues entra en le palés pour la porte voutie,
Droit à l'uis de la çambre ch'estoit d'or fin brustie
S'en ala e demanda le roi con ciere lie,
E dist ch'il li voloit parlier sens gaberie.
E l'amirant le fist en sa çambre polie
Entrier tout mantinant sens autre compegnie;
Pues li dist: 'Ais tu anuit nule couse sentie?'
'Oïl' ce dist celu 'car secors e aïe

29 retourneroit.

Vous envoie Marsille che tant a segnorie.
Maoçeris est dehors ch'a la conestablie
De toute cele giant e Carpent si vous prie
Che vous li reçeviés tost dens par courtoisie;
Car doutançe ont che Zarlle e sa grand baronie
Ne se faicent davant, car pues seroit fenie
Da notre part la guerre e notre loi honie.'
'Ami' ce dist Jonas 'se Macon ne m'oblie,
Bien li reçevrai dens, maogré le fil Marie.'

Quand Jonas entendi ch'il estoit revenu
Carpent, che Maoçeris avoit meniés ou lu 89
Ou la giant roi Marsille, fortment zoiant en fu.
Lour se fu de ses armes adobiés e vestu;
Pues monta mantinant sour un detrier crenu
A bien mil civalers, où il se fioit plu;
Mes ja ne i fu apris tourtis grand ne menu
Ne dobliers ne lumiere, ains fu le feu scondu,
Pour ce che l'emperier ne s'en fust pourçeu.
Jonas vint à la porte où il fu atendu
E desist dou cival, si l'oit à un gars rendu.
Sus la tour de la porte monta sens cris ne [h]u;
Pues dist à baise vois: 'Où est Carpent mien dru?'
Quand Carpent l'entendi, com home proveü,
L'ensagne Maoçeris ao vent redreça su;
Pues dist: 'Je sui ci, sire, pour la vetre salu;
Maoceris vous atend enmi cil pres erbu.
Feites nous tost ovrir, car se la giant Yesu
Nous sentist, tost seroit le notre yeu perdu.'
'Voluntier' dist Jonas 'ne doutiés d'un festu.'
Lour desist de la tour, chè plus n'oit respondu,
E saili mantinant en l'arçon d'or batu;
Pues comanda à siens homes che sens autre refu
La porte fust overte e le pont abatu;
Mes cescun en fu pues dolant e repentu.

Overte fu la porte e le pont abeisié
Pour le comand Jonas, che en fu pues vergognié;
Quand Rolland s'en avit, Carpent oit apelié
E dist: 'Atendiés ci, tant che sui dens entrié,
Vous e Altumajour; car plevi e jurié
Li ai je de donier sa primiere heritié.
Je ne vieul che à cist pont soit suen brand sanglentié 89b
Pour la ville conquir; car pues seroit contié
Che je mie ne l'auroie en sa terre tournié;
Mes il [l'] auroit conquise par sa grand poestié:
Ond il ne m'en devroit savoir gaires buen gré,
E pour ce, se à Dieu pleit e à sa Magiestié,
Sens ferir de suen brand li donrons la citié.'
E celour repondrent: 'A vetre volontié.'
A cist mot oit Rolland avec lu ascemblié
Tretous siens compeignons, che tant furent nomié,
E dist: 'Ou moi veniés, barons pleins de bontié,
Che en maint estranzes lieus m'avés ja acompeignié.'
E cescun repondi: 'Frans civaler proisié,
Civauçe, che da toi ne serons ja eslongié.'
Alour Jona[s] ch'estoit lez la porte arestié
Dist: 'Entriés dens, seignour, avant ch'il l'ait spié
L'empereour de Rome ne le franzois berné.'
A cist mot le niés Zarlle oit le pont trapasié
Ou tous siens compeignons, che nul n'oit mot sonié.
Quand Rolland fu en la porte, à vois oit escrié:
'Vive l'empereour!' e cescun suen privié
Lour abasa sa lancè e sour l'escu bourclié
Feri le roi Jonas, par si tres grand fiertié,
Che l'escu ne l'aubers ne l'oit ja defensié
Che le cuer ne li fust trenciés e pertusié;
Mort l'abati à tere, pues treit le brand letrié,
E dist: 'Frans Crestiens, entriés dens à scurtié;
Car la ville est conquise e l'amirant tué.'

Quand Crestiens oirent le fil Mile d'Anglant,
Pour la porte entrerent à milier e à çant;

5385 Overtu. 5406 dedens. 5420 cant.

Mes bien mil civalers de la Païne giant 90a
Par contredir l'entree se mistrent aou devant
E tant se esproverent, se le livre ne mant,
As lances, as esplis, as brans d'acier trençans
Che Franzois seroient reüsiés malemant,
Se ne fust le niés Zarlle che li aloit confortant
A suen brand Durindard e Paiens destruant.
Olivier de Viaine fesoit mervoile grant;
Car il ne ataignoit home che estordist meis vivant,
Hestous e l'arcivesque e Sanson le Persant,
Çirard e Berençier e Oton le vailant,
Anseïs e Yvon e Yvoire ensemant
E Engelier le prous, che jamés ne fu lant,
Aloient par tiel guise la prese departant
Che Paiens s'en fuirent outre lour mautalant,
E Franzois entrerent dedens à sauvemant.
Quand tous furent dedens, Carpent, com je entant,
Jeta aval l'ensagne Maoçeris l'amirant;
E quand il oit ce feit, il entra mantinant
Lu e Altumajour en la citié avenant.
Lour fist garnir la porte le gentil duc Rollant
De mil buens civalers, pues fist drecier ao vant
L'ensagne à l'emperier, autemant escriant:
'Monçoie, civalers, ferés seüremant.'
Lour se mist ver la plaçe ou sa giant gualopant;
La ville fu estourmie, ond la giant Trivigant
S'arma pour la citié defandre da tourmant;
Mes en la fin remist cescun d'eus recreant.

La ville fu estourmie e entendus li cris.
Quand Paiens ce entendrent ch'estoient endormis,
As armes corerent li grans e li petis 90b
E corerent à place à quatre, à cinc, à sis
Par defandre la terre ver la giant Yesu Cris:
Mes tost se troverent de cil feit escrenis;
Car Franzois orent ja tretout li entrier seisis:
Ond che com venoient avant li Dieu nemis,

5446 estournie. 5452 corerient.

Franzois lour trenzoient testes e brais e pis.
E d'autre part furent Saracins plus maomis;
Car pluxour portoient dobliers de feu espris
E lumeres ardans e cirgles e tourtis;
Ond das Franzois estoient da toutes pars çausis,
E Paiens ne pooient çausir joune ne gris
Des Frans par l'oscurour; ond tous furent honis
Ceus Paiens de la ville e malement bailis.
Mes desour le paleis Jonas le viel floris
Monterent plus de mil Saracins de grand pris
E fermerent la porte tantost e le pustis;
Pues monterent aou mur e as crineus antis
E gietoient aval paus e perons masis
E lances acerees e dars e maint esplis;
Ond ja ne pooient mie Franzois par nul devis
Aprozier aou palés trosque aou jour esclaris.
E quand aparuit l'aube, Rolland, notre marchis,
Se dreza ver la porte dou palés segnoris.

Quand l'aube fu aparue, Rolland plus ne tarda;
Mes tout droit ver la porte dou palés se dreça,
L'escu avant suen vis, suen brand en poing porta,
Siens compeignons ou lu, ja nul ne l'oublia.
La noble souderie pres le duc segonda;
Car cescun plus l'amoit che cil che l'engendra. 91ª
Trosque aou metre palés nul d'eus ne s'aresta;
De picons, de coignees une partie dona
Grand cous dedens la porte, che nul ne li engombra;
Car ceus Paiens dedens avoient gieté ja
Lour lances e lour peres; ond cescun se esmaia.
Lour parlerent entr'eus e cescun s'aferma
De rendre le palés e batisme prendra;
Car mout orible çouse la mort lour rescembla.
Lour ovrirent la porte e Rolland dens entra.
Alour cescun de ceus Paiens s'engenoila
Davant le nievu Zarlle e merci li cria,
E de buen cuer cescun merci li demanda.

5471 ne poroient. 5482 una.

Adonc le nievu Zarlle à tretous pardona:
Mes bien li fist gardier ne nul mie n'en leisa,
Tant ch'en seint font cescun de lour se batiza.
Sour le metre palés le duc Rolland monta
E sa compagne ausi, où il mout se fia.
Aprés ce le niés Çarlle mantinant comanda
Che l'oisieus l'emperier che en camp d'or flamboia
Fust porté sus la tour e sa giant l'otroia,
E l'ensagne Jonas en contreval rua.
Quand vencue fu la ville, le duc Rolland sona
Dous fois suen olifant, ond Dexirier broza
Ver la citié à la porte e sa giant dens guia.
Trosquement à la place Dexirier ne tarda;
Là desist dou cival e le palés poia.
Quand Rolland l'oit voü, mantinant l'acola,
E Dexirier ausi le frans duc embraça
E de ceste vitoire Damnidieu mercia.
Aprés cist feit Aicard ma[n]tinant envoia
A l'emperier mesaze, che l'oevre li conta.

Quand Rolland oit la ville conquise e le paliés
E la giant aquoiee e li cris abasiés,
Il envoia un mesaze aou roi de Creste[n]tiés,
Che l'oevre li conta; ond le roi fu mout liés.
Lour leisa en Toletele mil civalers armiés
Pour fer che ceus dedens fusent tous batiziés,
Voir che tous li prisons ch'estoient gaagniés
L'autre jour en l'estour furent ou lu ameniés.
Tant civauza le roi e siens rices berniés
Ch'il fu venus à Cordes e en la porte entriés;
Mes plus de mil caretes vieul je che vous saciés
Ch'il amena ou lu e somiers ençarçiés
De pein, de vin, de blee e de bacons saliés,
E dis mil bues e vaces e de berbis asés.
E com le roi entra en la rice citiés,
Homes, enfans e fames furent engenoiliés
Davant le rice roi, diant: 'Roi coroniés,
Merci e pardon querons e batisme sacriés.'

5518 **Voir che a tous.**

'Voluntier' dist le roi 'quand vous le demandiés.'
Iluec estoit Rolland enver suen oncle aliés,
En main un batoncieus, e dist: 'Sire, teniés
L'onour de la citié e vous' buen en ovriés.'
'Par ma foi' dist le roi 'ains vous le retindriés:
Car d'Espagne vous ay tretout l'onour doniés
E par vous coronier de cist regne, bieus niés,
E par le seint apostre franchir com vous savés,
Ai je ma giant en Spagne e mes homes guiés.'
Lour desist le franc duc e se fu encliniés
Davant lui e dist: 'Sire, mile merci e grés
De l'onour che tous tens à moi fet vous avés.' 92a
Lour le dreza le roi e dist: 'Bieus niés, montiés
E menés moi où nous devons etre ostaliés.'
Lour monta le niés Zarlle e dist: 'Sire, veniés
Ou moi, car je sui bien de l'ostel pourpensiés.'
'Or avant' dist le roy. Lour furent adreçiés
Vers le palés gregnour che fu as Paiens maovés.

Quand le roi fu venus aou palés ancian,
Il desist mantinant du suen detrier bauçan.
Pour le metre degré che fu d'un noire eban
Le condust sus la sale le senetour Roman;
Ne remist en la ville aut hon ne zastelan
Che ne se proferist aou buen roi Zarlleman;
Mes Carpent davant Zarlle fist portier primeran
Le grand avoir che fu de Jonas le tiran
E tous li quatre diés d'or fin arabian,
Che fu Apolin, Jovis, Macon e Trivigan.
E quand Zarlle ce vit, suen niés prist pour la man
E li dist: 'Jentil niés, par le cors seint Abran,
De cist avoir n'en vieul che vaile un blavian;
Mes tout votre voloir en ferés pour certan.'
'Grand merci' dist le duc. Alour tout man à man
Le departi à sa giant com vailant cevetan,
Che ja par soi n'en tint tant che vausist un pan;
Ond tretous disoient che bien seroit vilan

1557 e Jovis.

Cil che à Rolland falist pour due[l] ne pour afan;
Ancour disoient bien che en cist siegle teran
Il de bontiés estoit sour tous le soveran.

Mout amoient tretous Rolland le noble dus,
Che plus le tenoient plain de totes vertus
Che tous ceus che furent onque en cist mond nascus. 92r
A tant fist comandier l'empereour cremus
Che suen ost s'aoberzast dehors as pres erbus
As triés, as paveilons che là estoient tendus;
Car la moitié de lour, ce saciés vous tretus,
Ne poroient ja etre en la ville tenus.
Tretout ce outroient li grans e li menus;
Mes bien furent tretuit honoriés e servus.
E l'emperier de Roume con zoie e con salus
S'aoberza en la citié ou siens plus priviés drus
Trosquement l'endemain ch'il fu lievé Febus.
E quand l'emperier vit la clartié de Titus,
Vestir se fist e pues, com seignour pourçeüs,
Se fist menier aou temple des faus diés mescreüs,
Si le fist à Trepin sacrier da part Yesus;
Pues canta l'arcivesque la mese aou Roi de sus.
Quand la mese fu dite, Trepin sens tardier plus
Entre lu e maint clerges de drais sacriés vestus
Pristrent à batizier Paiens e sus e jus;
Car un tout seul ne fist dou batisme refus.
Ceus che à Toletele furent pris e vencus
Pristrent iluec batisme; car rien n'en desdist nus:
Pues firent ceus borçois grand zoie e grand desdus,
Quand dou batisme seint furent tous revestus.

Quand ceus Paiens de Cordes tous batiziés fu
E ceus ch'estoient pris aou fer tornoiement,
E ceus de Toletele ausi comunielment,
Rolland vint à suen oncle, si li dist belement:
'Sire, cil sir che vieut examplir autement
Doit prometre e donier à cescun larçement

5568 E de bontiés. 5586 E pues.

Selong le etre de lu e de cil che atent 93a
Le don e motrier li buen vis e buen talent.
Bien savés che Alixandre sourmunta tote gient
Trou plus par bien prometre e donier noblement
Che par nule autre çouse, com vous oiés sovent.
E cil che asés promet e de donier est lent
Dexire de seignour venir pis che sargient;
Mes Dieu vous a bien feit tant saze e conoiscent
Che onque retreit ne fustes de cist entecement
Ne ne seriés ancour selong mien escient;
Car meis ne prometistes nul don à ome vivent
Che aou pont promis ne fust doniés entierement.
E pour Altumajour vous fais cist parlement
Che nous dona la Stoille, le Groing e quant li apent;
Car vous li promeïstes, ce savés voirement,
De retornier lui Cordes e fer suen vengement;
E je promis li avoie tout primerainement
Che se Dieu me donast à vivre lonçement
Che con l'aïe de Dieu e de vous ensement
Che je roy le feroie de tout le teniment,
Dond Jonas le exila par suen afaitement.
Or est la ville prise, merci l'Omnipotent,
E pour ce je vous pri, bieus sire, doucement
Che ensi com vous n'avés mentu ancour de noient,
Che à vetre honour gardiés dejusque aou feniment.'
'Si ferai' dist le roi 'se Dieu le moi consent.'
Lour fist Altumajour venir à lu en present.
'Ami' dist l'emperier sens nul delaiement
'Je me vieul aquitier, voiant tous, loiaument
De quant promis vous ai; or teniés quitement
La grand tere de Cordes e preniés francement 93b
Ceste verçele d'or, car je dou tout vous rent
L'onour de la contree, par un tiel convenent
Che da Rolland tindriés tout vetre çasement.
Se Damnidieu ce done che Espagne compliement
Soit conquise par nous, le mien voloir entent
De encoronier Rolland le fil Mile d'Anglent,

5632 uercele.

E il coronera pues vous seürement.'
Alour Altumajour con buen entindiment
A genoilons seisi la verçele liement
E dist: 'Sire, je sui de cist feit mout content.'
Lour le dreza le roi amont astivement,
E fist de Toletele sire e metre Carpent;
Pues fist fer pour la ville Zarlle commandement
Che tous ceus dou païs huimés antendisent
Aou prous Altumajour e tous li obeisent.
Alour tous li borzois Damnidieu loerent
Seul pour Altumajour; car tous mout l'amoient;
Mes pues la mort Zarllon asés vilainement
Guerpi il Yesu Crist e ovra malement
Ver la giant Crestiaine, se Trepin ne nous ment.

Quand Zarllon oit de Cordes feit sire Altumajour
E feit de Toletele Carpent metre e seignour,
Dis jors demora iluec le magne empereour;
Pues dist ch'il ne prendroit plus terme ne sejour
A conquir le cemin dou seint prediceour:
Ce est le baron seint Jaques de Yesu serviour.
Lour fist cairs e çaretes e li somers ancour
Çarçier tous de vitaille: e de riçes atour
E de ce che fesoit mestier à cil labour.
Altumajour pria doucement pour amour 94a
Ch'il fust loiaus e droit e frans defendeour
De Yesu, che l'avoit tourniés en suen honour;
Car ancour le feroit montier e trou gregnour.
E celu respondi che meis pour nul herour
Ne faudroit ver Yesu, mes il fu mentiour
D'apriés la mort Zarllon, selong che dit l'autour.
Or vous lairai de lu e si ferai retour
A l'emperier Zarllon e as siens seguiour.
Quand Zarllon oit suen er[r]e aprestié sens demour,
Il dist à Isoriés: 'Dreciés ma orieflour
Ver le cemin seint Jaques à non le Criatour.'
'Voluntier' dist celu. Adonc sens plus sejour
Se departi da Cordes notre emperier alour

E sa giant avec lu sens noise e sens remour.
Ver le cemin l'apostre, com vous ai dit desour,
Se drecerent tretuit à zoie e à baudour.

Quand Zarlles e sa giant e sa grand gientilise
Furent partus da Cordes tretous sens coardise,
Se drezerent ensce[m]ble sens fer autre devise
Tout droit ver le cemin dou buen seint de Galise,
E tant esploiterent pour sen e pour maistrise
Che à la voie vindrent che avoient tant requise
E veirent Carion e la tour noire e bise.
Isoriés dist à Zarlle: 'Par Dieu che tout justise,
Sus le cemin seint Jaques somes sens gaberise.
Voés là Charion, où est ja mout ocise
De la giant Crestiaine pour alier en servise
De Dieu e de l'apostre; or ne i soit trieve mise
Che tost veincro[n]s la ville, s'il i est chi la asailise;
Car dedens n'est pas giant, ce saziés pour certise, 94b
Che la poüst ver nous defandre en nule guise.
Le mur est bas, ond gueires ne nous puet fer mestrise
Ne ja ne li est fosié che mont une cerise.'
Dist Zarlle: 'Foi che doi aou baron seint Donise,
Je ne m'en partirai, s'il n'est la ville prise.'
Lour s'apoia le roy sour Gondelbuef de Frise;
Pues apela Rolland où tant avoit franchise
E dist: 'Ou cele giant ch'avés par seinte glise
Aliés ver ceste ville che notre loi desprise,
E esmiés se par forze poroit estre conquise.'
'Sire' ce dist Rolland 'à vetre comandise
Ferai, se je visquise trosque aou jour dou juise.'

A [h]uit mil civalers armiés à lour mainere
Civauça avant Rolland par le dit l'emperiere
Tout droit ver Charion delez une rociere,
E esgarda la ville e davant e dariere;
Bien vit e bien esma che ele n'estoit si fiere
Che ele ne se poüst par bataille desfiere.

5690 che la assailise. 5693 Le mar. 5695 don. 5702 Sira.

Lour s'en vint à la porte pour la droite cariere;
Mes de sour da l'entree sus la tour batailere
Estoit mout grand partie de la giant aversiere:
Chi tenoit brand, chi lanze, chi dard, chi paus, chi piere
Quand Rolland s'en avit, il fist sa giant retriere
A une part: pues dist à cele giant Ascliere:
'Par cele foi che doi seint Jaques e seint Piere,
S'il i a aucun de vous che entre mes homes fiere,
Tous vous ferai mo[r]ir, ja ne i vaudra priere.
E se vous voudriés croir en Yesu e en sa mere,
Des cors e de l'avoir vous fais seürs primiere,
Ou autremant vous estes tous mors e mis en biere.' 95a
Quand celour l'entendrent, cescun fist leide ciere;
Car mout bien conoistrent le duc e sa baniere,
Che davant tous li autres estoit à la frontiere;
Pensant bien che la ville n'estoit de giant pleniere
Ne ne i avoit fosié ne mur de tiel afere
Che l'aidast ver la giant de Françe e de Baiviere;
Ond cescun s'aferma che da mort estrangiere
Voloit guencir suen cors e suen fil e suen frere.
Lour distrent à Rolland tretuit à vois autiere:
'Sire, à vous nous rendons si com à notre pere
E ne i a nul de nous che autre pleit vous quiere
Fors ch'etre batizié dedens seinte yeve cliere.'
'Seignour' ce dist Rolland 'je ferai voluntiere
Tout quant che vous pleira, con buene foi e entiere.'

Quand ceus Paiens oirent le dit dou fil Milon,
Ovrir feirent la porte e baserent le pon;
Li meilors de la ville istrent sens cris ne ton
Dehors aou nevu Zarlle, e davant le baron
S'ençenoilerent tous, querant merci e perdon;
Pues le meinerent dens jusqu'aou metre dojon,
Siens homes avec lu sens nul scemblant felon.
Avant che fust desis le Romein zampion,
Sus la tor fist drecier le roiaus confenon,
E garni bien la plaze, e pues tout le troton
Retourna ver la porte, en sa man un baston.

5716 che don. 5740 tretous.

A dis mil civalers s'en vint aou roy Zarllon
E de cele citié li fist iluec [le] don.
Se l'emperior en fu zoiant n'en demandon;
Il en mercia Dieu e suen santisme non,
E pues dist à suen niés: 'La ville vous rendon; 95b
Car je n'en vieul par moi de cist regne un bouton,
Fors seul[e]mant l'onour, ensi com est reison.'
'Bieus sire' dist le duc 'tant com je vive aou mon,
Vetre honour acroistrai e tretout vetre bon.'
Lour meina l'emperier sens fer autre sermon
Par dedens la citié à la metre maison;
Iluec tretout le pople se mist en çenoilon
Davant l'empereour querant batizeson,
E Zarlle l'otroia de buene entencion,
Che l'autre jour à l'aube sens plus d'aresteson
Li fist tous batizier à Dieu ben[e]cion;
Ne ja de lour avoir ne orent destourbeson,
Ains lour dona le roi dou suen à grand fuison.
La novele en ala par le regne environ
De ce ch'avoit feit Zarlle à ceus de Charion,
Che rendus s'estoient à lu sens fer tenzon.
Adonc par ceste çouse se rendi Seint Fagon
A l'emperier de Rome e Mascle e Lion,
E l'emperier li mist en la subjection
De Rolland e as convers rendi buen guierdon;
Car batizier li fist, pues seins demoreison
Il contenta cescun e veilard e garçon.

Ensi com vous oiés, l'empereour puisant
Conquist ces quatre teres sens ferir coup de brant;
E quand tous ceus Paiens orent batizemant,
De trier à fin sa emprise fu le roy pourpensant;
Alour Rolland suen niés se fist venir davant
E dist: 'Niés, la merci dou Pere omnipotant,
De cist païs avons conquis partie grant;
Mes de acevier ma emprise sui fortment dexirant 96a
Entendus ay che à Storgos n'i est roy Estourgant;
Car il m'a or contié un spion druiemant,

78 sues nies.

Ch'est revenu da Storges cist jour novelemant,
Che quand le roy Marsille oit seü fermemant
Comant fu desconfit Maozeris l'amirant
Par desout Toletele, il tramist mantinant
Par Estourgant che à lu alast aüstivemant,
E celui li ala sens fer delagiement
E avec [lu] meina la plus part de sa giant;
Ond avant ch'il retourn[e] je ai entendimant
De fer lu de sa terre corouçous e dolant;
E pour ce feites fer par l'ost comandemant
Che l'endemain à l'aube endroit solel levant
Cescun soit aprestié de tout suen garnimant:
Pues alerons à Storges e se ele ne se rant
Bien la prendrons par force; car, selong che je entant,
Ele n'est mie si forte ne ne i a homes tant
Che la pousent defandre contre nous lonzemant.'
'Voire' ce dist le duc 'e je de buen talant
Sui prest de fornir se[m]pre tretout vetre comant.'
Lour se parti daou roy e sens atandemant
Le comand suen seignour fist crier autemant.

Rolland pour le comand dou grand roy des Franzois
Fist comandier par l'ost che tretous cele fois
Fusent apareilés à l'aube sens repois;
Car le roy voudra alier avant par ces destrois.
E ceus l'otroierent; car tretous demanois
Firent cairs e çaretes e maint muls arablois
Tous ça[r]çier de vitaille e des autres hernois.
L'endemain droit à l'aube garnis de lour corois 96b
S'apresenterent tous aou roy des Romanois.
Là veïsiés vous tant detrie[r]s de maintes lois,
Tant escus, tant aubers, tant eomes sens gabois,
Tant lances, tant ensagnes, tant co[n]feno[n]s d'orfrois
Che sout le ciel n'estoit prince ne duc ne rois,
Che de lour remirier fust saoliés un mois.
Le roy baili sa ensagne aou buen Pampelunois,
Pues monta sour un blond e amblant palefrois
E dist aou duc Rolland: 'Or avant, duc cortois,

Car bien avons des guies plus de sesante trois,
Che bien nous guieront par cist regne espanois;
Tout droit encontre Storges dreciés vous orendrois.'
'Voluntier' dist le duc 'maogrés à cui ch'en pois.'
Alour se mist avant sour un detrier tiois.

Tout droit encontre Storges l'emperier Zarllemagne
Se dreça ou sa giant de Franze e d'Alemagne,
E Ysoriés davant porta l'orie ensagne:
L'avant garde conduit Rolland e sa compagne
A vint mil civalers de sainte yglise magne.
Asiés bruslerent terres pour plain e pour montagne
Che Yesu n'amoient e tiel fu lour ovragne,
Tant alerent avant par pui e par zampagne
Che à Storges riverent sour cele giant grifagne.
Le bors fu tout bruslié e cele giant d'Espagne
Che fu iluec trovee fu mise à mort estragne.
Ver la porte che veit ver Françe e ver Bertagne
Sperona primemant Rolland le cevetagne,
E vit la porte eou pont seriés par tiel ovragne
Che nule giant par forçe ne li auroit feit gaagne.
Sus la tour de la ville fu la Marsille ensagne 97a
E li murs bien garnis, chi che s'en ire ou plagne;
Ond pas ne dotoient nous Frans une çastagne.

Quand Rolland vit de Storges la porte ensi seree,
E le pont sus levé e la giant aprestee
Par defandre le mur e la tour e l'entree
De sour l'our de la fose sour sa lançe aceree
S'apoia e dist en aut ver la gient desfaee:
'Voliés randre la vile sens prendre autre meslee
A l'emperier, ver cui ni a nule rien duree,
E ne perdriés dou vetre vailant une de[n]ree;
Ains vous sera dou notre doniés à grand plantee,
Ou autrement avés vetre mort pourchacee.'
E celour repondrent: 'Folie avés pensee
Quand cuidiés che la ville vous soit si tost donee

5831 lour bragne. 5838 eou port.

Pour paroles contier; mes cierement acatee
L'aurés avant che vous l'aiés dou tout gaagnee;
Car bien la defendrons ver la gient batizee,
Jusque tant que Estorgant fera à nous retournee,
Car mout tost li sera la novele noncee,
Ond il revindra à nous sens nule demoree
A tiel giant che fera la vetre coroucee.'
Quand Rolland li entendi, si dist con ciere iree:
'Foy che je doi Yesu e la Verzne loee
Nous vous esproverons avant tierce journee.'
Lour retourna à sa giant, ch'estoit toute ascemblee
Iluec voisin de lu; pues dist à sa masnee
Che suen paveilon fust e sa ensagne drecee
Davant la metre porte voisin à une arcee.
Adonc fu sa paroule mantinant otroiee;
Car iluec fu suen trief e sa ensagne fermee.
Iluec tant atendi la persone honoree
Che Zarlle magne fu e sa giant arivee.

Tant atendi Rolland che Carllon aou fier vis
Fu arivìés iluec ou la giant Yesu Cris.
Quand le roi vit Rolland, si li dist: 'Bieus amis,
Avés vous demandiés ces paiens Arabis
Se à nous se vuelent rendre sens autre capleïs?'
'Sire' ce dist le duc 'je li en ai bien requis,
Mes rien ne vuelent fer: ains sont si asotis
Ch'il se cuident defandre ver nous, ce lour est vis;
Mais je li ay bien dit che i seront asailis,
Avant che soit tiers jors.' Dist le roi de Paris:
'Bien li sera atendu ce che li avés promis.'
Lour comanda à drecier suen trief as pres floris
E li autres aprés pour plains e pour laris;
E ceus l'otroierent ch'estoient de ce apris.
La soir aprés super le roi da seint Donis
Envoia mantinant par Rolland le marchis
E par tous siens barons de plus savoir garnis;
A un consil li treist de joste un pleseïs.
'Seignour' ce dist le roy 'par Dieu de paradis,

Cestour de ceste ville sont mout fous e ardis,
Quand se cuident ver nous defandre en cist païs,
Voiant che nous avons trou gregnour pas conquis;
Ond je pri che entre vous soit tiel consil eslis
Che avant troi jors soient ces Paiens mors e aquis.'

Quand sa parole oit Çarlle e sa raison fenie,
Tout primeran parla Riçard de Normendie
E dist: 'Droit emperier, se Dieu me beneïe,
Je feroie as Paiens conotre lour folie, 98ª
Quand tant orgoilous sont e plains de sourcuidie
Che contre nous cuident tenir la ville antie,
Voiant che vencu avons des meilors grand partie;
Mais se seray creü, demain avant complie
Nous li donrons l'asaut, chi ch'en plour ou chi en rie,
E mout tost la vencrons, com le cuer le m'afie;
Car la ville n'est pas de buene giant garnie
Pour ce che Estorgant meina en sa compeignie
La flour de sa gient, quand fist de ci departie,
E la fose est petite, ne n'i a d'ieve mie;
Ne i a fors che le mur che auquant nous contralie.
Mes pues qu'il n'est la ville de buene giant reamplie,
Petit vaudront lour murs, se ele vient asailie
Par notre buene giant, ch'est en guerre norie.
Je ai hui civaucié parmi l'erbe florie
Tout environ la ville, e veü pour maistrie
Ch'ele puet etre à forze prise e pour vigorie.'
'Par foy' dist Gainelon 'mout tost l'avés seisie.'

Aprés le duc Riçard parle dan Ganelon
E dist: 'Droit emperier, se Yesu bien me don,
Se demain au matin combatre nous devon
La citié, je vous di che de nous gens perdron
Asés plus che dedens n'est de la giant Macon;
Car bien che le fosié ni ait d'ieve grand foison,
Le murs est fors e ample, e mout aut le dojon;
E se plus giant ne fust dedens ceste maison

4 deuāt auāt.

Fors ceus che nous cist jour as murs veüs avon,
S[i]l i a giant pour defandre se nous li assailon,
Se nous [n'] avons engin, periere ne monton
Par combatre la vile, selong che nous savon. 98[b]
Mes se vous me creiriés, par le cors seint Simon,
Notre giant loçerons par la vile environ
Dejusque à quinçe jors, tant che bien nous auron
Castieus e grand belfrois redreciés contremon.
Quand nous serons tant aut com ceus che dedens son,
Pues lour porons donier estour e capleson.
E poroit avenir, se nous tant atendon,
Che celour de la ville, che aient malecion,
Quand veiront li defis che nous redreceron,
Se rendroient à nous sens comencier tençon.
Se autremant feisons, tost nous repentiron;
Car tiel hom i poroit morir, se combaton
Demain, che vaudroit plus che une region;
E pour ce vous pri, sire, che par tiele ocheison
Ne metiés en peril aucun vetre baron,
Ne vetre giant ausi. Ci fenist mien sermon.'
Aprés ceste parole parla le fil Milon;
Ond bien fu escotié suen dit e sa reison.

Quand Gucines oit suen dit e suen sermon finé,
Rolland prist à parlier; ond bien fu escoutié.
'Droit emperier' dist il 'par Dieu de maistié,
Gainelon vous a ci mout buen consil donié,
Se ensi adevenist com il a devisié;
Car il dit che combatre ceste metre citié
Demain seroit folie, com il a demotrié;
Car nous n'avons ancour belfroi ne engin drezé
Par combatre la ville, e ce est veritié;
Ond vous porisiés perdre des mieus de vous berné;
Mais il ne vous a mie de Estorgant remembré
Ch'est aliés à Marsille, si com nous est contié. 99[a]
Ne cuidons nous che tost li soit cist feit noncié,
E che le roy Marsille, che pour lu a envoié

5939 ueirent.

Ne li don de sa giant à cival e à pié
Par secorre sa terre? Mes je sui pourpensié
De combatre la vile avant qu'il soit tournié;
Car avant doze jors, selong che ai esmié,
Il poroit amenier de giant si grand plentié
Che quand deusons combatre le mur e le fosié,
Il nous stovroit leisier l'asaut ou tout nous gré;
Ond je ne vieul atendre, tant qu'il soit arivié,
A fer ce che je doy; mes demain à non Dié
Combatray je la ville. E bien vieul que sacié
Che vous ne li perdriés ne prince ne amirié;
Car je ne vieul des vous home de mere né
Fors chatre mil arciers des Flamens Ysorié.
Moi e miens compeignons, que ne m'ont oblié,
Ou vint mil soudoiors que sont souz ma poestié,
Vieul esprovier la ville en l'onour Damnidié,
E ma promisse atendre ao pople desfaé,
Che je dis d'esprovier avant tiers jors pasé:
Ond je vous pri, bieus sire, pour sainte caritié
Che cist feit ne me soit desdit ne deveé.'
'Par ma foy' dist Zarllon 'de ce ne vous dotié;
Pues que voy qu'il vous pleit, tout vous est otroié.'
'Grand merci' dist le duc; alour l'oit encliné.
A tant fu le consil partis e desevré.

Le consil partirent selong che je vous di:
Tout ce que vieust Rolland mist le roy en otri,
E Rolland ne mist mie suen afer en obli;
Car à siens compeignons tout le feit descovri; 99b
Ond à mervoile en fu cescun d'eus esjoï.
Pues envoia le duc suen escuer Teri
A tous siens conestables, que lour dist e geï
Che com le duc aura suen olifant bondi
Che cescun viegne à lu montiés e bien garni.
Pues envoia le duc, che gueires ne dormi,
Bien quatre mil serjans, ond cescun fu seisi
De cogniees trençant e de coutiés forbi,

1 Pues que ie uoy.

Ao bois qu'estoit là pres de joste un pui anti.
Ceus trenzerent ceus aubres, frasnes, cesnes ausi
E porterent à l'ost, que nul ne lour nuisi.
Bien dous mile serjans, selong che ai oï,
Se carzerent de buces, sens autre aubre flori.
Toute nuit fist fer schieles Rolland au cors ardi
Pour apoier au mur; e quand jour esclari
L'olifant mist à boce, e tant fort le tenti
Che vint mil civalers voluntier, non à enui,
Sailerent à cival, e cescun d'eus se oufri
Aou gentil duc Rolland, che bien li recoili;
Pues fist manzier e boir[e] cescun com li pleisi.

Quand oit manzié e beu la giant aou senetour,
A cival monterent li grand e li menour.
Quand Rolland fu montié ao detrier miseour,
Il bondi l'olifant; ond vint mil pugneour
Se treirent avec lu, armiés de lour atour.
Hors de l'ost ver la ville, aou treit d'un arceour,
Ascembla tous siens homes le niés l'empereour;
E quatre mil Flamens, cescun ou arc d'aubour,
Li envoia Ysoriés par le dit suen seignour.
Le duc prist en sa mein un baton frasenour; 100a
Pues apela Olivier qu'il tenoit aou meilour:
'De cinc mil civalers vous seriés condutour
E de mil buens Flamens, arciers de grand vigour;
O vous vi[n]dra Trepin e Zirard le contour.
A la porte che veit ver seint Jaques tutour
Aleriés à esprovier ceste giant Paienour;
Asés aurés de scieles e de buces ancour
Par emplir le fosié, quand vous serés à lour.
Mes ja mie ne lour feites ne asaut ne remour
Se de mien olifant ne oiriés le clamour;
Car de quatre parties, chi ch'en cant o chi en plour,
Vieul je asailir la ville à non le Criatour.'
'Sire' dist Olivier 'tant com je aurai valour
Vetre comant ferai; chi veut en ait irour.'
Lour se treist à une part ou cinc mil pugneour.

6029 mie no lour.

Olivier de Viaine e Zirard e Trepin
A cinc mil civalers, ond nul n'estoit fraïn,
Se treistrent à une part par dejoste un jardin,
E mil Flamens ou lour, cescun arc buen e fin.
Lour apela Rolland troi civalers d'aut lin,
Oton e Berengier e le pros Ençelin.
'Veniés avant, seignour' ce dist le palatin.
'De cinc mil civalers seriés ciés cist matin,
E de mil buens arciers, ond nul ne ame Païn;
Da ceste part ver detre che garde à mont Arpin
Asaliriés la vile e la giant Apolin,
Quand vous oiriés sonier l'olifant yvorin.
Mes ne lour doniés mie l'asaut par nul convin,
Se de mien olifant vous ne oisiés l'ustin;
Car de quatre parties, aou non le Roi divin, 100b
Vieul asailir la vile à un pont, à un termin.
Asés vous donrai schieles, si ch'aou mur gigantin
Vous poriés bien poier par forçe e par engin.'
'Sire' distrent celour 'à toi somes aclin;
Ond par toi volons tous morir e prendre fin
Avant que tu ne aies Espagne en tuen demin.'
'Grand merci' dist Rolland 'e com frer e cuisin
La partirai ou vous, se je par nul destin
La pois hoster des mains dou lignaçe Caïn.'
Lour ceus l'enclinerent, e puis dejoste un spin
Se treirent ou cinc mile soudoiers de grand brin
E ou mil buens arciers, ond nul n'estoit topin.

Oton e Berenzier e Ençelier sens regart
Ou cinc mil civalers se treirent à une part,
E ou mil buens arciers, ond mout resembloit tart
A cescun de tuer Paiens ou Acopart.
Lour apela Rolland Anseïs le Picart,
E dist: 'Veniés avant: che Dieu vous saut e gart.
Ou vous vindra Yvoire e Yvon le gailart,
E de cinc mil des autres seriés cief e estendart
Ou tout mil buens arciers, che bien sevent lour art.
Quand oiriés l'olifant che fu de Helmont l'aufart

Aou mur dever senestre, où n'i a bois ne desart,
Assailiriés la ville; si vous donrai grand part
Des buces pour emplir le fosié, e le quart
Je vous donrai des schieles que ai ci à depart.
Feites que aucun de vous ne soit tenus musart:
Plus com vous avés feit jusque au tens que depart.'
'Sire' distrent celour 'pour le cors seint Bernart,
Mieus nous lairons tuer que joune ne veilart 10
Nous voie reüsier daou mur le treit d'un dart
Ne que de nous se gab[e] ne François ne Lombart.'
'Bien le croi' dist le duc. Adonc sens plus esgart
A cinc mil civalers das autres li depart,
E à mil buens arciers, jurant tuit seint Leonart
De trencier as Paiens la carn e l'os eou lart.

Quand Rolland a sa giant devisé par tiel guise
Il lour dit che cescune des pars bien se fornise
De buces e de schieles, pues ailent sens fantise
A la part que li est par combatre promise:
Quand oiront l'olifant, cescun d'eus asalise
Le mur da la sue[n] part, ond la ville soit prise,
Che da quatre pars soit à un [seul] pont sourprise,
E le nom de lour soit seint Jaques de Galise.
E celour l'otroient; car cescun mout s'atise
De fer che la citié soit à Rolland souzmise;
Car plus l'amoit cescun pour sa noble franchise
E pour sa grand larçeçe e pour sa gentilise
Che bazalier sa amie, ce n'est pas gaberise.
Davant la rice porte que primier fu requise
Par Rolland as Paiens, com l'istoire divise,
A cinc mil sodoiers de ceus de seinte glise
E à mil buens arciers Flamens, plains de maistrise,
Remist le duc Rolland, c'onque n'ama avarise,
E Sansonet e Estous, où n'oit point de coardise.
La giant de la citié que Damnideu desprise
Fu montié sour li murs pour la lour garentise.
Chi tenoit brand, chi lançe, qui paus, qui piere bise,

6080 Mieus se lairons. 6093 pars la soit. 6098 pour la grand.

Chi arc, qui arbalistre e chi lumiere esprise
De feu pour fer as nous plus daomaze e mesprise; 101b
Mes avant l'oscurour furent à tiel juise
Che celle giant Païne fu trençee e oucise
E la ville robee e destruite e maomise.

Deo gratias Amen.

Anmerkungen.

73 *Veés* gilt hier für eine Sylbe, was bei dem grossen Spielraume, welchen unser Text der Elision gewährt, nicht befremden kann. Sonst wäre es gerathener *vous* zu streichen.

144 Das Conditionale liesse sich rechtfertigen; *poroient* gibt aber, da —*ent* mitzählt, um eine Sylbe zu viel, während *pooient* in vorliegendem Texte als zweisylbig gelten darf. Vgl. 4397 *e ne pooient alier* und 1981 *que fuoient par cil val.*

219 ff. Verstehe ich diese Verse recht, so sagt Desirier: 'Es überfielen mich die Deutschen; Gebirgsleute, die sonst um ihr Leben zu fristen in meinen Diensten die niedrigsten Arbeiten, als Holz spalten und tragen, verrichteten.' Um so tiefer musste ihn daher die ihm zugefügte Beleidigung verletzen. Wahrscheinlich war in dem vorangehenden fehlenden Theile des Gedichtes erzählt worden, dass die Deutschen das Material zu jenen Maschinen herbeischafften, durch welche es nach der Spagna Desirier gelungen war, Pamplona einzunehmen.

233 und 234 sind in der Hs. verstellt, aber durch Zeichen am Rand in Ordnung gebracht.

400 Da *asiés* wol als dreisylbig nicht gelten kann, so war der Zusatz von *a* nothwendig.

405 *gaagnés* ist hier zweisylbig, während es an anderen Stellen (z. B. 2458) für drei Sylben zählt.

491 'selbst wenn es mir schwer fallen sollte.' Vgl.

Volez-le-vous moi fere avoir
Sor mon pois?

Lai de l'ombre ed. Jubinal.

549 Das letzte Wort des Verses verstehe ich nicht. Sollte darin ein Eigenname liegen?

573 Die bekannte Formel *foi que doi* findet sich V. 882, 2745, 3035 u. s. w. Da aber an mehren anderen Stellen (649, 717, 3084, 5695, 5716) *foi que don* vorkommt, so hätte vielleicht die Emendation unterbleiben können. Liest man *doi*, so lässt sich allerdings *doi à* durch eine jener starken Elisionen, die unserem Texte so geläufig sind, in eine Sylbe zusammenfassen; weit einfacher ist es jedoch die Præposition *à*, welche in fast allen analogen Stellen fehlt, zu streichen.

624 Die Ergänzung entnahm ich V. 1277.

681 Den offenbar verderbten Vers suchte ich so gut es ging verndlich zu machen.

736 Die Hs. hat *sē.* Ich habe das n-Zeichen übersehen. Man lese mach *s'en.*

824 *mout bien le saluerent* bildet keine Ausnahme zur Regel der tonen Aussprache der 3. Pluralis; vielmehr fliessen die zwei an einanstossenden Vocale *u-è* zusammen, so dass *saluerent* auch innerhalb des nistiches dreisylbig wäre. Vgl. 845 *si muerent la colour*, wo die Gepflobeit unseres Textes ohne weiteres gestattet, *muerent* als zweisylbig auffassen und jede Emendation unnöthig macht; sonst würde man den leicht vermissenden Artikel streichen.

872 Der vierte Ritter ist Ogier, der Sohn Geoffroi's; vgl. 807.

900 Ich entnahm die Ergänzung V. 1128.

972 'Wenn Roland hier wäre und ihr wäret euer zehn.'

1011 Obwol die Form *amoravit* eben so berechtigt war, glaubte ich Reimgebrauche dieser Hs. folgen zu müssen und setzte nach V 3261 *avin.*

1065 *stu—se tu.*

1076 Syntactisch richtiger wäre *ta demande n'avoit volu complir*; h Attraction congruiert indessen schon das Participium des Modalzeites mit dem vom Infinitive abhängigen Objecte.

1083 Die vorgebrachte Conjectur ist keineswegs befriedigend, und r schon desshalb, weil bei aller Freiheit in Bezug auf Elision es ziemlich nklich scheint, *ahoit* als einsylbig aufzufassen.

1100 Allerdings kommt in vorliegendem Texte blos *trier* und *retrier* indessen glaubte ich die fehlende Sylbe am einfachsten durch Zusatz s *e* am Ende ergänzen zu müssen.

1112 Dieser Vers findet sich in der Hs. am unteren Rande der Seite ngetragen; ein Anführungszeichen weist ihm jedoch seine Stelle an.

1294 Ergänzt nach 597.

1300 Der erste Halbvers hat um eine Sylbe zu viel. Es wird wol *ple* oder *le templ'* auszusprechen sein.

1502-1523 Alle diese Verse, die auf fol. 23ª stehen gehen auf *-or*, nachfolgenden (1524—1552), fol. 23ᵇ, dagegen auf *-our* aus; ich glich indem ich überall *-our* setzte.

1549 Richtiger als *da Gabie* scheint mir *d'Agabie* ('von Algarve'), ich an einer anderen Stelle, V. 4171, abgetheilt habe.

1790 Ich behielt die Form *Guron*, obwol la Spagna *Gione* bietet, auf *Guion*, *Gui* hindeutet. Vgl. in den Reali di Francia (5,9): *'dal Salamone nacque Lione, il quale per l'uso dell'arco fu chiamato Chirone.'* lich ist hier Guron blos der *Neffe* Salomon's.

1984 'wurde roth wie Korall.'

2207-8 *à nul cors human Ne se rendroit à fors che ao senatour* m. Eben so 5099 *n'en sazida gres à fors che à Rolland.* Man könnte bre wie ital. *difuori*, val. *afare* als zusammengesetzte Præposition auffassen, wo es dann in einem Worte zu schreiben wäre. Ich ziehe vor, darin eine unbewusste Wiederholung des von *rendre* und *savoir gré* regierten Præposition *à* zu erblicken; *à fors* = *à autre*.

2356 *Le Groing*=*Logroño*. Vgl. Gui de Bourgogne 70.

2471 Sieh Anm. zu 400.

2563 *ne i sera envoié autre letre* 'kein Brief.' Vgl. Diez 3³, 81. So besonders im Ital. *non volle altra bara* Pd. 'er wollte keine Bahre', und noch heutzutage *non credo altrimenti* 'ich glaube nicht.'

2690 Nach dem Vorbilde von *donrent* statt *donnèrent* hielt ich mich berechtigt, *meinerent*, das um eine Sylbe zu viel gibt, in *meinrent* zu verändern. Vgl. die Einleitung.

2803 Die Lücke nach *d'Espagne* auszufüllen wollte mir nicht gelingen; ich schaltete dieses Versfragment in die folgende Zeile ein.

2933-35 'Denn er hatte die Weisung, nur so viele (drei) christliche Ritter auf einmal, nie aber eine grössere Anzahl, durchpassieren zu lassen.'

2962 und 2965 Statt *e* zu streichen könnte man in beiden Versen auch *dens* lesen.

3049 Die Form *coururent* ist V. 3069 entnommen.

3060 *Berton* statt *Breton* durch eine nicht unübliche Metathese des *r*. Eben so 3864 *Bertagne*.

3157 *Timidés* als Oxytonon, da es sehr oft am Ende des Hemistichs für drei Sylben zählt, z. B. 3243, 3380, 3404 u. s. w. Bei *Taindres* kann man in Zweifel sein; V. 3306 reimt es mit *vantiés*; V. 3669 dagegen zählt es in der Cæsur nur für eine Sylbe. Letzterer Umstand schien mir der massgebende.

3412 *trou leit* ist schwerlich richtig: *trou* ist *trop*; was bedeutet aber *leit*?

3749 Die vorgeschlagene Emendation schien mir sowol der Syntax als dem Sinne am besten zu entsprechen. *Refroidir* fasse ich in der Bedeutung 'ermatten', vielleicht auch 'verenden' auf; vgl. it. *freddare* 'tödten.' Würde ihn das Pferd nicht mehr zu tragen vermögen, so könnte er das Lager Karl's nicht erreichen.

3868 *poesté* ist hier zweisylbig.

4236 Nähme man bei *ay entendu* Elision an, so liesse sich die Lesart der Hs. *il dist à Rolland* beibehalten. Wenn ich trotzdem veränderte, so geschah es, weil die Hs., welche ohne Ausnahme und mit der grössten Genauigkeit die zwei Hemistiche jedes Verses durch einen Punkt trennt, hier den Punkt n a c h *ay* setzt.

4696 *à mon* (vielleicht auch *nos*) *dous* 'hinter meinem (unserem) Rücken' ist eine Conjectur, die mich selbst wenig befriedigt. Ich dachte an *misodour*, das aber in den Vers nicht recht passen will.

4782 Vor diesem Verse ist vielleicht etwas ausgefallen, wo von Roland die Rede war.

5009 So die Hs. *Car je le alerai* kann allerdings als vollständiger Halbvers gelten; indessen scheint der Sinn noch ein Wort (etwa ein Verbum im Infinitive) zu fordern, das ich nicht zu ergänzen weiss.

5471 Sieh Anm. zu 144.

6080 *nous se lairons* erinnert an italienische Volksmundarten, welche für alle Personen des Reflexivums das Pronomen *se* anwenden. Vgl. Macaire 195. Diese vereinzelte Stelle glaubte ich emendieren zu dürfen.

6093 Obwol die Cæsur in unserem Texte die Satzverhältnisse nicht berücksichtigt, so nahm ich doch Anstand, das pronominale Subject von seinem Verbum zu trennen; auch findet sich sonst nirgends *la* als Nominativ für *elle*. Darum erlaubte ich mir die kleine Aenderung.

6094 Dieser Vers findet sich in der Hs. (und in Bekker's Abdrucke) erst nach 6098. Dass er dorthin nicht gehört ist augenscheinlich. Ich wies ihm jene Stelle an, die ich für die passendste hielt.

6105 *coardise* zählt hier nur für zwei Sylben. Man könnte auch *de* streichen.

Glossar.

'*erkennen*' bien afi-
uen fil 1049. *Auch*
erblicken' mien cors ne
nul plus bieus civau-
344; *it.* affigurare, raf-
e.
= atremant, arremant
noir plus ch'ag. ne
953.
ssen' je trou plus l'ahé
roi Marsilion 48.
n, amoravit '*eine Art*
' 1011. *Vgl. Rayn.*
Rom. 4, 261².
pour....que '*weil*'; p. a.
evoit etre sir droiturer
Vgl. per amore che
struccio ei fu a scon-
G. Vill.
'*nachher*' 1001, 1119.
mpuis *Parise la duch.*
essard 754. *In geeig-*
Stellung nimmt auch
deutung '*dennoch, dem-*
htet' an; *so* 1459, 3628.
ital. Mundarten ampoi,

ége '*Belagerung*' 2035.
'*halten*' bion li sera
ce che li avés promis
vieul... ma promisse att.
Vgl. prov. que ara
nda so que nos a pro-
ill. de Tud., *it.* lunga
sa con l'attender corto
7,110.

avoire, s'en '*kommt nur im Pfct. vor:* s'en avit '*er bemerkte es*' 5387; *it.* avvedersi.

bay, tenir à '*aufhalten*'; tenés tant à bay ceus .xij. vasaus prous che i ne peusent montier en cival 4692. *Vgl.* cominciaronvi l'assalto per tenere i nemici a bada *M. Vill.*

brusti: quartier d'açur e d'or b. 183; (frain, estrief, selle) br. ad or; arçons b. 3428; escu b. 3770; çambre... d'or fin brustie 5344. *Scheint mir* '*gestickt, geziert*' *zu bedeuten. Vgl. Ducange s. v.* brusdus brustus, *Diez, Et. Wb.* 1, 75, *endlich fra Jacom. aus Verona ed. Ozanam* d'oro è embrostae le soe vestimente 298.

borcliés *Adj. zu* escus bouclier 1139, 3292 *u. s. w. Vgl it.* brochiere *und* borchia 'scudetto colmo di metallo.'

brie = brigue 5332.

buvalin *Adj. zu* escu 3267 '*mit einer Ochsenhaut überzogen.*'

çausir '*erblicken*' = choisir 153. *Wegen des* au *vgl. pr.* causir *altit.* ciausire.

caramau '*ein Musikinstrument: Rohrpfeife, Schalmei*' 1358 = chalumeau, chalemel; *hier mit* r *wie im prov. sp.* caramela, *it.* ciaramella.

ciere '*Wachs*' 615.

coble, en '*zusammen*' *von zwei Gegenständen* avons la Stoille eou Groing en coble 2996; *gleichsam* in copula.

cort, tenir '*bedrängen, in die Klemme treiben*' Guron tenoit Timidés cort e streit 3416. *Vgl.* per tenergli corti e stretti *M. Vill.*

cufie '*Haube*' 998.

demin '*Herrschaft, Eigenthum*' = domaine demaine: le roi Dexirier ou ceus de suen demin 1454 *mit dem etymologischen* i *in der betonten Sylbe wie im ital.* diminio.

desart '*Gemetzel*' des civaus des Tiois font merveilous d. 17; *dann* à desart 19. *Ueblicher ist* essart. *Huben beide Wörter gleichen Ursprung* (*aus* ex-saritum), *wie denn neben* essarter *auch* dessarter *bestand? Oder hängt* desart *mit* desartir '*zerbrechen, zerreissen*' *z. B.* et le haubert derout e desarti *Gar. le Loh.*, *aus* de-sarcio?

dobliers '*Fackel*' 5367, *it.* doppiere. *Vgl. auch bei Roquefort* doblise 'espèce de chandelle.'

embronc *als Adjectiv*, con une embronçe ciere 570. *Vielleicht ist aber* embronçée, *das in diesem Texte bloss dreisylbig wäre, zu lesen.*

enfortir '*befestigen*' 216.

enrabi '*rasend*' 157.

escondu '*verborgen, untergegangen*' s'il ne fust escondu dou solel la lumere 590, *dann* scondu *in der Bedeutung* '*begraben*' là fu il scondu souz terre à grand honour 1259-60; *schwach flectiert, gewöhnlich* escons *oder* escous: com soleil est escous 4234.

examplir: pur che preu e honour à suen sir examplist 2763, cil sir che vieut examplir autemant 5599; *auch in der Form* xamplir: pensoit . . . à fornir ce qu'il avoit enpris par suen honour xamplir 3512, meis ne fu pentu de vetre honour xamplir 3847; *beinahe gleichlautend* 4075. *Also fast immer in Verbindung mit* honour: '*vollfüllen, vollenden, zur Vollendung bringen.*' *Gleichsam* ex-implere.

esponir '*vortragen*' 2964.

estour = ostor, autour '*Habicht*,' plus isnel que estour 4785.

faire, se '*treten*' quand il vit che Ayquin davant lu se fessoit 3477, le detrier se fist arier 3708, se ferent avant ceus Paiens 4639; *it.* farsi innanzi, indietro.

fraïn '*elend, feig u. s. w.*' 458, 1460; *gewöhnlich* frarin frairin.

font, mettre ao '*zu Grunde richten*' 1805. *Auch im It.* mettere in fondo.

fors '*vielleicht*' 2494, 2722, 2732; *it.* forse.

Jenoois '*aus Genua.*' Bertram le Jen. 10. Janu-ensis, Genov-ese.

joindre '*ereilen, treffen*' fortune m'a jont par si feite mainere

1803. *Vgl. it.* giungere *in gleicher Bedeutung.*

jotre - joûte 2140 *mit eingeschobenem* r *wie im it.* giostra.

laine = haleine *'Athem, Kraft'* Ayquin reprist l. 3463, tous i metoient force, valor e l. 4548. *In Form u. Bedeutung stimmt damit zusammen it.* lena.

miel, mieus *in der Bedeutung 'lieber, eher', nicht bloss mit* vouloir: miel volomes morir che l'emperer se vant 92, *sondern auch mit anderen Verben:* mieus se leiroit oucir ch'il vousist felonie en suen cors consentir 4494-95; mieus [nous] lairons tuer que joune ne veilart nous voie reüsier 6080-81; par nulle manantie ne revindroie à Zarlle; miel perdroie la vie 1087.

miseour = misodour, missoudor, milsoudor *u. s. w.* 853, 6012.

mitreit *'halber Wurf'* le m. d'un bouçon 27.

montenier *'Gebirgseinwohner'* 220, *prov.* montanier, *it.* montanaro.

paloïr *'erblassen'* suen vis paloï 154.

paset *Diminutiv von* pas *'Schritt'* le paset menu 1254.

pezablo *'Sünder'* 724.

remir *'Antlitz, Anblick, Miene'* sens nul felon remir 187.

rescusion = rescosse 2083.

retour = recteur *'Gebieter einer Stadt', it.* rettore.

riame *'Reich'* 582.

rubist 3712 *scheint mit* desrube, desrubant *'steiler Abhang, Abgrund' zusammenzuhangen.*

sbare *'Stange, Sperrbalken'* = barre, *it* sbarra. *Daraus* sbarier 216.

scondu *sieh* escondu.

screnir *'spotten'* = escarnir *mit verstelltem* r.

scusier; car nous bien te puisons par dous scuers scusier 2902 *scheint zu bedeuten 'wir können dir zwei Knappen ersetzen, dir Knappen-Dienste leisten.' Im Ital. wird* scusare *(mit dem Accusative) in gleicher Bedeutung gebraucht.*

segonder *mit* pres *'folgen'* Zarlle à tout suen ost fu pres lu segondé 3878, la noble souderie pres le duc segonda 5479. *Mit* à *'befolgen'* ni i a nul que ao voloir de l'emperer segont 551. *Vgl.* maraviglia udirai se mi secondi *Pg.* 16, 33; come discente che a dottor seconda *Pd.* 25, 64.

seguiour *'Gefolge'* l'emperier Zarllon e...siens s. 5669. *Vgl. auch das ungewöhnliche Perfect* segui 152.

sogne soin; il n'avoit mie sogne de rir ne de gabier 1366.

solet *'allein'* 736. *Diminutiv von* solus, *it.* soletto.

sornoilier *'schnarchen'* 678.

soutens = soudain 1574, subitaneus.

spendre *'ausgeben'* or vous donray da sp. 2871; *it.* spendere.

stiçon tison *'Feuerbrand'* 55, 3030, *it.* stizzo.

stour = estor 135.

tenir *trans. 'verwehren'*; lour avoient l'entreo de la pourte tenue 4423. *Vgl.* quale uscio ti fu mai tenuto? *Bocc.* —

intrans. '*enthalten sein, Platz haben*, dens ne porent tuit tenir. — *reflex.* se tenir par (=pour) qc. '*sich zu einem halten*' cist çastel par cui se tient il? 5072; *vgl.* la città di Chermona che si teneva per la chiesa.

trelise *Adj. zu* salle 2375.

tutor, tutour '*immer*'. 428.

venir '*werden*': plus vint rous que coral 746 '*wurde röther als Corall*', de venir Crestien 977, cil che asés promet et de donier est lent dexire de seignour venir pis che sargient 5606-7.

viste faire, '*Miene machen*'. Lombars ne firent ne v ne semblant che de lour dotousent 100; *it.* far vista.

voire (Hs. voiremant), ou '*oder*'; *it.* ovvero, ovveramente.

voir che '*ob zwar, wenn auch*': si fis as Paiens ceste place garpir, voir che maint de mes homes vi versier e mourir 214-15. — '*und zwar so, dass...*' une zambre que dous grand lit tenoit, voir que entre l'un e l'autre si bien serés estoit che qui fust en l'un lit *u. s. w.* 609. *Fast in gleicher Bedeutung* 5234, 5518.

voloir *in der 3. Pers. Sing. mit der Bedeutung* '*nöthig sein*'; ci vieut sen 5185, ci ne vieut termin 5204; *vgl. it.* ci vuole. — mal voloir *passiv construiert* il fu mal voilu da tiel che... 3847. *Auch im Ital.* fu malvoluto '*er wurde gehasst.*'

xamplir *sieh* examplir.

MACAIRE

ALTFRANZÖSISCHE GEDICHTE

AUS

VENEZIANISCHEN HANDSCHRIFTEN

HERAUSGEGEBEN

VON

ADOLF MUSSAFIA

II

MACAIRE

WIEN

1864

MACAIRE

EIN

ALTFRANZÖSISCHES GEDICHT

HERAUSGEGEBEN

VON

ADOLF MUSSAFIA

WIEN

1864

EINLEITUNG.

Die französische Handschrift Nr. XIII. der Marcusbibliothek
›nedig (Pergament, 14. Jahrhundert, 99 zweispaltige Blätter
ol.) enthält ein cyclisches Gedicht aus dem Kärlingischen
nkreise. Lacroix [1]) beschrieb sie und druckte daraus einige
e vom Anfange und Ende ab, Keller [2]) theilte ungefähr 200
e und alle Rubriken mit, Guessard [3]) lieferte eine äusserst
ältige Analyse des ganzen Gedichtes. Da der Anfang fehlt,
sst sich nicht bestimmen, von welchem Theile der Sage die
hlung ausgegangen sei; auf dem ersten Blatte der Handschrift
er Roman von Beuve d'Hantonne schon weit vorgeschritten;
wohnen den Kämpfen bei, welche der junge Held gegen
n Stiefvater Doon de Maience zu bestehen hat. Doon fleht
Hilfe Pepin's an und nun wird die Geschichte Bertha's mit
grossen Fusse eingeschaltet, um dann jene von Beuve wieder
ınehmen und zu Ende zu führen. Von nun an ist die Rede
Karl, dessen Schicksale von seiner Kindheit an erzählt werden,
man kann bei Guessard die zahlreichen Begebenheiten nach-
ı, welche theils mit den anderweitigen Berichten überein-
ıend, theils von denselben abweichend an einander gereiht
en. Die letzte Episode, die ich hier herausgebe, ist die
ssanteste. Macaire wirbt um die Liebe Blanchefleur's, der
ılin Karl's; von ihr abgewiesen, sinnt er auf Rache. Er heisst

---

ssertations sur quelques points curieux de l'histoire de France et de
istoire littéraire 7, 163-165.

›mvart, S. 42-77.

bliothèque de l'école des chartes IV, 3, 393-414.

einen Zwerg, sich zu ihr in's Bett legen. So trifft sie Karl, glaubt sich von seiner Frau hintergangen und verurtheilt diese zum Feuertode. Den Bemühungen ihres Beichtvaters und des Herzogs Naime gelingt es, Karl milder zu stimmen. Blanchefleur soll auf immer das Reich verlassen, und Aubry de Montdidier sie bis zur Gränze führen. Macaire setzt den beiden nach und tödtet den wehrlosen Aubry. Der Hund des letzteren bringt jedoch den Mord an's Licht und in einem Zweikampfe, welcher darauf stattfindet, unterliegt der Verräther dem Thiere. Die Königin irrt indessen im Walde herum; dort trifft sie einen Holzhauer, Namens Varocher, der ihr seinen Schutz anbietet. Sie machen sich auf den Weg nach Constantinopel zu ihrem Vater; schon in Ungarn genest die Königin eines Knaben. Varocher und der Wirth tragen eben den Neugebornen zur Taufe, als ihnen Ludwig, der König von Ungarn, begegnet, welcher an dem weissen Kreuze auf der rechten Schulter die hohe Abkunft des Täuflings erkennt. Er erbietet sich zum Pathen und gibt dem Kinde seinen eigenen Namen. Darauf erzählt ihm Blanchefleur ihre Schicksale; er berichtet davon an den Kaiser von Constantinopel, der seine Tochter abholen lässt.

Indessen hatten verschiedene Botensendungen zwischen Paris und Constantinopel stattgefunden. Gleich an dem Tage, da Karl den Zwerg bei Blanchefleur fand, hatte er Berard de Montdidier zum Kaiser geschickt, um ihn von dem Fehltritte seiner Tochter in Kenntniss zu setzen. Der Kaiser forderte aber die Rücksendung derselben, denn er wollte ihre Schuld selbst untersuchen und, falls er die Anklage begründet fände, sie bestrafen. In der Zwischenzeit war Macaire's Verrath endeckt worden und nun schickt Karl noch einmal Berard zum Kaiser, um ihm den Vorfall zu berichten und Geldersatz für den Verlust seiner Tochter anzubieten. Der Kaiser will aber die seinem Hause angethane Schmach nur durch Blut sühnen und erklärt Karl den Krieg. Auf Anrathen seiner Mannen besinnt er sich jedoch eines Besseren, und schickt nun selbst Boten an Karl um den Ersatz zu fordern. Jetzt aber schlägt Karl diese Bedingung ab: der Handel soll mit den Waffen in der Hand entschieden werden.

Der Kaiser versammelt ein grosses Heer, welchem sich die mittlerweile heimgekehrte Blanchefleur sammt ihrem Begleiter Varocher beigesellt, und sie ziehen alle gegen Paris. Der Kampf ist lang und blutig; Varocher wirkt Wunder der Tapferkeit, er wird zum Ritter geschlagen, kämpft mit Ogier und löst endlich den Knoten dadurch, dass er Ogier die bisher geheim gehaltene Rettung Blanchefleur's entdeckt. Darauf wird der Friede sofort wiederhergestellt.

Es ist, wie man sieht, die Geschichte der Königin Sibille, wie sie im spanischen und holländischen Volksbuche vorliegt. Die Untersuchungen Ferdinand Wolf's über den Gegenstand (Leistungen S. 124 ff., holl. Volksb. S. 3 ff.) sind so erschöpfend, dass ich mich wol jeder weiteren Ausführung enthalten und auf diese verdienstvollen Arbeiten einfach verweisen kann. Dass das spanische Volksbuch aus einer französischen metrischen Darstellung — einer *Chanson de geste* — geflossen ist, hatte Wolf schon in den 'Leistungen' (S. 158) richtig bemerkt; seine Vermuthung wurde bestätigt durch die Veröffentlichung eines Fragmentes, welches sich auf dem Buchdeckel einer Handschrift in Belgien gefunden hat (abgedruckt bei Reiffenberg, Phil. Mouskes 1, 611 ff. und Wolf, holl. Volksb. S. 8—12). Dieses Fragment lässt eine ausgezeichnete Redaction erkennen, so dass man den Verlust des ganzen Gedichtes lebhaft zu bedauern hat.

Einen, wenn auch leider sehr schwachen, Ersatz bietet uns nun die venezianische Handschrift. Allerdings tritt uns in derselben nur die Arbeit eines späten und durchaus ungeschickten Compilators entgegen; indess wir müssen es als einen glücklichen Zufall betrachten, dass uns doch wenigstens eine französische metrische Darstellung dieser sowol durch ihren Inhalt als durch ihre zahlreichen Verzweigungen so anziehenden Sage erhalten ist.

Vergleicht man obige Inhaltsangabe mit jener der Volksbücher, so bemerkt man, dass bis zur Geburt des Knaben beide Redactionen so ziemlich übereinstimmen; von da an gehen sie aber stark aus einander. Das Volksbuch lässt vor Allem die Königin in Ungarn zwölf volle Jahre verweilen, so dass Ludwig zum Jünglinge heranreift und sich später an dem Zuge betheiligen und die seiner Mutter zugefügte Unbilde rächen kann. Unser Text dagegen lässt die Königin schon wenige Wochen nach ihrer Niederkunft zu ihrem Vater zurückkehren. Eben so schnell und einfach wickeln sich die folgenden Ereignisse ab, während das Volksbuch die Handlung durch immer neue Begebenheiten (man könnte sie zum Theile auch Abenteuer nennen) bis in's Ermüdende fortspinnt. Dass Manches im Volksbuche erst später hinzugedichtet sein mag, lässt sich leicht denken; die Heldenthaten des jungen Ludwig, die Episoden des Diebes Guiomar und des Einsiedlers sind indessen, wie das gerettete Fragment zeigt, nicht hieher zu rechnen. Auch in dem ersten übereinstimmenden Theile findet sich eine wichtige Abweichung, und zwar, wie mir scheint, zum Vortheile unseres Textes. Im Volksbuche (schwerlich auch in der älteren französischen Redaction) legt sich nämlich der Zwerg aus eigenem Antriebe zur Königin, wodurch das ganze Auftreten Macaire's nicht stark genug motiviert erscheint. Der venezianische Text stellt dagegen Macaire selbst als denjenigen dar, welcher für die Königin in unlauterer Liebe brennt (¹), der Zwerg ist bloss ein blindes Werkzeug in seinen Händen, wodurch das Ganze an Glaubwürdigkeit und Lebendigkeit nicht wenig gewinnt (²). Sieht man aber von diesem Vorzuge ab, welcher ohne Zweifel nur der benützten Vorlage zu verdanken ist, so muss man zugeben, dass dem Compilator der venezianischen Handschrift alle Kunst zu erzählen gänzlich abgeht. Trotz seinem Streben nach Kürze, welches ihn dazu verleitet, die Handlung aller ausschmückenden Episoden zu entkleiden, macht er sich zahlreicher Wiederholungen schuldig. Und zwar sind es nicht die so natürlichen und so wirksamen Wiederholungen der älteren Epik, vielmehr das Ringen eines armseligen Erzählers mit seinem Stoffe, dessen Fäden ihm

(¹) Nicht anders in der 'Königin von Frankreich' (Gesammtabenteuer, 1, 169 ff.). Auch in Sir Tryamour (Ellis, metric. rom. 3, 182 ff.) strebt der *stewart* nach dem Besitze der Königin. Hier fehlt aber der auch aus anderen Erzählungen bekannte Zug mit dem Zwerge.

(²) Desshalb glaubte ich auch diese Episode am besten durch den ihr schon von Guessard beigelegten Titel 'Macaire' bezeichnen zu können.

jeden Augenblick aus der Hand entschlüpfen. Der Compilator mag aller Wahrscheinlichkeit nach (und die Sprache, wie wir gleich sehen werden, bestätigt es) einer jener vielen Bänkelsänger gewesen sein, die im 13. Jahrhunderte norditalienische Städte durchzogen und sich manchmal so vermehrten, dass sie durch eigene Erlässe fortgeschafft werden mussten. Ihre Aufzeichnungen sind jedoch desshalb nicht ohne Belang, weil sie das Vermittlungsglied bilden zwischen den guten alten Epopöen und den meist cyclischen italienischen Volksbüchern, wovon eine beträchtliche Anzahl noch ungedruckt liegt. So hat gerade die hier in Rede stehende Handschrift grosse Aehnlichkeit mit den Reali di Francia sowol im Allgemeinen in Bezug auf den Gang der Erzählung und auf die Weise, die einzelnen Episoden an einander zu reihen, als auch speciell in einzelnen Partien.

Zum literarhistorischen Momente, welches es rathsam machte, eine Probe dieser spätesten Ableger der alten Heldendichtung — und zwar gerade eine solche, wo reinere Quellen versiegen — mitzutheilen, kam das sprachliche hinzu. Allerdings tritt uns auch hier nur Verderbniss entgegen; pathologische Gebilde sind indessen oft eben so interessant als gesunde Organismen. Es ist eine Mischsprache, deren Grundlage das Französische ausmacht, wo sich aber überall Formen und Wörter vordrängen, die der venezianischen Mundart oder vielmehr jener Art Schriftsprache entnommen sind, welche sich in Norditalien im 13. und 14. Jahrhunderte mit äusserst geringem Erfolge festzustellen suchte(1).

Das Metrum ist gänzlich verwahrlost: wol scheint dem Compilator der zehnsylbige Vers vorzuschweben; richtig zu messen gelingt ihm aber nur in den seltensten Fällen. Auf Reinheit der Reime ist er aber mit aller Sorgfalt bedacht, wenn er sie auch nur dadurch erreicht, dass er die Reimwörter in Formen einzwängt, welche selbst für seine Mundart unmöglich sind. So z. B. *à ler* 125 = *à le* 'ihr', *esté* = 260 im Infinitiv, *vergognie irie* 90-91 als

(1) Zur Vergleichung bieten sich ausser den anderen altfranzösischen Texten in italienischen Bibliotheken: Bonvesin ed. Bekker, Bescapè ed. Biondelli, fra Jacomino (13. Jahrh. ?) ed. Ozanam (in Docum. p. s. à l'hist. litt. de l'Italie S. 291-312), fra Paolino 'de recto regimine' (1313-1315) ed. Foucard.

Masculina und unzählige andere[1]. Dass *-ent* in der 3. Plur. mit andern Wörtern auf *-ent* reimt (z. B. *content, desfient* 2130-31 : *talent*, *torment)* ist schon in der Einleitung zur Prise de Pampelune erwähnt worden.

Ueber die Behandlung eines so beschaffenen Textes, welcher keine blosse Ueberarbeitung aus einer Mundart in die andere, sondern eine selbständige Umarbeitung der verschiedensten Vorlagen enthält, kann man nicht im Zweifel sein. Wer reine Sprache und richtig gemessene Verse herzustellen suchte, würde dadurch zwar Zeugniss seiner Geschicklichkeit ablegen, nicht aber dem Zwecke der Kritik entsprechen, welcher nur darin bestehen kann, ein Werk so nahe als möglich der Gestalt zu bringen, die es von den Händen seines Urhebers erhielt. Es blieb also nur ein diplomatischer Abdruck übrig, welcher die Absonderlichkeiten dieser Mischsprache in ihrem ganzen Umfange erkennen lässt. Nur offenbare Schreibfehler durften gebessert und an unverständlichen Stellen Conjecturen vorgebracht werden. Eben so wenig liessen Laute und Formen, die da bunt unter einander laufen, ein festes Gesetz erkennen; daher begnüge ich mich im Folgenden mit Aufzählung von Einzelheiten und zwar zunächst in der Absicht, die Lectüre des Textes zu erleichtern.

Hybride Wörter, bei welchen einige Laute nach französischen, andere nach italienischen Gesetzen behandelt sind, bilden die Regel; besonders im Ausgange macht sich das italienische Element geltend. Zahlreich sind die Fälle, wo noch das ganze Wort französich, die Endung aber italienisch ist: *soia* (soit), *soloia* (soloie, solebam), *estoia*, *droito*, *stroita-ment*, *preo* (pré, pratum), *retorneo, pensea, irea-ment*, *culverti*, *alò* (alla), *alere* (aller). Seltener geht ein Stamm mit italienischer Form in französische Endung aus: *temoit*, *taseroit, oldent*. *laudent*, *aspeter.* Auch im Inneren des Wortes weicht fast überall das französische Vocalisationssystem dem lateinisch-italienischen; Diphthonge wie *ai, oi*, *ou*, *eu* sind verhältnissmässig nur selten. An Einzelnheiten

---

(1) Nur in einer einzigen Tirade, v. 2355-80, wird von dem Grundsatze abgewichen, alle Versausgänge dem Auge vollkommen gleich darzustellen

wären zu bemerken: *o* statt *oi* bei *vor* neben *voir*, *nose nosa* (noise), *froser* (froisser), *cortos* (courtois), *tros* (trois). Lateinischem *au* entspricht *ol* in *oldir* (audire), *olser* (aus-are), *polser repolser* (paus-are), *colse* (*causa*), *golta* (gauta=gavita). Vgl. *olsar* Bv., *oldire* Jac., *goltada* Paol., *repolsa* Paol. und in neueren Mundarten mail. *volzà* (aus-are), moden. *golta* (gavita), friaul. *gioldi* (gaudere). Auch für jene bei Bonvesin beobachtete Lauterscheinung, dass ein betonter Vocal zu *i* wird, wenn die folgende Sylbe *i* enthält, bietet unser Text einige Belege: neben Sing. *quelo* Plur. *qui* (quilli), *quisti* 2628 = it. *questi* (¹), *moliti* 2527 = it. *muletti* 'Maulthiere', *di'* (debes), wie bei Bonvesin statt *dibi dibli*, *pisi* = it. *pesi*, 3. Sing. des Præs. Conj. von *pesare, avì* = *avi*[*ti*] *avi*[*di*] (habetis) und folglich auch in der 2. Plur. des Futurums *serì*, *asolverì* u. s. w. Vgl. noch in heutigen Mundarten *avì*, *porturì*, dann *donarì* Romv. 13. 10, *seguirì* 16. 13, 17. Ueberdiess nimmt man eine entschiedene Neigung wahr, in unbetonter Sylbe *e* durch *i* zu ersetzen: *livrer* 675, *diner* 60, *çivaler* 16, *litré* 2785, *liçer* (lecherre) 134, *Blançiflor*.

Auch die Consonanten zeigen denselben Einfluss des italienischen Lautsystems. *Ç* (fast nie *z*) erscheint in derselben Geltung wie in der Prise de Pampelune: für sibilierendes c, *ch* und *g* (*j*); dann vertritt es hier auch lat. *d*, z. B. in *veçu* = it. *veduto*. Vgl. prov. *vezer*, *cazer*, dann *vezude*, *caze* Paol., *olzudo* (auditus) Jac., *perzudo* (perduto) in einem handschriftlichen Margaretenleben. Statt franz. *ch* erscheint, besonders im Anlaute, neben *ç* auch gutturales *c*: *cançon* neben *çanter*. Auf *q* folgt selten das *u*, und zwar bemerkt man, dass franz. *qu* (*k*) bloss *q*, während ital. *qu* (*ku*) *qu* geschrieben wird. Also *qui* 'jene' oder 'hier', *qi* 'welche'. Ich behielt überall die Schreibung der Handschrift bei, weil dadurch an mancher Stelle das Verständniss erleichtert wird. Statt des mouillirten *l* steht beinahe immer blosses *l*: *apariler*, *merviler*. Einschiebung eines *n* findet statt bei *insir ensue* (exire); vgl. *ensida* Paol., *enxudha* Bv., *enxo* Jac. Für *engal ingal* (aequalis)

(¹) Dieses Lautgesetz mag auch den Wechsel zwischen *e* und *i* in den provenzalischen Formen *est ist*, *aquest aquist*, *cel cil*, *aquel aquil* bedingt haben; vgl. Diez 2³, 94.

lassen sich Belege aus anderen französischen Denkmälern beibringen.

An eine DECLINATIONSREGEL ist nicht zu denken; bei Eigennamen, wo die Handschrift nur die Anfangsbuchstaben bietet, glaubte ich der Regel folgen zu dürfen. Die Artikel werden ganz willkürlich gebraucht. Zu erwähnen ist die in altvenezianischen Denkmälern beständige Form *di* (von Manchen *d'i* geschrieben) für *des* Masc. und *il* = afr. *el*, it. *nel*: so z. B. *il mon* 371, *il monster* 1406, vgl. *il mondo*, *il fogo* Bv.

In Bezug auf PRONOMINA ist zu bemerken: *eo e'* (ego), *ne* für *nobis* wie im Italienischen, *ve* für *vobis* wie im Venezianischen und das ebenfalls noch in ital. Mundarten lebende *ge* (sprich *ghe*) 'ihm, ihnen', bei Bv. auch *ie*. *Elo el* ist Nomin. Masc.; *ela la* Nomin. Fem. Im Plur. Masc. kommt neben *ili* 875 weit häufiger das noch im Venezianischen lebende *i*; gewöhnlich als Nominativ, hie und da auch als Accusativ. *Li le* werden unterschiedlos für Dativ und Accusativ beider Zahlen und Geschlechter gebraucht. Mit Praepositionen ist *lu (lui)* für das Masc., *le* (auch *lei* 186) für das Fem. sehr häufig(¹); im Plur. findet sich manchmal *lor loro*. Die Possessiva haben mannigfache Formen: *me* (meus), *to*, *so*; *mia moia*, *toia*, *soa*; dann *vos ves* und *ses* im Singular. Unter den Demonstrativis wären zu verzeichnen: *cel cele quel quello* Masc. Sing, *cela quela* Femin. Sing.; *quest*, *ste* = it. *questo*, *sta* = it. *questa*, mundartlich *sta;* dann *colu* und *çelor*. Man bemerke endlich die Pronominalpartikeln *ne* (²) neben *en* für franz. *en*, *le li* (hie und da auch das eben erwähnte *ge g'*) für franz. *y*.

Am buntesten sind die Formen bei der VERBALFLEXION; das französische und das italienische Element kreuzen sich da

---

(¹) Es wäre demnach der Sprache dieser Handschrift ganz angemessen gewesen, den Nexus *dele* in *de le* zu trennen; trotzdem wollte ich, so lange es ging, den gut französischen Gebrauch nicht verlassen und druckte *d'ele* ab.

(²) Die Nexus *men*, *ten*, *sen* hätten demnach auf italienische Weise unaufgelöst bleiben können; aus dem in der vorangehenden Anmerkung angegebenen Grunde zog ich es dennoch vor *m'en*, *t'en*, *s'en* zu drucken.

die wunderlichste Weise. Ich versuche in Folgendem eine ımmenstellung jener Formen, welche von den ächt französ-ıen mehr oder weniger abweichen.

PRAESENS.

Indicativ.

ıg. 1. *doto* (dubito) 199, *cuito* (cogito) 1107, *prego* (precor) 1511, *do* 1404, *sto* 1672; *conosco* 1741, *digo* (dico) 3325, *quero* (quaero) 578, *vivo* 3333, *cre'* (credo) 135, *voio* 741 (volo) 3419 *vo'* 3419, *poso* (possum) 108, *veço* (video, veggio) 915, *do* (debeo) 1404, *so* (sapio) 530, *faço* (facio) 1412, *vo* (vado) 2951, *oldo* (audio) 29.

2. *pensi* 738, *çuçi* (judicas) 451, *sai* 38, *po'* 726 und *pois* 1888 (potes), *vo'* (vis) 206, *di'* (debes) 226.

3. *cesa* 94, *cuita* (cogitat) 783, *fala* (fallit) 462, *lasa* 256, *leva* 203, *torna* 204, *ploia* (plicat) 3025, *apresia* (= it. *apprezza*) 3059, *presia* 3062, *dà* 1859 *dait* 1857 (dat); *conose* 1738, *ponçe* 743 *punçe* 2953 (pungit), *plançe* (= it. *piange*) 517, *cade* (cadit) 3049, *tole* (tollit) 1071, *sol* (solet) 446, *vol* 394 *volt* 1385 *vole* 153, *dis* 36 *dise* 582, *plas* (placet) 73, *po* 339 *poit* 399, *fa* 133, *sa* 384, *tra* (trahit) 745, *voit* 1037 *vait* 410 (vadit); *parte* 86, *dorme* 258, *olde* (audit) 26, *ese* (exit) 693, *ven* (venit) 67, *brandise* 3010.

ır. 1. *demo* (debemus) 1022, *saven* (sapimus) 1870, *meten* 3466; *venemo* 2305.

2. *parlà* 1257, *senblai* 1242; *retrà* 931.

3. *servont* 1333, dann im Reime *contradión* (contra-dicunt) 380, *veón* (vident) 879.

Conjunctiv.

g. 1. *voia* (velim) 3131, *façe* (faciam) 3327.

2. *diçi* (debeas) = it. *deggia* 212; *vegni* (venias) 135.

3. *ami* 402, *contrarii* 434, *çanti* 531, *lasi* 633, *monti* 418, *mostri* 496, *pisi* (it. *pesi*) 1002, *stia* 435; *confonda* 378, *prenda* 418, *vada* 1187, *deça* 95 *diça* 1833 *doia* 677 (debeat), *saça* (sapiat) 497, *veza* (videat) 209,

faça 345 *faist* 50 (faciat), *plaça* 3130, *voia* (velit) 417, *posa* (possit) 213, *condue* 786, *destrue* 687; *mora* (moriatur) 340, *vegna* 488 *vegne* 3436 (veniat), *tegna* (teneat) 2877, *onischa* 155.

Plur. 1. *poson* 2250; *ensemo* (exeamus) 2252.

2. *mandà* 405; *deçà* 51 *diçà* 1418 (debeatis, deggiate), *façé* 74 *faisés* 1812 (faciatis).

3. *toa* (tollant) 478.

Imperativ.

Sing. 2. *torna* 737, *sta* 1271; *atendi* 238, *tasi* (tace) 122, *rende* 3054, *fa* 206, *di'* 503.

Plur. 2. *lasà* 124, *guardà* 612.

IMPERFECT.

Indicativ.

Sing. 1. *estoia* (stabam) 550, *dormia* 570.

3. *donava* 330, *dava* 332, *pregava* 333, *senbloie* 1539; *voloia* (volebat) 3281, *devoie* (debebat) 1497, *disea* 1202.

Conjunctiv.

Sing. 1. *atrovase* 3174, *olsase* (aus-avissem) 3265, *pensese* 42; *poesse* (potuissem) 34, *fese* (fecissem) = it. *fessi* 35, *veese* 231 *veisi* 186 (vidissem).

2. *volisi* (voluisses) 182.

3. *guardase* 334, *trovase* 1223, *trençase* 2944, *pasese* 992; *metese* 2993, *fese* (fecisset) 2112, *volese* 388 *volist* 869, *deise* (dixisset) 512.

Plur. 2. *poisi* (potuissetis) 117, *deisi* (dixissetis) 198.

PERFECT.

Schwach.

Sing. 2. *invoiesi* (= it. *inviasti*, frz. *envoias*) 1823; *veisi* (vidisti) 1076, *prendisi* 3462, *onceisi* 1077 *oceisti* 2218 (occidisti), *fisi* (fecisti) 1132 (1); *venis* 303.

3. *entrò* 15, *començò* 17, *çitò* (= it. *gittò*, frz. *jeta*) 188, *invoiò* (= frz. *envoya*) 1545, *calonçò* 1817, *alò* 1898, *mervelé* (im Reime) 270; *rendé* 3106.

---

(1) *st* = *s* (*ss*) wie *stissi havissi* Bv., *castigasi confortassi* Jac.

lur. 2. *desi* (dedistis) 1846.

3. *alirent* (= frz. *alèrent*) 874, *farent* 2205, dann im Reime *demoron* 874, *aprosmon* 875.

Stark.

ing. 1. *dé* (dedi) 917; *fe* 1165 *fi* 455 (feci), *disi* (dixi) 2317, *resposi* 556, *póti* (1) (potui) 1163, *desis* (descendi) 3108.

3. *stete* 140, *dè* (dedit) 2964; *dise* (dixit) 127, *rise* 160, *sparse* 326, *çinse* (cinxit) 673, *çunse* (= it. *giunse* 'er kam an') 700, *parse* (= it. *parse*) 1040, *respose* 1144, *defese* 1159, *desis* (descendit) 708, *pinse* (impegit) 3019, *retrase* 3545, *volse* 427 *vose* 8 (voluit) = it. *volse* und *vosse* bei Bv., *prise* 1156, dann *mis* 566, *remis* 246, *pris* 408, *vi* 269, lauter gut französische Formen, aber ohne *t* (= it. *mise, rimase, prese*), *vide* 271, *conove* 3113, *naque* 3316, *fe* 138 *fi* 511, *vene* 1357, *convene* 1224, *tene* 2978.

FUTURUM.

ing. 1. *donarò* 69, *mançarò* 1171, *farò* 1782, *savrò* oder *saurò* 1771, *tirò* (= it. *terrò*, frz. *tiendrai*) 3132, *çirò* (= it. *girò*, vgl. Romv. 8, 8 'ich werde gehen') 3144, *dirò* 45 u. s. w.

2. *alira'* (2) (= frz. *iras*) 208; *fara'* 71, *pora'* 239, *çira'* 509 u. s. w.

3. *reparirà* (= afr. *repairera*) 220, *plaserà* 1347, *varà* (= frz. *vaudra*) 1105, *vorà* (= it. *vorrà*, frz. *voudra*) 243, *virà* 225 (vgl. Romv. 4, 5) und *verà* 2499 (= it. *verrà*, frz. *viendra*), *tirà* (= it. *terrà*, frz. *tiendra*, vgl. Rv. 16, 2) 348.

lur. 1. *vençaren* (= it. *vengiaremo*, frz. *vengorons*) 106, *aliren* 1262; *faren* 1610 *faremo* 2963, *poren* 1896.

2. *asolverì* 1103, *farì* 463, *verì* 3234 u. s. w.; *venerés* 3531.

Ob *pote* — vv. 130, 140, 798, 2695 u. a. — Praesens oder Perfect ist, kann zweifelhaft sein: ist es Perfect, so kann es entweder als schwach — *potè* — oder als stark — *póte* — angesehen werden. Ich druckte daher *pote* ohne Accent.

Vgl. Einleitung zur Prise de Pampelune S. XIII und Romv. 18, 33.

CONDITIONALIS.

Sing. 1. *diroe* (= afr. *diroie*) 3266, *poria* 1930.
2. *porisi* (= it. *potresti*; *s*=*ss*) 123.
3. *trovaria* 2905, *daria* 2197, *veroit* (= it. *verrebbe*, frz. *viendrait*).

Plur. 1. *prenderesemo* (= it. *prenderemmo*, frz. *prendrions*) 183 [1]).
2. *porisi* (= it. *potreste*; *st* = *ss*) 118, *porisés* 2322 (vgl. Prise de Pampel. 2613), *verisés* 2365.

INFINITIV.

levar 3564, *lasar* 1084, *pasar* 1036, *star* 124 *stare* 1457, *dar* 737, *tençere* 3470; *far* 308 *fare* 2963, *dire* 3095, *condur* 1574, *naser* 786, *reprender* 407, *arder* 510, *vinçer* 2992, *çençer* (cingere) 2452, *strençer* (stringere) 25, *mover* (movere) 1095.

PARTICIP.

Schwach.

I. *retorneo* 90, *penseo* 194, *ameo* (amatus) 3230, *lavà* 713, *serà* 990, *sta* 506 *sté* 3417 (status), *emenà* 3413; *portea* 485, *bindea* 479, *calonçea* 620, *caçea* = frz. *chassée*) 721, *brusea* (= frz. *brûlée*) 1155, *donea* 732.

II. III. *veçu* (= it. *veduto*) 318, *prendu* 1025, *metu* 1027, *nasu* 3345, *conplu* (= it. *compiuto*) 1269, *oldu* (auditus) 2906, *ensu* (exitus) 277, *salu* 1023; *veçue* 3396, *vestua* 441, *venua* 447.

Stark.

II. III. *fato* 1, *vinto* 970, *dito* 575, *morto* 941, *pinto* 2985, *preso* 3157, *arso* 513; *fata* 3154, *asolta* 586, *defesa* 747, *presa* 323, *arsa* 184, *mesa* 176.

GERUNDIUM.

menando 785, *çerchando* 3292; *riando* 27, *veçando* (videndo) 443; *çasando* (= frz. *gisant*) 780, *oldando* (audiendo). ([2])

([1]) Eben so noch heutzutage mail. *portaresem*, parm. *portarisem* u. s. w.

([2]) Vgl. *corrando*, *veçando* Bv.; *fasando*, *batando*, *stagando* Jac.; *siando*, *digando* Paol.

Die Auxiliaria mögen hier eine abgesonderte Stelle finden.

Eser 302.

Ind. Præs. *son* 180 *sonto* 573 [1]), *e'* 219, *è est*; *sen* 1021, *sì* (Rv. 19, 20) 28, *sonto* 1290.

Impf. S. 3. *era* 336 (neben *estoia*).

Perf. *fui* 555 *fu'* 572 *fo* 570, *fusi* 68 *fus* 504 *fos* (mit enclitischem *tu*: *fostu*) 302, *fo* 59; Plur. 3 *fon* 979 *forent* 2207.

Fut. *serò* 80, *sera'* 1256, *serà* 83; *seremo* 2167 *seren* 855 *serì* 297 neben *serés* 296.

Cond. S. 3. *seria* 3126 *seroie* 184; Plur. 2. *serisi.*

Cj. Pr. S. 1. *sia* 1512 *sie* 1170 *soia* 3002, 3. *sie* 943 *soia* 479, Pl. 2. *siés* 147.

Impf. S. 1. *fose* 307, 3. *fose* 1338; Pl. 2. *fosi* 3233, 3. *fose* 1663.

Die Conjugatio periphrastica findet durch *esse* selbst statt: *son sta* 506, *vos fustes esté* 2433.

Avoir.

Ind. Pres. *aço* (= it *aggio*) 190 *o* 1258 *oe* 3148, *a'*, 1168, *a* 258 *ait* 927 *ga* (= venez. *ga*) 227; *avemo* 2585, *avì* 642, *avont* 2583 *aient* 865.

Impf. S. 1. *avea*, 3. *avoie* 1499 *avoia* 1501.

Fut. *averò* 1710, *avera'* Pl. 1. *averon* 1686, *averì* 1903.

Perf. Sg. 1. *avi* 456, 3. *ave* 3003 *avi* 3283.

Cj. Pr. S. 1. *açe* 1624, 3. *abia* 1422 *açe* 2118; Pl. 2. *aiés* 651.

Cdt. Pl. 1. *averesemo* 3092, *averisi* 126.

Zu *avoir* gehört noch *oit*, eine Form, welche auch in anderen italienischen Texten (z. B. Rv. 8, 10) ziemlich häufig vorkommt. Lautlich stimmt sie am besten zu *ha[b]uit*, auch ist an einigen Stellen, z. B. V. 563 die Perfectbedeutung nicht zu verkennen. An anderen Orten kann man im Zweifel sein, ob ein Perfect oder ein Præsens vorliegt; in den meisten Fällen jedoch kann diese Form nur als Præsens gefasst werden. So z. B. *quant un tel homo v'oit à governer* 22; *s'el no la oit à*

(1) Diese absonderliche Form, welche lebhaft an wal. *sunt* erinnert, kommt bekanntlich auch bei Bonvesin sehr häufig vor.

*

soa volonté de soa vita non cura un pelo pelé 61, *la raine c' oit le viso tanto cler* 395. Als Analogon zu diesem *oit*, welchem das schon eben erwähnte *ait* zur Seite steht, lassen sich ein Paar andere Formen aus dieser Handschrift anführen, wo *oi* einem frz. *ai*, it. *a* entspricht: *soit* (sapit) 48, *foit* (facit) 139, dann auch *stoit* = it. *sta* 62 und 169. Ist nun *oit=habet*, so wird es auch im Futurum berechtigt sein: *averoit* 214, *seroit* 1269, *paroit* 223 sind demnach als Futura anzusehen = *aura*, *sera*, afr. *parra*.

Das Futurum wird oft durch das Futurum von *habere* und den Infinitiv des betreffenden Verbums umschrieben: *e' vos l'averò çurer* = *je jurerai* 3096, *t'avera' despoiler* = *te dépouilleras* 216, *t'avera' colçer* = *te coucheras* 218, *tosto averà lever* = (*se*) *levera* 145. Nicht anders der Conditionalis: *m'averoit amer e tenir çer* = *aimerait et tiendrait* 3086, *s'averesemo acorder* = *accorderions* 3092, *por nul homo non l'averisi cançer* = *changeriez*. Vgl. bei Bescapè ed. Biondelli S. 148 *partir i avrà* = it. *partirà*, Jacom. S. 302 *n'avrì trovar* = *troverete*, dann Rv. 4, 23, meine Handschr. Studien 2, 13 und 33, endlich Pass. Chr. ed. Diez 91, 3 *emblar l'auran li fol fidel* = *embleront*.

Das Auxiliare *fi* (*fieri*), welches in älteren norditalienischen Mundarten zur Bildung des Passivs diente, erscheint in folgender Stelle: *Questo fi fato à onta l'înperer* 'wird gethan' 2424. Auch als selbständiges Verbum im Participe mit der Bedeutung 'werden': *Qe Machario è fi laso e stan* 1067.

Die 1. Plur. des Reflexivums wird hie und da auch mit *se* (eigentlich die mundartliche Aussprache des ital. *ci*) construiert: *se vençaren* 195, *s'averesemo acorder* 3092, *nu si* (= *se*) *defenderon* 1994. Eben so 2250. Imperativ und Conjunctiv werden nicht selten mittels *debere* umschrieben: *vos deçà desevrer* 51, *le deçà mener* 666, *le prego q'el me diça perdoner* 1907; vgl. Diez 3², 217.

Was endlich bei der Verbalflexion besonders auffallend erscheint und der Deutlichkeit nicht geringen Eintrag thut, ist die beständige Verwechslung zwischen Singular und Plural der 3. Person. Im Venezianischen, wie überhaupt in allen norditalienischen Mundarten, fallen nämlich die betreffenden Formen zusammen *ama* = *ama[t]* und *ama[nt]*, *amava* = *amaba[t, nt]*, *il crede* und *i crede* u. s. w.: daher die Ungeschicklichkeit bei dem Gebrauche eines anderen Idioms, welches für jeden Numerus eine verschiedene Form hat (¹). Beispiele wären: *(Macario) in la cort* ***son*** *amà e tenu çer e con li rois* ***vont*** *à voir e à mançer* 3-4, *ai poveri çivaler qi non* ***avoit*** *teniment* 331, *celor qe* ***oit*** *mal entencion* 381, *s'en* ***vait*** *anbes* 1264, *çascun qe* ***avoient*** *veü* 1285.

INDECLINABILIA. Unter den Praepositionen sind besonders zu erwähnen *con cun* für *avec*, dann *da* in allen italienischen Bedeutungen: *da nul sia blasmé* 961, *jent da li baston* 'mit den Stöcken' 845, *non è da demander* 1424, *davanti da* 165, *encontre da* 1074, *de là da* 32. Damit gebildet ist die Conjunction *da qe* 636 mit der Bedeutung des frz. *puisque*. *Anche* mit dem Conjunctiv hat concessive Bedeutung: *ank' el fust petit* 272, *anche ne sia dolent* 2133(²). Ein seltsamer Ausdruck für 'sonst' ist *colsa como no* 390. *Unde* 243, 612 u. s. w. 'wesshalb, daher' dient wie ital. *onde* zur Anknüpfung von Sätzen. *Ca* 1325 für *quam* in Comparativsätzen ist aus altitalienischen Denkmälern bekannt; vgl. auch Rv. 20, 23. *Pur* = it. *pure* kommt nicht selten vor: *se me veese pur vençer* 231 'wenn ich mich nur gerächt sähe', *l'acusa pur de bruser* 322, dann 838, 1325 u. s w.; auch *ne pur* = it. *neppure* 'nicht einmal' 539. Wenn zwei Adverbia auf *mente* auf einander folgen, wird das Suffix nur bei dem letzten ausgedrückt: *duro* (statt *dura*) *et aspramment* 321, *secreta e bellament* 2532, *çativa e poverament* 2766; vgl. Diez 2², 433. Die Negationspartikel erscheint in den Formen *no non ne nen*.

Beim Gebrauche der Accente wollte ich nur für das practische Bedürfniss sorgen; daher führte ich neben der französischen Bezeichnung (von betontem *é és* im Auslaute und *à* Præp., *là* Adv.) auch die italienische ein. Bei Oxytonis versah ich daher

---

(¹) Wer hätte z. B. von venezianischen Ciceroni nicht zu hören bekommen: 'Questo quadro *sono* di Tiziano?'

(²) So bei Bonvesin: *ano habia matezao, anc sia el desperao*. Vgl. auch bei Dante: *ancor sie lordo tutto*.

das *o* mit dem Gravis (*alò invoiò*), das *a* und *i* gewöhnlich nur bei Wörtern, die nicht zugleich französisch sind. Kleine Inconsequenzen bei letzteren wird man nicht rügen, da es mir, wie gesagt, nicht auf Feststellung irgend eines Grundsatzes, sondern nur auf möglichste Erleichterung einer nicht gerade sehr erquicklichen Lectüre ankam. Aus demselben Grunde erlaubte ich mir, mehre Wörter mit Apostroph zu versehen: *e'* (eo), *ma'* = it. *mai* aber *ma* = it. *ma*, eben so *çama'*, *asa'* (assai), *o'* = it. *ove*, frz. *où*, *me'* = it. *mezzo me'*, *mo'* (modo) aber *mo* (modus), *fu*, (fui), dann *di'* (debes), *e'* (es), *a'* (habes) und folglich die 2 Sing. des Futurums.

Bei dem geringen Umfange des Textes hielt ich es für nützlich, alle darin vorkommenden nicht französischen Wortformen im Glossare zu verzeichnen. Ausgeschlossen blieben nur die oben angeführten Verbalformen, dann jene wunderlichen Verdrehungen, die nur dem Reime ihr Dasein verdanken. Auch sind die wenigen Reimwörter, welche Aufnahme fanden, durch ein Sternchen kennbar gemacht worden. Zur Erklärung genügte es in den meisten Fällen die neufranzösischen Worte daneben zu stellen; die übrigen Wörter suchte ich so kurz als möglich zu deuten. Bei einigen gelang diess nur durch Herbeiziehung der venezianischen Mundart, vgl. *acovoter*, *despaser*, *palenter*; andere — *docler*, *flamiron* — blieben mir unverständlich.

Und so möge nun auch dieses kleine, durch seine Abnormität interessante Denkmal freundlicher Aufnahme empfohlen sein.

[Or] conteron d'une mervile gran, 76[a]
Qe vene in França dapois por longo tan,
Pois qe fo mort Oliver e Rolan,
Li qual fi faire un de qui de Magan,
Dont manti çivaler morì di Cristian,
E por Machario fo tuto quelo engan.

Tant avoit fato li traitor losençer 76[b]
Con son avoir e besant e diner
Qe in la cort son amà e tenu çer
E con li rois vont à boir e à mançer
E un li est de lor plu ançoner:
Machario de Losane se fait apeler.
Or entendés del traitor losençer,
Como vose li rois onir e vergogner
E por forçe avoir sa muler:
Qe una festa del baron san Riçer
La çentil dame estoit en son verçer,
Cun mante dame s'estoit à deporter,
Si se fasoit davanti soi violer
E una cançon e dir e çanter,
E Machario entrò en le verçer,
Avec lui avoi[t] manti çiualer,
E començò la dama à donoier.
'Dama' fait il' ben vos poés vanter:
Sor tot dames qe se poüst trover
Plus bela dama hon non poust reçater,
E ben estoit un gran peçé morter
Quant un tel home v'oit à governer.
Se moi e vos foümes acompagner,
Plus bela compagne non se poüst trover

aumes.

Por gran amor e strençer e baser.'
La dama l'olde, si le prist à guarder,
E en riando si le prist à parler:
'Ai sire Machario, vu sì e pro e ber;
Queste parole qe vos oldo conter
E' so ben qe le dites por mon cors asaçer.'
Dist Machario: 'El vos fala li penser;
El no è, dama, de ça ni de là da mer
Qe sovra nos è digni de vos amer,
E no è pena qe poese endurer
Qe eo non fese por vos cors deleter.'
La dama l'olde q'el non dis por gaber,
Ça oldirés como li responde arer:
'Machario' dist ela 'tu non sai mon penser,
Avanti me lairoie tot le menbre couper
E en un fois e arder e bruser
E in apreso la polvere aventer
Qe mais pensese mal de l'inperer,
E se mais ver moi e' v'oldo si parler
E dever moi tel rason conter,
A mon sire le dirò sença entarder.
Malvasio hom, com l'olsas-tú penser
De ton segnor tel parole parler?
S'elo-l soit, no t'en poroit guarenter
Toto l'avoir qe se poüst trover
Q'elo no te faist à dos fors apiçer.
Tosto da moi vos deçà desevrer
E ben vos guardés de uncha mais parler,
De ces paroles à moi derasner.'
Machario l'olde, s'en pris à vergogner;
Da le se parte cun toto mal penser.

Blançiflor la raine fu arere torné,
Sor son palés s'en fo reparié,
De dol e d'ire oit son cor abusmé,
E Machario se ne fo travalé.
S'el no la oit à soa volunté,

52 nucha.

De soa vita non cura un pelo pelé,
E die e noit par le stoit en pensé,
Si se porpense por soa malvasité
Coment la poroit avoir ençegné.
U[n] nano estoit en la cort l'inperé,
Dal rois e da la raina estoit molto amé;
Machario ven à lui, si l'oit aderasné:
'Nan' fait il 'en bon ora fusi né,
Tanti te donarò de diner moëné
Qe richi farà tuto ton parenté,
Se tu fara' la moia volunté.'
E cil le dist: 'Ora si comandé
Ço qe vos plas; e' son aparilé.' 76d
Dist Machario: 'Ces voio que vu façé.
Quando à la raina vu serés acosté,
Vu le dirés de moia belté
E s'ela faist la moia volunté,
Plu bela compagnia non seroit trové.'
Dist li nan: 'Ora plu non parlé;
Quando cun le eo serò acosté,
Meio le dirò qe no m'avés conté.'
Dist Machario: 'In bona ora fus né,
Tant avoir el te serà doné
Richo farà tuto to parenté.'
Dist li nan: 'De nian vos doté.'
Da lu se parte tuto çoiant e lé,
E Machario fo à sa maçon torné,
Çoiant fo e baldo et alé;
Et à la cort fo li nan alé.

Or fu li nan retorneo arer,
Tuto quel çorno non fine de penser
Coment doit à la raina parler,
E Machario quando li po trover
El non cesa de lui adest[r]er
Coment deça quel pla finer.
E[n] una festa del baron san Riçer

fust né.

La raina estoit de sor un so soler
Con altre dame por son cor deporter;
Si se fasoit davant soi violer
E mant se fasoit baler e caro[l]er.
Le malvas nan si le vait aprosmer,
Apreso la raine si se vait acoster
E in apreso soto so mantel colçer,
Como estoit uso l'a pris à donoier.
E la raine qi non oit mal penser
Si le prist belemant careçer,
Et elo la prist malament parler:
'Dama' fait il 'molto me poso merveler
Como vos poés K[arle]maino amer,
Por dame donoier el non val un diner,
E vos estes tanto bele e si avés le vis cler
De vostra belté no se poroit esmer.
Se vu volés à mon conseil ovrer
E' vos farò à tel homo acoster,
Plus bel çivaler no se poroit trover:
E questo si è Macario li ardi e li fer.
Se vu e lu ve poisi aconter,
Uncha de lui no ve porisi saoler;
E ben vos porisi entro vos vanter
Del plu bel dru qe se poüst trover.'
La dama l'olde, sil prist à guarder. 77
'Tasi, mato' fait ela 'no me usar ste parler,
Qe tosto le porisi cerament conprer.'
'Dama' fait il 'lasà star quel penser;
Se so[l] un baso Machario v'avese doner,
Por nul homo no l'averisi cançer.'
Tanto le dise li nan e davan e darer
Qe à la dama le prist si noier
Q'ela pois le prist contra le son voler,
Q'elo no se pote da le defenser;
Çoso de quel soler ela le fa verser;
Si le fa malament trabuçer
Qe la testa li fa in plusor lois froser.
'Va-ne' dist la raina 'malvasio liçer;

102 le uait.

E' no cre' qe un'altra fois me vegni quest nonçer.'
Quant le nan fo trabucé çoso de li soler,
Machario fo de sota q'era de mal penser.
Le nan el prist, si se nel fe porter,
Por mires mandò, si le foit liger;
Plus de octo jorni stete ne se pote lever,
Donde la cort s'avoit à merveler:
Meesmo li rois li fasoit demander,
E tuta ora Machario li avoit scuser,
Qe caü ert à coste d'un piler;
Le çevo oit frosé, ma tosto averà lever
Qe à la cort porà reparier.

Segnur, or entendés e siés certan
Qe la cha de Magançe e darer e davan
Ma' non cesò de far risa e buban;
Senpre avoit guere cun Rainaldo da Mo[n]tealban,
E si traï Oliver e Rolan
E li doçe pere e ses compagna gran:
Or de la raine vole far traïman,
Par son voloir elo non reman
Q'elo non onischa l'inperer Karleman.
Oto jorni stete à lever cele nan,
E quando fo levé si se fe en avan;
La testa oit enbindea stroitament d'un pan,
Dont ne parlent le petit e li gran:
Meesmo li rois s'en rise planeman.
E quello nan non fo mie enfant,
A nula persona qe estoit vivan
De la raine el non dise nian.
Cun le çivaler stete da çel jor en avan;
Plus da la raina el non vait davan,
Por q'el conose sa ira e mal talan,
Nen fo pais olso da le çire davan;
E la raine le quer e sil deman,
E li nan fu sajes, si stoit pur da luntan; 77b
Qi le donast tot l'avoir d'Orfan,
No li aliroit da cele jor en avant

Plus à parler ne aler en ses man.
E li malvas home qi sta senpre en torman
Senpre se porpense à far traïman;
Deo le confonde, le pere roiman!'
Por lui fo la raine meso in gran torman,
Cun vos oldirés, se serés atendan.

Li mal Macario, li fel e'l seduant
Ven à li nan, si le dist en oiant:
'Nan' fait il 'de tois e' son dolant,
Se tu ai eu onta ni engo[m]bramant;
Ma se volisi ovrer à mon talant,
De la raine prenderesemo vençamant;
Arsa seroie à li fois ardant.'
Dist li nan: 'Et altro non demant;
Se eo de lei me veisi vençamant,
Si çoiant non fu' uncha à mon vivant.
Quant me remembre cum me çitò avant
Çoso de li soler oltra me maltalant,
De moi vençer aço molt gran talant.
Dist Machario: 'Vu sì pro ė valant,
Et eo vos donarò tant oro et arçant
Richi en serà tot li ves parant.
Penseo m'ai tuto li traïmant,
Como d'ele se vençaren al presant.'
Dist li nan: 'Dites le moi davant,
Et eo li farò tuto li vestre comant:
Mais de le parler no me deisi niant,
Qe plus la doto non faroie un serpant.'
Dist Machario: 'Nu faron saçemant.
Usança est de l'inperer di Frant
Çascuna noit avanti l'aube aparisant
A le matin el se leva por tanp:
Quant el estoit çanté, si se torna eramant
Entro son leito en la çanbra colçant.
Se tu vo' far vendete, fala ensemant,
Si saçement que nesun no te sant.

186 me ueist. 203 el se el se.

Derer da l'uso t'alira' acovotant
Q'el no te veza nesun hom vivant.'

'Nan' dist Machario 'se tu vo' ben ovrer,
De una cosa eo te voio conseler,
Qe apreso la çanbre te diçi acovoter,
Qe nul homo te posa veoir ni esguarder.
Quando le rois si s'averoit lever
Por aler al maitin à sa ora çanter,
De mantenant tu t'avera' lever, 77c
Davanti son leit tu t'avera' despoiler,
Apreso la raina tu t'avera' colçer;
Tu e' petit, si t'avera' covoter.
Quando li rois reparirà darer,
Entro lo leto el t'averà trover,
Senpre de toi el averà mal sper,
De toi ofendre li paroit vituper.
El ne farà querir e demander,
E quando li rois te virà à demander,
Tu dirà senpre, no te di'car doter,
Qe la raina te ga fato à ler
Sovente fois et aler e torner.'
Dist le nan: 'Lasà à moi quel penser,
Meio le farò nel saverés deviser.
Se me veese d'ele pur vençer,
Ça maior don non voio ni non requer.
Dist Macario: 'No t'estove doter,
Apreso serò por ton cor defenser.'
Dist li nan: 'Vu farés como ber;
Or vos tasés e lasés moi ovrer,
Qe je so ben ço qe li ait mester.'
Dist Machario: 'Tu n'atendi bon loer,
Ça de çes ovra no t'en pora' blasmer.
Quando li rois t'en averà demander,
Senpre dira', e no t'avera' doter,
Qe sovente fois ela te ga fato aler;
Unde li rois, s'el no se vorà vergogner,
Ad albespine elo la farà bruxer.'

Dist le nan: 'Et altro non requer.'
Li nan remis al palés droiturer,
E Macario s'en vait cun li altri çivaler
Entro sa çanbra à dormir et à polser;
E li mal nan s'en vait acovoter
Derer da l'uso de la çanbra prinçer,
E al maitin quando li rois se vait lever,
Si como el prist l'uso à trapaser,
E cil nan no se fe mie lanier:
Davanti le leito se vait aseter,
El se despoile, si se pris à deschalçer,
De sor la banca lasa so drape ester,
Entro lo leto se vait à colçer:
E la raina se dorme, qe non a mal penser,
Nen cuitoit mie ço qe le poust encontrer;
Da traïtor nul homo se poit guarder.

Li rois se leve, quant le maitin fo soné;
A sa çapela elo s'en fo alé,
De nula ren non oit mal pensé;
E li mal nan fo en son leto colçé. 77
E quant matin en fo dito e çanté,
Arer s'en torne como estoit usé;
E quant el fo en sa çanbra entré,
Davant son leto el oit reguardé,
Vi sor la banche qui pani soso esté.
Quando le vi, molto se ne mervelé
E pois en le leto vide del nan le çé;
Anq'el fust petit, groso l'oit e quaré.
Quando le vi, tuto fo trapensé,
Ne le dise ren, tuto fo trapensé.
Grant oit li dol, par poi non fo raçé;
For de la çanbre sença nul demoré
S'en fo ensu sor la sala pavé.
Machario li trove, qe ça estoit levé,
Qe de quel ovra estoit ben doté;
Di altri çivaler li furent plus de sé.

251 quando quando.

Li rois li apelle, si le oit demandé:
'Segnur' fait il 'avec moi vené;
Se le verés mon dol e ma ferté,
Qe me fa Blançiflor, qe tant avoie amé,
Qe por un nan ela m'a vergogné:
Se non creés, venés, si la veré.'
Toti li ont en sa çanbra mené;
Le nan el g'oit tot primeran mostré.
Quant cil le veent molto se ne mervelé,
E la raine si se fo resveilé.
Quando vi qui baron tota fo spaventé,
De soi defendre nient en fust parlé.
'Segnur' dist li rois 'qe conseil me doné?'
Le primeran Machario oit parlé:
'Bon rois' fait il 'nen vos sera çelé.
Se vu no la brusés, vu serés desoré
E nu con vos; vu serì vitoperé
Da tot li mondo e davant e daré.'
Volez oïr del traitor renoié?
Le nan el oit queri e demandé:
'Nan' fait il 'di' mo por ton verié;
Con fos-tu olso eser ça entro entré,
Con le venis-tu e por qual volunté?'
'Mon segnor' dist le nan 'e' voio qe vu saçé,
Nen seroie mie in sta canbra entré,
Ne in ste leto non seroie colçé
Se no le fose clamé et apelé
Da la raine por far sa volunté,
E una fois e ben quaranta sé.'
Così dist li nan con li fo ordené
Da Machario li falso renoié:
Quel le destrue c'a li mondo en poesté!
E l'inperer oit plevi e çuré 78ª
Qe la raina serà arsa e brusé.
De escuser soi la raina non fo moto parlé,
Tal vergogna oit, non oit le çevo levé,
Ela se clama dolenta, mal aguré.

Quant la raine oit veçu quele jent
E vi li rois de tanto mal talent,
Machario vi apreso lui ensement
Qe l'acusa duro et aspramente
Pur de bruser e no d'altro torment:
Donde fo presa da celle male jent,
En une part l'amene secretament,
Li nan da une altre part da un pendent.
Quela novele se sparse por la jent,
Por me' Paris e darer e davent;
Çascun la plure, d'ele furent dolent,
Por qe tanto estoit savia et avinent,
Del so donava à la povera çent,
A li poveri çivaler qi non avoit teniment,
A ses muler dava le vestiment.
Çascun pregava Deo dolçement
Qe la guardase da così fer torment
Como estoit de le fogo ardent.
Meesmo l'inperer d'ele era dolent
Q'elo l'amava de fe e dolçement;
Mais tanto temoit li blasmo de la jent
Qe d'ele scanper el non po far nient,
Q'ela non mora à dol e à torment.
E cil Macario cun tuti ses parent
Encontra le senpre stava in atent,
De condurle à le fogo ardent;
Conseil dona à li rois spese fois e sovent
Qe d'ele faça tosto le çuçement:
'E se nol faites, sacé ad esient
Qe blasmé en serés entres tota la jent,
Petit e grandi vos tirà por nient.'

Quando li rois intende li baron,
De sovra tot li parent Gainelon,
Qe contra la raine furent si enpron
D'ele oncir sença reençon,
Le rois la plure et le duc Naimon.
Li enp[er]ere quando vide la tençon

Qe altri plas et altri non sa bon
De çuçer la raine fasoit mencion,
Li rois si fe à seno de saçes hon.
Li rois n'apela et Uçer e Naimon.
E des autres qe furen[t] de gran renon;
Si le fo Machario, qe le cor Deo mal don! 78b
Cil le destrue qe sofri pasion!
Qe lui e qui [qi] de Magançe son
Senpre in le mondo i fe risa e tençon.
Or fu asenblé à far questa çuçeson,
Li mal Macario n'en dist si mal non
Contra la raine c'oit clera façon.
El dist al rois: 'Entendés moi, K[arlon],
Qui qi vos ame si vos tent un bricon,
Quant la justisie vos en menés si lon;
E se creerés al duc Naimon,
Vu serés desoré e vituperé il mon:
Quest'è tal colse qe le petit garçon
Si ne çanta de vu mala cançon.'
N[aimes] l'intent, si ten le çevo enbron,
Tel dol en oit por poi d'ire non fon,
Ça parlerà, oldando li rois K[arlon]:
'Çentil rois sire, intendés ma rason:
Deo me confonda, qe sofrì pasion,
S'eo dirò altro qe voir non.
Vu demandés conseil e ces le contradion,
Si cum çelor qe oit mal entencion
De la raina que Blançiflor oit non.
D'ele i foit grande la çuçeson,
M'i no sa mie de qi fila ela son.
S'i saüst ben qe avenir poron,
I taseroit ni no la çuçeron
Trosqua i saveroit d'ele la çuçeson,
Se son per le volese o non.
S'el'a peçé, ensi cun nu trovon,
Digna è de mort, se proer le poron:
Colsa como no, nu la respleteron.'

se poron. 391 respletenron.

'Emperer sire' dist N[aimes] de Baiver,
Non cre[é]s pais conseio de liçer;
Grande est l'ovra, qi la vol deviser.
Blançiflor la raine c'oit le viso tant cler
De Costantinopoli ensi se fa clamer,
Soa fila estoit qi e grant emperer,
Molto oit tere à tenir e guarder,
Si poit de jent far asa' miler.
Quando oldirà le novele conter
De soa file si vilment çuçer,
E' non cre' qe vos ami la monta d'un diner;
Asa' vos po far guere, onta et engombrer.
E' vos dono conseilo qe la deçà conserver
Tant qe à son per vu mandà mesaçer
Tot l'afaire e dire e rasner,
E po no v'en porà reprender ni blasmer.'
Li rois l'intent, molto le pris à graer; 78c
Otrié l'aüst, quant Machario le leçer
Se le vait tot à contrarier,
E si le dist: 'Çentil emperer,
Con poés vos ces conseil ascolter,
Qe ces vos done qe no vos ama un diner?
Quant vol qe metés en resplaiter
Questa justisie q'è de tan vituper
Qe no se poit par nesun hom çeler.
E s'el est nul qe la voia contraster,
Prenda ses arme e monti en destrer.'
Quant cil l'entendent qe devoient conseler,
Quando oldent Macario si altament parler,
Mal aça quel qe voia sego tençer:
Ne le fo nul qe le responda arer.
Dont vi li rois n'en poit por altro aler
Qe la justisie no se faça sens tarder.
Quando vi N[aimes] li rois à ço ploier,
De ilec se parte et lasò li parler;
De le palés quando se volse devaler,
Quant l'inperer no li consent aler.

425 a so ploier.

Quando N[aimes] oit la parola oie,
De çuçer la raine li paroit gran stoltie,
De contrarier Macario li paroit gran folie:
Voluntera s'en alast, quant li rois li contralie,
E li rois dolçement le preie
Qe cun Macario non contrarij ne mie;
Stia à veoir cum l'ovra sera finie.
E quel Macario oit li cor enbrasie
Contre la raina qe peçé non oit mie,
Por ço qe far non volse la soa comandie.
Quant li rois l'intent, sa parola oit agraie,
De çuçer la raina [en] son cor el se plie,
Davant se la fa mener, vestua de samie;
Le rois la guarda, le cor sego omilie,
Si la plurò, veçando la baronie.

Davanti li rois fo la raina mené
E fo vestua d'une porpora roé;
Sa faça qe sol eser bel e coloré
Or est venua palida e descoloré.
Li rois la guarda, por poi n'oit pluré,
E quela li guarde, si le oit dito e parlé:
'O çentil rois, mal conseil a pié
Quan tu me çuçi à torto et à peçé.
Colu qe à toi a le conseil doné
No t'ama ren d'un diner moëné.
Deo sa li voir, la voira Maesté,
Se contra to honor eo fi uncha peçé 78r
Ne se mal avi en cor ni en pensé.'
Dist li rois: 'De nient parlé,
Atrové estes in le mortel peçé,
Si qe escuser de ço ne vos poé:
De vestra arma or vos porpensé,
Vestra justisia est ça ordené.
Qi fala son segnor doit eser brusé.'
Dist la dama: 'Vu farì gran peçé.'
Dist Machario: 'El vos torna a vilté,

oit li cor. 448 por le noit plure.

Quando cum le tanto derasné.'
N[aimes] l'oldì, si n'oit le çevo corlé
Et in fra soi planeto conselé:
'Questa justisia çer serà compré;
Mal verà K[arles] de Gaino li parenté
Qe senpre l'oit traï et engané.'

Li enperer à cui França apant
De Blançiflor el fo gramo e dolant,
Plus l'amoit de ren qe fust vivant;
Mais por la justisie non poit aler avant,
Qe d'ele non faça çuçemant,
Tuto-l malgré qi s'en rie ni çant.
Li rois comande à li ses camerlant
Qe cela dame i toa davant,
De noir soia vestue e bindea ènsemant,
Si como feme qi vait à tormant.
De sor la plaçe da li palés davant
Fo aporté legne e spine q'è pongant;
Enluminer li fait un gran fogo ardant.
Por me' Paris e darer e davant
Fu la novela portea por la çant;
Ne remis dona qe fust de valimant
Ne çivaler, peon ni merçaant
Qe non vegna à la plaça veoir le çuçemant;
Çascun la plure de cor e de talant.
E Blançiflor si fo mené davant
Suso la plaçe davant li fois ardant.
Quando la vi le fois, en çenolon se rant
E dolçement prega Deo onipotant
Qe de quela justisie li soia remembrant,
Si como mor sença nul falimant:
Ne mostri Deo vendeta in breve tanp,
Si qe le saça le petit e li grant.
Or entendés, segnur e bona çant,
Ço qe fe Machario le seduant.
El fo venu da li fois davant,
Li nan el porte en braçe solemant,

E po aprés à domander li prant.
'Nan, nan' fait il 'di' mo seguremant, 79ª
Fus-tu cun la dame uncha à ton vivant?'
'Oil voir, sire, una fois e sesant
Son sta cun le in leto et altremant.'
Quando Machario l'olde, veçando tote jant,
En le fois le rue, si dis: 'Va, seduant,
Honi a' tu li rois, ne t'en çira' vantant.'
Et ensi le fait arder in fois ardant.
Por ço le fi Machario, qe mais en son vivant
De quella colse ma' non deise niant.
Ór fo li nan arso, qe fe li tradimant;
Çascun qe le voit e petiti e grant
En laudent Deo e la Majesté sant.
E la raine fo ilec davant
E plura e plançe e ses man destant
E prega Deo e la Majesté sant,
Merçé aça de sa arme à li son comant.

La raina fo davanti l'inperaor
Et ilec stoit à dol et à plor
E prega Deo, li maine Redentor,
Qe de soa arma façа li meior,
Qe aler posa à la gloria major.
Li rois apele, si le dis por amor:
'Çentil rois sire, por Deo le criator
Faites à moi venir un saçes confesor,
Qe moi faça conseler de me pecé major.'
Dist li rois: 'Volunter sens demor,
L'abes de san Donis, e'non so nul milor.'
Tosto le fe venir, qi ne çanti ni plor.

A gran mervele fu saçes l'inperer,
L'abés de san Donis elo fa demander,
Davanti la raine e[l] lo fait apresenter.
'Dama' dist l'abes 'volez vos confeser?'
Dist la raina: 'E' vos e[n] demando e quer.'
Davanti l'abés se vait ençenoler,

Tuti li so peçé li oit dito e conté,
Ne pur un solo ela no li oit lasé,
Quanti s'en oit à son tempo remembré,
Et in apreso li oit aderasné
Como estoit ençinte d'un arité,
Le qual estoit del rois de Cresten té.
E l'abes fo saço e dotriné,
Por rason la oit ademand é
De cella colsa, dont estoit calonçé.
Dist la raina: 'Dirò vos verité,
Deo me confonde, se dirò falsité;
Çentil abes, e' voio qe vu saçé,
Qe una fois qe eo estoia deporté 79
En un çardin, çes me fo encontré.
Li mal Macario si me fo acosté,
De drueria m'avoit apellé,
Si como falso malvasio renoié;
Et eo da lui ben me fui defensé
E malament eo li resposi aré,
E se mais m'aüst ces rason conté,
A mon segnor li averoie derasné.
Or savés vos qe me fe cil malfé?
A moi avoit li nano envoié
Con ste parole q'il m'avoit conté,
Et eo quel nan avi ben pagé,
Donde le cevo el n'oit ensanglenté.
Et in apreso quel traito renoié
Con quel nan el se fo conselé,
Entro ma çanbre lo mis à la çelé,
Quando li rois fo al matin alé,
Et in mon leto fo cel nan colçé,
Si qe li rois li trovò quant fu reparié,
Et eo me dormia. Tuta fo spaventé,
Quant vi li rois e li altri çivalé;
Adoncha fu' e presa e ligé
E à li fois eo sonto mo çuçé
A gran torto et à mortel peçé.
E'vos o dito tuta la verité

Unde e' vos [pri], nobel me abé,
Qe tuti li altri peçé vu me perdoné;
Ma de questo perdon no vos quero e'.'
L'abes l'intent, ferament l'oit guardé
Et olde la dama ço q'el oit parlé
A la justisie quant estoit çuçé:
Or voit il ben q'ela dise verité.
L'abes fu saçes e ben doté
E dolçemant la oit reco[n]forté
E si la oit beneï e sagré;
Si l'oit asolta de tute li so peçé.
Quant a ço fato, si s'en retorna aré;
O' vi li rois, cela part est alé;
Ça li serà mante rason conté.

L'abes fu sajes e ben dotrinés
E quela dame oit ben aderasnés,
Nesun peçé oit en le trovés,
Dont posa eser de nient gravés.
O' vi li rois, cela part est alés
E pois apela di baron plu privés,
N[amon] li dux, li saço e li dotés,
E li Danois qe tant est prisés.
A un conseil n'oit manti menés 79c
De le milor e de meio enparentés,
Mais de qui de Magançe no le fo un clamés.
'Segnur' dist l'abes 'e' voio qe vu saçés:
Quant à la mort l'omo è aprosmés,
Di so peçés nesun oit çelés
Qe non die tot la verités.
La raina est avec moi confesés,
Toti li so peçé m'a dito e palentés,
Si so trois ben ço q'ela oit ovrés.
Ela poit ester de tel colsa calonçés
Qe jamais por le non fo dito ni pensés,
E de un'altra ren m'oit apalentés,
Qo inçinta estoit de filz e d'erités:

colta. 593 gueraues.

Unde, çentil rois, guardà que vu façés;
D'ele oncir seroit maior peçés
Qe non oit cil qe Deo oit acusés,
Donde elo fo sor la cros encloés.'
N[aimes] l'oldì, si l'entendì asés;
A le parole qe l'abes oit contés
El conoit tota la verités
E de cella colsa qe la dama è calonçés
E calonçea à torto et à peçés.

'Emperer sire' dist N[aimes] de Baiver
'Se vos volés à mon conseil ovrer,
Un tel conseil vos averò doner
Qe da la jent vu n'averì bon loer,
Ne nul serà qe vos posa blasmer.
Se la dama est inçinta, grant seroit li danger
D'ele malement çuçer.
Ma s'el vos plas e volez otrier,
Vu la farés ad un di ves bailer,
Qe ve la deça e condur e mener
Fora de tot li vestre regner,
Et a le averì dir e comander
Q'ela no se lasi ni veoir ni guarder.'
Dist li rois: 'Quest è ben d'agraer;
Meltre conseil ne me porés doner:
Da q'el vos plas, et eo li voio otrier.'
Adoncha fait la dama arer torner
E da li fois l'a fait desevrer;
Tota la jent en pris Deo adorer.
Li rois vi la raine, si le prist aconter:
'Çentil raine, molto v'avea çer;
Colsa avì fato, donda ne vos poso amer.
E' vos voio la vita perdoner;
Mais el vos convent in tal part aler
Qe mais no ve posa veoir ni esguarder.
E' vos farò tros ben aconpagner,
Tant qe serés fora de mon terer.'
La dama l'olde, si comença à plurer.

640 ni la raine.

Dist li rois: 'Alez vos coroer
En vestra çanbre e vestir e calçer,
E prendés de l'avoir qe aiés por spenser.'
Dist la raina: 'Et eo li voio otrier,
Vestre voloir non voio stratorner.'
Entro sa çanbre se vait ad atorner,
E l'inperer non volse l'ovra oblier:
Un son donçel elo fe apeler,
Li qual estoit parent de Morant de River.
En tota la cort no se poroit trover
Nul damisel plu cortois e ber,
Ne qe plus amase l'onor de l'inperer:
Albaris oit non, ensi se fait clamer,
Plus est loial de nul altro çivaler.
Le rois le vi, si le prist apeler:
'Albaris sire, alez vos pariler,
Cun la raine el vos convent aler,
Et in tal lois vu la deçà mener,
Tant q'ela soia fora de mon terer:
E quant averì ço fato, si v'en tornez arer.'
Dist Albaris: 'Ne le poso contraster,
Vestre voloir eo farò volunter.'
Adoncha Albaris no s'en volse entarder,
Son palafroi el se fe enseler
E çinse li brando, non oit altro corer;
Et in man el porte un sparaver,
Tutor li vait darer un so livrer.
La dama fait sor un palafroi monter;
Via la mene, qi ne doia noier.
Por le çamin se mist ad oror,
Gran dol ne moine peon e çivaler,
Meesmo li rois cum N[amon] de Baiver.

Quant Albaris s'en vait desevrant,
Gran dol ne mene le petit e li grant;
Meesmo li rois la plure tendremant:
E cil s'en vait por le çamin erant.
Quant Machario veoit qe estoit entant.

A son oster el s'en vene corant
(Cil le destrue qe formò Moisant!
Par lui fo la raine mesa in gran tormant);
Elo s'armò d'arme e de guarnimant
E si montò sor un auferant,
Prist una tarçe, à li col se l'apant,
Et in sa man una lança trençant.
De Paris ese soeve e belemant,
Rer Albaris el vait çivalçant. 80a
Et Albaris s'en vait cun la dama ensemant,
Ne se dotava de persona vivant.
Las! qe li rois no sa del traïmant
Qe li oit fato Machario le seduant.
Tant s'est Albaris alés avant
Q'el çunse ad une fontane à coste d'un pendant
De una selve mervilosa e grant.
La raina la vi, à covoter la prant,
Ela dist ad Albaris enn oiant:
'Albaris sire, e' vos pri e demant,
Qe à la fontane me metés davant;
Si son lasée, de boir n'o talant.'
Dist Albaris: 'Vu parlé saçemant.'
Elo desis del palafroi anblant,
Ven à la dame, en ses braçe la prant,
Del palafroi la desis mantenant,
Sor la fontane la mis en seant.
E la dama ne boit, qi n'oit gran talant,
Si s'a lavà le man e le vis ensemant,
Pois si a levé le çevo, si s'a guardé davant,
E vide Machario venir esperonant,
E si estoit armé d'arme e de guarnimant.
Quando le vi, nen fo mais si dolant,
Molto durament à lamenter se prant.
'Albaris' fait ela 'el nos va malemant,
Qe de ça ven li malvas seduant,
Par cui e' son caçea del reame de Frant.'
Dist Albaris: 'No vos doté niant,
Ben vos averò defendre à tuto me poant.'

704 e uos pre.

Atant ecote vos li traitor seduant,
Ad Albaris elo dist enn oiant:
'Tu no la po' mener par nula ren vivant,
D'ele farò tot li mon talant.'
'Nen fari' dist Albaris 'por lo men esiant;
Ançi çercharés del trençer de mon brant.'

'Machario' dist Albaris 'e' no vos quer noier.
Tu m'e' por mal avenu d'arer,
Por la raine qe m'è donea à guier.
Quant li savera K[arle]maino l'inperer
E li Danois e'l dux N[aimes] de Baiver,
Tot ton avoir no t'averà çoer,
Q'elo no te faça à dos fors apiçer.
Torna arer, no ne dar engonbrer;
Ço qe tu pensi no te val un diner.'
Dist Machario: 'Tu no la po' mener;
E se de ren tu la vo' defenser,
El vos estoit à mala mort finer.'
Quant Machario vi q'el no la vol bailer, 80b
De contra lui el ponçe son destrer.
E Albaris si fo pro e liçer,
El tra la spea, si le va calonçer.
Se Albaris aüst eu son corer,
Ben l'aüst defesa contra un çivaler.
L'un contra l'autre lasa le çival aler;
Albaris ten li brant forbi d'açer,
Dever Macario s'en vait cum çengler,
E Macario ponçe e broça li destrer
E brandist l'aste à li fer d'açer.
Macario est armé de arme e de corer,
E Albaris non ait se no li brant d'açer,
Si q'el po mal cun Machario plaider.
Grant fu la bataile d'anbesdos çivaler:
L'omo q'è desarmé no val un diner
Contre celu qe oit son corer.
Machario fer Albaris de la lança plener;
El non oit arme qel posa defenser.

Por mi le cors le mis l'espé d'açer,
Morto le çeta in le pré verdoier.
Quant la raina vi le pla si aler,
En tant como la vi la bataila durer,
Si durament se pris à spaventer,
Entro le bois s'est alé afiçer,
Q'el no la posa avoir ni reçater;
Tutora prega Deo li vor justisier
Qe guardi Albaris da mortel engonbrer.

Quando la raina a veçu quelo stor,
A grant mervele ela oit gran paor,
Deo reclame li maine criator
E la Verçene polçele qi le faça secor.
En le gran boscho, en le major erbor,
Ela se fiçe et à dol et à plor.
E quant Machario oit morto cil valvasor,
Elo reguarde environ et intor;
Quant no la trove, el oit gran tristor,
De ço q'el oit fato el oit gran dolor.
El lasò Albaris çasando à l'erbor
Pres la fontane de la verde color.
Arer retorne à la cort l'inperaor,
Ne cuita qe hom le saça, ni grant ni menor.
E la raine s'en vait cun gran paor,
Par me' cel bois menando gran dolor;
Deo la condue qe fa naser le flor!
D'ele lairon trosq'a un altro jor,
Como en le bois durò gran langor.

Or fo Albaris en le preo versé 80c
E son levrer sor lui fo acosté,
Le palafroi manue de l'erba por li pré.
Trois jorni stete le livrer q'el non oit mançé,
Nen fo ma' criatura in cesto mondo né,
Qe son segnor aça meio pluré
Con cel levrer qe tant l'oit amé.

780 arbor.

E quando tro[i]s jorni furent trapasé,
La fame fo si grande à le levrer monté,
Nen pote plus ilec avoir duré:
Dever Paris elo fo açaminé,
Tant est alé q'el fo à la çité.
Ven al palés, montò sor le degré
E fo a tel ore q'el estoit aparilé.
A le table erent le çivaler aseté;
Quant le levrer fo sor la sala monté
Elo reguarda avanti et aré:
O' vi Machario, cela part est alé
O' il estoit à tables aseté.
Sovra la table fo le levrer lançé,
Entro le vis li oit asaçé,
Si le donò una gran morsegé,
E pois n'oit pris di pan quanti n'oit saçé,
Via s'en vait quant le cri fo levé,
A son segnor elo fo retorné
O' il estoit en le canpo versé;
E Macario remis à la tabla navré.
Çascun qe le veoit s'en est amervelé
E da plusur fo le levrer guardé,
Qe entro soi ont dito e parlé:
'Se Albaris fust arer retorné,
Qe cun la raine l'oit K[arles] envoié,
Al son levrer quel est asomilé.' 80d
E Macario fo à sa mason alé,
Por mires mande, qe le ont bindé,
E Macario oit sa jent apelé.
'Segnur' feit il 'se de nient m'amé,
Quant eo serò à li pales alé
Et à table eo serò aseté,
Se quel levrer serà reparié,
Çascun de vos aça un baston quaré,
Faites qe à moi el non soia aprosmé.'
E oil le dient: 'Volunter e de gré,
Nu faron ben la vostra volunté.'
E li can oit de cel pan mançé

Qe il avoit de la tabla porté,
Terço çorno stete q'el non fo sevré;
E quant il oit la fame asa' duré,
Dever la cort el fo acaminé
Pur à quel ore q'el estoit parilé.
E Macario estoit à le table aseté,
Ancora avoit le viso inbindé;
Venu estoit à la cort e si se fo mostré,
Por qe la jent n'aüst mal pensé.
E le livrer fo sor li palés monté;
Tosto el fust à Macario alé,
Quant cele jent da li baston quaré
Le escrient, si le done de gran colé.
E li can fu à la tabla alé,
Prende di pan, si fo via scanpé;
Dont tot jent en fo amervellé:
A son segnor el fo reparié.

Naimes apella l'inperaor Karlon:
'Mon sir' fait il 'entendés ma rason; 81a
Questa mervile jamais non vi nul hon.
Se m'en creés, nu si en la faron.
Nu seren parilés, çiualer e peon,
Quant le livrer virà, qe nu le seguiron.
Non è sença mervile de ço qe nu veon.'
Dist l'inperer: 'A Deo benecion.'
E le levrer non fi arestason,
Quant avoit fame, non fe demorason;
A Paris vene como a useson.
Quant fo al palés sor le mastre dojon,
Le levrer guarde entor et environ
Por veoir Macario, se el poüst o non.
E qui qi aient en ses man li baston
Feru li aüst, s'el no fust N[amon]
Qe le contrarie, si le crie ad alto ton:
'No le toçés, por li ocli del fron.'
Cil le lasent, o il volist o non.
E l'inperer e'l duc Naimon

E li Danois cun molti altri baron
A çival montarent, qi tot meio poon,
E seguent li can à força et à bandon.
Tant alirent, q'i no demoron,
Qe à li bois ili s'aprosmon,
Unde gran flé de lo morto venon,
E voit le can, qe sor lui s'areston.
Quant i le voit, arer se traon,
Por me' li pré i guardent e veon,
Li palafroi d'Albaris coneon:
Quant i le voit, gran dol en demenon.

Quant l'inperer oit pris à guarder,
Conoit li palafroi d'Albaris en primer
Et in apreso conoit li levrer;
Çascun començe altamente à crier:
'Questo è gran dalmaço, nobel enperer.'
K[arles] apela dux N[amon] de Baiver:
'Conselés moi, je vos voio en proier.'
E dist N[aimes]: 'Questo no se po çeler,
Qe la justisie si fait li levrer:
Colu q'el plu [h]ait sa tot le mester.
Ora faites Macario pier,
Q'el vos saverà tot li voir conter.
E à Paris faron li corpo aporter
E altamente li faron enterer;
De la justisie pois averon demander.'
Dist l'inperer: 'Vu parlés como ber;
Ço qe vos plait non voio contraster.'
Adoncha fait Machario pier,
A soa jent ben le fait guarder. 81ᵇ
Li corpo è fraido, nul homo li voit toçer,
Erbe prendent oliose e cler,
Al meio qe il poit le fi à Paris porter.
Con grant honor le font enterer;
Cescun le plure, peon e çivaler,
Dame e polçele e petit baçaler.

e nos plait. 905 Docū.

Quando fo sevelì, li rois retorna arer
Et avec lui dux N[aimes] de Baiver.
Tota la jent començent à crier,
Pur de justisia prendent à roier,
E li rois se fait Macario amener.
'Machario' fait il 'molto me poso merveler,
Quando eo t'oldo à tota jent acuser
De la mort d'Albaris qe era pro e ber.
Droit al can te veço calonçer:
Se tu a' morto Albaris, qe est de ma muler?
Qe Albaris eo la dé à mener
En estranço païs por mon cors vençer.'
Dist Macario: 'Bon rois, lasez ester
Queste parole à moi aderasner;
Mais no le fi ne no l'avi en penser,
E qi de ço me vole calonçer,
Aprestè sui por bataia proer.'
A ste parole ven N[aimes] de Baiver,
Oldì li traito si altament parler,
Por li so parente no le olsa nul contraster.
N[aimes] le guarda, n'ait en lui qe irer;
El dist al roi: 'Or le lasez aler
E prendés conseil da li ves çivaler,
De le çuçer farì à son loer;
E se por paüre vu ve retrà arer,
Nen serì degno d'eser mai enperer.'

Li enperer nen demorò ne mie,
Fe asenbler tota sa baronie,
E furent plus de cento de gran çivalerie:
Sor li palés de la sala antie
Fu asenblés, qi ne plançe ne rie.
'Segnur' dist li rois 'nen lairò nen vos dic.
Fato m'estoit una gran stoltie.
Calonçé m'estoit ma muler, donde son vergognie;
Mo' m'è morto Albaris, don son gramo et irie.
Conselés moi, e' vos demando e prie,
Ne non guardés por paüre d'omo qe sic.'

Quant li baroni ont la parola oie,
Mal aça quel qe un moto en die!
Por li traitor çascun si s'omilie,
Tant dotent la soa segnorie.

Tot primeran N[aimes] oit parlé: 81c
'Çentil rois sire, e' voio qe vu saçé:
De li baron qi son qui asenblé
E' veço ben tuta sa volunté,
Qe por paüre çascun se trait aré:
Tant dotent di traiti la poesté.
Mais eo dirò un poi de mon pensé:
Qui de Magançe son grandi et honoré,
En Alamagne non è meio enparenté,
Ne non est homo en la Cresteneté,
Qe sego volust faire bataia en pré:
E laser la justise seroit gran peçé.
Un conseilo eo donarò segondo ma volunté,
E' non cre' qe da nul eo en sia blasmé:
Q'el se prenda Macario qi n'est çalonçé,
Et in guarnelo elo sia despoilé,
E in man aça un baston d'un braço mesuré,
E sor la plaça soia fato un astelé,
Machario e li can soia dentro mené,
Ço est li can d'Albaris qe fo morto trové,
Donde Machario n'estoit calonçé,
Si cum li can li oit aü en aé.
Se li can est vinto, el soia delivré,
E se Machario è por lui afolé,
Demantenent el soia çuçé
Como traites e malvasio renoié.'
Quant q[u]i qe erent à li conseil privé
Oldent N[amon] coment ont parlé,
Çascun li oit molto ben agraé,
Ne le fo nul qe se traïst aré:
Meesmo li rois li oit otrié.
Li parenti de Machario en fon çolant e lé,

smesure.

Nen cuitoit mie le fato fose si alé,
Qe por un can fose vinto ni maté.

Çoiant fo li parenti Gainelon
Del çuçement c'oit dito N[amon],
Nen cuitoit mie si alast la rason,
Qe por un can fose vinto un tel baron.
E l'inperer, qe K[arlon] oit non,
Nen volse far nula demorason.
De sor la plaçe davanti li dojon
Una grant stelea fait lever en son,
Molto ben serà entorno et inviron;
Pois fa crier un bando, qe s'el fose nul hon
Que la pasese, sença redencion
Apendu ert à fors como laron:
Çascun guardi la bataile in pax sença tençon. 81d
Adoncha li rois non fe arestason,
Tot primeran Machario prendon,
En guarnelo i le despoleron,
Et in sa man li donò un baston,
Qe de un braço estoit voire lon:
Elo no li oit nul autre guarison.
Quant a ço fato, in l'astelea li meton,
E pois le mis le levrer, qi ne pisi o non.
Quant le levrés fo dens, el se guarda environ;
O' vi Machario, el se core à randon.

Quando li can oit Machario veü,
Sovra li cor cun li denti agu,
E por li flanco elo l'oit prendu;
E cil li oit cun li baston feru
Una gran bote e por flanco e por bu;
E cil à lu fer cun li denti agu.
Si grande fo la bataile, nen fo major veü.
Tota la jent qe in Paris fu
Por veoir la justisie sont à la plaça venu,
Qe tot quant ont levé li u,

1000 no li noit.

E braent e crient: 'Santa Maria, aiu!
Ancoi ne soia la verité veü;
Por Albaris mostrez vestra vertu.'
Si grant fo la bataile, n'en fo tel veü
Como en quel çorno en furent mantenu.
Quant li parenti Macario se ne aperçeü,
Dient ensenbre: 'Cum nu sen deceü;
Par un can demo eser confondu!'
Un de lor fu sor l'astelea salu;
Dentro fust alé, quant esclamé li fu
Qe mantenente elo sia prendu
Entro quel lois o' il estoit salu.
Quant cil l'intent, en fua fo metu.

Va s'en li traito, no se volse entarder,
Quando li rois fait un bando crier:
Çascun de qui qi le porà pier,
Li rois li farà mile livre doner.
Quant un vilan oldì li banoier
Qe venoit da la vile à comparer
A la cité por comparer soler,
En sa man oit un baston de pomer,
Elo l'intopò al pasar d'un plaçer;
Sovra li cor, si le voit à pier
Por li avoir de voire guaagner.
Davant li rois li vait à presenter;
Li rois le vi, molto li parse à graer,
Le mile livre li fait doner.
Pois fait celu e prender e liger, 82a
En cele lois o' il volse paser
Por la gorça elo li fe apiçer,
E pois apreso et arder e bruser.
Gran dol n'oit qui del so parenter,
Mais por li rois i no olsa mostrer.
Quela bataile fo tanto dura e fer,
Non est nul homo qe le poüst conter.
A la deman apreso li vesprer
Si ne durò la meslea e li çostrer.

Gran fu la meslée entro Machario e li can,
Major non vi nesun homo vivan.
Lo can li morde por costes e por flan,
E cil le done de li baston sovan
Por me' la teste, si qe n'ese li san.
Qui de Magançe ne fo en gran torman;
Voluntera atrovast pato qe fust avenan
Por oro et avoir e diner e besan,
E li rois çura Deo e meser san Jovan
Qe no li valerà tuto l'or qe fu an,
Q'el non sia çuçés sel vinçe li can,
Arso en fois o apendu al van:
Al plasir son baron farà li çuçeman.
Grande fo la bataile tuto jor man à man,
E li levrer li va si adestan
Qe Machario è fi laso e stan;
No se po aider ni de pe ni de man.
Por ira e mal talent li va sovra li can,
Entro le viso le mordì si fereman,
Le pomel de la golta li tole toto quan.
E Macario si brait e crie alteman:
'O' estes vos alé, tot li me paran,
Qe no ne secorés encontre da un can?'
Dist l'inperer: 'I te son da luntan.
Mal veisi Albaris e madama enseman,
Qe onceisi à dol e à torman.'
Volez oïr, segnur, coment la fe li can?
Sovra Machario el va por maltalan,
A la gola le prist, sil ten si fereman
Q'elo l'abati en tera à li plan,
E cil cria: 'Merci por Deo e por li san,
O çentil rois nobele e sovran,
No me lasar morir à tel torman,
Fa' moi venir un qualche çapelan,
Qe voio conter tot li mon engan.'
Li rois l'intende, si n[e] fo legro e çoian;
L'abés da san Donis fa apeler mantenan,
E cil le vene voluntera por talan.

L'enperer nen fo pais demoré, 82b
L'abés da san Donis el oit demandé,
E cil li vent voluntera e de gré.
Li rois li oit in l'astelea mandé,
O' li can tent Macario seré,
Nen poit mover ne le man ni le pé:
Cun bocha avoit molto planeto parlé.
E l'abes, quant li fo acosté,
Elo l'oit por rason demandé
S'elo vole dire la verité,
Q'elo soit ben cum l'ovra est alé
Segondo cum la raina li avoit conté.
Dist Machario: 'Ora me confesé,
Si me asolveri de tot li me peçé,
Qe je so ben qe son à mort çuçé,
E poco me varà toto me parenté.'
Dist l'abes: 'Si grant è li peçé,
E' cuito ben qe dites verité;
Ma no por tanto se le vor contaré,
Por amor de la vostra nobilité
Li rois averà de vos merçé e piaté,
E da moi meesme el ne serà proié.
Ma e' voio quant vos li contaré,
Qe li rois soia qui aloga acosté
E le dux N[aimes] e des autres asé,
Ni altrement n'en serisi amendé,
Ni an li can no t'averoit lasé,
Qe questo est un miracolo de Dé,
Quando un can a un tel homo afolé;
Donqua volt il q'el se saça li peçé
Da tota jent e da bon e da re.'
Dist Machario: 'Faites ves volunté.'
Adoncha l'abes oit li rois clamé
E le dux N[amon] del duchà de Baivé,
Si le fe venir totes,* e boni e re,
Por de Machario oldir li peçé.
Ça oldirés coment il oit ovré
Celle malvés qe in mal ora fu né.

Dist l'abes: 'Ora si comencé,
Dites le voir e no mel celé;
Qe je so ben cun l'ovra est alé,
Qe la raine ben me l'avoit conté,
Ço qe tu fisi e davant e daré.'
Dist Machario: 'Non dirò falsité;
Ma faites tanto q'el can m'aça lasé.'
Dist li rois: 'Vu avì ben falé,
Nen serì lasé, si dirì verité.'
Adonqua Macario avoit comencé
A dire tot li so peçé,
Coment oit ovré avant e aré.

Adoncha Machario començò primemant
A dire de la raine, o' fi li parlemant
Tot en primera en le çardin verdoiant,
Como d'amor li aloit derasnant
E como à lui respose vilanemant;
Si le dist de li nan tot li convenant,
Como li mandò à parler primemant:
E in apreso le dise ensemant
De la çanbre, e cum per li so comant
Entrò en le leto por mal talent,
Por acuser la raine e farli noiamant;
E como en le fois le çitò voiremant
A ço qe de l'ovre no s'en saüst niant
E quant la raine vide aler avant,
Qe Albaris la menoit, nen fo ma' si dolant
Q'ela non fo brusea à li fois ardant;
E quando vide ço, prise so garnimant,
Arer li alò armé sor l'auferant
Por avoir la raine à li so comant,
Quando Albaris la defese çentilmant,
Unde l'oncis à la spea trençant.
'De la raine ne vos so dir niant
Q'ela à moi desparì si davant
Ne la poti veoir ni trover de niant.
E[n] cele bois se ficò merviloso e grant,

Et eo m'en retorné, non fe arestamant;
De ço qe avea fato en fu' gramo e dolant:
Deo no me perdoni, s'elo fo altremant!'
Dist li rois: 'Tu m'a' fato dolant,
Calonçé ma muler c'amava dolçemant.
Uncha non sie rois ni corone portant,
Nen mançarò unqes à mon vivant,
Si veroie de lu le çuçemant.'
'N[aimes]' dist li rois 'queste mal seduant
Traï a ma muler par son inçantamant;
Morto m'oit Albaris, qe eo amava cotant;
De le çuçement m'alez conselant.'
E dist N[aimes]: 'Nu faron saçemant;
Nu-l faron pendre à gran çival corant,
Por Paris li faron trainer inprimemant,
E pois li faron arder à fois ardant.
E se de ses parente nesun dirà niant,
De lor meesme nu faron altretan.'
Çascun escrie: 'El parla çentilmant.'
Ancora li can lo ten si stroitemant,
El no s'en poit corler de niant,
Quant li enperer li proie dolçemant 82[d]
Por son amor elo li vada lasant,
E cil le fe à li ses comant
Cun faroit creature qe aüst esiant,
Si se fe li can toto li so comant.
E quant li oit delivré voiremant,
Avanti qe l'abes faïst desevramant,
Si le segnò, si le donò penetant.

Segnur, or entendés como ovrò l'inperer
Por li conseil dux N[amon] de Baiver:
Machario fait pier tot en primer
E à çivals elo lo fait trainer
Par tot Paris e davant e darer.
Darer lui vait peon e çivaler,
Piçoli e grandi, garçon e baçaler,

3 prendre. 1181 Ede se ses.

Si grandement e uçer e crier;
Çascun disea: 'Mora! mora le liçer,
Qe de la raina volse far vituper
E qe ancis Albaris li meltre baçaler
Qe se poüst en Paris atrover!'
Ensi le moine e davant e darer.
Quant a ço fato, retorna à li plaçer;
Ilec fait un gran fois alumer,
Ilec le fi et arder e bruxer,
Parente q'el aüst ne le pote contraster.
Quant a ço fato, si le fe enterer:
Qui de Magançe n'avoit gran vituper.
Or laseron de lui quiloga ster,
Segondo l'ovre n'oit aü son loer.
A Paris remist K[arle]maino l'inperer,
Dolent fu [de] Blanciflor sa muler
E d'Albaris, q'el avoit molto çer,
E de Macario q'era so çivaler.
A la raine nu devon retorner,
Quant ela vi l'ovra afiner
E vide Albaris del çival verser,
Cun per li bois se mis ad erer.
Avanti qu'ela trovase li bon Varocher,
Gran pena e tormant li convene durer.
Grosa et inçinta estoit d'un baçaler
Qe à gran pene ela poit aler.

Via vait la raine à dolo e à torment,
A grant mervile ela estoit dolent
De Albaris, dont vi le finiment:
M'ela no soit mie de le gran çuçement
Qe estoit fato del traito puelent,
Qe aü n'aüst qualqe restorament.
Tant est alea por li bois en avent, 33ª
A l'ensua del bois en un pré verdoient
Ela vide un hom venir erament,
De li gran bois un faso portent
De legne por soi norisiment,

Por no[r]ir sa feme e ses petit enfent.
Quando vi la raine, à demander la prent:
'Dama' fait il 'vu alé malement
Cosi sole sença homo vivent,
Senblai moi la raina, se eo no ment.
Como alez vos? v'è fato noiament?
Dites le moi, si ne prendrò vençament.'
'Ami' dist la raina 'tu parli de nient.
De mon afaire te dirai le covent.
E' son ben la raine e de ço no te ment,
Acusea son à li rois durement
Por un traites, qe li cor Deo crevent!
Qe me fait aler si malement;
Unde eo te prego, çentil homo valent,
Qe tu me façi qualche restorament,
Qe aler poüst par toi segurement
En Constantinopoli, o' son li me parent;
E se tu le fa', bon guierdon n'atent,
Ancora por moi sera' rico e manent.'
Dist Varoche[r]: 'Vu parlà de nient,
Ne vos o abandoner à tot mon vivent.
Venez rer moi, eo alirò avent
Trosqua à ma mason qe est qui davent,
O' aço ma muler e dos beli enfent.
Conçé eo demandrò, pois aliren avent.'
Dist la raine: 'Soia à li ves coment.'
Adoncha s'en vait anbes comunelment,
Tant qe à sa mason i se vait aprosment.

Quant Varocher fu à sa mason venu,
El entra en la mason, la soma deponu.
'Dama' fait il 'no m'atendez plu,
Si seroit ben tot li mois conplu.'
E quela li demande: 'Mon sir, o' alez vu?'
E cil le dist: 'Or sta al Deo salu;
Del revenir eo no te so dir plu.'
En soa man oit un gran baston prendu:
Grant fu e groso e quaré e menbru,

La teste oit grose, le çavì borfolu;
Si strançes hon no fo unches veü.
Via s'en vait à força et à vertu,
E la raine si vait derer lu;
I pase Françe, qe aresté non fu,
E la Proençe q'i no fo conoü, 83b
E Lonbardie tota quanta por menu.
Tant sont alé, q'i no sont arestu,
Qe à Veneze i se sont venu;
En neve entrent, oltra forent metu.
Çascun qe Varocher avoient veü,
Çascun li guarde, si s'en rise rer lu.
Tant alirent por cele poi agu,
Pasent ces porti, le vals e le erbu,
En Ongarie i se sont venu.
A cha d'un bon oster i sonto desendu,
Qe avoit dos files, uncha plu bele non fu,
E una sa dame qe fo de gran vertu,
Qe molto amoit li povre e la çent menu.
E li oster fu saçes e menbru
Et oit nome Primeran, molto en fo coneü
Da tota jent e grandi e menu.
Çascun qe le voit croit qe soia deceü
E q'elo soia de lo seno ensu,
Por li baston q'el oit groso e quaru
E por li çevo q'el oit si velu.
E li oster li oit por rason metu:
Donde il est e donde il est venu.
Dist Varocher: 'D'oltra li po agu,
E quest'è ma muler, qi m'est rer venu.'
Quant li oster li oit entendu,
El dist à sa muler qe ben soia servu
Quella dame et ad asio metu,
E quella le fait qe ben ovrea fu.

Ora fu la raine molto ben ostalé;
De tuto ço qe li estoit à gré
Quella dame li donò à sa volonté,

Por qe la li par dona de gran bonté.
Quando la guarda por flans e por costé
Graveda la voit, si le pris piaté.
Ele la demande: ‘Qe est quel malfé
Qe senpre porta quel gran bastun quaré;
Ait il nul seno o est desvé?’
Dist la raine: ‘Così è costumé
No le adastés ne no le coroçé,
Qe de seno non est ben tenpré:
Mon segnor est, in guarda m'oit mené.’
Diste le dame: ‘Soia à li honor de Dé,
A nostro poer serì servì et honoré.’
A Varocher donent ço qe il oit comandé,
Plu per paüra ca por bona volunté:
Cuitent pur q'el soia desvé.
A la terça noit q'i furent alberçé
Cella dame partorì una bella rité, 83c
E la ostera si le oit alevé,
E si le oit e bagné e fasé,
De celle colse qe le venent à gré
A quela dame cele ont doné,
Ne plus ne men le servont à gré
Como ela fust de li so parenté.
E la raine li oit ben à gré,
E Varocher vait et avant e aré
Con li baston e groso e quaré,
E guarda ben l'infant q'elo non fose anblé
Ne de ilec eser via porté.
La dama stete in leto oto jorni pasé
Con fa le altre dame fora por le çité,
E posa fo levea à li fois colçé.
Con celle dame s'estoit aparlé,
E li oster si fo alé à le.
‘Dama’ fait il ‘nu avon ben ovré,
Quant à nu avez bel filz aporté.
Quando ve plaserà q'el sia batezé,
E' vorò eser vestre conper clamé.’

Dist la raine: 'Mile marçé n'açé,
De mun enfant farés la vestra volunté;
Clamer le farés con vos vent à gré.'
Dist Primeran: 'E'l'o ben porpensé.
Quant el serà en fonte batiçé
E d'olio santo beneï e sagré,
Par so droit nome elo serà clamé
Primeran, como eo sonto e'.'

Quando vene li terme di oto jorni pasant,
Primeran ven à la dame e si la demant
Q'ela le die e baili quel enfant,
Q'elo lo porti à li batezamant,
E quela li donò e ben e dolçemant;
Donde Primeran in ses braçe li prant,
E in son mantel li vait envolupant,
Verso li monester el s'en vait erant;
Nen fo cun lui nula persona vivant,
S'el non fu Varocher qe va dre planemant:
En son col porte li gran baston pesant.
Avant qe in le monester el vait entrant,
E li rois d'Ongarie çivalça lì davant
Con molti çivaler de li so tenimant;
El vi Primeran, à demander li prant:
'Primeran' fait il 'o' alez si erant?
Qe avez vos en ves mantel pendant?'
'Mon sir' fait il 'un molto bel enfant
De una dame bela et avenant,
A mon albergo desis por çirse ostalant, **8**
Ces enfant a partorì qe porto à l'olio sant,
E questo è son per qe darer ven erant.'
Li çivaler li guarde, si s'en rise belemant,
Q'elo li par un homo de niant.
Dist l'un à l'altro: 'El me par un troant
Homo salvaço, el n'oit li semblant.'
E cil rois si se fe in avant,
Le mantel prist, si levò à tant

1384 mantle.

Por q'elo volt veoir cele enfant.
Quando le vi qe li voit reguardant,
De sor la spala droit le vis una cros blant.
Quando la vi, molto s'en vait mervilant,
Or voit il ben non è filz de truant.
El dist à Primeran: 'Alez planemant,
E' voio eser à batezer l'infant.'
Dist Primeran: 'Soia à li Deo comant,
Molto me plas, se Deo ben me rant.'

Adoncha li rois nen volse demorer,
Cun Primeran el vait à li monster,
Li rois si fait quel abés demander:
'Abes' fait il 'e' vos voio enproier,
Se vu m'amés e tenés ponto çer,
Qe ces infant vu deçà batiçer,
Como elo fust filo d'un enperer
E filo de rois e de per e de mer,
E si altamente li oficio canter,
Como el se poit fare par nul mester.'
Dist l'abes: 'Ben vos do otrier.'
Adoncha jos desis del destrer
Et avec lui tuti li çivaler;
Tuti ensenbre entrent il monster.
L'abes prist l'infant, quant li volse sagrer
E primamente l'olio santo doner,
Et in apreso quando vene al bateçer,
Dist l'abes: 'Con le volés nomer?.'
'Leoys' dist li rois 'como me faço clamer.'
Dist l'abes: 'Ben est da otrier;'
Le infant fait Leoys apeler.
Quando el fo batiçés q'el s'en voloit aler,
E li rois si apelò l'oster:
'Primeran' fait il 'vos voio enproier
Qe cella dame ben diçà honorer
De tuto ço qe li ait mester.'
E à Varocher qe dist q'è son per

3 lo çiualer.

El fi doner una borsa de diner,
A ço q'i abia molto ben da spenser.
Quant Varocher va l'avoir à bailer
Se il oit çoie, non è da demander;
Çoian s'en vait con le visaço cler.
Quant fo à la raine qe li parlò l'oster:
'Dama' fait il 'ben vos poez priser,
Quant vestre filz a fato batiçer
Li rois d'Ongarie, qi tant è pro e ber,
E vestre fil el a fato nomer
Le ses nome, ne li so milor cançer.
Leoys oit nome li vestre baçaler,
E à çestu qe dis q'i[l] è son per
Oit doné dineri por spenser.'
La dama l'olde, molto le prist à·graer.
Ora li fa l'osto, ses filz e sa muler
Major honor qe non fasoit en primer,
Por q'i avoit meio avoir da spenser.
Ensi remis tros le quinçe çorner,
Qe li rois envoie por Primera[n] l'oster,
E cil le vait de grez e volunter.
'Primeran' dist li rois 'vu averez aler
A la dame e dire e conter
Qe son conper li voroit parler.'
Dist l'oster: 'Ben est da otrier.'
Da li rois se partì, nen vose entarder,
Ven à la dama sta novela nonçer:
Quando li plait, doverse pariler,
Qe li rois, li qual è son conper,
Si vol venir à le aparler.
Dist la raine: 'E'li voio vonter,
Ço qe li plait non voio contraster.'
Adoncha la raine se vait adorner
A meio q'ela poit, cun fema strainer.
E Primeran va li rois nonçer:
Parilé est la dame d'oldirlo volonter,
Et avec lui stare e conseler.
Adoncha li rois nen volse entarder,

El est monté cun pochi çivaler,
Cun Primeran l'è venu à l'oster.
La dama quant le vi in le oster entrer,
Contra lui se leve, si le vait à incliner,
E si le dist: 'Ben venez, meser.'
E li rois le dist: 'Ben stia ma comer.'
Desor un banco i se vont aseter,
Planetament anbes ad un çeler
E pois se prist anbes à conseler.
'Dama' fait il 'molto me poso merviler
De ves enfânt quant le fi bateçer,
De un signo qe le vi sor la spala droiturer,
Qe non ait nul se no filz d'inperer:
Unde, çentil dame, e' vos voio enproier
Por amor de Deo li voir justisier, 84b
Si cun comadre qe non doit boser
Par nul ren à li soe conper,
Donde estes vos? e qi vos fait erer,
Cun çeste hon straine tere çercher?'
La raina l'olde, come[n]ça de plurer:
Ça li dirà un poi de son penser.

A[l] rois sire la raina oit parlé:
'O çentil rois, e' voio qe vu saçé;
E' vos dirò lo voir se oïr lo voré.
Moier sui de K[arlon] l'inperé,
Le meltre rois qe posa eser trové.
Par un malvas hon e' son sta condané,
E de mon reame e' son sta caçé
Malvasement e cun grande peçé.
Deo soit ben tota la verité,
Se unche mais eo l'avi pensé!
Si cun li rois m'av[oi]t çuçé,
Ça estoit li fois preso et alumé,
Quando un abes m'avoit confesé,
E quando oldì toti li me peçé,
Adoncha fui de la mort deliberé;
E mon segnor, si cun fo conselé,

Ad un çivaler el m'avoit doné,
Qe mener me devoie in estrançe contré.
Quando da Paris eo fu' delunçé,
Quelo traitor, qi m'avoie acusé,
Moi vene arer molto ben armé:
Cun quel çivaler qi m'avoia amené,
Si me l'oncis cun li dardo amolé.
Quando ço vi, tuta fu' spaventé,
Si m'en foçi' in la selva ramé;
E questo hon li qual me ven daré
A l'insua del bois eo si l'atrové;
Unde el m'oit trosqu'à quì conpagné
Et in tal lois eo sonto arivé,
Donde eo son servia et honoré,
E questo est por la vestra bonté.
Unde, çentil rois, e' vos prego por Dé
Qe je non sia par vos abandoné,
Tant qe à mon per elo soia mandé,
Qe à grant honor m'avoia marié:
Par moi manderà çivaler aprisé.
E' v'o dito de moi tota la verité.'
Quando li rois l'intende, tuto fo trapensé
El voit ben q'ela dis verité,
E soit qe est raina de la Cresteneté,
De Constantinopoli fila de l'inperé.
Molto altamente li avoit encliné:
'Dama' fait il 'vu siés ben trové
Vu ne serés in tel lois ostalé,
O' vu serés servia et honoré,
Tanto qe à vestre per el serà envoié;
De ves afaire ben li serà conté.'

Li rois d'Ongarie si fo saço e valant;
A celle dame elo fe onor tant
Cun se posoit penser par nul senblant.
Ne la lasò en oster da cil jor en avant,
Robe le fi fare de diversi senblant,
Como à raine se convant:

E à Varocher ne fe far ensemant.
E pois à son palés la menò al presant,
Cun sa muler in conpagna la rant;
Non è nul cose, se ela li demant,
Q'ela non açe tot son talant.
Qi donc veïst Varocher aler ardiemant!
El non senbloie eser mie truant.
Quando se vi vestì si richamant,
Cun li çivaler vait et arer et avant.
Adoncha li rois non demorò niant,
Una galee fe pariler mantinant;
Quatro anbasaor di meltri de sa jant
En Costantinopoli l'invoiò al presant,
Conter à l'inper[er] tuto çertanemant,
Como sa file Blançiflor la valant
En Ongarie vene poveremant:
Blasmea fu à grande traïmant;
Donde li rois à qi Françа apant
De son reame l'a caçea vilanemant.
'Venua è in Ongaria et ilec vos atant
Qe le mandés à dire d'ele vestre talant.'
Va s'en li mesaçer por la mer naçant;
Tant alirent, nen fi arestamant,
Qe al porto de Costantinopoli desant.
Quant furent desendu, i s'en vait avant,
Ad un albergo i s'en vait ostalant.
Quant l'inperer soit li convenant
Donde venent e qi von querant,
Elo li reçoit e ben e çentilmant;
Si le convie à son palés grant,
Por oldir novelle li quer e demant.

Quand li rois vide li mesaçer,
Elo li demande e pois si le requer,
Qe anbasea i le doit nonçer.
E cil tosto li prendent à conter: 84d
'Emperer sire, nu vos devon conter
De vestra file Blançiflor al vis cler:

Calonçea est par un malvasio liçer,
Donde K[arle]maino l'inperer
De son reame l'avoit fato sbanoier;
Si la donò in guarda ad un çivaler,
Qi la devoia e condur e mener
Fora de son reame e [de] tot son terer;
Quant cil traites qe l'ave acasoner
Armé de totes arme si le vene darer,
E si l'oncis al brant forbi d'açer;
Donde por li bois s'en convene aler.
Venua est en Ongarie, desis ad un oster
Et ilec partorì d'un petit baçaler,
E quando l'infant s'aloit à batiçer,
Si le portava Primeran son oster,
Quando li rois si se le fe most[r]er;
Una cros le vi sor la spala droiturer,
Dont il conoit non estoit filz de paltroner,
Donde l'infant el vose batiçer
Si altamente, como se poit deviser.
E quant el vene à sa mer parler,
Ela le prist toto quant à conter
Ço qe le vene e davant e darer:
Onde elo la fe mener à son oster
E richament vestir e calçer;
Si grant onor le fi toti le civaler
Con se poroit ne dire ne parler.
Li rois vos mande, cun vos volez ovrer;
Parilé est de tot otrier.
E vestra fila si vos manda proier
Qe no la deçà par nula ren abandoner.'
Quant l'inperer li oldì si parler
E de sa file la novela conter,
S'el oit dol, non è da merviler.
Qui anbasaor qi li vene à nonçer
Altament elo le fe onorer,
E li rois d'Ongarie altament gracier.

Quant quela novela oldì quel inperaor
De soa file c'oit fresco li color,
A grant mervile n'avoit gran dolor,
Si qe por le non pote ester non plor.
Dist à li anbasaor: 'Nu faren banilor,
Qe eo prenderò di me anbas[a]or
E por ma file manderò ad estor,
Si me la farò venir à gran onor.
Mais non fala guera à K[arlon] l'inperaor,
Quan à ma file fato oit tel desenor.'
Adoncha li rois nen volse far sejor, 85ª
Fe apeler ses çivaler mior,
Octo n'apele de li so parentor,
Li qual erent de lor tota la flor
'Segnur' fait il 'or non farés demor,
Alez m'amener ma fila Blançiflor,
Qe m'avoit sbanoié K[arles] l'inperaor
De son reame e de sa tera ancor.
Unca non açe mai de inperio honor,
Se çer no li vendo Blançiflor sa uxor,
Qu'el oit caçà à cotanto desenor,
Quant venua est in cotanto tenebror.'

Li enperer nen fo mie enfant,
Dolent fo de sa file bela e avenant,
Nen fo uncha plus à tuto son vivant.
El si l'amava de cor lialmant,
Nen vos mervelés s'elo ne fo dolant.
Oto n'apele di ses milor parant,
Por sa file envoie en un legno corant;
E à li quatro anbasaor qe li vene en avant,
Qe li rois d'Ongarie l'invoiò al presant,
Molto li onorò, si le donò vestimant,
E a çascun un palafroi anblant,
E li rois d'Ongarie [vait] altament regraciant
E proferando à lui son oro e son arçant
E son reame e darer e davant.

çilualer.

Va s'en li anbasaor e legri e çoiant,
E qui de l'inperer s'en vait ensemant.
Tant sont alé por la mer naçant
Venent en Ongarie et ilec desant.
Li rois, quando le vi, le reçoit çentilmant,
Honor le fait merviloso e grant;
E cil le vait molto regraciant
De ço qe oit fato à sa fila valant.
Li rois d Ongarie li reçoit si çentilmant
Con se poroit conter par nul senblant,
E Blançiflor, la raine de Franç,
Quando le voit, contre lor li vait corant:
Ben li conoit qe i son so parant,
De son per demande primemant
E de sa mer, q'ela perame tant.
'Dama' fait il 'de vos i son dolant;
Par vos i mande, si nos atant.
Or li verés, madame, e vos e ves enfant.'
Ela le dist: 'Voluntera, por talant.'

Li rois d'Ongarie li saço e li ber
A li anbasaor el vait à incliner,
Tanto onor li fait como i fose son frer. 85b
E a quela raine el fi robe taler,
Como se convent, de palio e de çender;
Et ensement le fait à Varocher,
Qe oit la dame à son justisier.
E li rois d'Ongarie quando se vene à sevrer,
Tota soa galea el fait apariler
De tote quelle colse qe li avoit mester:
De pan e de vin, de carne da mançer.
Et in apreso quatro de ses çivaler
Elo fait richament coroer,
Qe quela dama ale à convoier.
En nave entrent quando volent naçer.
E cela dame, q'è tanto pro e ber,
Ven à li rois conçé à demander.
E la raine, la bela al vis cler.

1678 E a la raine.

Non oliò mie Primeran son oster,
Gran don li fe à lui et à sa muler.
Una colsa fe dont fo molto à loer,
Qe una de ses file volse sego mener,
Qe pois le fe richament marier
E grant avoir li fe doner à son ser.
Quant a ço fato, se metent à naçer;
Via s'en vait con toto Varocher.
Or un petit averon quì laser;
Si contaron de K[arlon] l'inperer
E del dux N[amon] del duchà de Baiver.
Le primer jorno q'el trovò sa muler
Entro li leto cun li nano ester,
Avanti qe del toto la volese çuçer,
Le conselò le dux N[aimes] de Baiver
Qe in Costantinopoli envoiase mesaçer
Tuto l'afaire por rason conter,
Ço qe de lui a fato sa muler,
Como co li nan la trovò in avolter;
Ben li poit de ces ovra noier.
E questo fu che alò por mesaçer
Un conte de Françe e nobel e ber,
Qe oit nome Bernardo da Mondiser.
'Bernardo' dist li rois 'tu t'en avera' aler
En Costantinopoli parler à l'inperer.
Da la ma part tu le devera' nonçer
Qe soa file trovà o in avolter,
No pais mie cun dux ni con prinçer,
Mais cun un nan dont m'è gran vituper.
No s'en merveli, se m'en voio vençer,
Qe tel colse non è da loer,
Ne li baron de Françe nol poroie comporter.'
Dist Bernardo: 'Ben li averò nonçer,
Se Dé me dona in Constantinopoli aler.' 85c
Al çamin se mist e prende son aler,
Tros en Costantinopoli non volse seçorner.
Li rois trova e soa çentil muler
E sa baronie, conti e çivaler;

Par una festa fato li oit asenbler:
Ça olderés la novela del corto[i]s mesaçer.

'Emperer sire' Bernardo oit parlé,
'K[arles] li rois, le maino encoroné
Qe soit en tot le mondo de la Crestenetè,
A vos m'oit por mesaçer mandé
E de quela ambasea non son mie alé.
Quando vu le saurés, ne serì coruçé.
De una ren e' voio qe vu saçé:
Nen fo ma' raina ni dama coroné
Da nu[l] baron eser tanto honoré
Cun vestra file dal rois de Crestenetè;
Mais ela est dever lui mal porté,
Qe cun un nan l'oit atrové en peçé,
En avolterio ela s'est atrové;
Unde à vos elo m'oit envoié,
Qe vos de ren no ve mervelé,
Se por justisia ela sera çuçé.'
Quando li rois l'oit oldì et ascolté,
A gran mervile en fu amervilé;
Mais sor tot la raina qe l'avoit alevé,
Qe conose de sa file son cor e son pensé;
Nen pote ester, al mesaço oit parlé:
'Mesaçer frer, le seno avés cançé;
Ben conosco ma file qe in mon ventre porté.
Ço qe vos dites tot est falsité
Ne non poroit estre por toto l'or de Dé,
Qe mia file en fust tanto olsé
Qe à son segnor aüst fato falsité.
Ben poit ester à torto calonçé;
Mais à droiture el no è verité,
Plus loial dame non è en Crestenté.
Mal fa li rois quando de ço l'a blasmé.'
Dist l'imperer: 'Mal avoit porpensé
K[arles] li rois, quant ma fila oit çalonçé
De un nan; donde sui si abosmé,
Par un petit non ai li seno cançé.

A vestre rois quan tornarez aré,
Da la ma parte vu si le conté:
Qe ben se guardi et avant et aré
Qe à ma fila non façа nul engonbré,
E s'elo l'oit trové en nul peçé,
A moi l'envoie, non soia entardé;
Savoir e' voio da le la verité. 85d
S'ela serà voire, in mal ora fo né;
Colsa como no, or no me la blasmé,
Qe de ma file non o nul mal pensé.
E s'el'è calonçea, el est à falsité
Da malvasio hon e pesimo e re.
Ço qe vos di or ne le oblié.'

'Mesaçer frer, non avoir nul dotançe.
Da la ma part dira' à l'inperer de Françe
Qe de ma fila non o mal entendançe:
Onde eo le prego qu'el aça pietançe,
Envoi à moi ma file, si savrò la certançe;
Se voir serà, meterola en balançe,
Çuçea serà sença nul demorançe,
E de questa colse non aça dubitançe.
E s'elo la çuça sença moi entendançe,
Qe da le non saça la certançe,
Eo n'averò al cor gran tristançe,
Si le, meterò tota la mia posançe,
D'ele prenderò gran vengançe.'
Dist li mesaçer: 'Loial è li rois de Françe;
Non farà ren sença gran conseiançe.
Vestra anbasea farò sença nul demorançe.'

'Emperer sire' ço dist li mesaçer
'Ben dirò vestra anbasea à K[arlon] l'inperer.'
Conçé demande, si s'en tornò arer;
Mes avanti q'el poüst en França entrer,
Elo oldì de Macario la novela conter
E d'Albaris li cortois e li ber.
Quant le oldì, molto s'en pris merveler.

Tanto çamine et avant et arer,
Ven à Paris, si se vait ostaler;
E pois sença nul demorer
Va à la cort à l'inperer parler
Por son mesaço dire e retorner.
'Enperer sire' ço dist li mesaçer
'En Costantinopoli [fu'] à cele enperer
Vestra anbasea e dire e conter.
Saçé por voir; quando m'o ldì parler,
Presente estoit ilec sa mulier;
Molto s'oit de ço à merviler
E por nul ren ne le poit creenter,
De soa file nesun mal penser.
E ben guardés d'ele açuçer;
Mais el vos proie qe la deçà envoier,
Qe avec le elo ne vol rasner,
Savoir s'el est voir o falsa calonçer.
S'el serà voir, q'el se posa proer, 86ª
Si aspramant elo la farà çuçer
Qe toto lo mondo s'en avrà merveler;
S'el no è voir, no la vol calonçer.
E ben guardés por dito de liçer
Ne le faisés onta ni engonbrer.'
Li rois l'intent, molto li parse noier.
Elo reguarde dux N[amon] de Baiver.
'N[aimes]' dist il 'grant est li destorber
Qe m'oit fato le traito losençer,
Qe à torto me calonçò ma muler.
Conselés moi, e' vos voio enproier,
Como me poroie da cele enperer
De soa file dire et escuser.'
E dist N[aimes]: 'Vu farés como ber.
Vu le farés dire e creenter
Qe vestre dame l'invoiesi l'autrer
Par un çivaler cortois e ber;
Mais un Macario malvasio e lainer
Contra vos voloir sì le aloit arer,
Si le oncis al brant forbi d'açer;
Qe devenist de la raine, quel no le savés conter;

Qe quel Macario, quando se vene à çuçer,
D'ele non soit nula rason mostrer.
O ela [ostela] se in boscho ni in river.'
Dist l'inperer: 'E' si le voio otrier
Q'elo se ge diça dire e derasner.'

Naimes parole qe no fo pais vilan:
'Entendés moi, çentil rois sovran,
De la raine estoit molto gran dan;
Sença peçé si è morta ad ingan
Por cil malvés traïtor seduan:
Cil le confonde li qual formò Adan!
Jamés non fo veu un si pesimo tiran,
E vos estes rois tros en Jerusalan,
Sor tote rois estes li sovran.
A quele rois q'era vestre paran
Excuser vos estoit qe non savés nian,
Dapo' qe fo parti da vos por çuçemant;
Donde al traitor en desi tel torman
Qe arso fo in le fois ardan
Contra voloir d'amisi e de paran.'
Dist l'inperer: 'Vos estes li sovran
Qe se trovase tros en Jerusalan.
Qi en vos se fie po ben eser certan
Non aver mal la sira ni la deman.
Sor tot li saçes estes li capitan,
Vu serisi ester eser bon çapelan
Por conseler tot le Cristian.' 86b

'Çentil mon sire' ço dist li cont Naimon
'Sentencia qe se dait contre rason
Molto desplait à tota çente del mon,
E quel qi la dà n'atende bon guierdon.
Da celle qi sostene li tron
Çuçé fo la raine sença cason,
La plu bela dame de tot li mon
E la plu saçe e de milor rason

O ela ast lase.

Qe uncha mes en fose Salamon.
Como l'aüst mais pensea nesun hon,
Qe Macario q'era ves conpagnon
Aüst pensé ver vos tel traison
Ne aüst morto Albaris sença cason
Por avoir la raine à soa sobecion?
De cella raine non saven si ne non,
Qe n'est devenue dapois q'ela se n'alon;
Mais mon cor me dist, si ne sto en sospicion,
Qe sana e vive ancora l'averon;
Mais, s'el vos plait, tenpo nu atenderon,
Tanto qe altre novelle oldiron
De la raine, s'el è morta o non.'
Dist l'inperer: 'A Deo benecion.'

'Emperer sire' ce dist N[aimes] de Baiver
'Se à mon conseil vos volez ovrer,
Tel vos donarò, non ert da oblier.
Ancora en Costantinopoli envoiaria mesaçer
A celle rois dire e conter
Cun la justisie avés fata si fer
De Machario li traito losençer,
Qe soa file aloit acuser,
Sença colpe i ve· la fe sbanoier;
Ne se poroit de la justise dire ne rasner.
De soa file ren ne le pois derasner
Ne le so païs dire ni conter,
Coment se posa avoir ni trover,
Qe in le bois se aloit afiçer.
E se d'ele vole mendança demander,
Parilé estes de à lui delivrer
D'or e d'avoir e de besant e de diner.'
Dist li rois: 'Ben est da otrier;
Qi le poren ancora envoier?'
Dist dux N[aimes]: 'Bernard da Mondiser,
Qe li alò autre fois l'autrer.'
Adoncha li rois fe par lui envoier
E cil le vene de grez e volunter.

'Bernard' fait il 'el vos convent aler
En Costantinopoli ancor à l'inperer, 86°
E si le averì e dire e conter
Qe de sa fille e' non so nul sper;
Ma quel qi l'acusò n'oit aü son loer,
Arso fo en fois, la polvere aventer:
Und'eo le prego q'el me diça perdoner,
Qe parilé sui de le amender
D'oro e d'avoir, de besant e de diner.'
Dist Bernard: 'Ben le voio otrier,
Donez moi li conçé qe eo m'en voio aler.'
Dist li rois: 'Alez e non tarder.'
E cil Bernardo si ven à son oster,
Parilé fu de ço qe li oit mester,
Por le çamin s'en prist ad aler;
Et avant q'el poüst en Costantinople entrer,
Estoit la raine venua à son per
E tot le dist, non lasò qe conter
De le rois cun la fe sbanoier
E for de son reame e[l] la fe envoier
E por Machario li vene quel inoier,
Qe li rois volse onir e vergogner.
De Albaris non lasò qe conter,
Como le oncis quel malvasio liçer,
E como en le bois s'aloit afiçer,
E coment l'avoit convoié Varocher
En Ongarie e davant e darer,
E si le conte de li cortois oster
E de ses fille e de sa muler.
'De li rois d'Ongarie ne vos poria conter,
Qe mon filz el me fe batiçer;
Tant honor m'a fato, nel devez oblier,
En vestra vie le devés gracier.'
Qi doncha veïst la mer la fia baser!
A tanto ecote-vos de França li mesaçor.
Avanti q'el poüst in la cité entrer,
A l'inperer el fo fato nonçer;
E quant le rois le soit, elo fe sbanoier

Qe de sa file nu[l] hon deust parler;
Nen vol pais mie qe quelo mesaçer
D'ele ne saça novela aporter.

Quando Bernard fo en Costantinople entré
E qe à l'albergo elo fo ostalé,
A le palés elo s'en fo alé,
Davanti li rois se fo presenté,
La novela li conte qe li oit aporté.
Quando li rois l'intende, elo li responde aré:
'Mesaçer sire, or tornarez aré;
Vestra anbasea no m'è pais à gré.
Al rois de Françe direz e conte[ré]: 86[d]
Sovenle qe ma file por muier li doné,
Et ensement me la retorni aré;
Qe s'el me donast tuto l'or de Crestenté,
Por moia file non seroit moto parlé.
Doncha cuita de França l'inperé
Avoir ma file del reame sbanoié,
Donde morta est e da bestie devoré;
Ora me demande merçé e pieté,
Coment me poroit il avoir amendé?
No, por tot l'avoir de la Crestenté.
Unde eo vos di qe tosto tornez aré;
E quando serés in França reparié,
Direz al roi de França l'aloé
Qe da ma part el est desfié.
S'el no me rende ma fille q'eo li doné,
Verò Paris avanti tro[i]s mois pasé.'
Bernardo l'olde, no l'a pais agraé,
De mal talant el prist li conçé,
De la filla li rois no li fo moto parlé,
Donde Blançiflor ne fo çoiant e lé.
El mesaçer s'en torne tot abusmé.
Quant à Paris el fo reparié,
Li rois trova e N[amon] l'insené;
La novela li conte qe cil li oit mandé.

1951 Sovente.

Quando li rois l'intende, tuto fo trapensé
E dist N[aimes]: 'Mal avon esploité,
Qe cil rois oit gran poesté
De civaler, de conti e casé,
Ben estoit guarni de riçe parenté,
De soa file mal vos avés porté,
En strançe part l'avez envoié,
Ne savon d'ele novele por verité,
S'ela est viva o morta delivré.
S'el ne fa guera, nu sen desarité,
Nen lasarà çastel ni fermité,
El n'arderà le vile e le çité.'
Dist li rois: 'Soia al voloir de Dé.'

'Emperer sire' ço le dis Naimon
'Da vestra part è venu la cason,
De la raine sons [en] mal contençon,
D'ele non avés fato se mal non,
Senpre avez creu li parant Gainelon,
Qe vos ont fato cotante mesp[r]eson.
Se l'inperer n'asalt, nu si defenderon,
El a li droito e nu torto avon:
Deo ne conseili qe sofri passion!
Qe no li so dire altra rason.' —
Or lasaron de l'inperer K[arlon] 87a
E de Bernardo e de le dux N[amon];
De l'inperer nu si ve contaron,
Qe sir estoit de Costantinople entorno et inviron,
De soa filla q'el voit estoit en gran fricon,
S'el no la vençe, no s'apresia un boton;
E quando ela li conte soa menespreson,
Si grant oit li dol par poi d'ire non fon.
Elo apelle ses conti o ses baron:
'Segnur' fait il 'oez qe mespreson
M'avoit fato l'inperaor K[arlon]
De mia file da la cler façon:
Sbanoié la oit cun se fait li laron,
Sor le oit atrové blaximo e cason;

Se no m'en vençо, no varò un boton;
Conselés moi coment nu la faron.'
Le primeran qe parle oit nome Floriamon,
E cil fu sajes e de bona rason;
Elo parole, non senblò à bricon:
'Droit enperer, por qe vos çeleron?
Grand è toa tera e grande reençon
E toa çent sont de gran renon,
Asa' avés çivaler e peon,
Or envoiés à l'inperer K[arlon],
Qe vestra file c'avoit le çevo blon
Elo v'envoi sença nula cason:
Colsa como no, qe nu le desfion.'
Dist l'inperer: 'A Deo benecion.'

Aprés Floriamon parole un çivaler;
Saladin oit nome, molt se fait priser.
En alto parole cum homo pro e ber:
'Enperer sire, li vestre çivaler
Vos doit à dritura conseler,
Ne por paüre ne por nesun engonbrer
L'omo no se doit retrar arer.
Ora prendés di vestre çivaler
Qe soia saçes de dir e de parler,
Si le envoiés à K[arlon] l'inperer,
Qe vestra file ve diça envoier;
E s'elo no la poit avoir ni reçater,
Por le vos diça tant avoir doner
Como ella poroit por nula ren peser,
E quel oro sia de le plu çer
De quel de Rabie qe plu se fait à priser,
E s'el non vol faire, mandés le desfier
Qe da vos el se deça guarder,
E posa faites vestra jent asenbler
Tant qe n'aiés plus de cinquanta miler.'
Dist li rois: 'Ben est da otrier; 87
Qi li poron nos envoier?'
'Floriamont sire' cil li respont arer

'Et avec lui Çirardo e Rainer
E Gondifroi li ardi e li fer.'
'Par foi' dist l'inperer 'ça milor no le requer:
Or le faites mantenant atorner:
E' non voio pais q'i diça demorer.'
Si altament elo le fi atorner
Con se convent à droito enperer;
E cil s'en vait fora por la river.
Tant alirent, nen volent seçorner,
I vent en Françe, si se font ostaler.
A Paris trove K[arlon] l'inperer,
Et avec lui dux N[amon] de Baiver
E li Danois, Ansois e Guarner
E mant des autres qi fo bon çivaler.
I se desont ad un bon ostor,
E quant furent repolsé, si se vait à monter
Sor li palés à li rois aparler.

Quant qui baron fo à Paris venu,
Sor le palés montent quant repolsé fu;
Li rois trovent dolent et irascu
Por sa muler qe il avoit perdu,
Qe à gran torto calonçea li fu.
Li mesaçer ne fo mie esperdu;
Quant davant lui i furent venu,
I le salue da la part de Jesu:
'Cil Damenedé qi ait la grant vertu
Ve salvi, rois, e vu e vestri dru.'
Dist li rois: 'Vu siez ben venu;
Dont estes vos e qi vos oit trametu?'
E cil le dient: 'Ves amigo e ves dru,
Ço est l'inperer qe oit la gran vertu;
Sire est de Costantinople, si le oit eu,
Si le obedient li grandi e li menu.'
Dist l'inperer: 'Vu siez ben venu.'

'Emperer sire' ço dist li mesaçer
'A vos n'oit envoié li nostro enperer,

Qe soa fille le diçà envoier,
Qe elo à vos en donò à muler,
Por grant amor vos fa noncier.
E se vos no la poez envoier,
Tanto esmés quanto la poit peser,
A fin oro vos la convent loier,
De le milor qe se porà trover,
De quel de Rabie del milor e del plu cler.'
Dist li rois: 'Duro est da otrier. 87c
De la dame e' non o nul sper,
E de l'oro no se vol ren parler;
Briga seroit tanto oro atrover.'
Dist li mesaçi: 'El vos cunven penser
De vos guarnir e pariler.
E' vos so ben dire sença boser
Qe mon segnor q'è orgoloso e fer
Vos en mande par nos à desfier.'
Dist li rois: 'Deo soia nostra sper
A nos p[o]oir [nos] saveron defenser.'
A le parole dist N[aimes] de Baiver:
'Mesaçer frer, e' no vos voio çeler:
Gran torto oit li vestre enperer.
Dapois qe l'omo a prendu sa muler,
Ne le oit d'ele à faire ni son per ni sa mer;
Colu qe l'oit presa à nocier
Ne poit fare d'ele le son voler,
E tant qe vivo estoit ne se po desevrer,
S'ela no fese ver de lui avolter,
E por celle la poit à martirio livrer.
Unde vos en dirés à li ves enperer
Q'elo lasi soa fila ester,
Viva o morte, no la po recovrer,
Ni an por ço no meta quel penser
Q'elo n'açe ne or coito ne diner.
S'elo ven in França à gueroier,
Elo li trovarà tanti bon çivaler
Qe in toto li mondo non ait son per
Por ben ferir et in stormeno çostrer.'

2108 Ne le doit. 2110 Nen poit.

Li mesaçer si fo saçi e valent;
De l'inperer à cui França apent
Oit entendu son cor e son talent
E del dux N[aimon] oï le convenent:
De son avoir no le daria nient
Ni de la dama no soit li convenent,
Se viva soit o morta ensement.
Conçè demande, ma prima li content
Como son segno[r] loro se desfient.
E dist K[arles]: 'E mi lui ensement,
Anche ne sia e gramo e dolent.
Ben so qe vestre sire oit grant ardiment;
Dolent sui quant à lui ofent:
Mais à ceste fois no alò altrement.'
Dist li mesaçe: 'A Damenedé vos rent.'
Conçé demande, al çamin se metent,
Via s'en vait, non fait arestament,
Tant sont alé por poi e por pendent,
Asa' durò pena e torment, 87[d]
Ven à Costantinopoli et ilec desent.
Li roi trovoit ad un son parlement,
O' il avoit de baron plus de çent
Qe tot erent e saçi e valent.

Li mesaçer no fo mie vilan,
Tant çerchent li mont e li plan
Qe in Constantinopoli venent une deman;
Li enperer trovent ilec davan,
De soa file molto estoit çoian,
Qe avec lui l'avoit viva e san.
S'elo-l säust l'inperer K[arles] el man,
En soa vite nen fust si çoian,
Qe plus l'amava de ren qe fust vivan.
Dist li mesajes: 'Çentil rois sovran,
Parlé avon cun li rois K[arlon] el man
E cun le dux N[amon], le conseler altan
Qe soia en Crestenté e darer e davan.
Par nos vos mande ne vos dote nian,

De darve avoir non ait nul talan;
Se vu le desfiés e i vu enseman;
Àsa' avoit de çivaler valan
Qe li vestri non dota un diner valisan.'
Dist l'inper[er], à cui Costantinople apan:
'Questo saverà li rois in breve tan.
Se in questo mondo eo serò vivan
O mi o lui seremo à nian.'

Quant l'inperer olde li mesaçer,
Qe K[arle] el maine, de França e de Baiver
Ne le dote valisant un diner,
Por li conseil de li ses çivaler
Fe bandir oste par tot son terer,
Nen lasò villa ne borgo ni docler
Qe no li faça li banior aler.
Avant un mois tant ne fait asenbler
Q'elo n'avoit ben .lx. miler;
Or defenda Deo K[arle]maino l'inperer!

L'inperer de Costantinople nen demorò niant,
El oit mandé par tot son tenimant
A burs, à vile, à çaste[l] et à pendant,
Par tota sa jent e amisi e parant.
Quant il oit asenblé tota la soe jant,
Lx. milia furent à verdi elmi lusant,
A palafroi et à destrer corant.
Li enperer non fait arestamant,
Elo fe sa file adorner riçemant
Et ensement ses petit enfant, 88ª
E Varocher li pros e li valant
Nen seçornò mie longamant,
Elo pris arme e guarnimant,
Le qual furent tot à son talant.
Un gran baston q'era quarés davant
S'avoit fato e groso e tenant,
E sença quello non vait tant ni quant.

2167 O mo.

Or oit l'inperer asenblé sa oste grant,
Dever Françe çivalçe ireamant,
Ora conseili Deo K[arle]maino li posant!
Por un traitor fo mis en tormant.

Via çivalçe quel grant enperaor,
Qe de Constantinople estoit enperaor
E mena sa fille la belle Blançiflor,
E ses petit enfant avoit avec lor,
E Varocher qi non fu li pejor,
Plus en fe guere de nul altre pugneor.
Tant alent, qe non farent demoror,
Qe i vene in Françe et ilec farent sejor.
Quant forent à Paris, fora por quel erbor
Tende e pavilon fait tendre entor.
Quando le voit K[arles] l'inperaor,
Nen pote muer qe des oili non plor;
N[amon] apelle ses bon conseleor:
'N[aimes]' fait il 'ben poso avoir dolor,
Quando me voi entrer in tel freor,
Mal averò veçu ma muler Blançiflor.
Ai Machario malvasio peçeor!
Mal o veçu averte nul amor,
Qe por celle amor tu me fusi traitor
Et Albaris m'oceisti à dol e à freor,
Dont ma muler m'est alea à desenor.'
E dist N[aimes]: 'Por qe faites vos plor?
S'el vos remenbra del tenpo ancienor,
Qui de Magança v'a mis en tel iror;
Traï vos ont de sa cha li plusor.
Deo li confonde, li maine Criator!'

Naimes parole, ni a talent q'en rie:
'Droit enperer, nen lairò nen vos die:
Qui de Magançe e soa segnorie
Nos oit metu en si malvasia vie
Qe je non sai qe de lor eo m'en die.
Traï vos oit Macario e fato tel vilanie

De Blanciflor qe non so qe m'en die;
Or n'è sovravenu una tel çivalerie,
Qe deveroit eser nos privé et amie
Et i seroit mortel enemie, 88b
A nos en croit e bataila e brie,
Qe mais in França non vene tel stoltie:
Or ne secora la santa Mere pie,
Qe da mo' en avant e' no so qe m'en die.
Quant me remenbra de ma ancesorie
Qe por traitor no sen toti finie,
Se n'o dolor e tristeça e irie,
De cela colse no m'en demandés mie.
Ne sa[i] qe dire, se Deo me beneie.'

'Emperer sire' ço dist li cont Naimon
'E' no so pais coment nu la faron
Ni bon conseil doner non poit hon.
Quant l'on porpense la grant menespreson
E li gran dol e la confosion
Qe vos avés fato de sa fila Blançiflon,
Le milor conseil qe prender poson
Estoit, rois, qe nu se parilon
Et ensemo fora à la defension,
Qe meio est morir qe star qui en preson,
Pois q'el non vole merçé ni perdon
De soa file avoir la reençon.'
Dist l'inperer: 'E nu si le faron.'
Adoncha fait asenbler ses baron,
Ben furent .xxx. mil, quant furent en arçon.
A Ysoler donò ses confalon,
E li Danois e li cont Fagon
E Beliant le fu de Besençon;
Quist guient l'insegna li rois K[arlon]
Ver l'inperer qe de Costantinople son.

Li emperer K[arles] nen volse demorer,
Fe sa çent guarnir e pariler,
Xxx. milia forent à corant destrer:

2238 da moi.

Li bon Danois e N[aimes] de Baiver
E Ysoler fo li confaloner.
La porta font avrir e despaser;
Fora ensent, qe ne doia noier.
Quant la novela alò à l'inperer
De Costantinople et à so çivaler,
Demantenent ello le fait monter,
E forent .xl. mile ad arme et à corer.
Volez vos oldir cun la fe Varocher?
El non fe mie à mo de paltroner,
Nen oit çival, palafroi ne destrer,
Arer vait cun li altri peoner,
So gran baston non volse oblier;
Quando vi l'oste de K[arlon] l'inperer,
El se porpense de sa çentil muler 88c
E de ses enfant q'el se lasò darer,
Quant la raine el oit à convoier,
Quant in le bois ello l'avi trover.
Qi le veist son baston palmoier
Ben cuitaroit qe fust un averser.
Non va in rote cun altri çivaler,
Ançi vait darer cun li scuer,
E si se fe de lor ses avoer.
Qe vos diroie de le pro Varocher?
Elo savoit le vie e li senter
E de Paris e l'insir e l'int[r]er
E le mason di alti çivaler,
Elo aloit la noit avanti l'aube cler,
E si se ficoit en l'oste l'inperer,
E si aloit à modo de scuer,
Si se ficoit in la tenda l'inperer,
La o' il savoit qe estoit li bon dostrer.
Tot le milor elo fe enseler,
Via le moine, qi ne doia noier.
E quando fo à l'oste de li sos çivaler
Elo comença: 'Monçoia, çivaler!'
Altament e brair e crier:
'Levez vos, ne vos açà entarder,

4 Leueze uos.

Qe l'oste K[arle] el maine venemo da preider;
Tot li avon li ses milor destrer,
I non averà sor qi posa monter.'
Quant cil l'intent, se prendent à merveler
De la parole qe dist Varocher.
Qi doncha veïst cella jent monter,
Le arme prendre e montar en destrer
E l'ost K[arle] el maine venir asalter!
Meesmo li rois quando volse monter,
Entro le stale non trovò son destrer
Ne de les autres qe estoit plus da priser.
Adoncha parole dux N[aimes] de Baiver:
'Je, vos le disi ben, nobel enperer,
Qe qui de Magançe vos faroit mal ariver;
Nu n'avon guere cun pere e cun frer.
Colu qe est de Costantinople enperer
Sa fila vos demanda, Blançiflor al vis cler,
Saçés por como la li porisés bailer;
Nu l'averon si cera conprer
En nostra vite no l'averon oblier.'
E dist K[arles]: 'Como la poon ovrer,
Qe pax e concordia potimes reçater?'
E dist N[aimes]: 'Si grant è li danger
Qe bon conseil e' no ve so doner.'

L'inperer, à qi França apent, 88d
A gran mervile il estoit dolent,
Elo oit pris arme e guarniment:
E le dux N[aimes] e tota sa jent
Da l'altra part s'arment ensement.
Qui de l'inperer, à qi Costantinople apent,
Montent à destrer isneli e corent.
Gran fu la no[i]se à quel començament.
Qi donc veïst q[u]i çivaler valent
Ferir de lançes e de spee trençent!
Q[u]i de Costantinople non furent mie lent,
E l'inperer de Françe le foit ensement,

2324 no leueron oblier.

El dux N[aimes] e Oger li valent
Por la gran presie vent isnelement.
Un çivaler ardio e posent,
(Cil avoit nome li pros Floriadent,
Plus valent hon non est in Orient,
Nevo ert e prosman parent
De l'inperer à qi Costantinople apent
E Blançiflor el ama dolçement)
En la bataile se mis ireement,
Fer un Fra[n]çeis por tel envasament,
La tarça li speçe e l'aubergo li fent,
Al cor le mis le glavio trençent;
Morto l'abate, dont K[arles] en fo dolent,
El s'apeloit ses proçan parent.

A grant mervile fo Floriamont orgolos,
Fort et ardi e de mal marcos
E de bataile estoit molto ençegnos.
Quant il oit mort cil çivaler de blos,
Elo dist à sa jent: 'Segnur, qe faites vos?
Car or me vençés la bela Blançiflos,
Qe K[arles] el maine n'oit fato tel desonors.'
E cil le font, quant oent li contors.
Doncha oïsés di colpi gran sons,
E qui de Françe le ferent ad estors.
Doncha verisés un stormeno dolors.
Mant çivaler furent del çevo blos;
Mal vide K[arles] li culverti traitors,
En cui senpre a metu son amors;
Ço fo qui do Magançe e de ses parentors,
Qe senpre fe à K[arlon] onta o desenors;
Mes Damenedé li pere glorios
Le fi asa' avoir onta e desenors
E a mala mort çuçe li ses milors.
Le primer fu dan Gainos li contors
Qe traï in Spagne li doçe conpagnos,
Rolant et Oliver, Belençer et Otos 89a

Ontos.

E li vinte mille qe oncis Marsilions;
Mais por Machario vene tel tençons
Qe Cristian cum Cristian avoit tel perdons
Qe non fust estoré par nesun hon del mons.

Grande fu la bataile e li stormeno fu fer.
Qi donc veïst qui çivaler,
Qe de Costantinople venent por çostrer,
Cun le spee e ferir e capler
E qui gran colpi doner e enploier!
A qi dona uno colpo ni a mester proier
Q'i non oncie loro e son destrer.
Floriamont vent por li estor plener,
En me' la voie s'incontrò cun Uger,
Le bon Danois qe tant se fa pro e fer.
Anbidos se ferirent quant se vene à incontrer,
Fendent soi le targes trosqu'à li aubergi cler;
E qui son bon, n'en po maie falser.
Le aste se ronpent d'anbes le çivaler;
Oltra le porte li corant destrer.
Quant a ço fait, s'en retornent arer
L'un contra l'autre cum fust dos çengler,
E trait le spee c'oit li pomo dorer
E si gran colpi i se voit à doner
Desor li cume qe fois en fait voler;
De q[u]i non trençe, qe Deo li volse aider.
Tot le targe e li scu à quarter
Font à la tera caïr e trabuçer.
Si grant fu la bataile d'anbes li çivaler,
Nen est nul homo qe le saüst conter.
Ça un de loro fust morto sença sper,
Quant li sorvene K[arle]maino l'inperer
E le dux N[aimes] del duchà de Baiver;
Da l'altra part venent altri çivaler
Por Floriamont secorer et aider.
Adonc le fait anbidos desevrer.
Si grant fu la bataile e si dura e fer,
Ne vos la poroie ne dire ne conter.

2413 la poroit.

E Blançiflor, la raine al vis cler,
Estoit al pavilon de l'inperer son per
E plançe e plure e fait gran danger,
Quant ela voit onçir son çivaler,
Donde raine ela se fa clamer.
O' ella vi son per, si le prist à parler:
'Pere' fait ela 'molt è grant li danger
De questa jent qe faites atuer:
Si sont de moi tuti amisi e frer.'
'Filla' fait il 'non poit por altro aler.
Questo fi fato à onta l'inperer,
A cui primament e' vos dé à muler; 89b
Ne vos doit pais de ceste ovre graver,
Quant el vos fi si vilment sbanoier,
Quando de Françe el vos fe desariter;
Ça no me poso quela ovra oblier.'

'Filla' dist li rois 'ne me oblio mie,
Quant li rois de Françe oit fato tel stoltie,
Qe vos oit caçé por la landa hermie,
Como vos fustes esté una soa amie;
No le poso oblier tot li tenpo de ma vie.'
Dist la dama: 'Nen lairò nen vos die.
Pere' fait ela 'elo non sa ne mie
Qe eo soia en la vestra bailie.
S'elo-l saüst, forsi seroit repentie
De ço q'elo m'aüst fato en sa vie,
Si vos clamaroit pardon e mercie'.
Dist li rois: 'Questo non voi e' mie,
Se primament no me son vençie.'
E la dama l'olde, no sa q'ela se die.

Endementir cun tenent la tençon,
A tant vene Varocher sovra un aragon
E si menoit dos destrer aragon,
Tot di milor qe avoit li rois K[arlon].
O' vide l'inperer, si le fait delivrason:

7 si uilment onober. 2430 oblia. 2448 le tait deliurason.

'Mon sir' fait il 'de ces vos faço li don.
Eo fu' à la tende de K[arlon] e de Naimon
E' no son çivaler, ançi son un poltron;
Ma s'el vos plais çençer moi al galon
Le brant d'açer, qe me clami per ves non
Çivaler adobés como li altri son,
Eo farò la bataile cun li meltri canpion,
Qe soia in l'oste de l'inperer [Karlon].'
Dist l'inperer: 'E nu li otrion.'
Dist la raine: 'Ben li avés rason:
Plus loial homo non è in tot li mon.
Quant me porpenso de la soa mason,
Qe par moi lasò sa muler e ses garçon,
Si me cunvoiò cun loial e drito hon
Trosqua en Ongaria à moia guarison.'
Dist l'inperer: 'E nu ben li savon,
No li doit falir non aça le guierdon.'
Adonc fait apeler ses dux e ses baron,
E la raine à la cler façon
Nen volse faire longa demorason,
Molto richament cun altre dame q'i son
Varocher fa despoler tot nu environ;
Pois le fi revestir de riçes siglaton.
Quant a ço fato l'inperer Cleramon 89c
Si le çinse li brando al galon,
E le dux P. si le calçò li speron,
E Varocher çura san Simon
Qe al rois K[arlon] serà mal conpagnon.

Quant Varocher fo fato çivaler,
Qe soloit vivre in bois et en river,
Quando s'è çinto li brant d'açer,
A gra[n] mervile el se fait priser.
E la raine qe oit le vis cler
Si le donò un bon auberg dopler
E un bon eume da le cercle dorer.
Quant Varocher se vi si atorner,
El fo montà sor un corant destrer
E prist un'aste à li fero d'açer

E una tarçe d'un olinfant cler.
Qi le veïst corer e stratorner,
Nen senblaroit mie eser paltoner;
Senblant oit de nobel çivaler.
Dist l'un à l'altro: 'Veez Varocher,
Como soit ben stratorner quel destrer:
A gran mervile resenbla bon guerer.'
Tel mil de lor qe volent guagner
Se vont à lui acoster,
Qe le çurent ne lui avoir faler;
E Varocher le prist volunter.
Dist Varocher: 'E' no vos voio celer:
Qui qi vera cun moi à beroier,
De li guadagno no li quer un diner;
Mais el vos estoit eser pro e fer,
Qe in tel lois vos averò mener,
O' nu trovaron tante arme e destrer
E tant avoir d'oro e d'arçento cler,
Çascun n'averà plus n'en saurà demander.'
Quant cil l'intendent si altament parler,
Çascun le vait parfont ad incliner.
Dist Varocher: 'Or v'alez à polser,
Et al matin avant l'aube cler
Nu averon ensenble çivalçer.'
E qui le font sença nul entarder.

A grant mervele fo Varocher valant,
Nen sembloit mie eser truant;
E quant il oit asenblea sa jant,
Elo li parole altament en oiant:
'Segnur' fait il 'entendés mon talant,
De una ren vos vo amonischant,
Qe çascun de vos soia pros e valant.
Se vos serés ardi e conosant, 89[d]
Tant averon or coit et arçant
Qe tot en farés richi vestri parant.
Venerés aprés moi, non alirés avant,
E vos averò mener à la tenda l'amirant,

De K[arle] el maine lo riçe sorpoiant.
Là trovaron li bon destrer corant,
Li palafroi e li moliti anblant:
S'el g'è avoir, nesun no ne demant.'
E cil le dient: 'Faren li ves talant.'
E Varocher non demorò niant;
Quando el fu monté en auferant
E tota sa jent avec lui ensemant,
E çivalçent secreta e bellamant
Fora de l'oste sença nosa e bubant,
Ne non apelle amigo ni parant,
E çivalçent da la part d'Oriant,
Par un çamin à costa d'un pendant,
Pres de Paris li trato d'un arpant.
En l'oste entre de l'inperer de Franç,
Tros à la tende no vait rene tirant,
E vait criando altament en oiant
Cun fait le guaite qe vait çerchant li chant.
Françeis l'oent, ne le dient niant;
Cuitent q'el soia de li ses voiremant,
Et in tel mo i vont pur avant.
En le stable entrarent, o' son li auferant;
Çascun ne prende qi le ven à talant
E qi ait mal çival si le vait cançant.
A K[arle]maine tole son auferant,
Q'elo çivalçe à stormeno en cant;
Et al dux N[amon] font lo somiant
Et à li altres qe son plus en avant.
Li ses lasarent qe non valent niant
E menent qui qi son [e] bon e grant,
Ne s'en percoit escuer ni sarçant.
E quando i trovent le çivaler endormant
I le tolent le arme e li guarnimant
E le espee cun tot le vestimant,
Ne le lasent or coito ni arçant;
Tel fu la soire richo e manant,
Qe à la deman à l'aube aparisant
No s'atrovò un diner valisant;
Robé furent d'avoir e d'arçant.

Varocher s'en torne, quando il oit robé
Tota la tende de K[arlon] l'inperer,
E si ne moine son corant destré
E si le oit le so en çanço lasé.
Et in apreso ançi q'el fust sevré, 90ᵃ
Tot le cope c'avoit Salamoné
E l'arçentere de gran nobelité
Via la oit tota quanta porté,
Le armaüre cun li brant amolé.
No s'en percoit homo de mere né,
De cella colse no s'avoit doté,
Nen cuitoit qe lairon fust là dens entré
Por la paüre d'eser apiçé.
E Varocher cun tota sa masné
S'en retornò, tuti çoiant e lé,
A la soa oste avanti li jor sclaré.
Quando celli le vent cosi ben atorné,
Qe de avoir erent tot carçé
E li destrer mener si abrivé,
Dist l'un à l'altro: 'O' son costor alé
Qe tant avoir avont guaagné?'
Dist Varocher: 'Or nen vos mervelé,
Qe de tel lois l'avemo aporté,
Là o' de l'altro estoit à gran planté.'
Dist l'uno à l'altro: 'E' non serò daré.'
Plus de doa mille li sont avoé
Cun Varocher aler à la çelé;
Mais Varocher no li oit pais refusé,
Davanti son sir elo est alé,
Lo bon çival do K[arlon] l'inperé
Tot primament elo li oit doné;
E de l'avoir q'i ont guaagné,
Qe le fu en sa part toçé,
A la raine li oit delivré
Et à Leoys sa petita rité.
E Blançiflor si n'avoit larmoié,
Quando son avoir vide si malmené
Et à tel gent le voit despensé,

6 le oit en so çanço.

Qe no l'oit mie par nul tenpo guaagné.
E K[arle]maine fu por tenpo levé,
Vide de sa çanbre li avoir anblé,
E son çival estoit via mené.
Quando ço vi, molto se ne mervilé,
N[amon] apelle, del duchà de Baivé:
'N[aimes]' fait il 'qi oit questo ovré?'
'Mon sir' dist il 'or ne vos lamenté;
Se vu avés perdu, nient ai guaagné,
Qe mon çival m'estoit via amené.'
E tel s'en rist, quando oit ben çerché,
Qe non trovò li brandi amolé
Ne le aubergi ne le tarçe roé,
Qe Varocher ne le avoit aporté
Cun sa masnea planeto à la çelé.
Ne s'en pensoit li rois qe si fust alé, 90b
Ançi cuitoit qe fust de qui de sa contré;
Dont plus de mil en fu pris e ligé.

Varocher s'en torne cun li ses conpagnon,
Aporté n'avoit l'avoir de l'inperer K[arlon]
E si n'amenoit son destrer aragon,
Donde ne fu in gran sospicion.
E l'inperer de Costantinople non fait arestason,
El fa monter ses çivaler baron
E prender arme e monter in aragon
Por asalir l'inperaor K[arlon],
E furent .xxx. mile, quant furent en arçon,
E quisti çivalçent sens nosa e tençon.
Blançiflor, la raine à la cler façon,
Si se remis plurando al pavilon;
Dolente estoit de l'inperer K[arlon]
E de son pere c'avoit cun lui tençon.
E qui çivalçe à força et à bandon,
L'oste asalì, qi ni pisi o non.
Gran fu la no[i]se, quant levent li ton.
E K[arle]maine e le dux N[amon],
Bernardo da Mondiser e le dux Sanson

E Ysoler e le dux Folcon
Prendent les armes, montent en aragon
L'oriaflame desploiarent amon,
L'una gent cun l'autre se ferirent à bandon;
Ne le fo cil ni veilard ni garçon,
N'aüst sanglent le vermio siglaton.
Gran fu la no[i]se, le cri e la tençon
E li daumaçe, qi ni pisi o non;
E tuti son Cristiani qe in Deo creon.
Mal fo celle hore e celle pon,
Qe Machario naque in le mon,
Qe por soe ovre e [por] soa rason
Si ne morì à gran destrucion
Plus de mil, qi ne pisi o non:
Donde Damenedé li fe remision,
De ses peçé si oit confession.

Grande fu la bataile, mervilosa e fer,
L'un enperer cun l'autre quant se vait encontrer.
Doncha verisés caïr qui çivaler,
L'un morto sor l'autre caïr e trabuçer.
Davant les autres s'en vait Varocher,
Ben fu armés sor un corant destrer,
Ne senbloit mie quel ch'el fo in primer,
Quant in le bois aloit à converser,
Qe cun l'asenel menoit le somer
Dentro li bois por sa vie salver, 90c
E vestì estoit à lo de paltoner.
Ora se voit sor un corant destrer
E bon armés à lo do çivaler,
S'el oit proeçe non è da demander.
En man el tent un'aste d'un pomer
Et à son col un escu de quarter.
Unches Rolant ne le dux Oliver
Tant no se fe de proeze apriser
Como se fait por li canpo Varocher.
En me' la voie delez un senter
El s'encontrò en le dux de Baiver;

Por grant esforço le ferì Varocher,
L'escu li speçe, ne le valse un diner;
Le auberg fu bon, ne le pote daner;
Si grant colpo li donò Varocher,
Qe sor l'arçon de la sella darer
Fait le dux N[aime] tot quant ploier,
Mais ne le poit del çival deroçer.
'Sante Marie' dist N[aimes] de Baiver
'Questo no è hon, ançe li vo[i]r malfer.
Jamés tel colpo n'avi da çivaler.'
El ten la spea, si se vorà vençer.
Varocher, quant le vi, ne le vose aspeter;
Ben le conoit q'el non è baçaler,
Son çival retorne, lasa N[amon] ester.
Atant ecote-vos K[arle]maino l'inperer;
Dist dux N[aimes]: 'Veez quel malfer?
Le ver diable le fe ençendrer,
Tel colpo me donò del brando d'açer
De sor mon elme q'el me fe enbronçer
De sor l'arçon de la sela darer: 90[d]
Deo me guarì, in carne no me pote bailer.'
Dist l'inperer: 'De lui me poso blasmer,
E' cre' par voir, si le o quella sper,
Q'el est cil malvasio liçer
Qe l'altro jor me furò mon destrer
A moi resenble qe eo le voi çivalçer;
Ma se à lu eo me poso aprosmer,
Çer li venderò à mon brando d'açer.'
E Varocher non cura de so tençer;
Tutora vait el avant et arer.
En me' la voie delez un senter
Oit encontrà Bernard da Mondiser;
Tel li dona de li brando d'açer
De sor li elme qi fo lusant e cler,
De quel non trençe la monta d'un diner.
Si grant colpo li donò Varocher
Q'elo l'abate del corant destrer;
O voia o no, li ait por presoner,

Via l'en mene sens nosa e tençer
Tros à la tende de li so enperer.
A Blançiflor li donò à guarder,
E quant la dama li poit aviser,
Ben li conoit q'el è son çivaler,
Demantenant le fait desarmer
E pois le fait vestir e coroer
De riche robe, de palio e de çender;
E Bernardo prist la dama à guarder.
Quant la conoit, qe la poit aviser,
N'en fust si legro par tot l'or de Baiver:
Davanti da le se vait à ençenoler.
E Blançiflor le fi su lever, 91a
Apreso le le fait aseter,
E si le prist por rason demander,
Como se mante[n] K[arle]maino l'inperer.
'Dama' fait il 'par vu est en penser
De vu jamés non ait nul sper,
Cre qe siés morte sença nul recovrer.'

Bernardo parole, qe oit çoie grant,
De la raine à la çera riant:
Qi le donast tot l'or d'Oriant
El non seroie si legro e çoiant.
'Dama' fait il 'molto me vo mervelant
De questa ovre, como soferés tant:
Qual qe se more, son ves apertinant.
Nen fust Damenedeo qe me fo in guarant,
Morto m'averoit à la spea quel truant.'
Dist Blançiflor: 'El è pro e valant.
Non è in ste mondo nesun hon vivant
Qe à mon segnor aça servì cotant.
Quando fu morto Albaris l'infant,
Qe Machario l'onçis, li traito seduant,
Par me' li bois eo m'en foçi' erant;
Eo atrové Varocher primemant,
Par moi lasà muler et enfant,

9 perser.

Jamai da moi el no fo desevrant,
Tant fu loial e ben reconosant,
Par moi durò gran poine e tormant.
Quant le trové in le bois primemant,
Non avoit mie arme ni guarnimant,
Ançi estoit à modo de truant,
Entro le bois stava par tot tanp
E fasoit legne por no[r]ir ses enfant.'
Dist Bernardo: 'Mué oit senblant;
Meltre çivaler non porta guarnimant.
Or plaist à Deo li pere roimant,
Questa novella säust li rois de Franç,
Que vos soiés vive e legra e çoiant;
Nen fust si legro in tuto son vivant.'
Dist la raine: 'Or lasez à tant
Q'el se repente de l'ovra enoiant.
Çucer me volse à torto vilanemant,
Si m'envoiò çativa e poveramant
Por altru tere alere mendigant,
Tota solete cun un de soa çant:
Ma no portant e' son grama e dolant,
Quando sa jent a nul ennoiamant.
Mon pere le fait ne no altro hon vivant
Par soi vençer de l'ovre aparisant,
Q'elo de moi en fe vilanemant.' 91[b]
E Varocher si s'en retorna à tant,
Lasa la dame e Bernard ensemant
A la bataile s'en vait apertemant.

Grande fu la bataile, forte e aduré,
L'un enperer cun l'autre mostre sa poesté;
Donde dux N[aimes] en fo gramo et iré,
Por Bernardo qe fo pris en fo tot abosmé.
E K[arle]maine tant fu avant alé
Qe cun l'autre enperer el se fo encontré,
Cun K[arle] estoit N[aimes] e Salatré,
Moriando li pros e li cont Salatré.
Çascun tenoit in man li bon brando litré,

Sor qui de Costantinople menoit gran ferté.
Ça fust son enperer recreant clamé,
Quant li rois d'Ongarie li oit secorso doné
A .x. mile Ongari de sa contré,
E Varocher non fo pais daré.
D'anbesdos part fo si grant la meslé,
Dir ne se poroit in carta ni in bré.
Tuto quel çorno tant q'el fo vespro soné
D'anbesdos part ela estoit duré,
Quant K[arle]maine li avoit escrié,
L'inperer de Costantinople oit demandé
E cil à lui vene tot coroé
Par lui parler; çascun se fait aré.
'Enperer sire' ço dist K[arles] l'insené
'De una ren molto me son mervelé,
Quando avés soferto et enduré
Venir en Françe asidier ma çité.
De vestra file e' son gramo et iré:
S'ela est morte, vengança n'o pié
De le traitor qe me l'a acusé:
Ma no por tant s'emendança en volé,
E' vos la farò à vestre volunté
D'oro e d'avoir e de diner moené.'
E cel le dist: 'Mal en fu[s] porpensé
Quant por ma file fo li fois alumé.
Nen fust l'abes donde fo confesé,
Q'el da le soit tota la verité
E qe ençinta estoit de filo e de rité,
Demantenant ela fose bruxé,
D'ele non fust merçé ni piaté,
E posa fo do França sbanoié,
A un sol çivaler ela fo delivré,
Qe por Machario fo morto et afolé.
Ça çeste pla non serà aquité
Se por bataile el non è afiné
Un çivaler con un autre in bataia de pré.' 91c
E dist K[arles]: 'El soia otrié,
Vu romarés et eo tornarò aré.

21 como un autre.

A le matin quant l'aube ert levé,
Un de ves çivaler en serà adobé
E un di me en sera da l'altro lé.
S'el meo estoit e vinto e maté,
Recliner m'averò à vestra volunté,
De vestra file tel vengança ne prenderé
Come vos virà en voler et in gré.
E s'el vostro serà e vinto e maté,
De bon voloir en tornarez aré,
Si serà entro nos pax e bona volunté.'
E cil le dist: 'El soia otrié!'
Dont K[arle]maine l'oit parfont encliné,
Çascun de lor s'oit molto onoré,
Arer s'en torne e fo l'oste sevré.
E K[arle]maine oit N[amon] apelé
E li Danois e des autres asé;
Tot l'afaire li oit dito e conté
De la bataile como ert devisé.
Çascun la oit graé et otrié
E li Danois primeran fus' vanté
Q'el farà la bataile, se à li rois est à gré.
Demantenant ne fo conseil pié,
Li rois demanes li oit li guanto doné.
Da l'autre part si fu l'autre amiré,
Qe de Costantinople est enperer clamé,
Dist à sa çent ço q'el oit devisé
Cun K[arle]maine li rois de Crestenté:
La bataila ert da dos sol al pré.
'Qi li alirà?' li rois li oit parlé.
Çascun escrie: 'Varocher l'aduré.'
E cil respont: 'Et el soia otrié.'
Gran çoia oit li rois e li bé;
A la raina fu la nova conté
Qe Varocher oit la bataila enguaçé,
Ver li Danois oit li guanto pié.
Quant ela li soit, ela fo porpensé,
Q'ela soit ben tota la verité,

2844 li rois ē esgre. 2845 nen fo.

Qe in Crestenté e davant e daré
Meltre çivaler nen seroit trové
De li Danois e de plu poesté.
Saçés par voir sença nul falsité
Qe Varocher oit loialment amé;
Par lui parler oit un mesaço mandé,
E cil le vene, ne l'oit pais contrasté.

Quant davant la raina fo venu Varocher,
La çentil dama le prist à apeler: 91d
'Varocher' dist ela 'vu sì un forsoner,.
Quant contra mon voloir vos faite[s] anomer.
Nen conosés mie li nome del çivaler;
Qi çerchese França tota quanta por inter
Nen trovaroit plus argolos ni fer
Cun li Danois qi s'apella Oçer:
Meltre çivaler ne se poroit trover
Ne qe li rois plus ami e tegna çer.'
Dist Varocher: 'Ne lo doto un diner,
E d'una ren vos voio enproier:
Se vos m'amés e de ren m'avés çer,
Qe vos de mi lasez quel penser.
S'el fose vivo Rolando et Oliver,
N'i dotaria la monta d'un diner.
Dist Bernardo qe estoit presoner:
'Dama' fait il 'el est pro e ber,
Jamais tel colpo non avi da çivaler;
Mais de una ren e' vos voio enproier,
Qe de bone arme le façà adober,
Qe li Danois qe s'apella Oger
Oit una spea qe trença volunter;
Curtana l'apelent Alemanṭ e Baiver,
Plu trença fer rubi o açer
Qe nulà falçe la erba del verçer.'
Dist la raine: 'E' l'o ben en penser.'
Dist Varocher: 'Pensés de l'esploiter,
Qe primament voio à li canpo entrer.'
Dist Bernardo le sir de Mondiser:

'Sire Varocher, vu avés bon penser,
Non açà l'ovre si forte adaster,
Qe tel se cuita vendere e cançer
Qe à la fin si le conpra molto çer.
Mal conosés li Danois Oger;
En tot le mondo e davan e darer,
En paganie e por li batister,
Ne se trovaria un milor çivaler.'
Dist Varocher: 'Ben l'o oldu nomer;
Mais portant e' nol doto un diner.
E d'una ren vos voio creenter:
Pois qe mon sir me donò li corer,
Eo deventé si argolos e fer,
Quando de le bois me ven à remenbrer
Qe sor li doso portava tel somer
Como faroit un corant destrer,
De retorner plus à quel mester
Saçés par voir, se Deo vole aider,
De retorner al bois e' non faço penser.
Soloia aler vestì de pani de paltoner
Et in man portoie un baston de pomer, 92ª
E mo' si son vestì a lo de çivaler
E à mon la li brando forbì d'açer.
Quando ço voi, e[n] mon cor son si fer
Qe non redoto homo vivo de mer.
Converser soloie cun bestie averser,
Ora demoro en çanbra d'inperer
E quando voio, sonto so camarler.'
Dist la raine: 'Tu a' molt bona sper;
Nen so q'en die ne respondert' arer.
Tant e[s] tu saço en dir et en parler,
Le to parole e' non voio amender;
Ma totafois averò par toi proier
Jesu de glorie li vo[i]r justisier
Qe de la bataile te lasi arer torner
E sano e salvo dever le dux Oger.'
Dist Varocher: 'Or lason li parler

2922 niuo?

E si me faites le arme aporter.'
Dist la raine: 'De grez e volunter.'

Blançiflor, la raine à la clera façon,
De Varocher oit gran doteson:
Arme li fa aporter le meltre de li mon.
E cil vesti l'auberg flamiron,
Mis le ganbere e calçò li speron
E posa çinse le brando al galon,
Un elmo a lacé qe fu rois Faraon,
Nen fo ma' spee q'en trençase un boton,
Montò à çival corant et aragon.
E la raine à la clera façon
Le fe aporter una tarça reon;
Al col se la mist Varocher li prodon
E posa prist un'aste cun un penon,
Li fer trençant si le sont en son.
'Dama' dist Varocher 'e' vo à li Deo non.'
Dist la raine: 'A ma beneçion.'
E Varocher punçe li aragon,
A l'inperer vene sença tençon.
'Enperer sire, e' vo al canpion
A fornir la bataile, se vinçer la poron.'
Dist l'inperer: 'Soia à li Deo non.
Se Deo me done de la retornason,
Tant vos donarò or coito e macon
E bona tere con çastel e dojon
Qe in vestra vite en serés riçes hon.'
Dist Varocher: 'E nu li prenderon.
Si vos faremo homaço cun faro le devon.'
Li rois lo segne, dé-le beneçion.
E cil s'en voit à cuite d'esperon,
Plu se ten fer qe liopart ne lion. 92[b]
Tanto civalçe, non fait arestason,
Ven à la tende de l'inperer K[arlon];
Ad alta vos elo mis un ton:
'Enperer sire de França e de Lion,

3 se deuon.

O' avés vos li vestre canpion?
Vol il conbatre? dites moi si o non.'
K[arles] l'oï e le dux Naimon,
Dist l'un à l'autre: 'Cil est un mal garçon;
Meltre diable non è in ste mon.'
A tant li Danois venoit por li pavilon,
De Varocher el oldì la tençon.
Quando l'oldì, el se tene à bricon,
Ven à sa tende, o' le ses drui son,
Querì ses arme, si vestì li braçon,
So blans aubers, si calçò li speron,
Çinse Curtane al senestre galon,
Alaça l'eume à guise de baron,
Monta à çival corant et aragon,
Al col la tarçe o' è pinto li schalon,
Una asta pris o' li fer son in son,
El non fi moto, nen dist autre sermon,
Ver Varocher s'en vait à speron.
K[arles] le vi, si n'apellò Naimon:
'Veez li Danois, cun s'en vait à bandon;
Ça serà la bataile, qi ne pisi o non.'
E dist N[aimes]: 'Deo vinçer ne la don,
E si metese pax et acordason
Entro color qe imparenté son.'

Quant li Danois fo à Varocher venu,
Elo l'apelle, si l'oit à rason metu:
'Çivaler sire, vu m'avés deçeü,
Quant avant moi estes à li canpo venu.
Volez contra moi mostrer vestra vertu
O dever moi clamarve recreü?'
Dist Varocher: 'Avez li seno perdu?
Creez qe soia qui aloga venu
Por dir çanson ne faire nul desdu,
Se no por conbatre à li brandi nu?
Se tel serés como avés li nome eu
Ça ver de moi non serés recreü.'
Dist li Danois: 'E' v'o ben entendu.'

2991 qe ne pisi.

Del canpo se donent una arçea e plu.
L'un cuntra l'autre ponçe li destrer crenu
E brandise le lançe à li feri agu;
Comunelment i se sont feru,
Frosent le tarçe tote quant por menu,
Li fer trençant ont in le auberg metu,
E qui son bon, da mort li oit defendu. 92c
Le aste è grose e li fer trençant en fu,
Anbi li baron sonto de gran vertu,
E si gran força i le ont metu
Qe inçenoclé son le çivali amoidu.
E qui le pinse ben, qe ont gran vertu,
Si qe le aste son in troncon caü;
Oltra s'en pase li bon çival crenu,
Ne l'un ni l'autre no li a ren perdu.

Le çivaler si son pro e valant,
Oltra l'inporte anbes li auferant,
Ne l'un por l'autre no se ploia niant.
Li destrer torne, çascun trait li brant
L'un dever l'autre à guise d'olifant;
Ma Varocher se trait plus avant
E fer Oger de sor l'eume lusant,
Gran colpo li done, ma no l'inperia niant,
Qe Damenedé li estoit en guarant;
La spee torne sor la tarça davant,
Toto ne trençe quant ela ne prant
E de l'aubergo la gironee davant.
'Santa Marie' dist Oçer li valant
'Cun quella spee trençe teneremant!
E cil qi la done si no m'ama niant.'
Gran colpo li done de sor l'eume lusant,
Ver Varocher el ven ireemant,
Nen po trençer un diner valisant,
Car cel heume fu e forte e tenant.
La spea torne qe la tarça porprant,
Cun tota la guiche el la çeta à li canp
E de l'aubergo cento maie in avant,

Tros in l'erbete va la spea clinant.
Si grande fo li colpo de Oger li valant
Qe sor l'arçon de la selle da vant
Varocher se vait toto quanto ploiant;
Par un petit non cade en avant,
Reclama Deo li pere onipotant:
'Sante Marie, raine roimant,
Anco' si me siés de la morte guarant.'
Dist Oger: 'Me va' tu reconosant?'
Rende-te à moi, non aler plus avant.'
Dist Varocher: 'Vu parlé de niant;
Ancor no sui e' vinto ne recreant.'
A questo moto anbi li conbatant
Se requerent à li brandi trençant,
L'un dever l'autre no s'apresia un guant,
De ben ferir çascus se fa avant.

A gran mervile fo pro li çivaler, 92v
L'un no presia l'altro la monta d'un diner.
A li brandi d'açer anbidos se requer,
Se l'un è pro, li autre [n']est liçer.
Le armäure, for li eume d'açer,
Sont trençé tros à la çarne cler.
'Sante Marie!' dist li Danois Oger
'A gram mervile è fer ste malfer.
Jamai non vi homo de tel aïrer,
A gran mervile est pro çivaler.'
Elo l'apelle, sil prist à derasner.
'Çivaler sire' dist li Danois Oger
'En la corte de le vestre enperer
Par nome cun vos faites clamer?'
E cil le dist: 'E' o nome Varocher.
Petit è'l termen qe eo fu' çivaler,
Eser soloie prima un paltoner
E in foreste senpre aconverser.
Par un servise qe fi à l'inperer
El m'a doné le arme e li corer
E de novel m'a fato çivaler.

De quella colsa qe mo' sta à çeler,
S'el la saüst K[arle]maino l'inperer,
No t'averoit mandé qui à çostrer
Par moi oncire, confondre e mater,
Ançi m'averoit amer e tenir çer.'
Dist li Danois: 'Noble çivaler,
Se à vos plaist à moi çel deviser
E la creençe dire e palenter
E moi e vos sença nosa e tençer
E sença colpo ferir ni capler
E moi e vos s'averesemo acorder.'
Dist Varocher: 'Me le poso enfier,
Qe ço qe vos dirò vu si diçà çeler
Ne à nul persone dire ni aconter?'
Dist li Danois: 'E' vos l'averò çurer.'
Dist Varocher: 'Et eo meio non requer,
Et eo vos contarò le fato tot enter,
Si cun l'ovre fo fata da primer.
Nen vos remenbre de li tenpe ançioner,
Quant Albaris fo morto à li verçer
A la fontane por la dama mener,
Donde Machario si n'ave son loer?
La dama s'en foçì por li bois dur e fer
Et eo si l'encontré ad un tertre paser,
A moi se rendé, eo l'avi à convoier
Trosqua en Ongaria, ilec fi-la repolser,
Si la desis à cha d'un bon oster.
La prima noit q'el'avi ostaler
Un enfant partorì; quant le fi bateçer, 93ª
Li rois d'Ongarie li vene ad alever,
Son nome le mist, si le fa apeller.
Quant conove la dame, molto l'avoit çer,
Grant honor le fi, si mandò à son per.
E son pere mandò por lei de nobeli çivaler,
En Costantinople el se la fe mener
E por le a fato questa oste asenbler,
E si te poso par droito voir conter

5 terter. 3112 Si se fa.

Qe quella dame cun tot li baçaler
Si est en l'oste de l'inperer son per,
E qi la volt là la pora trover
E sana e salva sença nul engonbrer.'
Quant li Danois li oldì si parler
E tel rason dire e deviser,
Qi le donast li onor de Baiver,
Non seria si çoiant par nula ren de mer.
El se decline enverso Varocher,
Entro le fro mis le brando d'açer.
'Varocher' dist il 'e' vos o molto çer,
Non plaça Deo li vor justisier
Qe contra vos e' voia plu çostrer;
Çer vos tirò cun vos fustes mon frer,
Nen averò ren ni avoir ni diner
Avec vos ne serò parçoner.'
E Varocher l'en pris à mercier.

Quant li Danois oit oldu la novelle,
A gran mervile ela li paroit belle,
De çoia qe il oit tot li cor li saltelle,
Deo mercie e la Verçen polçelle.
O' el vi Varocher, dolçement l'apelle:
'Varocher' fait il 'dito m'avés tel novelle,
Plus m'è-la charą qe l'onor de Bordelle.
De vos amer tot li cor me renovelle.
A K[arlon] m'en çirò q'è segnor de Bordelle,
Dirò qe m'avés [vaincu] et abatu de selle.'

'Varocher' dist li Danois 'nen vos ert çellé:
Tel colsa m'avés dito e conté
Plus n'oe çoia qe se aüst guaagné
Eser segnor de Roma la çité,
De la raine qe viva est trové.
A K[arle]maino e' tornerò aré,
Ça questa colse no le serà conté,
Mes altrament le serà devisé,
Donde la pax en serà fata de anbi lé.'

Dist Varocher: ‘Vu farì gran bonté,
Or vos alez e plus non demoré.’
E li Danois si oit preso conçé, 93[b]
Da Varocher e parti e sevré.
A l’oste K[arlon] el fu reparié,
E quant el fo querì e demandé
De la bataile coment estoit ovré,
Elo le dist qe vinto est e maté,
E quant el fo del çival desmonté
E de ses arme el fo desarmé,
Elo si vent davanti l’inperé:
‘Bon roi’ fait il ‘e’ voio qe vu saçé:
Conbatu son e vinto e maté
Dal milor çivaler de la Crestenté;
Unde e’ vos pri par droita verité,
Qe vu tratés pais e bona volunté
Cun l’enperer qe è de Costantinople clamé,
E se vos le faites vu farés gran bonté.’
Dist K[arle]maine: ‘Ben me veroit à gré,
Se envers lui atrovase piaté,
Qe de soa fille qe morta est trové
Elo me fist pardon de tot son gré.’
Dist li Danois: ‘Ora li envoié
Un ves mesajo qe soia de bonté,
Qe ben saça parler, e querir pieté.’
Dist l’inperer: ‘E’ l’o ben porpensé.
Qi li alirà?’ dist K[arles] l’inperé.
Dist li Danois: ‘Eo li o ben trové:
N[aimes] li dux et eo da l’altro lé.’
Dist l’inperer: ‘Et ol soia otrié,
Ça dos milor non è in Crestenté.’
Adoncha N[aimes] si se fo coroé,
De riche robe vestì et adorné,
E li Danois non oit l’ovra oblié,
Qe ben savoit tota la verité
Si cun Varocher li avoit conté,
E por quela chason li vait çoiant e lé.
Anbidos se partent, quant pris ont conçé;

Por li çamin tanto sonto alé,
Le primer homo q'i ont trové
Cil fu Varocher, cun avoit ordené
Cun li Danois quant da lui fo sevré.
Quant elo le vi, gran çoia oit mené;
Le dux N[amon] oit por man gonbré
E li Danois prist da l'altro lé,
Davanti l'inperer li oit amené.
Li rois le vi, por lor se fo levé,
N[amon] asist à son destro costé,
Da l'autre part, da le senestre lé,
Sest li Danois de bona volunté,
E Varocher davanti lor en pé.
Molto furent da li baron guardé, 93c
Laudé furent e da boni e da ré.

Naimes parole toto primerement:
'Droit enperer' dist il 'à moi entent,
Voir vos dirò por lo men esient,
Non est nul colse in ste segol vivent,
Pois q'el è fato et oit pris feniment,
De retorner arer d'ele è nient:
Unde eo pri por Deo onipotent
Qe a K[arle]maine qe fu vestre parent
Li perdonés de cor e de talent,
Et el serà à ves comandament
D'obeir vos, e lui e sa çent.'
Dist l'inperer: 'Vu parlés saçement.
E' vos voio dire à vos apertament:
Quando ma file marié primement,
E' non avoie amigo ni parent,
Qe tant amoie cum K[arlon] loialment.
Or oit il fato ver moi desloialment,
De ma file [a] fato desloialment,
Si la çuçoit à li fois ardent,
Calonçea fo à torto vilment
De quela colsa qe estoit falsament.
Nen poso ester qe à vos non palent:

Se Deo m'oit ameo loialment,
De ma fille vos dirò li convent.
Non est morte, ançi è viva e çoient,
E se de ço vu fosi descreent,
Verì li voir alo' amantinent.'
Alora dist à Varocher en rient:
'Varocher' dist il 'vu sì saço e valent;
Alez à Blançiflor, non demorés nient,
Davant moi l'amenez al present,
Si qe N[aimes] la voie e Oger ensement.'
Dist Varocher: 'Vu parlé saçement.'
El se departe, non fait demorament;
Ven à la çanbre, o' ela estoit çeleament
Avec Bernard de soto un paviment.
Dist Varocher: 'Dama, ad esient
E' vos aporto un noble present.
Vestre per v'invoie, sençe demorament
Venez à lui si açesmeament
Qe de vos non açe blasmo de nient,
Qe avez eu nesun enoiament.
Veoir vos vol de la françescha jent,
Uçer e Naimes qe son vestre servent.'
La dama l'olde, à Deo merçé ne rent,
Gran çoia n'oit, se vestì riçement,
Ad un fil d'oro soa crena destent, 93d
Ela e Bernardo se partì mantenent,
E fo venua da la tenda davent
Davant son pere, o' Naimes la atent.
Quant N[aimes] la vit, li cor si le sorprent,
Parler non poroit par tot l'or d'Orient.

Gran çoia ont le çivaler,
Quant verent la raine, qe oit le vis cler.
I se partent d'avant l'inperer,
Quoront la raine, se vont à ençenoler
E çentilment la vont à saluer.
'Dama' dist N[aimes] 'se l'olsase parler,
Eo vos diroe un poi de mon penser.

Plu saçes rois no se poroit trover
Qe l'inperer li qual è vestre per,
Quando ces ovre a saçé si mener.
Ma se li plais e li vol otrier,
Quel qe dirò non voia deveer:
Entro lui e K[arlon] e' le voio apaser.
E vos, raine, s'el vos est à agraer,
Si tornarés ves reame à guarder,
A vos declinaroit Alemans e Baiver
E tota jent q'è soto l'inperer.'
Dist la raine: 'Ne m'en so conseler.
Quando me poso li jor aremenbrer
Qe si vilment elo me fe mener
E quando vi le fogo alumer
O' dedens me voloia ruer,
Se eo avi paüre non è da demander.
Quando le bon abes m'avi à confeser,
De quela poine el me fe resploiter.
Quando mon segnor me fe via mener
Ad Albaris li cortois e li ber,
De le traites qe li vene darer
Par mon cors onir e vergogner
Par moi defendre le vi morto çiter,
E quant ço vi, si m'alé afiçer
En le gran bois por ma vita salver.
Asa' m'aloit çerchando quel liçer,
Ne me pote avoir, si s'en tornò arer.
Nen veez vos çestu Varocher?
A gran mervile le dovez amer,
Sor tot ren amer e tenir çer.
Par moi lasò e fio e muler
Ne ma' da moi ne se volse sevrer;
Prima estoit un truant à guarder,
Ma mo' oit lasé quel mester,
Dapois qe mon per si le fe çivaler;
Da ora avanti el s'a fato apriser.' 94a
Dist li Danois: 'Al mondo non ait son per
Por ben ferir e gran colpi doner,
Meltre de lui non pote mais trover.'

‘Segnur’ dist la raine ‘entendés mon talant,
Ço qe dirò saçés ad esiant:
En mon per est tot l’acordamant,
E quel po faire de moi li son talant.
Nori el m’oit e moi e mon enfant
Dapois qe de Françe en fi desevremant;
S’elo l’otrie, serò molto çoiant.’
Dist le dux N[aimes]: ‘Vu parlé saçemant.’
A l’inperer i se vait declinant:
‘Enperer sire’ dist N[aimes] li valant
‘Por Deo vos pri qe naque in Belliant
Qe avec K[arlon] faites acordamant;
Sa dama li rendés qe droit est voiremant
Qe partir ne le poit homo qe soia vivant.’
Dist l’inperer: ‘Vu parlé saçemant;
Mais d’une ren saçés ad esiant:
Par un petit qe eo no me repant,
Quant me porpenso de l’inçuria grant
Qe à ma file el fi malvasiemant,
E ben savés se digo voir o mant.
Mais no por tant eo vos dono li guant
Qe de çes ovre façe li ves comant.’
Quant li baron olde li convenant,
I le merçie, clina-le perfondamant,
Si l’en merçie e ben e dolçemant.
Se la raine oit çoie, nesun no ne demant;
A le dux N[amon] ela dist en riant:
‘N[aimes]’ fait ela ‘se vivo longemant,
De questa pais n’atendés gran present;
Ma s’el ve plas, prendez mon enfant,
A son per li menés tot inprimeremant,
Q’elo li voie, qe mais no li fo davant.’
‘Deo!’ dist Oçer ‘molto è richo li presant.’
Adoncha la dame non demorò niant;
O’ vi son fil, por me’ la man li prant,
A N[amon] le delivre e ben e çentilmant
E qui prende conçé dal roi e da sa çant
E mena Varocher avec l’infant,

316 beniant.

De lui non se fioit en nesun hom vivant,
Dapo' q'el fo nasu, sil nori ben e çant.

Va ·s'en li mesaçer, nen fait demorason,
E mena avec lor le petit garçon
E Varocher li saçes e li bon.
Quant s'aprosment à l'oste K[arlon], 94b
Contra li vent çivaler e peon
Por oldir novelle, se la pas averon.
Virent Varocher e le petit garçon,
Qe plu fu bel qe non fu Ansalon,
Le çevo blondo cun pene de paon,
Plu bel damisel uncha non vi nul hon.
Quant i furent davant li rois K[arlon],
Li rois li apelle, si le mis por rason:
'Or dites moi qi est quel garçon
L'avì trové en via o in boschon?
Un plu bel damisel uncha non vi nul hon.'
E dist N[aimes]: 'Quan saverés ses non,
Plu l'amarés qe li ocli del frou.
Oldés miracle de Deo, qe manten li tron.'
L'enfant se partì de braçe de N[amon]
E ven à K[arle], sil prist al menton·
'Pere' fait il 'ben so la leçion
De moia mere coment sen alon.
Vestre fil son par droita nasion;
E se nol crées, q'en fosi en sospicion,
Trover me poés le segno qe avon,
Desor la spala la crox droit'à son.'
Li rois l'olde, si n'apella N[amon]:
'N[aimes]' fait il 'qe dist ste garçon?
Ne poso entendre niente de sa rason.
Donde l'avés? dites moi, qe il son?'
E dist N[aimes]: 'Vu le saverés par non,
Tel colsa vos dirò dont gran çoia n'averon
Tota la cort, çivaler e peon.
Çama' in Françe tel çoia non veron
Cun vu averés por le petit garçon.'

'Enperer sire' dist N[aimes] de Baiver
'Tel novela vos averò conter,
Donde n'averés forment à merveler.
Nen vées vos ste petit baçaler?
Por voir vos di (si ve le poso çurer)
Qe por ves filz le poez clamer.
Si o veçu Blançiflor sa mer,
Q'ella estoit en la cort de son per;
Non è pais morte, ançi è sana e cler.'
Quant sta novela oï l'inperer,
Sor tot ren s'en pris à merviler;
El dist à N[aime]: 'Questo non poso creenter,
Qe se fose vive, nen poroit endurer
De veoir sa çent onçir e detrençer.'
E dist N[aimes]: 'E' vos li poso çurer,
Qe l'o veçue e parlé al çeler.
La pax è fata, se la volés otrier.' 94c
Dist l'inperer: 'Tropo longo è l'intarder.'
K[arles] li rois prist l'infant à guarder
E si le prist querir e demander:
'Bel filz' fait il 'como a nome toa mer?
E di à moi li nome de ton per.'
Dist l'infant: 'Ne vos li o çeler.
Dama Blançiflor oï anomer ma mer,
Mon pere oit nome K[arle]maino l'inperer,
Cum ma mer me conte quando me ven parler.'
Li rois si le reguarda, si le prist à baser:
'Bel filz' fait il 'vu me sì molto çer.
Depos ma mort ve farì rois clamer
De França belle, Normandie e Baiver.'
Or dist N[aimes]: 'Lasez li parler,
Qe de l'acordo ora se vol penser,
Si qe aiez emenà ves muler.'
Dist li rois: 'A vos ven quel plaider
De far la pais e la guera laser.'

'Emperer sire' ço dist le duc Naimon
'Cun la raine sonto sté à tençon,

3393 qe sa fose.

Tot m'a conté da soa entencion;
Un parlamento vo' fare, qi ne pisi o non.
Vu e l'altro enperer serez à un bolçon,
L'acordo farés per bona entencion,
Prenderés la raine à la clera façon.'
Dist li enperer: 'E nu li otrion.'
Adoncha N[aimes] e Oçer li baron
Se departent sens nosa e tençon,
A l'oste de Costantinople s'en vent à bandon.
O' vi li rois, sil mist por rason:
'Enperer sire' ço dist le duc N[amon]
'Salu vos mande l'inperaor K[arlon],
Qe à vos vol parler par bona entençion.
S'el v'a mesfait, en vol fare amendason;
Sa dama li donés, qe droit est et rason.'
E cil le dist: 'E nu li otrion;
Ren que vos plaçe nen serà se ben non.'
Adoncha N[aimes] mis Oçer por K[arlon],
Qe à lu vegne por far acordason
Cum l'inperer qe de Costantinople son.
Quant la novella oï li rois K[arlon]
El çura Deo, san Polo e san Simon
Qe mai non fu ni serà in ste mon
De seno e de savoir e de bona rason,
Qe somiler se posa à N[amon].

Quant l'inperer à cui França apent. 94d
Vi le mesaje, molto s'en fa çoient;
Adoncha apelle li meltri de sa jent,
Si fo vestì d'un palio d'Orient,
E fo monté sor un palafroi anblent.
A l'oste l'inperer à cui Costantinople apent
Est venu tosto et isnellement.
Li rois le vi venir, non fait arestament,
Contre li vait cun di ses plus de çent:
L'un ver l'autre se mostra bel senblent,
De pax faire entro lor se content.

3419 qe ne pisi.

A tant ven la raine qe partì li parlament;
K[arles], quando la vi, s'en rise bellement,
Et ella li dist: 'Çentil rois posent,
Non voio recorder la ira e'l mal talent.
A vu fu' calonçea à torto vilment,
Machario de Losana le traitor seduent
Onir vos volse à torto falsament,
Albaris onçis à la spea trençent,
Vengança ne prendisi, cum dise tota la jent.
E' son vestra muler, altro segnor non atent,
Da moia part fat'è l'acordament!'
E dist N[aimes]: 'Vu parlé saçement.
L'ira e'l maltalent nu meten por nient.'
Li rois si la guarda, tot li cor li sorprent;
Ça parlirà à lo d'omo valent:
'Enperer sire' dist K[arles] li posent
'Non voio avec vos tençere lungement
S'e' o fato nul ren à vestre noiament,
Parilé sui à farn' emendament;
N'en so qe dire, à Deo et à vos me rent.
Enprimement eo fu' vestre parent;
Apreso sui, se la dama li consent!
Dist la raine: 'N'en fu' ma' si çoient;
Mais d'une ren vos di apertement:
De plus en faire ne vos vegna en talent.'

Segnur, or entendés e si siés certan:
En tote rois, prinçes et amiran
K[arle]maine estoit li plus sovran,
Jamais non amò traitor ne tiran,
Justisia amoit e droiture e lian,
Cun l'inperer fato oit acordaman,
Toto soit perdoné la ire e'l maltalan.
Gran fu la çoia, mervilosa e gran,
En Paris entrarent totes comunelman,
E la raine à la çera rian
Sor son palés ela monte çolan.
Gran fu la feste en Paris là dan,

Dame e polçelle s'en vait carolan.
La festa dure .xv. jor en avan, 95ª
E l'inperer qe Costantinople destran
Conçé demande à l'inperer di Fran,
E li rois d'Ongarie avec lui enseman.
I se departe baldi, legri e çoian
E lasa la raine à la çera rian
Avèc K[arlon] le rice sorpoian.
D'alor avanti fo pax tot tan,
Ne no le fo ni nosa ni buban.

L'inperer fo en Costantinople torné
Et avec lui el menò son berné,
E Leoys le bon rois coroné
En Ongarie s'en fo reparié;
Gran çoia moine tot qui de le contré.
K[arles] remist à Paris sa cité
E la raine à son destro costé.
Jamais de ren nen fu tel çoia mené
Cun de la raine qe viva fu trové.
De Varocher e' voio qe vu saçé:
Ancor non est à sa muler alé
Ne mais non vi ne fio ne rité,
Dapois qe da lor el se fo desevré,
E si estoit un gran termen pasé.
Quando quel ovre el vi si atorné
E vi la pax e la guera finé,
A la raine el demandò conçé:
'Dama' fait il 'vu savé ben asé
Li jor e li termen q'eo me fu' sevré
Da ma muler e mes petit rité,
Si le lasé in grande poverté.
Mais la marçé de Deo e de vestra bonté,
Asa' o avoir e diner moené
E bon çival, palafroi e destré,
Si qe in ma vie ne serò asié:
Unde vos pri, le conçé me doné.'

3491 caroian.

Dist la raine: 'Eo ne son çoiant e lé.'
Ela li donc d'avoir una charé:
'Varocher' dist la dama 'or vos en alé.
Quant vu averés vestra ovra devisé,
Venerés à la cort q'el non soia oblié.'
Dist Varocher: 'E' l'o ben porpensé.'
A çival monte cun petita masné,
For qe quatorçe [n'] oit sego mené.
Ben soit la vie qe no l'oit oblié;
Quant à sa mason el se fo aprosmé,
En me' la voie oit du ses filz trové,
Qe venoit del bois cun legne ben cargé,
Si cun son per li avoit costumé.
Varocher quan le vi, si le parse piaté: 96b
A lor s'aprosme, de doso li oit rué.
Quando li enfant se vi si malmené,
Çascun de lor oit [un] gran baston pilé,
Verso son per s'en vont aïré,
Feru l'averoit, quant se retrase aré,
E si le dist: 'Ancora averì bonté.
Bel filz' fait il 'vu no me conosé,
Vestre per sui, qe à vos son torné,
E tant avoir vos dono amasé,
Richi en serés en vestra viveté,
Si çivalçarì bon destrer seçorné,
Çascun serà çivaler adobé.'
E quant li enfant li ont avisé,
Poés savoir, gran çoia a demené.

Quant Varocher ontra en sa mason,
Ne le trova palio ne siglaton,
Ne pan ne vin, ne carne ne peson,
E sa muler non avoit peliçon;
Mal vestia estoit cun anbes ses garçon.
E Varocher non fi arestason;
Tot le vesti de palii d'aquinton,
De tot quel colse qe perten à prodon
Fe aporter dentro da sa mason.

Si fe levar palasii e dojon
En la corte K[arle] fo tenu canpion.
Da qui avanti se [re]nova la cançon.

E Deo vos beneie qe sofri pasion.
Explicit liber deo gracias amen amen.

Anmerkungen und Verbesserungen.

23 *Foümes*, eine allerdings nicht zu belegende Form, schien mir m Buchstaben der Hs. zunächst zu kommen. *Acompagner* steht des imes wegen statt *acompagnés*.

52 *Nuca* (nunquam) = prov. *noca* hätte bleiben können, da nach *garder* die Negation berechtigt ist.

70 und 84 Vielleicht besser *fara'*: '*du* wirst bereichern'.

176 Das *meso* der Hs. hätte ich ohne weiteres zu *mesa* bessern sollen.

206 Deutlicher wäre *fa-la*: 'mache sie'.

355 'Den Einen gefällt, den Anderen missfällt es, die Königin zu rurtheilen'. Wie passen aber in den Zusammenhang die Worte *fasoit ncion?*

396-97. Der Sinn ist deutlich, die Construction aber so verworren, ss man mit Recht eine Verderbtheit des Textes annehmen darf.

600 Statt *un* zöge ich vor *nu[l]* zu lesen. Das auslautende *l* fehlt in dieser Handschrift.

703 In *enn oiant* findet eine Schärfung des auslautenden Consonan- n vor einem Vocal statt, die auch in anderen Handschriften vorkommt.

747 Statt *un çivaler* ist vielleicht *mi[l]* zu lesen. Vgl. die An- rkung zu V. 600.

901 Statt *li voit toçer* = *le va toucher* ist wol *le volt* = *le veut* zu sen.

1039 Besser *li vait apresenter*, da, wie das Glossar zeigt, diese andschrift Bildungen mit prosthetischem *a* sehr begünstigt.

1253 *Poust* in der ersten Person ist selbst in diesem Denkmale eine ımögliche Form; es ist etwa *poese poisi* zu lesen.

1296-97 Zwischen diesen zwei Versen ist wahrscheinlich etwas aus- fallen, da *le* sich auf Varocher bezieht, von dem schon längere Zeit adurch nicht die Rede war.

1322 *Disle* ist eine rein französische Form, nur nach italienischer ewohnheit mit vocalischem Ausgange.

1392 *E' voio eser à batizer* 'ich will es sein, der das Kind aus der ufe heben wird'. Eine italienische Construction, z. B. *fu egli a dirlo* ' war's, der es sagte'.

1529 *Posoit* ist wol in *poroit* zu emendieren. Vgl. V. 1595, 1651.

1684 'liess ihr geben von ihrem Herrn (= Gemal)'. Oder ist etwa *per* zu lesen?

1723 'über diese Botschaft bin ich nicht froh'. Sieh *alé* im Glossar.

1854 Eine monströse Construction, deren Sinn wol ist 'ihr hättet ein Caplan werden sollen'.

1860 Der Vers bedeutet entweder 'von jenem, der die Throne aufrecht hält' d. h. Gott, in welchem Falle der Schlusspunct nach *guierdon* zu tilgen und nach *tron* zu setzen ist, oder 'von jenen, welche den Thron aufrecht halten' d. h. von den Rathgebern, Pairs u. s. w. Meine Interpunction gründet sich auf letztere Erklärungsweise; jetzt aber zweifle ich an der Richtigkeit derselben und würde der ersteren den Vorzug geben. Vgl. V. 2363.

1864 'Weiser als selbst Salomon es je gewesen ist'. Oder ist *sta al mon* zu lesen 'die weiseste welche je auf der Welt gewesen ist'?

1892 Es ist *vol emendança* zu trennen.

1966 'Ich werde Paris sehen', nicht 'ich werde nach Paris kommen', da die Præp. *à* in einem solchen Falle kaum unterdrückt werden könnte.

2103 Der Zusatz von *nos* ist überflüssig; nur ist *saveron* zu *s'averon defenser* = *(nous) nous defenserons* zu trennen. Über *s'* (= ital. *ci*) als Pronomen der 1. Person sieh die Einleitung.

2306 'Weggenommen haben wir ihn', *tot* = *tolt* Partc. von *toln*; vgl. prov. *tota* für *touta* Bartsch, Denkm. 221,15.

2319 *n'* ist hier Pronominalpartikel = *en*: 'durch sie haben wir Krieg'.

2344 Wol *Floriament*, der Floriamont von V. 2355.

2356 Ich habe *marcos* gelesen, und darüber im Glossare eine Vermuthung ausgesprochen. Ich darf aber nicht verschweigen, dass 56c der nämliche Vers in folgender Gestalt zu lesen ist:

Fort e ardi e de malenorcos

so dass statt *marcos* eher *inarcos* za lesen wäre. Was bedeutet aber *mal inarcos* oder vielmehr *malin arcos*?

2379 *perdons* ist eine durch den Reim gebotene ziemlich gewaltsame Umstaltung des Wortes *perde*, nfr. *perte*.

2892 Ich hätte eher *rubio [o] açer* 'rothes Eisen oder Stahl' lesen sollen. Vgl.

El pris Curtane da le rubio color 61b.

3006 *ver de moi* wie it. *verso di me*; kommt in dieser Handschrift auch sonst sehr häufig vor.

3109 statt *la prima noit q' el' avi ostaler* 'wo sie (dort) gewohnt hatte', ist vielleicht *qe l' avi ostaler* 'wo ich sie beherbergt, in der Herberge untergebracht hatte'.

3142 In *é-la* ist *la* enclitischer Nominativ, vgl. bei Bonvesin *fo-la alezudha*.

3204 *Sest* entspricht lat. *sedet*, es sei denn, dass irgend ein Particip, etwa *mis*, ausgefallen ist, wo dann *s'est* zu lesen wäre.

3316 *Beniant* konnte unangetastet bleiben, da diese Form an vielen anderen Stellen dieser Handschrift vorkommt.

3371 Das Adjectiv *droita* gehört eigentlich zu *spala* auf der rechten Schulter das Kreuz dort oben'.

3566 Über diesen Vers sieh meine handschriftl. Studien 2, 37. Die dort ausgesprochene Vermuthung scheint mir um so wahrscheinlicher, als dieser Vers an einer anderen Stelle in fast ganz gleicher Fassung begegnet:

Da qui avanti se renova la cançon 75[b].

Sonst werden neue Lieder durch den Vers eingeleitet

Or se començe li çanter enforçer 51[c],

womit zu vergleichen wäre:

Senhor, oimais s'esforzan li vers de la cansó
Ch. des Alb.. v. 202.

Gegen meine Deutung spricht jedoch die Einleitung zu dieser letzten Episode, wo es heisst:

Or entenderés la fin des (del?) roman 76[c].

Glossar.

Acasoner 1576 *'anklagen', afr.* achaisonner achesonner.

acaminer 837 = acheminer.

aconverser 3078 converser.

acovoter, s' 212 *auch in der Form* covoter 219 *'sich verstecken, niederkauern', eine Ableitung von* cubare, *vgl. it.* ac-cov-acciarsi, *vz.* coatarse *mit dem gewöhnlichen Abfalle des* v.

açaminer 799, *sieh* acaminer.

açesmeament 3247 *'geziert, geputzt'* = acesméement.

açuçer 1808 = juger.

adaster: non açà l'ovre si forte adaster 2899 *'beschleunigen'* = hâter *mit der Præposition* a ad. *Liegt dasselbe Wort vor in* no le adastés ne no le coroçé 1319, *wo die Bedeutung 'hetzen, anreizen' zu sein scheint?*

ademander 545 = demander.

aderasner 67 *'anreden', afr.* deraisner.

adester: li levrer li va si adestan[t] 1066 *'angreifen, sich vergreifen', hängt wol mit* adeser *zusammen.*

adoncha 1122 *als Zeitpartikel, afr.* adunc. *Wegen des auslautenden* a *vgl. prov.* doncas, *ait.* adonqua, *vz.* donca.

afiçer, s' 766, *sieh* fiçer.

aguré, mal 317 *'unglücklich', afr.* mal-aüré, *ait.* malagurato.

alacer 2983 = enlacer, *it.* allacciare.

albergo 1376 = auberge.

albespine 244 = aubépine.

alé 88 *'fröhlich', afr.* lé (laetus) *mit prosthetischem* a; *vgl.* aleo *bei Bonv.*

alo' 3234 *und*

aloga, qui 1113 *'hier, jetzt'; vgl.* quiloga.

altament 420 = hautement.

alto 867, **alti** 2293 = haut.

altro 322, **altri** 247, **altra** 135, **altre** 98 = autre.

amerveler, s' 816 *und* amerviler 1736 = s' émerveiller.

amigo 2078, **amisi** 2181 = ami, *vz.* amigo, *prov.* amiga.

amolé 1502 *'geschliffen', nfr.* émoulu, *afr.* amoré *und* amoulé, *prov.* amolat.

anbasea 1566 = ambassade.

anbasaor 1544 = ambassadeur.

ancire 1204 *'tödten', it.* ancidere.

ancora 840 = encore.

anco' 3052 *neben* **ancoi** 1016 *'heute, heute noch', afr.* encui encoi, *ait.* ancoi anco'; *lebt noch in ital. Mundarten fort.*

ançi 2617, **ançe** 2683 *'vielmehr';* ançi que *'bevor' — afr.* ains, ains que, *it.* anzi.

ançoner 5. *Dem Sinne nach muss es 'angesehen' bedeuten.*

Steht es mit ancianour anchienour *zusammen?*

anomer 2871 = nommer.

apalenter 610, *sieh* palenter.

apariler 802, *auch* pariler 838 *'bereiten', absolut gebraucht in der Bedeutung 'den Tisch bereiten, decken'. Vgl. im Ital.* apparecchiare *und* sparecchiare.

aparisant, avanti l' aube 202 *'vor Anbruch des Morgens'.*

aparler 1343 = parler.

apaser 3272 *'Frieden stiften'* = apaiser.

apiçer 50 *'aufhängen', it.* appiccare impiccare.

apresenter 534 = présenter.

apreso *Præp.* 212 = auprès; in apreso *Adv.* 41 *'darauf, nachher'* = après.

apriser 1515 = priser.

arçea 3008 *'Bogenschussweite', afr.* archée.

arçentere 2569 *'Silbergeräth', it.* argenteria.

arçento 2504 = argent.

arder 40 = ardre.

ardio 2343 = hardi.

aremenbrer 3278 *'in's Gedächtniss rufen, erinnern', afr.* remembrer.

argolos 2874 = orgueilleux: *vgl.* arguelh *Nob. Leycz.* 90, *ait.* argoglioso.

arité 542 = héritier *in der Bedeutung 'Kind'.*

arma 460 *'Seele', afr.* arme, *prov.* arma.

asaçer: queste parole dites por mon cors asaçer 30 *'um mich auf die Probe zu stellen'* = essayer, *afr.* assayer, *prov.* assaiar assatjar, *it.* assaggiare, *vz.* assazar. *Verschieden davon scheint mir* entro le vis li oït asaçé 809 *'hat ihn gepackt', das wol mit afr.* sacher *zusammenhängt. Vgl.* saçé.

ascolter 412 = écouter.

asenel 2662 *'kleiner Esel', vz.* asenelo.

aseter, s' 254 *'sich setzen', it.* assettare, *prov.* asetar.

asidier 2802 = assiéger.

asio 1307 *'Bequemlichkeit'* = aise, *it.* agio, *vz.* asio.

asomilé 821 *'ähnlich', vgl.* somiler.

aspeter 2686 *'erwarten', it.* aspettare.

aspramant 321 = âprement.

astelé 965, astelea 1001, *auch* stelea 989 *'mit Pfählen umgebener Ort, Schranken, Kampfplatz', gehört zu prov.* ascla, *afr.* astele, *vz.* stela *'Splitter', ursprünglich wol 'Spännchen, Brettchen' aus lat.* assula. *Vgl. it.* steccato *aus* stecca.

atent, in: encontra le sempre stava in at. 342 *'in Erwartung, auf der Lauer'.*

atuer 2421 = tuez.

aubergo 3034, aubergi 2613 = haubert.

avanti 202 = avant.

avenir 731 = venir.

aventer 41 *'in den Wind streuen', afr.* venter, *prov.* ventar.

avinent 329 = avenant.

avolterio 1731 = adultère, *afr.* avoutere.

Baçaler 1432 *'junger Mann' hier 'neugeborenes Kind'* = bachelier, *prov.* bacalar.

balançe, meterò-la en 1772 *'ich werde die Sache erwägen'.*

baldo 88 *'fröhlich, übermüthig', afr.* baud.

banca 256 *und* banche 269 = banc, *prov. it.* banca.

bando 991 = ban.
*banilor 1610 = ban.
banior 2174 '*Ausrufer*', *it.* banditore.
banoier 1033 = ban.
baser 25 = baiser, *vz.* basar.
baso 125 '*Kuss*', *vz.* baso.
bataia 958, batailla 764 = bataille.
batezamant 1360 '*Taufe*', *afr.* baptisement, *prov.* batejamen.
batezer 1391 = baptiser, *prov.* batejar, *it.* battezzare.
bela *Fem. Sing.* 20 = belle.
belté 76 = beauté.
beroier : qui qi verà cun moi à beroier 2499. *Ist es ein Verbum aus* ber baron *gebildet 'tapfere Thaten zu vollbringen'*, *oder ein Substantiv* = *afr.* berruier '*als Plänkler*'?
bestie *Fem. Plur.* 1957 = bête.
binder 479 '*einbinden*' = bander.
blasmo 338 *und*
blaximo 2011 = blâme.
blondo 3354 = blond.
blos, 2366 '*beraubt*', *sonst im Altfrz. selten. Vgl. Diez, altrom. Sprachd. S.* 51.
blos, de: il oit mort cil çivaler de blos 2358. *Hängt vielleicht mit ital.* di botto '*flugs, sogleich*'; *das* l *wäre dann eingeschoben.*
bocha 1096 = bouche.
bon, savoir : altri plas et altri non sa bon 355 '*den einen gefällt, den anderen missfällt*', *prov.* saber bo, *it.* saper buono.
bona *Fem. Sing.* 82 = bonne.
borfolu 1275 *wol* '*zerzauft*'. *Woher das Wort?*
borgo 2173 = bourg.
borsa 1421 = bourse.
boscho 774 = bois.
boser 1474 '*hintergehen*', *afr.* boiser.
braço 964 = bras.
braçon 2980 '*Ärmel*'?
brando 2692, brandi 2612 '*Schwert*', *afr.* brant.
breve 496 = brief.
brie : bataile e brie 2235, *frz.* brigue. *Eine andere Form ist*
briga : briga seroit tanto oro atrover 2096.
bruxer 244 '*verbrennen*', *prov.* bruzar, *vz.* brusar.
Can 847 = chien.
cançer 126 = changer.
canpo 814 = champ.
careçer 106 '*liebkosen*', *it.* carezzare.
carne 2695 = chair.
carta 2792 = charte.
cason 1868 '*Ursache*', *it.* cagione, *altvz.* cason; *in der Bedeutung* '*Beschuldigung*' 2011, *afr.* achoison ochoison.
cento 935 = cent.
cera *Fem. Sing.* 2323 chère.
cerament 123 = chèrement.
cha 148 '*Haus*', *it.* ca', *altvz.* cà.
cinquanta 2045 = cinquante.
clera *Fem. Sing.* 366 = claire.
coito 2118 *Adj. zu* or, *afr.* or cuit, *mhd.* 'gesotten gold'.
colçer 103 = coucher.
colpo 2386, colpi 2363 = coup.
colsa 546 colse 372, colse *Plur.* 1670 = chose.
*comandie 438 '*Befehl*'.
comadro 1474 *und* comer 1464 = commère.
como 8 = comme, comment, *ait.* como.
compagna 152 *und*
compagnia 78 = compagnie, *afr.* compagne compaigne.
concordia 2320 = concorde.
confosion 2248 = confusion.

conprer 123 *'kaufen'*, *afr.* comparer comperer.
*conseiançe 1781 *'Ueberlegung'*.
conseilo 404 *und* conseio 393 = conseil.
contra 129 = contre.
contraster 669 *'widersprechen, sich widersetzen'*, *afr.* contrester, *prov.* contrastar, *it.* contrastare.
cope *Fem. Plur.* 2568 = coupes *'Schalen'*.
corler 466 *'schütteln'* = crouler *in älterer Bedeutung*, *it.* crollare, *vz. mit gleicher Stellung der Laute* s-corlar.
*corer 673 *'Rüstung'*, *afr.* conroi.
corpo 901 = corps.
cosa 211 = chose.
così 310 *'so'*, *it.* così.
costa 2536 = côte.
costumé 1318 = accoutumé.
cotanto 1626, cotante 1993 = tant de, *it.* cotanto.
covoter 219, *sieh* acovoter.
covoter 702 *'begehren'* = convoiter, *afr.* covoiter.
crena 3254 *'Kopfhaare'*.
criatura 793 = créature.
cros 615 = croix.
culverti *Msc. Plur.* 2367 *'spitzbübisch, gottlos'*, *afr.* culvert.
cuntra 3009 = contre.
Çamin 1713 = chemin.
çaminer 1790 = cheminer.
çanbra 205 = chambre.
çanço 2566 = change.
çapela 262 = chapelle.
çavì 1275 *'Haare'*, *lat.* capi[lli].
çender 1665 *'eine Art Stoff'*, *afr.* cendal, *it.* zendale *u. s. w.*
çenolon, en 492 *'knieend'*, *afr.* à genoillon, *vz.* in zenochion.
çente 1858 = gent.
çerchar = chercher *in der Bedeutung 'kosten, versuchen'*: ançi çercharés del trençer de mon brant 729. *Gleiche Bedeutung hat vz.* cercar.
çevo 145 *'Haupt, Kopf'* = chef.
çir 509 *'gehen'*, *it.* gire.
çivaler 16 = chevalier.
çoer 735 *'nützen'*, *it.* giovare.
çorno 91 = jour.
çoso 131 *'unten'*, *afr.* jus jos, *ait.* gioso, *vz.* zoso zo.
çostrer 1051 = joûter *mit eingeschobenem* r *wie im it.* giostrare.
*çuçeson 364 = jugement.
Dalmaço 886 = dommage.
dama 17, dame 98 = dame.
dan 1836 *'Schaden'*, *afr.* dam, *prov.* dan, *it.* danno.
daner 2677 *'beschädigen'*.
dapo' qe 1845 *'nachdem'*, *vz. und bei Bonv.* dapò che.
dardo 1502 = dard.
davanti 13 = devant.
decliner, se 3314, *auch intransitiv* 3275 = s' incliner, *it.* dichinarsi.
degno 932 = digne.
deleter 35 = délecter, *vz.* deletar.
delivrason, faire 2448 *'übergeben'* = livrer.
delunçer, se 1498 *'sich entfernen'*, *it.* dilungarsi.
deliberer 1494 = délivrer.
demanes 2846 *'sogleich'*, *afr.* demanois, *prov.* demanes.
deman, une 2148 *'Morgen'*, *afr.* main, *it.* la dimane.
deo 515 = dieu.
desariter 1984 = déshériter *in der älteren Bedeutung 'verwüsten, zu grunde richten'*.
deschalçer 255 = déchausser.
desorer 296 = déshonorer. *Vgl. it.* orranza *statt* on[o]ranza, desoradha *Bonv.*

desparir 1162 = disparaître.

despaser: la porta font avrir e despaser 2269 '*entriegeln*'; *vgl. bei* Boerio, dizion. venez.: Despassar, term. marinar., levar un cavo di dentro ad un bozzello o occhio. *Ob verwandt mit* pessulus?

***destant**, ses man 517 '*ringt die Hände*', *gewöhnlich* destort.

diner 2, dineri 1434 = denier *in der Bedeutung* '*Geld*'.

doa 2588 = deux.

docler: nen lasò villa ni docler 2173. *Kommt in dieser Handschrift auch sonst vor, so z. B.* 3ª: à burgi et à ville, à çité e à docler. *Woher das Wort?*

dojon 862 = donjon. *Die gleiche Form in der Prise de Pampel. und Romv.* 17,8.

dolenta *Fem. Sing.* 317 = dolente.

dólo 1227 = deuil.

domander 502 = demander, *it.* domandare.

dona 486 '*Weib*', *it.* donna.

donda 642 *und* donde 141 dont.

donqua 1119 = *donc. *Vgl.* adoncha.

doso 2912 = dos.

***doté** 279, 583, 596 '*unterrichtet, verständig*', *aus* doctus *gebildet*.

***doteson** 2938 '*Furcht*'.

dre 1366 '*hinten*', *ait.* dreto drieto.

dritura 2090 = droiture.

droit *als Adverb* '*selbst, sogar*': droit al can te veço calonçer 915.

droito 1995 = droit.

drueria 553 '*Buhlschaft*', *afr.* druerie.

drui *Msc. Plur.* '*Treuer*', *afr.* dru.

duchà 1123 = duché.

durament 718 '*heftig*' = durement.

Ecote-vos 724 '*sieh da*', *afr.* ecvos estesvos.

emendança 1892 = amende.

enbinder 158 '*einbinden*', *sieh* binder.

encontra 342 = contre.

encontrer 551 '*begegnen, geschehen*'. *Die nämliche Bedeutung hat it.* incontrare.

ençegner 64 '*betrügen*', *afr.* enginer.

ençegnos 2358 '*erfahren, geschickt*', *afr.* engigneux.

ençenoler 537 = agenouiller.

ençinte 542 = enceinte.

endementir 2444 '*während*', *afr.* endementres.

enguaçer 2857 = engager.

***enoiament** 3249 = ennui.

enpron 351 '*ungestüm*', *it.* impronto.

ensenbre 1021 = ensemble, *mit* r *wie im ait.* insembre.

ensua 1234 = issue.

***entant**, estoit 685 '*aufpasste, auf der Lauer war*', *afr.* ententif, *it.* intento. *Vgl.* atant, en.

entorno 2001 '*rings herum*' = à l'entour, *afr.* entor.

entro *Præp.* 119 = entre; *Adverb* 302 '*hinein, drinnen*', *it.* entro.

erba 791 = herbe.

erité 611 = héritier.

envasament 2350 '*Wuth, Ungestüm, Heftigkeit*', *afr.* envaissement.

esforço 2675 = effort.

estoit 741 '*ist nöthig*', *afr.* estuet. *Auch in der Form*

estove 233, *die bei Bonvesin vorkommt*.

estranço 918 = étrange.

Faça 446 = face.

inperer 1998, inperaor 2008 = empereur, *afr.* emperere empereor.
inperia : gran colpo li done, ma no l'inperia niant 3030 *'beschädigt'* = empirer.
inperio 1624 = empire.
inporter 3024 = emporter.
insegna 2262 = enseigne.
insené 1973 *'unterrichtet, verständig.'*
insir 2292 *'ausgehen'*, *afr.* issir.
insua 1506 = issue.
intendre 374 = entendre.
intopar 1036 *'begegnen, auf einen stossen'*, *it.* intoppare.
intrer 2292 = entrer.
inviron 2001 = environ.
ira 1069 = ire.
ireamant 2196 *'erzürnt'*, *afr.* iréement.
isneli *Msc. Plur.* 2335 *'schnell'*, *afr.* isniel, *prov.* isnel.
Jorno 1690, jorni 792 = jour.
justisia 460 = justice.
*justisier : oit la dama à son justisier 1667 *'unter seiner Obhut, seiner Leitung'*.
La 2920 *'Seite'*, *afr.* lé, *it.* lato.
lança 692 = lance.
landa 2432 = lande.
laso 1067 = las.
lauder 3207 = louer, *it.* lodare.
legno 1634 *'Fahrzeug'. Gleiche Bedeutung hat it.* legno. *Dann* legne 1237 *'Brennholz'*.
legro 1087, legra 2762, legri 1642 *'froh'*, *it.* allegro, *altvz.* legro legrezza legria.
leito 205 *und*
leto 221 = lit.
lì 1369 *'dort'*, *it.* lì.
liçer 134 *'feig, schlecht'*, *afr.* lecherre.
liçer 744 = léger.
liger 139 = lier.
livrer 675 = levrier.
lo = loi *in der Verbindung* à lo de . . . 2664 *'nach Art'*,*afr.* à loi de.
*loer 624 *'Lob', dann auch* 930 *'Rathschlag'* = louer, *lat.* laudare, *das im Altfr. auch die Bedeutung ‚rathen' hatte. An beiden Stellen ist der Infinitiv als Substantiv gebraucht.*
loer 238 = loyer, *afr.* loier luer *u. s. w. aus lat.* locare. *Dazu das Verbum*
loier : à fin oro vos la convent loier 2090 *'loskaufen'*.
lois 666 = lieu.
*lon 369 = loin.
longament 2189 = longuement.
luntan 169 = lointain.
Ma' 149 *und*
mai 1824 = jamais; *it.* mai ma'.
*macon : or coito e macon 2959. *Wol dasselbe als afr.* mangon *'eine Art Goldmünze'*.
maie 2393 = maille.
maitin 215 = matines.
malament 132 *'auf schlimme Art' afr.* malement.
malvas 101, malvasio 46 = mauvais.
malvasité 63 = *afr.* mauvaiseté.
mant 100, manti 16, mante 12 = maint *u. s. w.*
marçé 1349 = merci; *vgl. Boeth.* 76 *und Diez' Anmerkung zu diesem Verse.*
*marcos : fort e ardi e de mal m. 2356 *'von schlechter Art', erinnert an span.* de marca mayor *'von hervorragender Art'. Sieh übrigens die Anmerkung zu dieser Stelle.*
mastre 862 = maître.
martirio 2113 = martyre.

masnea 2615 '*Genossenschaft*', *afr.* maisnée maisnie.
mato 122 '*Thor*', *it.* matto.
meesmo 142 = même.
meio 599 = mieux, *vz.* meio megio.
meior 523 = meilleur. *Dazu*
meltre 635, meltri 2455 = meilleur, *afr.* mieudre.
mendança 1892, *sieh* emendança.
mendigant 2764 = mendiant.
menespreson 2004 *neben* mespreson 2007 '*Beschimpfung*' *afr.* mesprison, *prov.* mensprezo mesprezo.
mercé 1958 = merci.
merviloso 1647, mervilosa 701 = merveilleux.
mesajo 3178 = mesaçi 2097, message.
meser 1463 '*Herr*', *afr.* messire, *it.* messere.
meslea 1051 = mêlée.
milia 2183 = mille, *prov. ait.* milia.
milor 530 = meilleur.
miracolo 1117 = miracle.
mo' 2238 '*nun*', *auch als Partikel beim Imperativ* di' mo' 301, *it. vz.* mo.
mo 2544 *abgekürzt aus*
modo 2296 '*Art*', *it.* modo mo'.
moëné 69 *Beiwort zu* diner *statt afr.* moneé '*gemünztes Geld*'.
molto 108, molti 871 '*sehr, viel*', *afr.* molt mout.
mondo 312 = monde.
monta 402 '*Betrag*', *afr.* monte.
morsegé (*sprich* ghé *aus*) 810 *Biss*, *vz.* morsegada.
*morter 21 = mortel.
moto 945 = mot.
muier 1951, moier 1483, muler 9, mulier 1799 '*Gemulin*', *afr.* muillier moillier *u. s. w.*, *vz.* mugier.

Nano 65 = nain.
*nasion 3368 '*Geburt*'.
nave 1675 *und*
neve 1284 '*Schiff*' = nef.
nevo 2346 '*Neffe*'; *kann entweder* nevó = neveu *oder* névo = *ait. altvz.* nievo *betont werden.*
nobel 576, nobele 1083, nobeli 3115 = noble.
noier 128 = ennuyer, *it.* nojare.
*noiamant 1150 '*Ungemach, Schaden*', *prov.* enuiament.
nome 3005 = nom.
norisiment 1237 = nourriture, *afr.* norissement.
nosa 2628, nose 2336 = noise.
nova 2856 '*Nachricht*' = nouvelle, *it.* nuova, *prov.* novas.
nula 162 = nulle.
novela 485 = nouvelle.

Ocli 868, oili 2210 = yeux, *it.* occhi, *lat.* oc[u]li.
octo 140 = huit, *lat.* octo.
oficio 1402 = office.
oili, *sieh* ocli.
olinfant 2487 '*Elfenbein*', *afr.* olifan.
olio 1354 = huile.
oliose *Fem. Plur.* 902 '*wolriechend*' *aus* olere.
olser 46 = oser.
olso, nen fo pais 167 '*er wagte es nicht*', *afr.* os, *it.* oso.
oltra 189 = outre.
oncir 352 '*tödten*', *afr.* occire *mit eingeschobenem* n. *Im Ital. kommt* ancidere *vor, welches Diez von* incidere *leitet.*
onta 2310 = honte; à onta l' imperer '*dem Kaiser zum Trotze*', *it.* ad onta.
ore 802 = heure.
orgoloso 2100 = orgueilleux.

oriaflame 2640 = oriflamme, *afr.* orie (aurea) flambe.
ostaler 1309 '*beherbergen*', *afr.* hosteler.
oster 1461 = hôtel.
oster 1290, ostera 1329 '*Wirth, Wirthin*', *it.* ostiere, ostiera. *Eben so*
osto 1436 = hôte.
oto 156 = huit, *vz.* oto.
ovra 435 = oeuvre.

Paganie 2904 '*Heidenschaft*', *afr.* payenie.
pager 562 = payer.
pais 394 = pas.
palenter 606 '*enthüllen, erzählen*', *vz.* palentar.
palida *Fem. Sing.* 447 = pâle.
palio 1665 '*seidener Stoff*', *afr.* paile.
paltroner 1586 '*Landstreicher*', *afr.* pautonier *mit eingeschobenem* r.
pan 811 = pain.
pani 269 '*Kleider*', *eben so it.* panni.
pato 1058 '*Vertrag*' = pacte.
paura 1325 = peur.
pax 994 = paix.
pé 1095 = pied.
pelé : non cura un pelo pelé 61 '*kein gezupftes Haar*'.
pelo 61 = poil.
pena 2141 = peine.
peramer 1656 '*inbrünstig lieben*', *afr.* paraimer.
perdoner 577 = pardonner.
persona 162 = personne.
pesimo 1765 '*sehr schlecht*', *afr.* pesme, *it.* pessimo.
piaté 1110 = pitié, *ait.* piatà.
piçoli *Masc. Plur.* 1200 '*klein*', *it.* piccolo picciolo.
pier 450 '*nehmen, fassen*' = piller, *aber mit der Bedeutung des it.* pigliare, *vz.* piar.
pla 95 '*Angelegenheit*' = plait *in älterer Bedeutung.*
*plaçer 1036 = place.
planeman *Adverb zu* s'en rise 160. *Ob so viel als* pleinement '*er lachte stark, laut*' *oder vielmehr aus* planus '*er lachte leise*'? *Vgl.* Varocher va dre planemant 1366 '*geht langsam*', *it.* va pianamente. *Vgl. auch*
planetament : i se vont aseter plan. 1466 *und*
planeto : infra soi planeto conselé 467 '*leise bei sich*', *vz.* pianeto.
poant, à tuto me 723 '*nach allen meinen Kräften*', *aus* poer = pouvoir.
pochi *Masc. Plur.* 1459 = peu de.
poer 1323 = pouvoir.
polser 248 = poser, reposer.
polvere 41 = poudre, *it.* polvere, *prov.* polvera.
pomo 2398 = pomme.
pongant 482 = poignant.
ponto 1398 = point.
porpora 445 = pourpre.
porta 2269 = porte.
posa 1342 '*nachher*', *it.* poscia.
posançe 1778 = puissance.
*posent 2343 = puissant.
povera 330 poveri 331 = pauvre.
preidor 2305 '*Beute machen*', *afr.* preer proier praier, *it.* predare.
preo 789 = pré.
presant, al 1534 '*sogleich*', *afr.* en present, *it.* di presente; *vgl. nfr.* à présent.
presie 2342 = presse.
presoner 2884 = prisonier, *prov.* presoner.

prima 2130 *'vorher'*, *afr.* prime primes, *it.* prima, *prov.* primas.
primera, en 1142 *'zuerst'*, *prov.* en primas, *it.* in prima.
proer 390 = prouver, *prov.* proar.
proferando *Gerund.* 1640 *'anbieten'*, *vgl. it.* profferire.
prosman 2346 *'nächst'*, *afr.* prosme, *prov.* prosman, *it.* prossimano.
puelent 1231 *'stinkend, abscheulich'*, *afr.* pullent.
Qual 303 = quel.
qualche 1085 = quelque.
quando 75 = quand.
quant *in Verbindung mit* tot: toto quant 1014, tota quanta 1281 *u. s. w.* *'ganz, alle insgesammt'* *it.* tutto quanto.
quatro 1544 = quatre.
qui 1260 *'hier'* = *afr.* iqui, *it.* qui.
quiloga 1213 *'hier, nun'*. *Eben so bei Bonvesin.*
Raina 66 = reine.
rasner 406 *'erzählen, berichten'*, *afr.* deraisner.
re 1765 *'schlecht'*, *it.* reo.
reame 1486 = royaume, *afr.* realme reaume, *it.* reame.
reçater 20, 767 *'finden, auffinden'*. *Vgl. in ital. Mundarten* catar *'finden'*, *aus* captare.
repolser 2064 = reposer.
resplaiter 414 *nebst*
respleter 391 *und*
resploiter 3284. *Nach Roquefort und Henschel:* terminer par jugement, décider une affaire, *somit mit* plait = placitum *zusammenhängend. An den drei angeführten Stellen unseres Gedichtes scheint jedoch nur die Bedeutung 'verschieben, aufschieben' zulässig. Man könnte darin eine Ableitung aus* respectus (*'Achtung' und 'Aufschub'*) *mit eingeschobenem* l *erblicken, vgl.* resploit *Pr. de Pampel.; nur macht das Vorkommen des Wortes auch bei rein französischen Denkmälern diese Deutung sehr bedenklich.*
restorament 1232 *'Ersatz, Genugthung, Trost'*, *afr.* restorement.
retorner : por son mesaço dire e retorner 1794 *'zurücksagen'*, qe ma file . . . me retorni aré 1952 *'zurückgebe'*.
*retornason 2958 = retour.
richamant 1540 = richement.
richo 84, richi 70 = riche.
risa 149 *'Streit'*, *it.* rissa.
rité 1328 *'Erbe, Kind'* héritier. *Vgl.* arité.
roier 910 *'bitten'*, *afr.* rouver.
romarés 2. *Plur. Fut.* 2823 *'ihr werdet bleiben'*, *afr.* remanrez remandrez, *it.* rimarrete. *Vgl. wegen des* o *prov.* romanre *und in ait. Mundarten* romagnir, romase *u. s. w.*
Saço 544, saçi 2123 = sage.
sagrer 1354 = sacrer.
salvaço 1382 = sauvage.
santo 1409, santa 2237 = saint.
sarçant 2554 = sergent, *vz.* sargente.
savia *Fem. Sing.* 329 = sage.
sbanoier 1572 *verbannen'*.
scanper 848 *'davonfliehen'*, *afr.* escamper; *auch transitiv:* d'ele scanper 339 *'sie zu retten'*, *it.* scampare uno.
schalon 2985?
sclaré 2578 = éclairé.
scu 2402 = écu.
scuer 2288 = écuyer.

***sé** 280 = six.
secorso 2788 = secours.
secretament 304 = sécrètement.
sego 442 *'mit sich', auch in der Bedeutung 'mit ihm'* 421 *wie it.* seco.
segol 3211 = siècle.
segondo 960 = selon, *afr.* segunt segon.
seguir 856 = suivre.
selva 1504 = selve.
seno 357 *'Sinn', afr.* sen, *it.* senno.
sença 45 = sens.
sentencia 1857 = sentence.
sesant 505 = soixante.
signo 1470 = signe.
sira 1852 = soir, *vgl.* sira *bei Bonvesin.*
sobecion: por avoir la raine à soa sobecion 1869 *'unter seiner Botmässigkeit'. Etwa statt* sobiccion subjection; *vgl. ait.* Bordella è sotto la subizione dello re d'Inghilterra *Fior. di Cron.*
soeve 693 *'langsam', afr.* soef.
solo 539 = seul.
solete *Fem. Sing.* 2768 *Diminutiv von* seul; *vgl. Pr. de Pamp., it.* soletto.
soma 1267 = somme.
somiant 2550 *'ähnlich', it.* somigliante.
somiler 3442 = ressembler, *it.* somigliare
sorpoiant 2524 *'übermächtig'.*
soso 269 *'oben', afr.* sus, *it.* suso.
sota, de 197 = dessous.
soto 103 = sous, *it.* sotto.
sovra 350 = sur, *it.* sovra.
sovravenir 2232 = survenir.
spala 1387 = épaule.
sparaver 674 = épervier, *it.* sparaviere.
spea 745, spee 2338 = épée.
speçer 2351 = dépecer, *it.* spezzare.
spenser 651 = dépenser.
sper: deo soia nostra sper 2102, fust morto sença s. 2406, tu a' molt bona sper 2926, *bedeutet wol 'Hoffnung' aus lat.* sperare. *In der Stelle* si le o quella sper 2697 *ist der Sinn: 'so vermuthe, so glaube ich'. In den folgenden Stellen:* de sa fille e' non so nul sper 1904, de la dame e' non o nul s. 2094, de vu non ait nul s. 2730 *ist die Bedeutung: 'habe ich (hat er), weiss ich keine Nachricht'. Ist hier* sper *dasselbe Wort? Man könnte auch an* avere spia *bei Ariost (z. B.* 17, 66; 23, 100 *u. s. w.) denken. Endlich* de toi el averà mal sper 222.
spese fois 344 *'oftmals', it.* spesse volte.
spine *Fem. Plur.* 482 = épines.
stalc 2314 = étable, *afr.* staulc.
***stan** 1067 *'müde', afr.* estanc, *it.* stanco.
stelea, *sieh* astelé.
ster 1213 *'stehen', afr.* ester, *it.* stare.
stor 770 *'Angriff, Kampf', afr.* estor. *Dasselbe Wort ist*
stormeno 2122, *it.* stormo.
straine 1477 = étrange.
stratorner 653 *'hindern', dann* stratorner quel destrer 2492 *'herumtummeln', afr.* trestorner.
stroitament 158 = étroitement.
Tabla 815 = table.
tal 372 = tel.
tanp, por 203 *'frühzeitig', it.* per tempo.
tarça 2351 = targe.

temoit 3. *Sing Impf. Ind.* 338 = craignait, *it.* temeva.
tempo 540 = temps.
tenda 2297, tende 2208 tente.
tenimant 1370 '*Besitz, Lehen*', *afr.* tenement.
tera 1081 = terre.
terço 835, terça 1327 = tiers.
termen 3076 = terme.
testa '33 = tête.
toçer 901 = toucher.
torto 451 = tort.
toto 49, toti 287, tota 934 = tout.
tosto 51 = tôt.
traites 973 *und*
tráito 564, traiti 953 = traître, *ait.* traito.
trapaser 252 '*durchgehen*', *afr.* trepasser.
trapensé 273 '*in Gedanken vertieft*', *afr.* trepensé.
trato 2537 = trait.
tristeça 2241 = tristesse.
troant 1381 '*Landstreicher, feiger Mann*', *afr.* truant.
trois 607, tros 646 = trop.
tuto 273, tuti 341, tuta 951 = tout.
tutor 675 *auch* tuta ora 143 '*immer*', *prov.* tuta ora, *it.* a tutt' ora.
U 1014 '*Lärm*', *afr.* hus.
uçer 1201 '*mit lauter Stimme zurufen*', *afr.* hucher.
uncha 52 '*je*' = onc.
usança 201 = usance.
*useson 861 = usage.
uso 208 '*Thür*' = huis, *afr.* us, *it.* uscio.
uso, estoit 104 '*er pflegte*', *vgl.* uso non era di digiunare *Bocc.*
Vençamant 186 '*Rache*', *afr.* vengement.
vendeta 496 *und* vendete 206 '*Rache*', *it.* vendetta, *prov.* vendeta.
vergogna 316 = vergogne, honte.
verié 301 = verité.
vermio 2643 = vermeil.
verso *Præp.* 1364 = vers.
via, porter, scanper, mener *u. s. w.* 1339, 3285 '*weg*', *it.* via.
vie *Fem. Plur.* 2291 = voies.
visaço 1425 = visage.
vivo 2111, viva 1983 = vif.
viso 840 '*Gesicht*', *afr.* vis.
vita 61 *und* vite 2961 = vie.
vitoperé 297 = vituperé.
voira *Fem. Sing.* 454 '*wahrhaft*', *afr.* voire.
voler 2830 = vouloir; vos virà en voler '*es wird euch angenehm sein*'.
voluntera 432 = volontiers. *Auch*
vonter 1451; *vgl.* vontera *b. Bonv.*
vor 768 = voir.

Eigennamen.

Alamagne 956, Allemagne.
Albaris 661, Aubry.
Ansalon 3353, Absalon (*Sohn David's*).
Ansois 2061, Anséis.
Belençer 2376, Berenger.
Bernardo 1701, Bernard.
Blançiflor 56, Blanchefleur.
Bordelle 3142, Bordeaux.
Constantinopoli 1254 } Costantinople.
Costantinopoli 1703 }
Çirardo 2049, Girard.
França 471, France.
Gaino 469, Gaines.
Gondifroi 2050, Geoffroi.
Jovan 1060, Jean.
Machario 6, Macaire.
Ongarie 1289, Hongrie.
Otos 2376, Otes Oton.
Proençe 1280, Provence.
Polo 3439, Paul.
Rabie 2041, Arabie.
Rainaldo 150, Reinaud.
Roma 3149, Rome.
Uçer 358 } Oger.
Uger 2389 }
Veneze 1283, Venise.
Ysoler 2259, Isoriés (der Fahnenträger wie in der Prise de Pampelune).

DRUCKFEHLER.

I.

10 Yenoois 858 estoit 1850 avons 2991 acort 3069 armes 3156 un[e] 3335 s'atiza 3444 çapleïs 3726 plus 4021 noient 4247 autre son 4497 Hestous 4771 peour 5154 auroit.

II.

16 çivaler 226 dira' 301 mo' 451 a' 855 çivaler 1074 me sec. 3367 s'en 3384 veés 3418 de soa.

CPSIA information can be obtained
at www.ICGtesting.com
Printed in the USA
LVHW040027180422
716440LV00005B/380

9 783752 595741